CE CHER DISPARU

DU MÊME AUTEUR
CHEZ LE MÊME ÉDITEUR

Retour de flamme

Susan Isaacs

CE CHER DISPARU

LE GRAND LIVRE DU MOIS

Titre original : *After All these Years*
Traduit par Martine Céleste Desoille

ISBN : 2-258-00110-2

A ma tante et mon oncle,
Sara et George Asher,
qui ont fait de leur mieux
pour que je ne reste pas fille unique.

Remerciements

Lorsque j'ai eu besoin de conseils et d'avis d'experts, j'ai fait appel aux personnes dont les noms figurent ci-après. Je voudrais les remercier — et m'excuser s'il m'est arrivé de tordre leur réalité pour l'adapter à ma fiction.

Arnold Abramovitz, Janice Asher, Mary Elizabeth Bliss, Barbara Butler, Edmond Coller, Jonathan Dolger, Mary FitzPatrick, Nancy Frankel, Lawrence S. Goldman, Leonard Klein, Edward Lane, John McElhone, Gail Mallen, Mathias Mone, James Nininger, Bill Scaglione, Cynthia Scott, Chris Speziali, Connie Vaughn, Susan Zises, et (naturellement) Justin Zises, Lara Zises, Samantha Zises, et Jay Zises.

Merci aussi à Susan Lawton pour les accessoires et la décoration intérieure et à Anthony Lepsis et Brian Whitney pour le paysagisme.

De même un grand merci à toutes les personnes qui m'ont facilité l'accès à la bibliothèque Port Washington (New York) et à la Société Audubon de Huntington (New York), à la Bibliothèque nationale de New York, et à la collection du Théâtre Billy Rose de la Bibliothèque des Arts de la Scène de New York (Département des études théâtrales).

A mes amies profs de littérature anglaise qui savent inspirer leurs étudiants — et moi-même : Barbara Kaplan-Halper, Edith Tolins, et la merveilleuse, l'inimitable Prof de l'Année, Mary Rooney.

En parlant d'amies, la vraie Jane Berger est une femme en or.

Je voudrais aussi remercier mes enfants, Andrew et Betsy Abramowitz, pour leur amour, leur compagnie, leurs conseils littéraires. Et un grand merci à leurs amis de lycée et de fac qui sont des gens formidables.

Merci à mon assistante, Anne Marie Palmer, qui m'a empêchée de sombrer dans la folie un nombre incalculable de fois. Merci encore pour sa bonne humeur et son travail acharné.

A mon agent, Owen Laster qui n'est pas seulement un gentleman respectable et d'excellent conseil mais aussi un véritable chou.

Merci à Larry Ashmead, mon éditeur, qui m'a aidée à publier cinq romans déjà. Il n'a pas son égal dans toute la profession.

Et après toutes ces années, merci à mon mari, Elkan Abramowitz, qui reste malgré tout la crème des hommes.

1

Après vingt-cinq ans, et des poussières, passés aux côtés de Richie Meyers, mon mari, il m'a demandé de l'appeler Rick. Ensuite, il a commencé à se peigner en arrière avec de la brillantine anglaise à trente-cinq dollars le flacon.

Je reconnais que je l'ai trouvée amère. Mais, à deux ans de la cinquantaine, Richie n'était-il pas en droit de traverser une crise existentielle ? Autrefois taillée dans le granit, sa mâchoire était aujourd'hui sculptée dans la purée, son front se dégarnissait à mesure que ses dents se déchaussaient, et lorsqu'il ôtait sa chemise, il contemplait ses pectoraux d'un air dubitatif, comme si quelque mauvais plaisant y avait collé une moumoute de poils gris.

J'avais de bonnes raisons de compatir, du reste. N'étant que de onze mois sa cadette, je n'étais pas exactement moi-même ce qu'il est convenu d'appeler une jeune pousse croquante. N'empêche, à moins d'avoir affaire à un maniaque qui n'aime que les écolières en socquettes et jupes plissées, j'étais plutôt bien conservée, voire carrément mignonne. Cheveux bruns brillants. Teint clair. Traits réguliers. Yeux noisette parsemés de petites paillettes vertes qui n'étaient pas sans rappeler des éclats d'émeraude. Avec en prime des cils fournis et interminables. Et un corps acceptable, même si, dans le combat entre moi et la gravité, la gravité commençait à prendre le dessus. J'avais beau faire des abdominaux, le temps était révolu où je pouvais arracher ma petite culotte en plein jour pour exciter mon partenaire.

Pas plus que Richie, l'idée de vieillir ne m'emballait, d'autant que je ne me faisais guère d'illusions sur l'au-delà. Il faudrait être complètement demeuré pour rire à la face du vide éternel.

Si bien que je compatissais. Et que je faisais de gros efforts pour l'appeler Rick. Même si après l'avoir appelé Richie pendant tant d'années, il m'arrivait de me tromper — quand nous étions au lit, par exemple. Je me mettais brusquement à crier : « Oh, oui ! Encore, Ri i i ch.... ck ! » Trop tard, il ne restait déjà plus qu'une petite crevette qu'on aurait dite scotchée entre ses jambes.

Tous les signes avant-coureurs étaient là. Mais moi je n'y avais vu que du feu. C'est pourquoi je restai comme deux ronds de flan lorsque, par une radieuse matinée du mois de juin, au lendemain de nos noces d'argent — célébrées avec faste sur ce que le promoteur appelait notre « pelouse royale », sous une marquise blanche ornée de roses pompons et de milliers de petites lumières blanches clignotantes, Richie m'annonça qu'il me quittait pour la vice-présidente de sa firme, pour — sa voix s'était radoucie avant de fondre complètement — Jessica.

Jessica Stevenson était l'une des deux cents invités de la veille au soir. Pour ne rien vous cacher, Richie et elle avaient dansé un fox-trot sur un pot-pourri de Cole Porter incluant notamment « Il doit faire bon vivre avec toi ». Oui, Jessica était plus jeune que moi. Oh, pas exagérément. Richie n'était pas le genre de quinquagénaire à se faire la belle avec une hôtesse débutante de la Lufthansa. A trente-huit ans, Jessica n'avait guère que neuf ans de moins que moi. Malheureusement, elle avait des yeux d'un bleu lumineux et prenait des cours de japonais rien que pour le plaisir.

Tout au long de ce qui devait être mon dernier anniversaire de mariage, j'avais espéré que Richie me dirait : « Regarde-toi Rosie ! Tu es resplendissante, aussi belle qu'au premier jour ! » Mais il ne le dit pas. Dans la fraîcheur moite du soir, la robe de soie au plissé grec qui effleurait si discrètement mes formes dans les salons d'essayage de Bergdorf Goodman prenait un malin plaisir à me mouler les seins et à s'entortiller autour de mes cuisses.

Naturellement, Jessica, elle, n'avait pas l'air emballée dans un torchon humide. Elle resplendissait dans un body lamé or décolleté gitane, et une jupe de mousseline crème dont les pans retombaient autour d'elle en pétales fluides et transparents. Le haut était séparé du bas par une large ceinture de cuir doré, et il va sans dire que Jessica avait une taille de guêpe — même si, entre nous, elle était plutôt du genre planche à pain, mais avec le bout de sein enthousiaste, façon gomme au bout d'un porte-mine qui rend les mecs fous.

Je lui avais envoyé un petit baiser de loin, tandis que je partais à la recherche du maître d'hôtel pour l'informer qu'une des invitées, la copine du banquier de Richie, s'était convertie au végétarisme strict une semaine plus tôt. Perchée sur les talons vertigineux de ses sandales dorées, Jessica causait et riait en compagnie d'un couple de Data Associates tout en pressant une rondelle de citron vert dans son cocktail. Elle avait répondu à mon salut avec l'énergie qui la caractérisait : « Salut, Rosie ! » Dans son body doré, avec les reflets bronze de ses cheveux blond cendré, elle était resplendissante, magique, une vraie sirène.

Mais de là à ce que Richie me plaque pour elle ! Non, mais vous voulez rire ! C'est qu'entre lui et moi, ça ne datait pas d'hier. Nous nous connaissions depuis les années soixante, du temps ou nous étions tous les deux profs dans le Queens, au lycée de Forest Hill. Nous avions toute une vie en commun. Une vie riche — bien avant d'avoir de l'argent. Et puis nous avions des gosses. C'est pourquoi les bras m'en tombèrent. J'étais complètement sonnée.

A l'autre bout de la chambre, des larmes plein ses yeux noir olive, Richie avalait bruyamment sa salive et parlait d'une voix tellement étranglée qu'on l'entendait à peine.

— Je n'arrive pas à croire que je suis en train de te dire ça, Rosie, dit-il en essuyant ses larmes d'un revers de main viril. Le plus terrible (sa poitrine se souleva, secouée par un irrépressible sanglot), c'est que... c'est d'une banalité à pleurer.

— Je t'en prie, Richie, dis-le tout de même.

— Pour la première fois de ma vie, j'ai le sentiment d'exister pleinement.

En cette fin de matinée, l'air chaud et capiteux annonçait l'été tout proche, la délicieuse saison du rut. Sauf que, pour parler vulgairement, j'allais faire ceinture. En dépit de la chaleur, je me mis à frissonner et ramenai le drap sur mes épaules. Certes, j'avais froid, mais ce que j'espérais inconsciemment c'est qu'emmaillotée ainsi, la lèvre tremblante, il me trouverait irrésistible.

Macache.

Richie, en revanche, avec ses cheveux grisonnants, son bronzage de millionnaire, son pantalon, sa chemise et ses mocassins de lézard blanc était particulièrement craquant. Mais ses joues étaient humides. Ses larmes étaient bien réelles.

— Rosie, je suis navré.

Je ne trouvai rien à répondre. Je me contentai de pleurer. Il se balançait nerveusement d'un mocassin de lézard sur l'autre. De deux choses l'une : ou bien cette confrontation était plus qu'il n'en pouvait supporter, ou bien il avait un déjeuner à l'extérieur.

— Richie, sanglotai-je, ce n'est qu'une passade, tu verras ! (Puis, presque aussitôt :) Rick, je t'en supplie, je t'aime ! Tu ne peux pas me faire ça !

Mais c'était déjà trop tard.

Cet été-là, je passai par tous les stades psychologiques de la femme répudiée. L'hystérie, la stupeur, l'incrédulité. Comment Richie pouvait-il renoncer à sa petite prof du secondaire pour une super-nana belle, jeune, brillante et fertile ? Enfin, le désespoir : je me bourrais de Xanax en regrettant que mon gynéco ne m'ait pas prescrit un Pentotal.

J'étais seule, terriblement seule. Mon mari envolé. Mes gosses élevés. Et notre beagle, Irving, mort la première semaine d'août. J'errais dans la maison comme une âme en peine, en pensant à la chaleur de Richie, à la chaleur de mes enfants, au nez froid et humide de ce cher Irving.

Tout au moins, en errant ainsi dans la maison, prenais-je de l'exercice. Car, lorsqu'il avait fait fortune, Richie n'y était pas allé de main morte. Du jour au lendemain nous avions quitté notre petit pavillon de Cape Cod du plus pur style années soixante, avec sa cuisine vert avocat, ses volets dégondés et son filet de basket de guingois au-dessus de la porte du garage, pour nous installer un peu plus au nord, à Long Island Sound, au pays de Gatsby le Magnifique, dans une demeure de style géorgien, si imposante qu'elle portait même un nom : *le Havre des Mouettes.*

Il est vrai qu'une femme en T-shirt du festival Shakespeare de New York, petite culotte noire et chaussettes Pan Am, souvenir de notre dernier voyage à Londres en première classe (avant que Richie ne devienne riche au point de ne plus prendre que le Concorde), errant nuitamment dans une maison vide, une poignée de Kleenex humides à la main, n'était pas exactement ce qu'évoque un nom tel que *le Havre des Mouettes.* N'empêche, c'est pourtant bien ainsi que se présentaient les choses en cette nuit fatale.

Fatale ? Pour être parfaitement honnête, aucun signe avant-coureur ne laissait présager que cette nuit serait plus fatale que les autres. Je ne pourrais dire avec précision à quelle heure je me suis réveillée, ou, pour être exacte, à quelle heure j'ai été tirée de mon sommeil. Mais il devait être aux alentours de trois heures et demie. Je compris d'emblée que ma nuit était terminée car je n'osais pas reprendre de Xanax. Avec ma veine, je risquais de tomber dans un coma persistant. Rongé par les remords, Richie n'aurait pas hésité à me confier aux soins des meilleurs spécialistes : moyennant quoi je me serais retrouvée condamnée à passer les trente dernières années de ma vie dans l'isolement cosmique, incapable de lire un seul roman, prisonnière à perpétuité de mon propre corps.

Je me trouvais donc condamnée à l'errance. Lorsqu'il avait pris la tangente, en juin dernier, Richie n'avait emporté avec lui qu'une brosse à dents et un slip de rechange. Comment un type pouvait-il laisser ainsi toute sa vie derrière lui ? Mais j'avais cessé de me lamenter devant ses penderies pleines de costards, et de caresser en pleurnichant le bout de ses souliers cousus main. Je passais devant sans les voir, de même que je passais sans la voir devant sa salle de bains de marbre vert, avec ses robinets en or massif où nous avions fait l'amour le premier soir où nous avions emménagé.

Mon estomac commençait à réclamer : un pot familial de yaourt à zéro pour cent de matière grasse ne pouvait pas me faire de mal. Ni une ni deux, je m'élançai dans l'escalier monumental tout en sachant pertinemment que mes pas me conduiraient tout droit vers le congélateur et — tiens, tiens, quelle bonne surprise ! — les pizzas à la saucisse et à la viande hachée que je gardais au cas où les garçons rentreraient à la maison. A moins que je ne me laisse tenter par un hot-dog, ou même trois. Depuis que Richie m'avait quittée, je commençais à avoir un petit ventre. Enfin, disons plutôt qu'après quelques semaines de goinfrerie forcenée j'avais l'air enceinte de trois mois. Pas franchement terrible à la ménopause.

Je pénétrai dans la cuisine obscure et de la taille d'un hall de gare, en me demandant s'il me restait quelques petits pains pour faire des hot-dogs ou si j'allais être obligée de frapper sauvagement les saucisses pour leur donner la forme de hamburgers, et si, question de pure curiosité intellectuelle, il était possible de faire un milk-shake vraiment très épais sans faire péter le mixer. Et c'est à ce moment-là que j'ai trébuché.

Trébuché ? Que dis-je ! J'ai buté, oui, dans — mais qu'était-ce donc ? — une chose énorme. Je poussai un cri perçant qui décupla ma frayeur, et partis à reculons pour entrer en collision avec la cuisinière. La chose ne bougeait pas. Je poussai un petit bêlement étranglé et pathétique, et tournai aussitôt la tête en direction du système d'alarme, à côté de la porte de service.

La veilleuse verte était allumée, ce qui signifiait que quelqu'un l'avait déconnecté. J'étais pourtant certaine de l'avoir branché. Autre petit cri étranglé. Mon Dieu, non. Puis soudain j'eus la révélation…

C'était Alexandre, bien sûr ! Ayant épuisé toutes ses économies, il avait décidé de rentrer à la maison, comme toujours. Et comme toujours, il avait abandonné son sac à dos à la cuisine avant de monter dans sa chambre avec sa petite guitare adorée. « Merde ! », m'écriai-je devant une telle désinvolture, même si, au fond, ça me faisait chaud au cœur de savoir un de mes gosses de retour. J'allumai.

Ce n'était pas le sac à dos d'Alex.

C'était Richie. Sur le dos, les lèvres pincées en une petite moue amère.

Pas étonnant, du reste, avec un couteau planté en plein cœur.

C'est alors que je me mis à hurler, Oh, non ! Oh, mon Dieu, non ! Puis à courir en tous sens comme une folle, pendant près d'une minute, en agitant les bras. Je heurtai le buffet en érable, envoyant valser un plat en faïence de Delft et une soupière en forme de dinde qui allèrent s'écraser à terre dans un fracas assourdissant. Après quoi je criai encore un peu. Sans doute avais-je vu trop de films d'horreur. Que fait une femme lorsqu'elle se retrouve nez à nez avec un cadavre ? Elle pousse un cri tellement strident qu'il donnerait presque envie au bon Dieu de revenir sur sa décision.

Je me penchai et touchai la joue de Richie. Glacée. Mais, bon, il était allongé à même le sol. « Richie ? » murmurai-je. Puis je hurlai, « Richie ! » Pas de réponse. Pas le moindre signe de vie. Je passai un doigt sous son nez pour voir s'il respirait. Non. Mais peut-être y avait-il une chance pour qu'il soit vivant. « Richie, je t'en conjure ! » Sous l'emprise de l'hystérie — non, de l'espoir — je saisis le couteau pour essayer de l'extraire. Celui-ci rendit une sorte de gargouillement, mais ne bougea pas d'un pouce. Richie non plus. C'est alors que je réalisai qu'il était mort.

Qu'éprouvai-je alors ? Mon sang se glaça dans mes veines, j'étais comme morte en dedans. Non, ça n'est pas tout à fait exact. C'était Richie, le mort. De le contempler ainsi, gisant à terre, ça n'était pas tant sa totale inertie que son aspect vivant qui me faisait hurler son nom. D'un moment à l'autre il allait ouvrir les paupières, pester contre mon délire hystérique et extraire lui-même le couteau de sa poitrine. Sauf qu'il ne le fit pas.

Sur sa poitrine, le sang formait une grosse fleur rouge à trois pétales, avec le manche noir du couteau planté au beau milieu comme une étamine géante. C'était horrible. Je mis mes mains devant ma bouche et mon nez et pris quelques profondes inspirations de gaz carbonique. C'est alors que la vérité me heurta de plein fouet. Ce que j'avais sous les yeux n'était pas exactement ce qu'il est convenu d'appeler un accident domestique. S'il y avait eu un micro attaché à mon T-shirt à cet instant, on m'aurait entendue murmurer le mot : meurtre.

Richie avait bel et bien été assassiné.

Je m'obligeai à regarder son cadavre étendu en travers du parquet de chêne sombre, poings fermés, la main droite retournée, pouce en l'air, ce qui, compte tenu des circonstances, était particulièrement déplacé. J'éprouvai une envie subite de le remettre en place.

Mais j'avais déjà touché au couteau, et je savais que la police n'appréciait guère ce genre d'initiatives. Il faut dire qu'en matière d'homicide je n'étais pas exactement une néophyte. J'ingurgitais des quantités astronomiques de polars. De « polars roides », comme Cass, ma meilleure amie et directrice du département d'anglais, désignait ce genre de littérature. Non sans un certain mépris. Toujours est-il qu'avec tous les polars et tous les films noirs que je m'étais envoyés au cours de mon existence, j'aurais dû me souvenir qu'il ne faut toucher à rien en présence d'un cadavre. Et si j'avais effacé les empreintes de l'assassin ? Ou égaré un précieux fragment d'ADN que les flics auraient pu envoyer au labo ?

Je reculai avec mille précautions, et m'obligeai à contempler la scène objectivement. Bon, pas si objectivement que ça, car je remarquai d'emblée que Jessica lui avait choisi ses vêtements : on l'aurait dit sorti d'un magazine de mode. Je n'avais jamais vu un type habillé comme ça dans la vie. Il portait des baskets, mais attention pas des vieux machins grisâtres et avachis comme en portent les gosses en classe de gym, non, de belles baskets noir de jais, modernes et racées et qui avaient dû lui coûter un maximum. Un pantalon de coton anthracite forme jogging resserré à la cheville. Un pull ultra-moulant.

Je regardai autour de lui : il y avait des traces de boue sur le parquet — une traînée noire et sinueuse qui commençait à la porte de la cuisine. Mon estomac se mit à faire des vagues.

C'était trop. Je sentis une énorme boule se former dans ma gorge, j'étouffais. Cependant, il fallait que je regarde. La boue était peut-être un indice. Je pris une longue inspiration saccadée et contournai Richie en prenant soin de décrire un arc de cercle suffisamment grand. Il y avait de la terre sur ses semelles, la gauche en particulier. Il avait donc ramené lui-même la boue à l'intérieur.

Et voilà. Rien d'autre. Cela dit, les flics allaient certainement découvrir autre chose. Tournant le dos au cadavre de Richie, j'attendis en silence que la brigade criminelle débarque en catastrophe. Comment allais-je leur annoncer que j'avais touché le couteau ? Mais pourquoi n'arrivaient-ils pas ?

Je réalisai soudain que personne ne les avait appelés. Il n'y avait que Richie et moi — et il était clair que Richie n'avait pas fait le 911. C'est pourquoi je m'en chargeai. Une femme au fort accent hispanique répondit : « Police Secours, j'écoute. » Je dis :

— Je voudrais signaler un meurtre. (Puis sans lui laisser le temps d'en placer une, j'enchaînai aussitôt :) Il n'y a pas de nom de rue, mais il faut suivre Road Hill jusqu'au bout, puis Anchorage Lane, et prendre ensuite le petit sentier qui se trouve sur votre droite jusqu'au panneau Propriété Privée, et là vous êtes au *Havre des Mouettes*. (J'ajoutai :) Au fait, la victime...

La fille attendait. J'étais incapable de dire un mot, complètement hypnotisée par une casserole en cuivre suspendue à la crémaillère, dans laquelle se reflétait le cadavre de Richie. « La victime ? », insista la fille. « C'est mon mari », finis-je par articuler.

J'ai toujours préféré la fiction au réel, parce que la fiction est construite de façon beaucoup plus cohérente. Et nettement moins rébarbative. Ainsi, dans les intrigues policières à l'anglaise, le type qui découvre le cadavre s'écrie : « Ciel, le vicaire ! » et on passe tout de suite à autre chose. Pas besoin de soixante pages supplémentaires pour annoncer la venue des flics. Le chapitre s'achève, le suivant démarre aussitôt, et dès la première ligne on trouve le commissaire en train de prendre le thé. Au cinéma, c'est la même chose. La caméra passe sans transition d'une bouche déformée par un cri de terreur au rictus désabusé du privé en train de griller une sèche.

Il eût été tellement rassurant d'entendre instantanément le *Ouaaoouh, Ouaoouh* des sirènes et le crissement du gravier sous les pneus d'une voiture de police arrivant à fond de train. Mais une fois raccroché le téléphone je me retrouvai toute seule. Dans un silence absolu, terrifiant. Dans un recoin obscur et torturé de mon esprit, j'imaginais un Richie translucide quittant sa dépouille mortelle pour s'envoler jusqu'à la table de cuisson et s'enrouler autour de la suspension avant d'être aspiré par la bouche d'aération dans un *woushhhh* épouvantable. Je me surpris à dire : « Oh, quelle horreur ! »

Une peur panique s'empara soudain de moi. Depuis combien de temps était-il mort ? Cinq heures ? Dix minutes ? A tout hasard, je criai : « La police va arriver ! » d'une voix tremblante qui n'était pas sans rappeler Marilyn Monroe.

C'est les nerfs qui lâchent, songeai-je. Relaxe. Mais juste au moment où je fermais les yeux pour prendre une inspiration profonde et apaisante, mes paupières se rouvrirent. Quelque chose clochait. Quoi donc ? Je regardai autour de moi : sur le dessus du comptoir central en faïence blanche, entre le couvercle de la cuisinière d'appoint dont nous nous servions dans les grandes occasions et l'évier réservé au lavage des fruits et des légumes, se trouvait la réponse. L'indice manquant : le porte-couteaux en chêne massif. L'une des fentes était vide, celle où était rangé d'ordinaire le grand couteau à découper — et pour cause puisqu'il était planté dans mon mari.

Aïe, aïe, aïe, la tête commençait sérieusement à me tourner.

Arrête ton cinéma, me semonçai-je. Et ne recommence pas avec tes histoires de fantômes. Pense ! S'agissait-il d'un cambrioleur qui, surpris par Richie, s'était emparé du premier couteau qui lui était tombé sous la main ? L'assassin était-il entré dans la maison en même temps que Richie ? Mais, au fait, qu'est-ce qui avait poussé Richie à revenir à la maison ? Honi Goldfeder, mon avocate — une fille qui visiblement confondait les épaulettes et les chambres à air —, avait insisté pour que je change le code du système d'alarme afin qu'il ne puisse plus entrer à la maison : « Change ton code, ma grande, et arrange-toi pour qu'il le sache. Et ne va pas me raconter qu'il n'a aucune raison de remettre les pieds à la maison, parce que tu n'en sais rien, et s'il revient, dis-toi bien que ça n'est sûrement pas pour tes beaux yeux, si tu vois ce que je veux dire. » Mais je ripostai : « Il arrive que des hommes changent d'avis. Je ne voudrais pas que Richie croie que ma porte lui est fermée. » Elle avait pointé vers moi un ongle rose corail long de deux centimètres et dit : « Ça n'est pas le moment de jouer les bonnes poires ! » Bien entendu, je ne l'avais pas écoutée.

Cela dit, je ne voyais toujours pas ce qui avait pu pousser Richie à revenir à la maison.

Soudain la sonnette extérieure égrena ses quatre notes ecclésiastiques. Je m'élançai vers la porte d'entrée. Le contact glacé du marbre à travers mes chaussettes Pan Am me donna la chair de poule. Je fonçai vers la penderie du vestibule et enfilai au hasard l'un des trois trench-coats Burberrys que Richie s'était achetés à sa descente de navire, lors d'une crise d'anglophilie aiguë.

J'allumai les lumières extérieures. Six policiers en uniforme se tenaient sous les trois arcades formant le portique frontal du *Havre des Mouettes*. Lorsque j'ouvris la porte, l'un d'eux, légèrement plus âgé et nettement plus moustachu que les autres, fit un pas en avant et dit : « Mrs Meyers ? » Je les fis entrer et allumai les lumières du hall. Tranquillement, avec une curiosité teintée d'admiration, ils examinèrent une à une les appliques, les moulures, le sol en damier vert et blanc, comme les visiteurs d'une expo d'Art Déco.

— Mrs Meyers ? (Le flic était nettement plus grand que moi. Il se tenait si près que lorsque je relevais la tête je voyais les poils de son nez qui se confondaient avec ceux de sa moustache.) Nous avons reçu un appel concernant votre mari. Pouvez-vous nous mener jusqu'à lui ?

J'imaginai le sang coagulé sur la chemise de Richie et formant une croûte brune autour de la lame.

— Mrs Meyers, nous sommes ici pour vous aider.

Une réplique d'*Othello* me revint subitement en mémoire. Je l'avais récitée à Richie, une fois, après une longue nuit d'amour, alors que nous étions tous deux étonnés et tristes de voir pointer le jour : « *Que la perdition s'empare de mon âme si je ne t'aime pas ! Va ! Quand je ne t'aimerai plus, ce sera le retour du chaos.* »

— Mrs Meyers ! Le flic haussait le ton.

Et c'est à ce moment-là que j'ai perdu connaissance.

2

L'inspecteur Carl Gevinski de la brigade criminelle du comté de Nassau, n'eût été sa gueule, aurait pu être bel homme. Son agréable chevelure d'un blond grisonnant retombait constamment devant ses petits yeux plissés à la Walter Cronkite, et sa grosse bedaine était plutôt avenante. Mais son visage formait un cercle parfait, avec au centre un nez bulbeux qu'on avait envie de presser pour voir s'il faisait *pouet-pouet* — même si ce dernier était très sensiblement aplati suite à un accident ou une altercation. Pour tout dire, lorsqu'on le regardait de face, le visage de l'inspecteur était complètement plat, comme la face de la lune, et on avait l'impression que le bonhomme n'existait qu'en deux dimensions.

— Ça va mieux ? demanda-t-il.

— Oui, répondis-je. C'était juste une petite défaillance.

Les flics m'avaient portée ou accompagnée jusqu'à la bibliothèque. D'autres voitures de police étaient arrivées entre-temps. Et vingt minutes plus tard, Gevinski et les experts de la brigade des homicides faisaient leur apparition.

J'avais hâte de me débarrasser du trench-coat de Richie, mais alors que je cherchais une excuse pour pouvoir monter me changer sans avoir l'air trop frivole, mes genoux se mirent à s'entrechoquer furieusement, comme si j'avais voulu faire un exercice d'aérobic à la Jane Fonda. Je saisis la première chaise qui me tombait sous la main et m'assis à la table de lecture. La table et les chaises faisaient partie des toutes premières acquisitions de Richie en matière d'antiquités anglaises. Les tiroirs du bureau portaient des incrustations en bronze représentant les lettres de l'alphabet. Au début, Richie ne cessait de dire aux invités : « Amusant, non ? Nous l'avons déniché à Londres, dans une vente aux enchères. » Mais après que sa cousine Sylvia, qui était dans le commerce des ongles en acrylique, lui eut éclaté de rire au nez, il avait remplacé « amusant » par « intéressant ». Il va sans dire que, de ce jour, la cousine Sylvia avait été définitivement rayée de la liste des invités.

Gevinski avait pris place en face de moi.

— Ça m'ennuie de vous bousculer comme ça, mais le temps presse, dit-il.

— Je sais. Avant que nous ne commencions à parler, je voudrais vous avouer quelque chose. Je crois que j'ai fait une grosse bourde.

Il hocha la tête en signe d'encouragement.

— Dites-moi tout, insista-t-il, indulgent et magnanime, tel un prêtre s'apprêtant à entendre une monstrueuse confession.

— Hep ! Minute, n'allez pas tirer de conclusions hâtives, le rassurai-je. Je voulais simplement dire que j'ai sans doute quelque peu dérangé la scène du crime.

— Qu'avez-vous fait ?

— J'ai cru un instant que Richie était peut-être vivant, alors j'ai ...

— Vous avez.. ?

— J'ai essayé d'extraire le couteau de sa poitrine. (L'inspecteur ne devint pas cramoisi, il ne grommela même pas. Il ne dit pas un mot.) Je sais que je n'aurais pas dû, mais je l'ai fait sans réfléchir. Je me suis dit : il ne bouge pas, mais peut-être qu'il est encore vivant et que si je lui ôte ce couteau de la poitrine il va pouvoir respirer plus librement. Je suis désolée, inspecteur. Je suis vraiment désolée.

— Quand avez-vous réalisé qu'il était vraiment mort ?

— Je ne sais pas. Sans doute l'avais-je compris dès le début, mais l'espace d'une seconde, j'ai eu cet espoir absurde...

— Je comprends. Vous sentez-vous capable de répondre à quelques questions ?

— Oui.

J'avais les idées plus claires. Je n'étais plus ni en proie à l'hystérie ni terrassée par le chagrin. Mes mains ne tremblaient plus. Simplement, quand j'essayais de croiser les jambes, je n'en avais pas la force.

Gevinski jeta un coup d'œil à sa montre. C'était un de ces machins jaunes avec deux yeux et un sourire en demi-cercle qu'on appelle « smiley faces ».

En matière d'enquêtes policières je m'y connaissais, je savais que le temps était une donnée essentielle. Je connaissais la règle des soixante-douze heures : si dans les trois jours qui suivent un crime la police n'a pas retrouvé l'assassin, les chances de le retrouver un jour sont quasiment nulles.

— Nom exact ? demanda Gevinski, de façon si subite que je tressaillis.

— Rose.

Oh, mon Dieu, comment allais-je annoncer la nouvelle à Ben ? Et à Alex ? Lui et Richie s'étaient engueulés à mort. Et comment allais-je annoncer la nouvelle à ma mère ?

— Le nom du défunt, s'il vous plaît.

— Richard Elliot Meyers.

Ce type n'avait vraiment pas la gueule d'un grand détective. Ça n'était pas le flic plein de compassion refoulée pour les souffrances de l'humanité, ni le genre chien battu comme Peter Falk. Non, Gevinski était d'une tout autre étoffe — c'était le genre rondouillard et asexué, qui ne bouffe que du riz au lait.

— Profession ?

— P-DG de Data Associates.

Gevinski balaya la bibliothèque du regard. Une pièce immense, entièrement lambrissée, contenant trois canapés et je ne sais combien de fauteuils, poufs et guéridons. Plus un palmier provenant de la serre de notre voisine. Deux lustres. Et des bouquins, naturellement. Lorsque Richie avait décidé d'acheter *le Havre des Mouettes*, je m'étais insurgée. Ce n'est pas une maison pour nous, Richie, voyons. Mais il s'était contenté de pincer les lèvres : pareille réflexion ne l'étonnait nullement de ma part. J'insistai : et si nous nous égarions en allant à la cave et que nous ne puissions plus jamais en revenir ? Et puis avec quoi allons-nous garnir une bibliothèque de cette taille ? Ton *Introduction au calcul différentiel* ? Mes *Œuvres complètes de Shakespeare* ? Mes romans policiers en collection de poche ? Seules les éditions de luxe sont dignes d'une telle bibliothèque — mais peut-être ta mère acceptera-t-elle de nous faire don de sa collection reliée du *Reader's Digest*. Ce à quoi il avait riposté par : « Ma mère lit, elle, au moins. »

Mais le propriétaire du *Havre des Mouettes*, producteur d'une série télévisée foireuse (qui avait acheté la propriété à un joueur invétéré, arrière-petit-fils d'un escroc notoire), était enchanté de pouvoir refourguer à Richie le contenu de sa bibliothèque acheté à la compagnie « Livres au mètre ». Ce qui, naturellement, avait déclenché une scène de ménage. Je crois bien l'avoir traité de parvenu. Ce à quoi Richie avait riposté en hurlant que je n'avais pas le droit de le culpabiliser sous prétexte qu'il aimait les jolies choses.

Et c'est ainsi qu'il acheta le manoir qui ne lui revenait pas de naissance. Et que j'achetai une collection complète reliée cuir sur l'histoire de l'aéronautique, les saints catholiques, l'histoire de l'Espagne (en espagnol), et la numismatique. Certes, il était difficile de ne pas déceler une vague odeur de moisi lorsqu'on pénétrait dans la bibliothèque, mais à moins de mourir d'envie de lire quelque chose, il faut bien reconnaître que celle-ci était assez impressionnante.

— S'agit-il d'une fortune personnelle ? demanda Gevinski.

— Lui et un associé ont démarré une petite entreprise. A l'époque, mon seul espoir était que celle-ci marche suffisamment pour nous permettre d'envoyer nos fils dans de bonnes universités et peut-être refaire la cuisine. Qui aurait cru que nous allions finir ici ?

— De quel genre d'entreprise s'agit-il ?

— Documentation. L'entreprise se propose de vous fournir toutes les informations dont vous avez besoin dans n'importe quel domaine. « Savoir, c'est pouvoir », c'est la devise qui figure sur leur papier à en-tête — entre guillemets mais sans citer l'auteur. (Gevinski ne dit rien, cette lacune ne semblait pas le déranger outre mesure. J'ajoutai tout de même pour la forme :) Francis Bacon, *Meditationes Sacrae.*

— Il s'agit d'informations à caractère confidentiel ?

— Non. Simplement des recherches approfondies. Ils ont débuté comme une simple banque de données informatique, puis la compagnie a prospéré. Aujourd'hui elle emploie quatre cents documentalistes à temps plein qui font des recherches en bibliothèque dans le monde entier, plus quelques autres qui interrogent les banques de données existantes.

— Et on peut faire autant d'argent rien qu'avec de la documentation ?

— Leurs clients sont des gens comme Fortune 500, des avocats-conseils, des partis politiques. Ce sont tous des cadres supérieurs, même si, apparemment, ils ne sont pas fichus de consulter un catalogue.

Mon coude glissa brusquement du bras du fauteuil. Lorsque je voulus me remettre d'aplomb, je réalisai que je tremblais comme une feuille. Mes genoux se remirent à jouer des castagnettes.

— J'ai besoin de prendre quelque chose, dis-je. (Le visage de Gevinski demeurait impassible.) J'ai besoin de prendre un calmant.

— Une dernière question, Mrs Meyers. Etes-vous restée éveillée toute la nuit ?

— Non. Je me suis levée pour aller à la cuisine. J'avais un petit creux.

— A quelle heure vous êtes-vous couchée ?

— De bonne heure. J'étais fatiguée. Il devait être neuf heures et demie, dix heures.

— Et à quelle heure vous êtes-vous levée ?

— Trois heures trente, environ.

— Vous avez entendu quelque chose ? (Je secouai la tête.) Un bruit qui vous aurait réveillée ?

— Je ne crois pas, mais je n'en suis pas absolument certaine.

— Vous avez peut-être entendu une bagarre. Nous avons retrouvé des débris d'assiettes.

— Non, c'est moi qui les ai cassées. Je suis désolée — j'ai oublié de vous en parler. Lorsque je l'ai vu à terre, j'ai été prise d'une espèce de crise de folie, je me suis mise à courir en tous sens, je ne savais plus ce que je faisais. Je me suis cognée dans la desserte et j'ai envoyé valser un plat et une soupière.

— Y avait-il quelqu'un d'autre avec vous dans la maison ?

— Non. Nos gosses sont grands, ils ne vivent plus à la maison. Nous avions un couple de domestiques, autrefois, mais maintenant ils travaillent pour mon mari, à New York. (Il hocha la tête.) Il y a une femme de ménage qui vient deux jours par semaine.

Je m'attendais à ce qu'il me balance une vanne de flic, du genre : « Je parie qu'elle a des journées bien remplies », mais il n'en fit rien.

— Nous avons un système d'alarme très sophistiqué, continuai-je. (Gevinski écoutait sans rien dire, de temps à autre il tripotait sa cravate grise parsemée de petites feuilles d'érable jaunes.) J'avais branché le système d'alarme avant de monter me coucher, dis-je. J'en suis absolument certaine. Mais Richie avait le code.

— Et pourquoi ne l'aurait-il pas ?

— Parce qu'il n'habite plus ici.

Il cessa de faire joujou avec sa cravate.

— Où habite-t-il ?

— A New York.

— Vous êtes divorcés ?

— Séparés. Presque divorcés. Nos avocats viennent seulement de se mettre d'accord sur le protocole de séparation. Mais il a quitté le domicile conjugal depuis le mois de juin.

Gevinski se mit à compter sur ses doigts : un, deux, trois, quatre. Octobre ! « Vous l'avez mis dehors ? » Il avait l'air tellement compatissant que si j'avais répondu : « Oui », il aurait sans doute dit : « Vous avez bien fait ! »

— Non. Il est parti de son propre gré. Pour une autre femme.

Gevinski fouilla dans sa poche intérieure et en sortit un carnet à spirale.

— C'est toujours la même rengaine, dit-il plein de tact.

— Toujours.

— Vous connaissez le nom de la femme ?

Je lui donnai le nom de Jessica, ainsi que l'adresse de son duplex et son numéro de téléphone. Je le connaissais, car Richie y avait séjourné en attendant de trouver quelque chose de plus spacieux où ils puissent « prendre toutes leurs aises ». Et pendant que j'y étais, j'ajoutai que Richie avait l'intention de l'épouser dès que le divorce serait prononcé. Bien qu'il ne m'y invitât pas — mais je savais qu'il s'agissait d'une formalité incontournable — je déclinai mes nom, prénom, âge et profession. Il me remercia et les nota sur son carnet. « Vous pouvez m'attendre ici une minute ? », demanda Gevinski. Je dis oui. « Merci de bien vouloir coopérer », ajouta-t-il avant de s'éclipser.

Je pianotai nerveusement sur le bureau, mais l'antique bois ciré étouffait le son de mes doigts. Je me mis à faire les cent pas. Les tapis persans étouffaient le bruit de mes pas. Tout, au *Havre des Mouettes*, était censé conférer élégance et raffinement à ses occupants. Richie avait voulu qu'il en soit ainsi. Je me souviens comme son visage s'était illuminé le jour où la décoratrice lui avait dit de sa voix pincée de salonnarde que la livraison d'une des étoffes — des mètres et des mètres de chintz rose chou — risquait de prendre « un poil plus longtemps qu'à l'ordinaire », car il fallait l'immerger dans des cuves de thé afin de lui donner un aspect jauni, et légèrement passé. Le charme discret de l'aristocratie, quoi.

Mais lorsque le tissu avait fini par arriver, Richie l'avait trouvé hideux. De même qu'il ne supportait plus la décoratrice dont, me confia-t-il, la manie de vouloir faire du vieux avec du neuf n'était rien de plus qu'une manœuvre destinée à séduire une clientèle de nouveaux riches. Il dit que c'était une bêcheuse insupportable, avant d'ajouter : « Vire-la ! » Je l'aurais fait volontiers, mais en la voyant dilater ses narines condescendantes à la Faye Dunaway, je m'étais dégonflée et j'avais dit à Richie de le faire lui-même. « Avec plaisir », avait-il dit. N'empêche qu'il ne réussit jamais à en venir à bout et que nous dûmes dépenser une autre petite fortune dans des rideaux en damassé et des tapisseries Adam avant de la voir débarrasser définitivement le plancher.

Zut, à la fin, il faut absolument que je me change et que je prenne un calmant, songeai-je. Je me dirigeai vers la porte, mais lorsque je voulus franchir le seuil, un flic en uniforme m'en empêcha en levant le bras d'un geste péremptoire.

— Il faut que je me change, dis-je. (Le flic secoua la tête.) Mais pourquoi pas ? (Il haussa les épaules. Son visage était totalement inexpressif.) Je vous en prie, je veux simplement monter dans ma chambre.

— Il faut que je demande la permission à l'inspecteur Gevinski d'abord.

Mais il ne bougea pas d'un pouce.

Je retournai dans la bibliothèque, incapable de penser à autre chose qu'à Richie. Quelqu'un l'avait assassiné. Au moment où il avait rendu son dernier soupir, à l'instant où son cœur avait cessé de battre, avait-il regardé son assassin dans les yeux, ou bien avait-il cherché à fuir ? Avait-il souffert lorsque le couteau avait transpercé la chair et broyé l'os, ou bien était-ce arrivé trop vite ? Avait-il eu le temps de réaliser qu'il était en train de mourir ? Mon cœur s'emballa soudain, et se mit à battre à tout rompre dans ma poitrine.

Pourquoi ce flic était-il aussi borné ? Et l'inspecteur Gevinski : pourquoi s'était-il montré aussi flegmatique lorsque je lui avais annoncé que j'avais essayé d'extraire le couteau ? Comment pouvait-on être aussi compréhensif ? Voyait-il la chose comme un banal réflexe de ménagère qui teste la cuisson du rôti avec la pointe du couteau ?

L'idée d'être dans le trench-coat d'un homme mort m'était absolument insupportable. Je retournai à la porte et demandai à l'australopithèque qui montait la garde :

— Avez-vous demandé à l'inspecteur Gevinski si je pouvais monter me changer ?

— Pas encore. Mais il ne devrait pas tarder, détendez-vous et retournez l'attendre gentiment dans la bibliothèque.

Je battis en retraite, trop accablée pour lui tenir tête. Vous avouerez qu'il y avait de quoi. Mon homme était mort, un couteau Williams-Somona en plein cœur. Mon couteau, ou presque. Selon le protocole de séparation à l'amiable que nous aurions dû signer le week-end suivant si tout allait bien, Richie et moi devions nous partager le fruit de la vente du *Havre des Mouettes*. De plus, le mobilier, incluant, entre autres, une panoplie complète de couteaux de cuisine, me revenait dans sa totalité. Et son avocat avait offert — ce que mon avocate considérait comme une insulte — un dédommagement de deux millions de dollars. Cependant, au lieu de se montrer offensée, Honi avait ri au nez de son confrère en déclarant : « Huit millions et pas un sou de moins. » Ce qui signifiait, m'expliqua-t-elle, qu'ils tomberaient sûrement d'accord sur la moitié de cette somme d'ici au vendredi suivant.

Richie et moi avions échangé nos derniers propos deux jours plus tôt. Il hurlait littéralement dans le téléphone :

— Jessica n'en croyait pas ses oreilles lorsque je lui ai dit ce que ton avocate réclamait ! Et tu sais ce qu'elle a dit ?

Je répondis que ça ne m'intéressait pas, mais il me le dit tout de même :

— Elle a dit que la seule chose qu'elle admirait en toi, c'est que tu avais l'air d'une femme qui sait se contenter de ce qu'elle a !

— Du calme, Richie.

— Je ne te permets pas de me parler sur ce ton !

Il criait si fort que sa voix frôlait le contre-ut. Ses dernières paroles furent : « Je me demande bien ce que tu as fait pour mériter autant d'argent. » Et voilà qu'à présent il était sur le carreau de la cuisine, avec une nuée de flics en train de lui tourner autour, de le photographier sous toutes les coutures et de lui curer les ongles avec des pincettes.

Mais que se passait-il au juste ? A quelle espèce de flic avais-je affaire ? En me voyant ainsi, toute tremblante, Gevinski aurait dû avoir pitié, non ? Il aurait dû s'écrier : « Hep, toi, appelle son toubib, et que ça saute. La p'tite dame a besoin d'un calmant. » Au lieu de cela, il demeurait froid et distant.

Gevinski reparut enfin, à pas feutrés, dans ses chaussures orthopédiques noires, dont la semelle moulée donnait à chaque orteil un traitement de faveur.

— Désolé, dit-il, j'étais au téléphone avec le substitut du procureur.

— Il y a du nouveau ?

— Non, pourquoi ? (Il jeta un coup d'œil à sa montre.) Mr Meyers avait-il des ennemis ?

Sans doute ne s'attendait-il pas à des révélations fracassantes, car il ne prit pas la peine de sortir son bloc-notes.

— Non.

— L'avez-vous entendu tenir des propos désagréables ou malveillants envers quelqu'un dernièrement ?

— Nous ne nous parlions plus guère, lui et moi. Et, à ma connaissance, j'étais la seule personne à qui il avait des raisons d'en vouloir.

Les sourcils de Gevinski formaient deux minuscules touffes de poils de chaque côté de la racine du nez, qui se prolongeaient en deux lignes remontantes. Comme deux points d'exclamation blonds. Ceux-ci remontèrent d'une fraction de millimètre.

— Il était très fâché ?

La subtilité des rapports humains n'était visiblement pas le dada de l'inspecteur Gevinski. Mais avec Richie, gisant *en brochette* [1] de l'autre côté du vestibule, et moi qui avais touché l'arme du crime, je compris que j'avais intérêt à ne pas dire n'importe quoi.

— Ni plus ni moins que n'importe quel mari qui s'apprête à divorcer. Nos avocats étaient en train de négocier les termes de notre séparation, tout n'était donc pas rose et sans nuage entre nous. (Je lui offris un vague sourire de veuve éplorée.) Quant à savoir s'il avait des ennemis, je ne pourrais pas vous dire. Nous n'en étions plus aux confidences, lui et moi.

Oh, je n'irais pas jusqu'à dire que l'inspecteur Gevinski ne souriait pas. Car il souriait. Cependant, son sourire était figé, et je voyais bien qu'il ne me trouvait pas... comment dire ? Sympathique ? Attirante ? Bref : il ne me trouvait ni sympa ni attirante. Il y avait autre chose. Il acceptait tout ce que je lui disais — cause toujours tu m'intéresses — mais n'avait pas l'air d'y croire une seconde.

Le stress extrême, notamment celui déclenché par un inspecteur de la criminelle qui ne croit pas un traître mot de ce que vous êtes en train de lui raconter, a pour effet de déclencher à son tour tous les symptômes de la ménopause. Et vlan ! Me voilà soudain prise de vertiges et d'une envie

1. En français dans le texte. *(N.d.T.)*

irrésistible de dormir. Je serrai désespérément les mâchoires afin de réprimer un bâillement. Simultanément, je me sentis gagnée par une bouffée de chaleur, et l'instant d'après, en nage comme si je venais de courir le marathon, je m'agrippai de toutes mes forces au dossier d'un fauteuil pour ne pas m'effondrer. Je m'essuyai le front d'un revers de manche, réalisant trop tard que le Burberrys de Richie était hydrophobe. Gevinski ne me quittait pas des yeux.

— Voyons, voyons. Richie avait-il des ennemis ? repris-je, histoire de meubler la conversation. Richie était plutôt du genre sympathique. Un chouette type, comme on dit. *Charmant*. Aucun ennemi.

Pas d'amis non plus. Même au début, lorsque nous habitions Shorehaven, à Cape Cod, un lotissement où les maisons étaient si proches les unes des autres qu'on voyait ce que les voisins avaient dans leur assiette, et où la promiscuité engendrait une sorte de camaraderie bon enfant à l'américaine : Tu-me-passes-la-moutarde-et-je-te-prête-mon-Karcher, Richie restait toujours sur son quant-à-soi.

Oh, ça n'était pas un pestiféré. Les voisins venaient volontiers le trouver lorsqu'ils avaient besoin de calculer combien il leur fallait de mètres carrés de faïence mexicaine pour refaire la salle de bains du rez-de-chaussée, ou pour causer football. Tout le monde disait : « C'est un prof formidable. Non seulement il est fort en maths, mais en plus il est hyper-sympa. » Et c'était vrai. Il était toujours partant pour faire un méchoui ou regarder un match de foot à la télé avec les voisins. Mais je n'ai pas souvenance de l'avoir jamais vu aller prendre un verre avec un copain, ou recueillir des confidences de la part d'untel ou untel.

A cette époque, bien avant que les grosses têtes comme Carter Tillotson ne daignent l'apercevoir lorsqu'ils le croisaient au rayon bricolage du supermarché, et encore moins lui proposer une partie de tennis, Richie n'avait pas de vrai partenaire pour jouer sur les courts de tennis publics du parc municipal de Shorehaven, on ne l'invitait que pour remplacer les éclopés ou les absents. Parfois, je le regardais laver la voiture ou tondre la pelouse en me demandant pourquoi il n'était pas plus aimé. Pour les gosses de ma classe, la popularité était une chose capitale. Je sais que je n'aurais pas dû, mais il m'arrivait de regretter que Richie ne ressemble pas davantage aux autres maris du lotissement qui arboraient sans complexes le tablier de leur femme pour faire le barbecue.

Un jour, je lui demandai qui était son meilleur ami. Il avait répondu par une boutade : « Toi, bien sûr. » Mais j'avais insisté : « Arrête, Richie. Si tu avais un problème avec moi, qui irais-tu trouver ? » Il avait souri. Un petit sourire penché, désarmant. « Toi, bien sûr. Maintenant lâche-moi, veux-tu, Rosie. Tu sais bien que les hommes n'ont pas le même genre de rapports entre eux que les femmes. Et puis, fais-moi grâce de tes théories sur la peur de l'autre. » Après quoi il m'avait attirée à lui et posé ma main sur son sexe. Richie ne recherchait jamais la franche camaraderie.

— Je ne sais pas si on peut appeler cela un véritable ennemi. Mais l'ex-associé de Richie lui en voulait tout particulièrement. Il s'appelle Mitchell Gruen.

— C'est-à-dire ? demanda Gevinski sans vraie curiosité, mais plutôt contrarié à l'idée de devoir ajouter une page supplémentaire à son rapport.

— Nous étions tous les trois profs dans le même lycée du Queens, dans les années soixante. Richie avait choisi de devenir prof pour pouvoir échapper au Viêt-nam. Il était diplômé en maths et en sciences sociales. Mitch était prof de maths. Et c'était un fou d'informatique. (Gevinski croisa les bras sur sa bedaine et jeta un autre coup d'œil à sa montre. J'accélérai le débit :) Bref, après la naissance de notre premier bébé, nous étions un peu gênés. J'avais pris une année de congé maternité, et Richie était à la recherche d'un boulot d'appoint. Mitch en avait déjà un, il vendait des ordinateurs au porte-à-porte. Le client qui achetait un ordinateur recevait des cours à domicile à raison d'une fois par semaine jusqu'à ce qu'il sache maîtriser l'appareil.

— Et alors ? demanda Gevinski.

— Alors Mitch était un vendeur exécrable. Il adorait les ordinateurs, mais pas les clients. Si bien que sa compagnie avait menacé de le mettre dehors s'il n'améliorait pas son chiffre d'affaires. C'était un fou d'informatique. Tout son fric y passait. Il était constamment à court d'argent. Si bien qu'un jour il proposa à Richie de l'accompagner dans ses tournées et de devenir son associé.

— Je ne voudrais pas vous bousculer, Mrs Meyers, mais le temps presse.

Le ton de Gevinski n'était pas franchement cassant, mais ce que je lui racontais ne le passionnait visiblement pas. J'essayai de me dire que mon affolement n'était pas fondé, même si, dans le roman policier américain, l'épouse, et *a fortiori* l'épouse répudiée, arrive toujours en tête de liste des suspects. En particulier si le lieu du crime est le domicile conjugal et si l'arme du crime est un de ses couteaux de cuisine. Et lorsque la femme a laissé ses empreintes digitales sur le manche, alors là, c'est le bouquet !

Mais de là à m'imaginer que l'inspecteur Gevinski me considérait comme suspecte, alors qu'il ne connaissait absolument rien de la vie de Richie, il y avait une marge. N'empêche, j'aurais préféré qu'il se montre un peu plus curieux quant à l'identité de l'assassin.

— Richie est donc devenu l'associé de Mitch, dis-je précipitamment. Quatre fois par semaine ils travaillaient ensemble jusqu'à dix ou onze heures du soir. En l'espace de six mois ils firent décupler les ventes et la compagnie décida d'élargir son rayon d'action. Mais au bout d'un an, Richie comprit que l'avenir n'était pas dans la vente des PC ni même dans le concept des cours à domicile.

— Où était-il, alors ?

— Dans la documentation. Un de leurs clients était dans le prêt-à-porter. Il avait demandé à Richie et à Mitch de faire quelques recherches pour lui. Il voulait racheter une entreprise californienne de création de tissus. Bref, en un mot comme en cent, Mitch avait interrogé pour lui les banques de données. Moi, j'avais fait les recherches en bibliothèque, et rédigé le rapport. Richie savait s'exprimer, mais il avait horreur d'écrire, quant à Mitch il n'avait jamais dépassé le stade du style télégraphique.

— Et Mr Meyers ?

— Il était chargé des relations humaines. Et il était très fort. Même lorsqu'il avait affaire à de parfaits inconnus... Il appelait des gens en Californie dont le nom était répertorié dans la base de données, et au bout de quelques minutes les gens se mettaient à lui raconter leur vie au téléphone. Là où il était vraiment très fort, c'est quand il s'agissait d'appâter le client, il laissait tomber ici et là des bribes d'information que Mitch et moi-même avions glanées, et le client était tellement excité qu'il voulait en savoir plus. Richie était un séducteur-né. Il savait exactement ce qu'il fallait mettre dans les rapports pour allécher les clients. Des phrases courtes, percutantes. Pas de grands mots ronflants. Avec une pincée de jargon informatique pour donner un aspect scientifique à la chose. Et de temps à autre, il me demandait de ne pas faire d'appel de note. A la place il me demandait d'écrire : Nos sources nous informent que... Et ça marchait ! Au lieu des cinq cents dollars qu'il leur avait promis au départ, le client leur signa un chèque de mille dollars. Ensuite, il engagea Richie et Mitch pour faire des recherches sur un nouveau procédé permettant d'élaborer de nouvelles techniques de fabrication, et, surtout, il les recommanda à un de ses amis du country-club, qui les recommanda à son tour à quelqu'un d'autre. Les clients revenaient toujours. En 1977, ils se firent chacun vingt mille dollars nets. Tant et si bien qu'en 1979, Richie réussit à convaincre Mitch d'abandonner l'enseignement et de fonder Data Associates avec lui.

— Et c'était ce Mitchell Gruen qui faisait les recherches et Mr Meyers qui traitait avec les clients ?

— Oui. Au bout de quelques années, leur chiffre d'affaires tournait aux alentours de dix millions de dollars par an. Vingt millions vers le milieu des années quatre-vingts. Et pendant ce temps, Mitch continuait à faire le même travail de recherche qu'au début — et d'empocher la moitié des bénéfices. Ce qui, du point de vue de Richie, n'était pas équitable. Car la compagnie avait embauché une centaine de profs qui faisaient exactement le même boulot que Mitch.

— Et c'est alors que votre mari a décidé de se débarrasser de lui ?

— Exactement. Je crois que ça s'est passé l'année d'après. Il a engagé un analyste financier afin de faire estimer la société. L'analyste a fait un boulot remarquable. Richie est allé trouver Mitch, compte rendu à l'appui, et il lui a dit : « Je suis prêt à te racheter ta part de la société, ou à te céder la mienne. La part vaut sept millions de dollars. Mais il est exclu que nous restions ensemble. » A dire vrai, Data Associates, c'était toute la vie de Mitch. Il avait libre accès au matériel informatique le plus sophistiqué qui soit, et il était riche par-dessus le marché. Il avait même pris l'habitude de se déplacer en limousine. Pauvre Mitch, lui qui nageait littéralement dans la félicité ! Bref, après avoir revendu sa part à Richie, Mitch a essayé de monter sa propre boîte. Mais il a échoué. Ensuite, il s'est lancé dans les placements. De très gros et très mauvais placements. Il avait la poisse, aucun sens des affaires. Tant et si bien qu'il a dilapidé entièrement ses sept millions de dollars, et qu'il est devenu à moitié fou. Il tenait Richie pour responsable de tous ses déboires. Et puis, c'était il y a trois ans environ, il a réussi à accéder au réseau informatique de Data Associates et à se procurer le mot de passe. C'est alors qu'il a effacé la totalité des programmes. Sans doute n'était-ce pour Mitch qu'une petite vacherie sans conséquence, n'empêche qu'il a fallu six mois et deux millions de dollars pour réparer les dégâts.

— Mr Meyers a-t-il porté plainte ?

— Oui.

— Et le Mitch en question, est-il allé en prison ?

— Non, mais il a été condamné à une amende de cent mille dollars — qu'il ne possédait pas. Après avoir fait appel et perdu le procès, il a appelé Richie et lui a dit : « Je t'ai donné la vie, et toi tu me saignes à blanc. » Il a dû vendre la plus grande partie de son matériel informatique pour payer la première échéance de l'amende.

Gevinski finit par sortir son bloc-notes.

— Epelez-moi le nom du bonhomme. (J'obtempérai.) Où est-il à présent ?

— Je l'ignore. Il vit à New York. Oh, mais je sais qui pourrait vous renseigner à son sujet : la chargée de relations publiques de Data Associates. Jane Berger. Elle connaît Mitch mieux que personne. C'est curieux d'ailleurs : c'est la femme la plus occupée de New York, mais elle trouve tout de même le moyen de garder le contact avec Mitch — par modem interposé. Je n'ai jamais compris cette amitié. Elle est parfaitement saine d'esprit, Mitch est givré au-delà de ce qu'il est possible d'imaginer. Quoi qu'il en soit, elle a dit à Richie que Mitch vivait en ermite, stores baissés, sans sortir de chez lui pendant des mois. Il paraît qu'il commande même ses repas par fax pour ne pas avoir à parler au téléphone.

— A-t-il proféré des menaces à l'encontre de votre mari ou des gestes ?

Je ne suis pas le genre à saquer mes élèves pour une faute de syntaxe, mais là Gevinski passait les bornes.

— Pas à ma connaissance.

Brusquement, sans dire un mot, Gevinski se leva et partit en direction de la porte. Accorde-lui le bénéfice du doute, songeai-je en le regardant s'éloigner. Peut-être s'apprête-t-il à rédiger un rapport détaillé sur Mitch.

Je m'écriai :

— Il est certainement dans l'annuaire de Manhattan. (Les coins de la bouche de Gevinski remontèrent en un sourire figé.) J'ai oublié de vous dire quelque chose, ajoutai-je en haussant encore le ton. (Il fit un signe de la tête sans bouger de là où il se trouvait.) L'analyste financier qui a fait l'évaluation de Data Associates, c'est Jessica Stevenson. La femme pour qui il m'a quittée. Richie était tellement impressionné par son analyse qu'il a passé près d'un an à lui faire du gringue pour qu'elle quitte sa boîte et qu'elle entre à Data Associates.

— Prenez patience, me lança-t-il depuis l'autre bout de la pièce.

C'est ce que je fis — pendant deux minutes environ. J'examinai plusieurs étagères de la bibliothèque. Puis le téléphone. Tôt ou tard, il faudrait que je me décide à appeler les garçons. Les garçons ? Bah, lorsqu'il s'agissait des choses du cœur, je les considérais comme je considérais mes élèves : de grands gosses, intéressants et sexuellement actifs. Mais comment fait-on pour annoncer à un gosse que son père a été assassiné ?

Ben était en quatrième année de médecine à l'université de Pennsylvanie. J'appelai chez lui, tout en sachant qu'à cinq heures du matin il était probablement à l'hôpital, mais j'avais besoin d'entendre son allô, sonore et rassurant. En entendant la voix de sa copine — qu'Alex avait surnommée Polaramine — je faillis raccrocher. Mais je dis : « Rose Meyers au téléphone. Je voudrais parler à Ben. »

En tant normal j'eusse été capable d'adresser un « Comment allez-vous ? » à peu près cordial à Polaramine, ou même de lui demander si le rhume des foins ne faisait pas trop de ravages cette année. Je reconnais que ça ne vole pas très haut, mais que pouvais-je dire à une allergologue de trente-cinq ans particulièrement ennuyeuse et fermement décidée à épouser mon fils de vingt-quatre ans ?

— M'man ?

Ben prit aussitôt la communication.

— Ben...

Il sentait que quelque chose n'allait pas.

— Qu'y a-t-il ?

— C'est papa, dis-je, en réalisant soudain que j'aurais dû dire « ton père ».

— Il a eu un accident ? (Sans me laisser le temps de répondre, il murmura :) Il est mort ? (Je hochai la tête.) M'man ?

— Je suis désolée, Benjy.

— Que s'est-il passé ?

Il parlait d'une voix distante de clinicien, comme s'il attendait le rapport d'autopsie d'un patient décédé au cours de la nuit.

— Il a été tué, chéri.

Tout d'abord il fut incapable de dire quoi que ce soit. Et lorsqu'il réussit enfin à parler, sa voix s'étrangla.

— Dans un accident ?

Je lui dis, en quelques mots, ce qui s'était passé. Il me posa des questions sur le couteau. Où et comment était-il planté ? A quel angle, le savais-je ? Je comprenais Ben. Ça n'était pas de la curiosité malsaine, simplement il voulait se rassurer, se dire qu'on n'aurait pas pu le sauver, de toute façon.

— Apparemment, l'aorte a été sectionnée, dit-il. Il n'avait aucune chance de s'en sortir. (Puis il ajouta :) M'man, comment te sens-tu ?

— Je ne sais pas. C'est tellement horrible que j'ai l'impression que je vais flancher. Et en même temps je me sens complètement détachée, comme si j'étais en train de lire un de ces articles du magazine *New York* relatant un meurtre véritable, avec des formules comme « débris humains » !

— Calme-toi, m'man, je t'en prie.

— Je suis calme, nom d'une pipe ! Mais quand je suis descendue chercher un yaourt à la cuisine et que j'ai trébuché sur — oh, excuse-moi.

— Ce n'est rien. As-tu prévenu Alex ?

— Pas encore.

S'il y avait des mots susceptibles d'atténuer un peu le chagrin de Ben, c'était bien ceux-là.

— Sait-on qui est l'assassin ?

— Non, je ne crois pas. Il est encore trop tôt. Oh, Ben, il est encore ici ! Dans la cuisine.

Une minute se passa sans que nous parvenions à échanger un mot. Finalement, Ben trouva la force de briser le silence.

— Ecoute, m'man. Je m'habille et j'arrive. Je serai là dans pas longtemps. D'accord ? Nous n'allons pas te laisser tomber, m'man. Tu vas voir, on va tous se serrer les coudes.

Des paroles réconfortantes s'il s'était agi de m'man et de ses deux garçons, mais dans l'esprit de Ben il s'agissait de lui, de moi et de... impossible de me rappeler son nom. Melissa ? Marissa ? Miranda ? Elle et Alex avaient eu une petite explication, un jour. Alex avait éternué trois fois de suite et elle avait aussitôt déclaré : « C'est dans la nourriture. Pas de discussion : il me faut une liste de tous les aliments douteux. » Depuis ce jour, Alex l'avait surnommée Polaramine et ne se privait pas d'éternuer. J'avais éternué, moi aussi, mais elle ne me conseilla jamais de faire une liste.

C'était le genre de bonne femme qui vous fichait un repas de famille en l'air, en déclarant subitement : « Vous seriez étonnés de voir le nombre de produits à base de céréales qui entrent dans le régime alimentaire de l'Américain moyen. » Mais Ben disait qu'il l'aimait.

J'appelai Alex, mais, bien entendu, monsieur n'était pas chez lui. A vingt et un ans, suite à un renvoi de l'université du Massachusetts, il gagnait sa vie comme guitariste et chanteur de Cold Water Wash, un groupe qui, selon lui, commençait à se faire un nom dans les cercles de musique alternative de Nouvelle-Angleterre. Sur son répondeur, le message était plutôt relax : « Vous disiez... ? »

Que pouvais-je dire ? Que j'appelais juste pour dire que ce ne serait pas la peine d'acheter de cadeau pour la fête des pères ? J'étais tellement déconcertée par le signal sonore annonçant le début du message que je bredouillai quelque chose du genre « Appelle à la maison, c'est urgent ». Je n'étais pas franchement surprise de constater que, pour une fois que je l'appelais à cinq heures et demie du matin, Alex n'était pas chez lui.

Quelque chose de terrible lui était peut-être arrivé à lui aussi.

A six heures moins le quart, Gevinski reparut dans la bibliothèque en sirotant bruyamment ce qui ressemblait à un jus de chaussettes tout droit sorti d'une machine à café. J'arborai mon sourire le plus gracieux et, je l'espère, le plus coopératif en disant :

— Vous auriez dû me dire que vous vouliez du café, je vous en aurais fait un.

— Parce que vous vous imaginez que je vous aurais laissé pénétrer sur les lieux du crime ? railla-t-il. Je vous rappelle, à toutes fins utiles, que la cuisine est le lieu du crime.

— Je vous ai fait des excuses.

— Bien sûr. Y a pas de mal.

Mais les paroles de Gevinski étaient lourdes de sous-entendus. Il tira son bloc-notes de sa poche et se mit à le feuilleter si précipitamment qu'il déchira une page.

— Votre mari vous a quittée pour Jessica Stevenson, c'est bien cela ?

— Oui. Vous lui avez parlé ?

— Chaque chose en son temps, voulez-vous ?

— Oui, bien sûr.

— Merci. Vous disiez que Mr Meyers avait quitté le domicile conjugal fin juin, c'est cela ?

— Oui.

— Et qu'avez-vous fait depuis ?

— Je suis retournée travailler après Labor Day [1], lorsque l'école a repris.

— Et qu'avez-vous fait tout l'été ?

— Eh bien, Richie et moi avions prévu de faire une croisière en Grèce en juillet, et j'avais prévu de passer le mois d'août à préparer quelques textes pour la rentrée. *Printemps silencieux*, *Le Destin de la terre*, *Chevauchée matinale*.

J'avais espéré que Gevinski noterait les titres, mais à ma grande déception il ne le fit pas.

— Et qu'avez-vous fait à la place ?

— Je me suis assise sur les marches de l'escalier qui mène à la plage et pendant deux mois j'ai scruté l'horizon. J'étais une véritable loque.

— Votre mari était parti définitivement ?

— Ses vêtements, ainsi que presque toutes ses affaires, sont restés ici, mais lui est parti.

— Etait-ce définitif ? Il n'est pas revenu vous voir après être parti — vous un soir, Jessica le lendemain ?

— Non.

— L'avez-vous revu après qu'il eut quitté la maison ?

— Une fois, chez mon avocate. Il était avec son avocat.

— Et sinon ?

— Non. Il prétendait qu'il serait moins pénible pour tous les deux de régler ce qui restait à régler entre nous par téléphone.

— Il y a une chose qui me chiffonne, cependant, Mrs Meyers.

— Quoi donc ?

— Peut-être allez-vous pouvoir m'aider. Si Mr Meyers était parti définitivement, comment se fait-il qu'il soit revenu hier soir, sans y avoir été invité — et précisément pour se faire assassiner ?

---

1. Fête du travail (célébrée le 1er lundi de septembre). *(N.d.T.)*

3

Peu après six heures trente, un des hommes de Gevinski vêtu d'un costard comme je n'en avais encore jamais vu (couleur rouille) entra dans la bibliothèque. Il me dit que je pouvais monter me changer. Les flics avaient besoin de quelques minutes pour fouiller tranquillement la bibliothèque, songeai-je, lorsque l'eau se mit à clapoter sur mon bonnet de douche. Mais pour trouver quoi ? Six volumes reliés cuir et dorés sur tranche de la vie de saint Bruno ? Des photos de famille prises en des temps meilleurs, avec nous quatre affublés de lunettes de plongée et souriant de toutes nos dents ? Les pochettes d'allumettes de restaurants que Richie conservait dans le tiroir du bas de son bureau et qu'il avait cessé de collectionner le jour où il avait réalisé que c'était ringard ? Je vivais dans la hantise qu'elles ne s'enflamment spontanément et que *le Havre des Mouettes* finisse comme Thornfield [1].

Je m'habillai comme pour aller au lycée — pantalon de lainage, chemisier de soie jaune, pull —, pris un Xanax, en ayant soin d'en glisser un deuxième dans ma poche. Dire que j'en étais réduite à prendre des tranquillisants, comme les bourgeoises, plutôt que de me descendre une bonne rasade de whisky ! Malheureusement, je n'avais plus le foie assez solide pour pouvoir prendre une cuite.

Du jour où le rêve américain s'est enfin réalisé pour Richie et moi, nous avons cessé d'être des Américains combatifs pour devenir des toutous de salon. Nous avons commencé par embaucher des gens pour faire le ménage. Puis pour faire la cuisine, pour changer l'eau des fleurs, et arroser les tomates.

1. Château du célèbre roman de Charlotte Brontë, *Jane Eyre*. *(N.d.T.)*

D'autres ont suivi, pour faire nos comptes, nettoyer la piscine, payer les impôts, placer notre argent. Nous avons engagé un précepteur français pour Ben, un psychiatre pour Alex, un prof de gym pour Richie, une manucure pour moi, et un médecin de famille pour nous tous. Mes nuits blanches, je les passais dorénavant dans des draps de coton d'Egypte repassés à la main par la blanchisseuse.

Je n'aurais jamais imaginé que l'argent pouvait à ce point vous compliquer la vie. Sans parler des déclarations d'impôts épaisses comme les œuvres complètes de Victor Hugo. Je veux dire que nous avons progressivement perdu le contact avec la réalité pour glisser dans l'univers délicatement parfumé des riches et des nantis.

Et savez-vous comment c'est arrivé ? Lorsque nos vieux copains voyaient le chauffeur au volant de la Mercedes familiale, ou la cuisinière en train de préparer une salade de homard, ils éclataient de rire en s'écriant : « Non, mais je rêve ! » Ce qui avait le don d'exaspérer Richie et de me mettre mal à l'aise. Si bien que nous avons commencé à fréquenter des gens comme nous, des gens qui avaient des domestiques et un chauffeur, et qui vivaient dans des villas de vingt ou trente pièces. Peu à peu, nous avons coupé les ponts avec les vieux copains. Ce fut étonnamment facile, du reste. Nous nous disions qu'il n'y avait plus moyen de les fréquenter parce qu'ils enviaient notre argent, ou parce qu'en dépit de tout notre argent ils refusaient de voir que nous n'avions pas changé.

Au lieu de passer les samedis soir autour du barbecue en compagnie d'un couple de voisins, nous nous rendions à des galas de charité à East Hampton. C'est là-bas que nous avons fait la connaissance d'un gros propriétaire de centres commerciaux, originaire d'Athens (Georgie), qui nous a proposé de faire une croisière sur son yacht en Méditerranée. Si bien que nous avons cessé d'aller au chalet des monts Adirondacks où nous pêchions chaque été depuis quinze ans. Ivres de soleil et de Dramamine, nous voguions sur un énorme yacht en compagnie d'étrangers en marinière blanche. Je n'ai jamais réussi à lire *Les Ailes de la colombe*. Faute de temps. Car comme tous les autres invités, j'étais obligée d'ingurgiter les Mémoires d'un odieux arbitragiste sous peine de ne pas pouvoir participer à la conversation du dîner, au-dessus d'une portion congrue de bar en papillote.

Le Havre des Mouettes, la maison de nos rêves, se dressait au sommet d'une falaise dominant tout Long Island Sound. Dans notre chambre à coucher, si vous vous réveilliez à temps pour le lever du soleil — il faut dire qu'à moins d'avoir un sommeil de plomb, avec les mouettes qui piaillaient tout ce qu'elles savaient en déféquant sur le toit de la maison dès les premières heures du jour, il était difficile de faire autrement —, vous aviez une vue plongeante sur la pelouse, avec la mer gris-bleu à l'ouest, et Manhattan resplendissant au loin dans la lumière dorée du petit matin. Si vous vous réveilliez à l'est, dans la chambre à coucher de Ben ou d'Alex, vous aperceviez le vert ondoyant des pelouses du comté de Westchester.

Bref, si vous ne quittiez pas ce côté-là de la maison, vous pouviez passer une vie entière à vous imaginer que l'Amérique était un paradis.

En revanche, de l'autre côté, la vue était nettement moins réjouissante, à cet instant précis, tout au moins. Je pressai mon nez contre la baie vitrée qui éclairait l'escalier. J'avais une vue plongeante sur les voitures de police, une fourgonnette, une ambulance, et une unité mobile de télévision aux allures de sous-marin qui remontait l'allée principale. Deux flics en uniforme allèrent à sa rencontre en hochant la tête. D'un geste du pouce ils lui intimèrent de rebrousser chemin, ce que fit le camion, à contrecœur, non sans écraser au passage un massif d'azalées.

Je retournai à la bibliothèque, prête à affronter Gevinski : Qui a averti la presse ? Où vous croyez-vous ? Mais il n'y était pas.

En revanche, Dieu merci, mon amie Cass s'y trouvait.

— Comment as-tu su ? demandai-je.

— Rosie, commença-t-elle, c'est épouvantable. (Cass était une très grande dame. Pas en centimètres, bien que son port de reine la fît paraître plus grande qu'elle ne l'était en réalité — un mètre cinquante-deux et demi pour un tour de taille à peu près équivalent. Mais son visage d'ébène était si finement sculpté que les gens remarquaient rarement que cette tête de statuette yorouba était posée sur un corps de bouddha. Et quand elle parlait, alors là...) Nous sommes passées te prendre à sept heures moins le quart, pour la promenade. Mais voyant que tu n'arrivais pas, nous avons décidé de gravir le sentier et de lancer des cailloux contre ta fenêtre.

Cassandra Higbee parlait d'une voix nonchalante d'agrégée

habituée à prendre tout son temps pour formuler ses pensées, et habituée à ce qu'on l'écoute.

Cass n'était peut-être pas aristocrate de naissance, mais cela ne l'empêchait pas d'avoir une classe folle. Oui, la promenade de cinq kilomètres avait été annulée pour cause de meurtre du mari de l'une des participantes. Oui, à cet instant précis, deux hommes rougeauds arborant l'uniforme bleu de l'institut médico-légal passaient devant la porte de la bibliothèque avec une civière. Imperturbable, Cass me saisit par les épaules et me fit faire demi-tour pour m'entraîner vers le canapé. Ce faisant, elle parvint presque à me masquer la vue d'un troisième larron qui les suivait, un sac de plastique noir à la main.

— Un sac à viande, dis-je.

— Allons, Rosie.

— Mais si, c'est un sac à viande.

— Si tu consacrais plus de temps à Edith Wharton, plutôt qu'à tes romans imbéciles où le privé imbibé d'alcool dépose un dernier baiser sur les lèvres en décomposition de sa chère et tendre, tu ignorerais tous ces détails sordides.

— Edith Wharton était une antisémite notoire.

— Sans doute, sans doute, dit-elle d'une voix apaisante. Bien, je suis venue pour t'aider. Que dirais-tu d'un bon petit cognac du matin ?

— Merci, mais j'ai déjà pris mon petit Xanax du matin.

— Dans ce cas, assieds-toi. Nous pouvons parler si le cœur t'en dit, sinon nous pouvons nous taire.

Jamais Stephanie et Madeline, les deux autres femmes avec qui nous faisions de la marche à pied, n'auraient fait preuve d'un tel sang-froid. Stephanie Tillotson, bien que l'épouse la plus accomplie de la terre, n'aurait sans doute gardé son sang-froid que le temps de confectionner deux ou trois terrines maison et une demi-douzaine de baguettes, pour les visiteurs éventuels désireux de casser une petite graine avant l'autopsie. Madeline Berkowitz, quant à elle, se serait probablement enfermée trois semaines durant pour pondre une de ses œuvres (présumées) littéraires — quelque chose comme « *Néomicide : Ode à l'exécution d'un mari papillonnant* ».

Mais Cass gardait tout son calme, même si, l'espace d'un instant, la vue du sac à viande conféra une certaine verdeur à son teint — c'est ainsi que les Noirs pâlissent. Mais, avec une grâce sans pareille, elle plaça une Nike devant l'autre et se laissa tomber sur le canapé qui lui tendait les bras. En dépit de son sweat-shirt bleu marine et de son pull à col roulé rouge, elle était comme toujours très élégante et sûre d'elle-même. Elle soupira :

— Non, mais tu imagines. En arrivant en haut de l'allée, nous sommes tombées sur une banderole de plastique jaune avec « Enquête en cours ».

J'entendais la voix de Gevinski et de ses hommes dans la cuisine. Ils étaient en train de tenir une espèce de conférence, mais le brouhaha était tel qu'il n'y avait pas moyen de comprendre ce qu'ils disaient.

— Les flics n'ont pas cherché à t'éconduire ? demandai-je.

Cass chassa un moustique imaginaire, illustrant ainsi les difficultés qu'elle avait rencontrées. Puis elle tapota le coussin qui se trouvait à côté d'elle. Je m'y assis. Elle prit ma main dans la sienne.

— Je suis désolée, Rosie.

— Lorsqu'il ma quittée, j'ai cru que c'était la pire chose qui pouvait m'arriver.

Cass sortit un mouchoir de sa manche ; elle ne croyait pas aux Kleenex. Je le pressai de toutes mes forces contre mes yeux. J'aurais voulu pleurer, mais j'en étais incapable.

— C'est vraiment terrible, dit-elle. Mais tu t'en remettras, tu verras. Et je serai à tes côtés lorsque tu auras besoin de moi.

Je n'avais pleuré qu'une seule fois en présence de Cass, le dimanche où Richie m'avait quittée, et ç'avait été concluant. Cass n'avait pas sa pareille pour vous consoler. Elle ne reniflait pas, ne cherchait pas à vous remonter avec des encouragements imbéciles, ne s'irritait pas de votre hystérie, pas plus qu'elle ne vous serrait contre son cœur pour faire de vous sa sœur spirituelle. Elle restait assise en silence.

Elle reprit son mouchoir, tout ramolli après être passé entre mes mains moites.

— Non, dit-elle, sans me laisser le temps d'ouvrir la bouche. Inutile de l'envoyer au blanchissage. (Elle le replaça dans sa manche.) Oh, j'oubliais. Madeline et Stephanie t'envoient leurs condoléances.

— Elles sont ici ? demandai-je d'une voix sans doute pleine d'appréhension.

— Mais non, voyons. Madeline a dit qu'elle repartait chez elle. Sans doute veut-elle entrer en communication avec la femme-enfant qui sommeille en elle et qui lui sert de muse. N'y a-t-il donc personne pour l'en empêcher ? dit Cass de sa voix policée de prof agrégée. Quant à Stephanie... (Elle poussa un soupir qui en disait long sur ce que lui inspirait le dynamisme de Stephanie.) A l'heure qu'il est, elle est probablement plongée dans un manuel de rites religieux juifs.

— Tout en préparant un plat grand comme ça de saumon fumé et de bayguel [1].

Stephanie avait renoncé à sa carrière d'avocate pour embrasser celle de femme au foyer modèle.

Cass dit :

— Rosie, dis-moi ce que je peux faire pour toi — en dehors du saumon fumé et des bayguel qui ne sont absolument pas de ma compétence.

— Si tu pouvais m'accorder un congé pendant...

Tout à coup l'énormité de ce qui s'était produit dans ma cuisine me sauta aux yeux.

— Il te faudra bien deux ou trois semaines, décréta Cass. Peut-être même jusqu'à la fin du semestre. Voire jusqu'à la fin de l'année. (Lorsque votre meilleure amie est aussi votre supérieure hiérarchique, ce genre de proposition est plutôt touchant. Cela dit, depuis dix ans que nous travaillions ensemble, je n'avais jamais demandé une seule faveur à Cass.) Prends tout le temps qu'il te faudra. Si le règlement s'y oppose nous le contournerons, et s'il le faut nous l'enfreindrons.

La main de Cass était large, chaude et réconfortante. Tout à coup, je réalisai que je la tenais toujours dans la mienne. Je la lâchai.

— Cass ?

— Oui ?

— Je crois que je suis dans la panade.

Elle fit étalage de son don qui consistait à ne soulever qu'un seul sourcil à la fois.

— Comment cela ?

— J'ai l'impression que l'inspecteur de police chargé de l'enquête ne me croit pas.

Cass redressa la tête, relevant son double menton comme pour capter un message capital émis sur une fréquence inaudible pour l'oreille humaine. Lorsqu'elle en sut assez, elle me regarda droit dans les yeux.

— Rosie, un conseil d'amie. Tout ceci est bien réel, il ne s'agit pas d'un roman policier.

— Je sais, mais je sens que les choses ne vont pas comme elles devraient aller.

---

1. Petit pain rond fait de farine blanche, qui était traditionnellement servi, dans les maisons juives, après un enterrement. *(N.d.T.)*

— Mais qu'est-ce qui te fait dire ça ?

— Le fait que Richie soit revenu à la maison précisément pour se faire tuer. L'inspecteur y voit une coïncidence troublante.

— Ce qui n'est pas absolument idiot.

— Je t'en prie, Cass, un peu moins d'ironie, veux-tu ? Et un peu plus de compassion.

— Bien, ce qu'il dit n'est pas totalement dénué de bon sens. Mais cela ne veut pas dire qu'il va t'emmener au poste pour te passer à tabac. Pourquoi Richie est-il revenu à la maison ?

— Comment veux-tu que je le sache ?

— Tu ne l'as pas invité ? Même pas une vague invitation du style « Passe me voir si tu es dans le coin » ?

— Non. Il savait qu'il n'avait pas besoin d'une invitation. Mais comment se fait-il qu'il soit revenu en pleine nuit ?

Cass se mâchonnait l'intérieur des joues. C'était une mastiqueuse-née. Son esprit travaillait mieux lorsque sa mâchoire était en action. Elle fustigeait le chewing-gum, mais elle ne quittait jamais la maison sans emporter un bâton de réglisse.

— Tu veux un bretzel ou quelque chose ? demandai-je.

— Dans l'immédiat je me contenterai de mes joues, merci. Dis-moi, pourquoi Richie a-t-il cherché à s'introduire en douce dans la maison ?

— Peut-être voulait-il me voir ?

— En pleine nuit ?

Je démarrai au quart de tour.

— Ecoute, si Richie avait décidé de revenir vivre à la maison, il aurait été capable de monter dans la chambre à coucher et de se glisser dans mon lit sans prévenir. Il était comme ça... imprévisible, fantasque. Tu n'as qu'à regarder les autres maris de Shorehaven. Tu sais bien qu'il était complètement différent des autres types de son âge : des eunuques avec des voix de basse profonde. Asexués, blanchis.

— Theodore est grisonnant, lui. (Le mari de Cass est directeur d'un magazine conservateur, *Standards*. Et il n'est pas asexué, même s'il n'est pas tout à fait à la hauteur du mythe de la supériorité sexuelle du mâle noir.)

— Mais Richie était différent. Il était...

Cass me dit gentiment :

— La semaine dernière, quand nous sommes allées essayer le nouveau restaurant japonais, ne m'as-tu pas dit que tu avais compris qu'il ne t'aimait plus, qu'il aimait Jessica et qu'il voulait l'épouser ?

— Eh bien, j'ai pu me tromper. Peut-être qu'il s'était lassé d'elle.

— Et pourquoi cela ?

— Ne ris pas.

— Je te promets de me retenir.

— Elle est glaciale.

— Son avocat t'aurait-il téléphoné pour t'annoncer que Richie souhaitait une réconciliation parce que tu lui manquais ? (En réalité, Cass savait pertinemment que mon avocate m'avait appelée la veille pour m'annoncer, l'air triomphant, que Richie était tellement impatient d'épouser Jessica qu'il était prêt à se plier à toutes nos exigences.) Crois-tu qu'il soit venu avec l'intention de te prendre de force et de te prouver ainsi son amour ?

— Non.

— Bien, dans ce cas il nous faut trouver une autre piste. (Je haussai légèrement les épaules.) Rosie, l'heure est trop grave, tu ne peux pas te permettre de te laisser aller. Pense ! Pense à tes détectives ! Que ferait... ce personnage inconsistant du roman de Dorothy Sayers que tu m'as obligée à lire ?

— Lord Peter, et il n'est pas inconsistant.

— Ces romans t'ont vraiment abîmé la cervelle. Quoi qu'il en soit, que ferait Lord Peter ?

— Il chercherait à comprendre pourquoi Richie est revenu à la maison. Il se demanderait si Richie était venu seul ou accompagné... Oh ! Cass ! Il est peut-être venu avec Jessica !

— Mais pour quoi faire ?

— Comment veux-tu que je le sache ?

— Pour s'envoyer en l'air sur la table de la cuisine ? Ou pour se moquer de tes sets de table ?

— Mes sets de table sont très mignons.

— Ceux avec des fruits brodés ? Tu veux rire ? Quoi qu'il en soit, il est absolument évident que Richie n'aurait pas amené Jessica ici. Tu le sais, je le sais, et la police le sait probablement aussi.

J'enfouis mon visage entre mes mains et me massai le front en marmonnant :

— Peut-être qu'il ne l'a pas amenée, mais qu'elle l'a suivi. (Je regardai furtivement Cass entre mes doigts. Elle ne semblait pas plus impressionnée par cette hypothèse que par les autres.) Ecoute un peu. Richie dit à Jessica qu'il a fait une erreur. Il m'aime toujours. Ou bien il n'arrive pas à se faire à l'idée de perdre une grosse partie de sa fortune. Bref, il décide de revenir à la maison. Elle le suit et l'assassine !

— Mais pourquoi ?

— Pourquoi ?

— Cette fille est un véritable glaçon, elle se fait...

— Un demi-million de dollars par an.

— Merci. Elle pourrait se faire autant d'argent ailleurs, sinon plus. Vrai ou faux ? Comment une femme de cet acabit pourrait-elle assassiner un homme sous prétexte qu'il a choisi de retourner vivre chez sa femme ?

— Parce qu'elle est folle. (J'allais dire folle de jalousie, mais je savais bien que c'était impossible. Jessica était peut-être amoureuse de la fortune de Richie, enchantée par sa vitalité et ses talents au lit. Mais s'il l'avait quittée... elle ne se serait sûrement pas effondrée. Sans doute aurait-elle été un peu contrariée. Sans doute n'aurait-elle rien mangé pendant un jour ou deux. Perdu trois kilos.) Bon, en admettant qu'elle ne soit pas folle. Elle l'aurait tout de même trouvée amère.

— Les gens qui la trouvent amère, ma chère, ne vous trucident pas à coups de couteau. Ils s'adressent à leur avocat afin de négocier la rupture dans des conditions particulièrement juteuses.

Lorsque Cass m'eut quittée pour aller au lycée, j'attendis le retour de Gevinski. En vain. Mais voyant qu'aucun Hulk en uniforme n'était là pour m'empêcher de sortir de la bibliothèque, je montai dans mon bureau. C'était une pièce qui, pour *le Havre des Mouettes*, était de proportions raisonnables, même si, en toute franchise, on aurait pu sans problème y donner une super-production d'*Aïda*. A l'heure de gloire de l'époque édouardienne, la pièce servait de boudoir à la maîtresse de maison. Aujourd'hui, elle ne contenait plus qu'un vieux bureau et une chaise, ainsi qu'un canapé rouge qui eût été plus à sa place dans un bordel que dans le bureau d'une honnête femme. Je m'y allongeai. Moins de douze heures auparavant, j'étais assise à mon bureau en train de boire un thé au citron et de corriger les dernières copies sur « la montée chromatique de l'amour dans *Orgueil et Préjugés* ».

Depuis la fenêtre opposée, sur le côté de la maison, j'apercevais le muret de pierres qui séparait *le Havre des Mouettes* de la propriété des Tillotson, *la Pointe d'Emeraude*, le petit bois qui séparait nos deux terrains, et, en bordure du petit chemin qui menait au promontoire, l'imposante allée de tilleuls destinée à abriter le court de tennis des Tillotson d'éventuelles nuisances. Leur maison était si éloignée du court que je n'apercevais qu'un tout petit bout de leur toit d'ardoise.

C'était une vue familière et réconfortante. Mais quelque chose s'agitait parmi les arbres aux couleurs d'automne. Je bondis aussitôt sur mes pieds. A l'orée du bois, dans le no man's land qui séparait les deux propriétés, juste en bordure de la route, deux hommes en coupe-vent orange et bleu étaient à genoux à côté d'un énorme épicéa. Comme je n'arrivais pas à voir ce qu'ils faisaient, je traversai la maison en courant jusqu'à la chambre de Ben, m'emparai des jumelles qu'il avait reçues pour sa bar mitzvah, et regagnai mon bureau à fond de train.

Les coupe-vent étaient en fait les uniformes (particulièrement hideux) de deux employés municipaux du comté de Nassau. Je fis la mise au point. L'un des deux hommes, un Noir, était en train de badigeonner de la guimauve blanche sur ce qui ressemblait à des traces de pneus. Le boulot de l'autre consistait apparemment à faire la conversation à celui qui étalait la guimauve. J'entrebâillai la fenêtre aussi discrètement que possible : impossible d'entendre un seul mot de ce qu'ils se disaient.

Je n'y voyais pas grand-chose non plus, tout au moins rien de significatif. Le type à la guimauve était en train de perdre son temps. La partie boisée ne recelait probablement aucun indice, étant donné que la plupart des gens qui jouaient au tennis chez les Tillotson se garaient à cet endroit — qui était plus proche du court de tennis que ne l'était la maison. Selon Stephanie, qui, de par sa naissance, savait tout ce qu'il est possible de savoir sur les mœurs des vieilles fortunes, les architectes de cette partie de Long Island étaient absolument convaincus que si l'on entendait le *clop clop* de la balle de tennis, cela voulait dire que le court était trop près de la maison.

Je rajustai brusquement mes jumelles. Ce que j'avais tout d'abord pris pour une de ces grosses boîtes de raccordement de télévision par câble, à demi cachée par les branches de l'épicéa, était en fait une aile de voiture. Une voiture de sport. Je courus jusqu'à la pièce voisine, ma salle de bains, pour y regarder de plus près. Je l'avais dans le viseur : aérodynamique et au ras du sol, guère plus qu'une scalène noire. Quand il s'agit de reconnaître une voiture de sport, j'avoue que je suis la dernière des crasses, mais celle-là, j'étais prête à parier que c'était une Lamborghini Diablo. Richie m'avait confié un jour que la Diablo était la voiture de ses rêves, toutefois si chère, disait-il, que c'en était immoral : c'était une folie qu'il ne pouvait se permettre. Une folie à 239 000 dollars. Le vendeur avait dû lui faire un prix.

J'étais si occupée à penser à ce que l'argent nous avait fait à Richie et à moi, que je n'entendis pas d'emblée le bruit de pas au rez-de-chaussée. Je me penchai par-dessus la rampe de l'escalier juste à temps pour voir passer les employés de l'institut médico-légal qui poussaient un chariot portant ce qui avait été naguère mon mari, emballé dans un sac à viande. Un flic en uniforme se précipita pour leur ouvrir la porte.

Au cinéma, les bâches à cadavre ont toujours un fini impeccable et une bonne grosse fermeture Eclair qui émet un crissement lugubre. Mais ça, c'est Hollywood. Et nous étions à Long Island. De là où je me trouvais, je n'apercevais aucune fermeture Eclair ; à croire que les flics du Comté de Nassau n'avaient que des sacs poubelles à leur disposition. Richie aurait été scandalisé de se voir transporter ainsi. Vous parlez d'une sortie pour un type de cette classe ! Le flic en uniforme montait la garde tandis que les hommes de l'institut médico-légal guidaient le chariot vers l'ambulance. Je me démanchai le cou. Les portes arrière du véhicule étaient grandes ouvertes, prêtes à recevoir le corps.

Je plissai les paupières. Une vision familière... juste derrière la banderole jaune « Enquête en cours » mais légèrement sur le côté. Lunettes de protection aux verres polarisés. Caleçons noirs en stretch. Coupe-vent noir en Gore-Tex et casquette de cycliste noire. Madeline Berkowitz. Son look de poétesse en colère quelque peu adouci par un cache-oreilles en angora rose. Elle avait fait croire à Cass qu'elle rentrait chez elle, mais elle était restée, pour voir de ses yeux les derniers instants de Richie Meyers au *Havre des Mouettes*. Elle esquissa une grimace lorsque les portes de l'ambulance se refermèrent en claquant, puis elle fit demi-tour et partit en courant, de plus en plus vite, sur le sentier graveleux.

Le téléphone sonna et une voix dit :

— Hum.

Alex, évidemment. Il ne lui serait jamais venu à l'idée de dire quelque chose de simple ou de direct, comme « Allô » ou bien « Tu m'as demandé de te rappeler d'urgence, que se passe-t-il, je suis mort d'inquiétude ».

— Alex ? demandai-je, bien qu'ayant reconnu tout de suite sa grosse voix de baryton légèrement râpeuse.

Une voix du tonnerre pour un chanteur de rock. S'il passait un jour au Top 50, sûr que ses fans le reconnaîtraient à la première note et s'écrieraient : « Eh, les gars, c'est Alex Meyers ! »

— Y a un lézard, m'man ?

— Où diable étais-tu passé ? Te rends-tu compte qu'il est huit heures. (Silence.) Alex, écoute-moi. Il est arrivé quelque chose de terrible.

— A qui donc ?

— A qui donc ? A ton père.

— Quelque chose comme quoi ?

Indifférence feinte du client d'un restaurant minable qui attend qu'on lui propose un choix d'entrées : infarctus, accident de voiture, crime de rue. Les relations entre Alex et son père s'étaient gâtées depuis le lycée, après que la police l'eut ramené à la maison à trois heures du matin complètement bourré. Richie lui avait passé un savon mémorable. Alex avait riposté en fourrant un polochon dans son lit, et en prenant la tangente en utilisant l'échelle à incendie *Sav-Ur-Life* qui se trouvait sous son lit. Il avait ainsi repris ses virées nocturnes en compagnie de son ami Danny Reese, joueur de basse et dealer de coke du groupe. Nous découvrîmes le pot aux roses un beau matin, au lendemain d'une nuit pluvieuse, lorsque la femme de ménage nous montra une empreinte de semelle sur le rebord de sa fenêtre. Richie fit aussitôt installer un système d'alarme. Plus moyen d'ouvrir les fenêtres sans déclencher un rugissement de sirènes. Alex riposta en inventant un système d'aimants permettant de désactiver les capteurs.

Par quelque miraculeuse intervention divine, Alex parvint à passer son bac et à entrer à l'université du Massachusetts — où il fut menacé de renvoi à trois reprises. Il prétendait que le troisième blâme était absolument injustifié. Pour se venger, il quitta Amherst et alla s'installer dans un gourbi près de Cambridge, après quoi il écrivit au doyen de la fac pour lui annoncer qu'il suspendait provisoirement ses études. Puis il appela Richie pour lui dire qu'il avait l'intention de se consacrer exclusivement à la musique. Richie riposta en déclarant que sa carte American Express était confisquée. Alex contre-attaqua en volant — ou pour reprendre ses termes, « en empruntant » — la carte de crédit de son père pour s'acheter un nouvel ampli, et se payer un gueuleton dans un restaurant chic de Boston incluant une bouteille de Château-Margaux à deux cent cinquante dollars : de la part d'un gosse qui n'aime que le Coca, vous avouerez, tout de même ! Richie lui envoya une lettre recommandée avec accusé de réception en lui intimant de se calmer, sous peine de se voir définitivement couper les vivres.

J'expliquai à Alex ce qui était arrivé à son père. Pas de « Oh mon Dieu ! » ni de « han ! » de stupéfaction.

— Tu vas rentrer tout de suite à la maison, dis-je. (Silence.) Alex, je veux que tu rentres à la maison aujourd'hui. (Rien.) Tu m'as entendue ?

— Ouais.

— As-tu besoin que je t'envoie de l'argent ?

— Non.

— As-tu de quoi payer ton billet de train ?

— Ouais. Mais il faut d'abord que je rentre à Boston.

— Où es-tu ?

— Dans le New Hampshire.

— Tu avais un concert là-bas ? (Pas de réponse.) Je t'en prie, rentre dès que...

Je n'ai jamais fini ma phrase. Alex avait raccroché.

Vers qui pouvais-je me tourner ? J'avais passé l'été à dévorer des guides sur l'art de survivre au divorce avec la même avidité que s'il s'était agi de *La Tempête*. Tous disaient la même chose : te voilà seule à présent, ma cocotte. Sauf que depuis l'âge de vingt-deux ans je ne l'avais jamais été. Richie s'était toujours occupé de tout : sorties, vie de famille, vie sexuelle, budget. C'était à lui que je téléphonais chaque année pour dire : « Eh, ma mammographie est normale. »

Je savais que les guides avaient raison : je m'appartenais pleinement. Mais n'étant plus la femme de personne, avais-je seulement le choix ? Pourtant, après notre séparation, s'il y avait eu un krach boursier — ou une tache sur la mammographie — c'est tout de même Richie que j'aurais appelé, une fois dissipés les orages du divorce. Bien sûr, tout là-haut, à Gracie Square, il aurait sans doute levé les yeux au ciel en murmurant « C'est Rosie » à Jessica (assise sur ses genoux et lui roulant un patin pour lui donner le courage d'affronter mon coup de fil), mais je savais bien qu'au fond il n'aurait pas refusé de m'aider. Certes, il ne serait pas intervenu personnellement. Il aurait chargé un jeune cadre frais émoulu de l'université de le faire à sa place. Et quelques heures auraient suffi pour lancer un commando de comptables (tagada, tagada) ou une escouade de toubibs (taïaut ! taïaut !) à la rescousse.

Mais, à présent, qui aurait pu m'aider ? Mon fils cadet qui avait une queue de cheval et une guitare, et qui trouvait très smart de faire rimer « bander » avec « glander » ? Ou son frère qui était transi d'amour pour une femme de dix ans son aînée qui portait des faux cils et mobilisait la conversation pendant une demi-heure pour vous parler de pustules quand vous étiez à table ?

Mon père ne pouvait pas m'aider. Il était mort depuis quinze ans. Ma mère était vivante, mais elle perdait la boule à la vitesse grand V. Pas à cause de la redoutable maladie d'Alzheimer, non, à cause d'une vulgaire démence sénile. Les rares fois où elle se souvenait que Richie était parti, elle s'emportait contre moi, convaincue que c'était moi qui l'avais fichu dehors — pour pouvoir, soi-disant, m'envoyer en l'air avec un amant qu'elle avait surnommé l'Etalon. Un jour que je l'avais amenée au rayon lingerie de Lord & Taylor pour lui acheter un nouveau peignoir de bain, elle s'était mise à hurler : « Et qu'est-ce qu'il a de plus que ton mari, cet Etalon ? »

La sœur de Richie, Carol, n'était pas qu'une belle-sœur, c'était aussi une amie. Nous avions acheté nos premières layettes ensemble. Une semaine après que Richie m'eut quittée, elle m'avait invitée au restaurant, et là, au-dessus d'un plat de cheveux d'ange accompagnés d'asperges naines et d'aubergines pygmées, elle m'avait conseillé de lâcher du lest. Dans mon propre intérêt. Ça n'était pas qu'une passade. Rick était vraiment amoureux de Jessica. Follement. Désespérément. Complètement amoureux. Je me suis levée et je suis partie. Je n'ai plus jamais eu de nouvelles depuis.

Pouvais-je me tourner vers les associés de Richie ? Après le nombre incalculable de soirées, des centaines, passées autour de coqs au vin immangeables que nous nous infligions mutuellement, pas un seul cadre de Data Associates — et pas une seule épouse — n'avait appelé depuis que Richie était parti. Ce qui, soit dit en passant, n'était ni surprenant ni vraiment dommage.

L'ami le plus proche de Richie, son pote depuis sept ou huit ans, était Joan, la femme de son meilleur client, Tom Driscoll. En fait, c'était moi qui les avais présentés l'un à l'autre : des années auparavant, lorsque nous vivions à Brooklyn et qu'il n'était pas encore le mec le plus puant de tout Manhattan, Tom était le plus adorable des gosses. Nous étions de grands amis à l'école primaire, et bien que séparés pendant un certain temps, nous nous étions retrouvés au lycée — brièvement — et étions sortis ensemble l'année du bac.

Joan Driscoll était mince, calculatrice et sadique, vertus indispensables quand on veut réussir à New York. Lors de sa première visite au *Havre des Mouettes*, elle avait appelé Richie « Messire Meyers ». Au lieu de la virer à grands coups de pied aux fesses, Richie avait ri. Il voyait en Joan un parangon de sophistication. Ce qu'elle était peut-être. Après le départ de Richie, je l'ai appelée pour lui demander d'intervenir en ma faveur. Elle et Tom étaient ensemble depuis des temps immémoriaux. Peut-être parviendrait-elle à convaincre Richie de nous donner une chance — de passer devant un conciliateur. Elle avait répondu : « Au risque de te paraître impitoyable, chérie, sache que Richie n'a aucune envie de passer devant un conciliateur. Il nage littéralement dans le bonheur. »

Mes vieilles copines ? Ma plus vieille amie de lycée vivait aujourd'hui à San Diego où elle vendait du matériel sportif destiné à se muscler. Quant à ma deuxième meilleure amie, elle s'était embarquée depuis deux ans dans une histoire d'amour torride entrecoupée d'un divorce, d'un remariage et d'une naissance, et était actuellement en train de soigner une dépression nerveuse dans les monts Berkshire, dans un ashram qui n'avait pas le téléphone.

Restait Cass, mais que pouvais-je demander à une femme qui, outre qu'elle travaillait à plein temps, s'occupait d'un mari et de trois enfants qui, bien que théoriquement pensionnaires d'écoles privées, étaient presque continuellement à la maison pour les vacances d'automne, d'hiver, de printemps et d'été, sans parler de Noël, Pâques et autres jours fériés ?

Il y avait bien mes autres collègues de travail, mais contrairement à Cass et à moi-même, elles n'avaient pas de domestiques pour cuisiner, faire le ménage, s'occuper des gamins et faire les courses à leur place. Elles menaient une vie semblable à celle que je menais moi-même il n'y a pas si longtemps. Elles disposaient, à tout casser, d'une demi-heure de temps libre par jour.

Il y avait mes deux autres compagnes de promenade. Stephanie avait abandonné sa carrière d'avocate d'affaires pour se consacrer à la tapisserie. Son œuvre du moment était un tapis brodé main sur le thème des fleurs : muguet de printemps, roses de la Saint-Valentin, etc., qui était censé représenter une année dans la vie des Tillotson. Chaque vendredi après-midi,

Stephanie et moi nous nous attelions ensemble à la pâtisserie. Il nous arrivait aussi de faire du shopping — mais nous n'étions pas amies comme cochons pour autant, même si, une fois, elle était allée jusqu'à me confier que sa mère avait refusé de lui prêter sa zibeline, ce qui ne l'avait guère étonnée du reste, car sa mère était incroyablement égoïste et superficielle et n'avait pas en elle une once de fibre maternelle.

Ou devais-je me tourner vers Madeline la poétesse, qui, deux jours après que Richie m'eut quittée, m'avait demandé : « Seule / Dans le cosmos king-size de la couche désertée / Pourquoi ? »

En fait, la seule personne qui se trouvait dans les parages était l'inspecteur Gevinski. Il avait dû casser une petite graine. Il avait passé sa cravate sous sa chemise, si bien qu'on n'en voyait que le nœud. Un sandwich ou un petit pain, songeai-je, en le regardant s'approcher. Il avait des graines de pavot sur le menton. Pouvais-je me tourner vers l'inspecteur Gevinski ?

— Mrs Meyers ?

— Oui ?

— Je vous demanderai de ne pas vous éloigner de votre domicile dans les jours à venir. Même si, j'imagine, vous n'avez pas l'intention de partir en voyage. Mais vous savez ce que c'est... à mesure que l'enquête avance. Nous pourrions avoir quelques questions à vous poser.

— Je ne bougerai pas, dis-je.

— Parfait. Vous ne voudriez pas nous faire faux bond ? Je plaisantais, ajouta-t-il avec un clin d'œil.

Mais ni lui ni moi n'avions envie de rire.

4

En principe j'aurais dû être avec mes élèves, prêtant serment à la cérémonie officielle de l'école, au lieu de cela, j'étais en train de demander à l'inspecteur Gevinski l'autorisation de me rendre chez ma voisine. Deux secondes plus tard, je mettais les bouts, comme disent les gosses.

Située en amont du *Havre des Mouettes*, à vol d'oiseau *la Pointe d'Émeraude* n'était qu'à deux pas. Mais le petit bois qui séparait nos deux maisons était tellement infesté d'orties et de ronces, sans parler des lianes et des troncs d'arbres centenaires qui vous barraient la route, qu'il n'y avait pas moyen de faire un pas sans être couvert de cloques. Autrement dit, il n'existait pas de vrai raccourci. Le plus simple était encore de descendre l'escalier de bois qui se trouvait au bout de notre propriété et de couper par la plage, pour remonter ensuite de l'autre côté, par l'escalier en pierre, derrière la maison des Tillotson — une vraie corvée quand on est en panne de Ketchup. En temps normal Stephanie et moi prenions la voiture. Pour une fois, je décidai d'emprunter le chemin le plus long, en suivant l'allée privative jusqu'à Anchorage Lane — cinq cents mètres environ — avant de remonter Hill Road jusqu'à *la Pointe d'Émeraude*. J'avais besoin de prendre l'air. Etait-ce pour trouver de la distraction ou des indices ? Je ne le savais pas moi-même.

Devant chez moi, rien de folichon, si ce n'était une nuée de flics en civil et en uniforme. Des Blancs pour la plupart, ce qui laissait à penser que la police du comté de Nassau ne recrutait que des beaux gosses aux yeux bleus, et qu'elle n'était pas près de se voir décerner le prix Martin Luther King.

Le fourgon de police qui, de prime abord, m'avait semblé

plein de promesses, gardait jalousement ses secrets derrière ses vitres teintées. Le flic en costard rouille que j'avais repéré un peu plus tôt avait entrouvert la porte coulissante, juste ce qu'il faut pour pouvoir se glisser à l'intérieur avant de la refermer aussitôt derrière lui.

L'étaleur de guimauve de Hill Road ne faisait pas autant de chichis. Mais le temps que je gravisse Hill Road, il avait déjà presque fini d'épandre son machin. Dès qu'il eut terminé, le type qui l'accompagnait bondit sur ses pieds et se mit au travail — qui consistait à prendre des photos. Le sujet avait l'air de vachement lui plaire. Tantôt à plat ventre, tantôt accroupi, il mitraillait angle après angle, non pas le rouge profond ou le jaune orangé du feuillage, mais les larges traînées blanches et le terrain alentour. Je plissai les paupières : c'était bien des traces de pneus. Je ne voulais pas m'attarder, de peur d'éveiller les soupçons des deux hommes, mais ma présence n'avait pas l'air de les déranger. Avec une densité de population d'un riverain bécébégé à l'hectare, Shorehaven devait leur paraître un peu morne. Ils me firent un petit salut de la tête — hôtes gracieux — que je leur rendis — hôtesse raffinée — puis ils se remirent au boulot. Il y avait d'autres traces de pneus, apparemment aussi fraîches que celles de Richie. Elles étaient aussi profondes et aussi larges et n'avaient pas encore été érodées par la pluie ou le vent d'automne.

— Comment savez-vous qu'il faut mouler cette empreinte plutôt qu'une autre ? demandai-je.

— Elles vont toutes y passer, dit le photographe.

— Ouais, dit l'autre, toutes. (Une bonne blague de flics, apparemment, car les deux types se mirent à rigoler.) Mais celles-ci sont de première bourre, ajouta-t-il, en désignant les marques laissées par les pneus de la Lamborghini.

Il était clair que Richie avait quitté la route principale pour se garer derrière la rangée d'arbres. Pas une cachette extraordinaire en soi, mais efficace tout de même. Ayant joué au tennis des centaines de fois avec Carter, Richie connaissait l'endroit comme le fond de sa poche. En se garant ainsi, près de la route, on pouvait rejoindre le sentier de terre battue qui menait au court de tennis sans risque de se faire piquer par les orties — ou de se faire repérer. Non pas que les amis des Tillotson aient quoi que ce soit à cacher. Mais ils préféraient ne pas tenter le diable. Imaginez qu'un maraudeur flashe sur leur nouvelle Jaguar rose corail, ou que la police municipale leur colle un PV, pratique bassement petite-bourgeoise et donc totalement inacceptable dans cette partie de Shorehaven.

Les deux flics remballèrent leurs cliques et leurs claques et se remirent en route. J'en fis autant. Toujours plus loin, toujours plus haut — jamais le chemin de *la Pointe d'Émeraude* ne me parut si escarpé. J'avais beau être habituée à faire cinq kilomètres par jour, les mollets me brûlaient à chaque pas, et mes poumons étaient sur le point d'éclater. La route qui menait à la maison me semblait interminable, une zone crépusculaire hors du temps et de l'espace, une route sans but ni fin.

Haletante et affolée, j'aperçus enfin la maison. Une fois gravis les degrés du perron, je m'appuyai un instant contre l'énorme porte en acajou. La maison des Tillotson, de style Tudor, était véritablement imposante. Le *bong* profond du heurtoir résonna à l'intérieur. En entendant ce *bong*, les visiteurs les plus ringards ne rataient jamais l'occasion de faire étalage de leur culture : « Ne demandez pas pour qui sonne le glas... », s'exclamaient-ils, en attendant que le dernier représentant de la longue lignée de domestiques des Tillotson vienne leur ouvrir la porte.

J'étais incapable de reprendre mon souffle, une douleur fulgurante me traversa soudain la poitrine. J'essayai désespérément de me souvenir d'un article de la rubrique scientifique du *New York Times* sur « Comment savoir si vous êtes en train de mourir », lorsque le représentant mâle du dernier couple de domestiques des Tillotson ouvrit la porte. D'après Stephanie, ce n'était pas exactement un valet de chambre. C'était plutôt ce que certains romans à l'eau de rose décriraient comme un homme à tout faire japonais, à cela près qu'il était norvégien : grand et maigre, Gunnar portait une veste blanche et était apparemment originaire de la seule région de Scandinavie où l'anglais n'est pas la seconde langue.

— *Ja* ?

— Stephanie ? demandai-je, pour simplifier les choses.

Juste à ce moment-là, Stephanie arriva en courant du jardin. Elle avait échangé sa tenue de randonnée — caleçons en stretch, T-shirt de la fac de droit de Michigan et coupe-vent — contre une tenue de jardinier : pull à col roulé rose et salopette en jean garnie de nombreuses poches. Sans doute l'avais-je interrompue en pleine pollinisation, comme semblait l'attester la poudre jaune qui recouvrait le bout de son nez. Elle pouvait passer des heures dans sa serre, armée d'une loupe et d'un coton-tige, pour se livrer à l'équivalent botanique de l'insémination artificielle, pendant que la gouvernante occupait la petite Astor avec des jeux de construction.

Un sécateur, des cotons-tiges, une pelle miniature émergaient çà et là des poches de sa salopette ; plus un petit instrument recourbé en forme de griffe.

— Rosie ! s'exclama-t-elle en se jetant à mon cou. Je pivotai, esquivant de justesse un coup de griffe.

Stephanie était jeune, trente-deux ans. Et elle était aussi très belle. La perfection faite femme, une véritable déesse d'un mètre soixante-quinze. Et quelle déesse ! Descendante d'une des plus vieilles familles de Long Island. Son père, petit-cousin de John Foster Dulles, était Mr Securities Laws à Wall Street. Sa mère, croisement d'une lointaine cousine des Astor et d'un médiocre Whitney, avait été championne de tennis et élue débutante de l'année en 1957. Mais pouvait-on attendre de vrais sentiments de la part d'une jeune femme aussi belle et privilégiée que Stephanie ? Eh bien, oui. Elle m'accueillit à bras ouverts, ce qui me fit chaud au cœur, même si, en athlète accomplie, son accolade était un peu brusque.

— Merci, Gunnar, dit-elle en me relâchant. (L'homme à tout faire s'esquiva.) Un vrai cauchemar, murmura-t-elle en se référant cette fois à l'assassinat et non à son domestique. Viens dans le salon de musique. J'ai des brioches au four. Je les ai faites spécialement pour toi. Quel cauchemar ! Je vais dire à Inger de les servir. Avec quoi ? Cappuccino ? Café ? Thé ?

Le salon de musique avait été conçu à une époque où faire de la musique signifiait jouer *la Truite* de Schubert devant un parterre de cinquante invités. Le dernier achat des Tillotson, un piano à queue vraiment très très grand, avait l'air d'un joujou dans cette pièce immense. Contrairement à Richie, qui était devenu immensément riche, le Dr Carter Tillotson, âgé de trente-trois ans et déjà l'un des chirurgiens esthétiques les plus en vue de Manhattan, possédait juste ce qu'on peut appeler une honnête aisance. Il était issu d'une famille établie à Long Island depuis 1697. Malheureusement, jadis l'une des plus grandes familles de Shorehaven, les Tillotson avaient perdu leurs graineteries dans le krach boursier de 1893 — puis le reste de leur petite fortune trente-six ans plus tard, au cours de la Grande Dépression. Carter était si pauvre à la naissance, m'avait une fois confié Stephanie, que ses parents n'avaient pas les moyens de l'envoyer en pension. Heureusement pour lui, il ne fut pas totalement banni de la haute société. Stephanie était suffisamment batailleuse pour épouser un homme qui ne pouvait pas payer ses études de médecine. Au grand dam de la famille de Stephanie, et à la grande joie des Tillotson, le mariage était une réussite, tout comme la carrière de Carter, même si ce dernier ramait encore pour amasser péniblement son quatrième million.

Pour pallier les déficiences temporaires en matière d'ameublement, Stephanie avait rempli le salon de musique — ainsi que le reste de la maison — d'arbres en pots. Certes, sa maman avait dû lui dire que ça n'était pas une façon décente de meubler une maison, mais encore une bonne centaine de liposuccions et Carter lui donnerait un chèque en blanc pour faire le plein de canapés, consoles, lustres, et fauteuils. Qui seraient à leur tour aspirés et réduits à néant par le gigantisme de *la Pointe d'Émeraude*.

Toutes proportions gardées, et si l'on tient compte du fait qu'il s'agissait d'un manoir, la maison de Stephanie était relativement accueillante. Nous prîmes place dans des fauteuils clubs recouverts de soie sauvage, au milieu d'une forêt tropicale de palmiers, dattiers et sagoutiers. Sous nos pieds, la moquette vert mousse épaisse et rassurante semblait sortie de terre.

— Veux-tu que nous parlions ? demanda Stephanie.

Stephanie et moi aurions pu être les meilleures amies du monde : outre la pâtisserie, nous faisions les antiquaires et les marchés aux puces et nous rendions ensemble à Manhattan pour voir nos maris. Cependant, je n'avais aucune envie de parler de Richie avec elle, car je savais qu'elle n'avait rien à dire. Ce qui n'empêchait pas que j'avais envie d'être avec elle. Plus que tout au monde, j'avais besoin d'une bonne dose de son assurance inébranlable de demoiselle de bonne famille.

— Est-il vrai que tu as découvert le corps, Rosie ?

J'acquiesçai d'un signe de tête, la gorge nouée, incapable de parler. Stephanie n'avait pas l'air en grande forme, elle non plus. Pour une fois, elle ne pouvait pas me gratifier d'un « Haut les cœurs ! » bécébégé prononcé du bout des lèvres. Pour le prouver, elle se mit à pleurer.

— Je suis... bouleversée, dit-elle. (Les larmes se mirent à couler sur ses jolies pommettes.) Je suis navrée, s'excusa-t-elle. C'est toi qui devrais être en train de pleurer.

— Tu n'as pas à t'excuser, Stephanie.

— Je sais combien Richie avait changé ces derniers temps, ajouta-t-elle. Mais pendant longtemps... il a été quelqu'un de formidable.

— C'est vrai, parvins-je tant bien que mal à articuler.

Stephanie se mit à explorer ses multiples poches pour finalement en extraire un chiffon qui servait probablement à nettoyer les pots de fleurs. Elle allait s'essuyer les yeux avec lorsque je le lui pris des mains.

— Il est dégoûtant. Ça va te donner de la conjonctivite.

Elle scruta un instant le chiffon avant de le fourrer à nouveau dans sa poche. Puis elle essuya ses dernières larmes d'un revers de main. Tout en reniflant, elle se pencha pour arracher une feuille jaunie dans un des pots de fleurs, un bol de faïence avec une fleur unique sur fond de plantes vertes

— Je suis désolée de m'être laissée aller ainsi, Rosie.

— Moi, je n'arrive pas à pleurer, dis-je. Ce doit être le choc.

— Sans doute. Sais-tu comment c'est arrivé ?

— J'ai toujours cru que Richie mourrait d'une crise cardiaque, répondis-je, évitant sa question.

Je ne lui dis pas combien de fois je l'avais souhaité. Pendant qu'il s'envoyait en l'air avec Jessica. Lorsqu'il s'écriait : « Ooooh ! » et qu'elle lui répondait quelque chose de juvénile, du style, « Vas-y, Rick, défonce-toi » — sauf que pour une fois il l'aurait prise au mot. Ou bien, il aurait subitement mis une main sur son cœur tandis qu'il était en train de jogger le long d'East River, ou de jouer au tennis à Hampton, ou de skier dans les Rocheuses, en cherchant désespérément à respirer, comme un poisson hors de l'eau.

— Bien sûr que tu es sous le choc, dit Stephanie. On le serait à moins. Mais tu verras, tout ira bien.

Certes, ses paroles se voulaient encourageantes, mais je ne m'étais pas tapé tout le chemin jusqu'à *la Pointe d'Émeraude* pour m'entendre dire ça. Même si, Dieu m'est témoin, j'avais besoin de tous les encouragements possibles, j'avais surtout besoin d'être conseillée.

Autrefois, lorsque sa vie tout entière n'était pas consacrée à l'embauche et au renvoi des domestiques, aux sorties mondaines de la petite Astor, à la culture intensive des palmiers, broméliacées et citronniers, à la broderie, à l'expérimentation culinaire, à la défense des femmes battues et des nappes phréatiques, Stephanie était avocate au sein d'un de ces énormes cabinets juridiques qui défendent avec ferveur et loyauté les multinationales de la pétrochimie au cours des procès qui leur sont intentés par des ex-employés rongés par le cancer.

— Je crois que je vais avoir besoin d'un avocat, dis-je, avant de la briefer au sujet de Gevinski.

Elle dit : « Ouille ! » deux fois de suite, puis « C'est incroyable ! » une seule fois, et termina par : « Si j'étais toi, je ferais attention. » J'étais soulagée de constater que je n'étais pas parano. J'avais vu juste.

— Tu crois vraiment ?

Elle passa un index dubitatif sur sa lèvre supérieure — parfaite bien qu'un poil trop pulpeuse. Quelqu'un d'étranger à la famille aurait pu croire que Carter avait fait une ou deux injections de collagène à ce visage pour le rendre intéressant, mais il n'en était rien. La maison regorgeait de portraits de Carter et de Stephanie à tous les âges de la vie excepté *in utero*. Dans le genre blond fadasse qui fait la pub pour Cadillac, Carter était assez beau gosse.

Mais Stephanie, c'était autre chose. Sur toutes les photos, depuis ses premières photos de classe jusqu'à celles de ses fiançailles, elle était sublime. Sublime, mais comme disait Richie, pas sexy pour un sou. Et ça n'était pas moi qui l'aurais contredit. De loin, les hommes bavaient devant Stephanie, mais ils cherchaient rarement à l'approcher comme ils l'auraient fait avec d'autres femmes moins belles mais plus accessibles.

Stephanie n'était pas coquette. C'était une sportive dans l'âme qui considérait les séances chez le coiffeur comme une perte de temps. Elle faisait de la marche avec nous tous les matins, jouait au tennis ou montait à cheval tous les après-midi, s'entraînait sur son simulateur d'escaliers au coucher du soleil, et parfois même, bien qu'elle reconnût qu'elle dépassait un peu les bornes, endossait un gilet fluo pour faire un jogging nocturne avec Mandy, une copine à elle avocate à New York. Elle ne faisait jamais d'effets de toilette : même lorsqu'elle se rendait à des soirées très chic chez les patientes de Carter, c'était une robe noire et les perles de sa grand-mère, ou une paire de boucles d'oreilles en diamant très simples mais très grosses. Elle ne se maquillait jamais, ce qui rendait sa beauté encore plus époustouflante. De la tête aux pieds, Stephanie était un modèle de perfection. A tel point que Cass et moi-même nous demandions si Carter ne l'avait pas épousée aux seules fins d'avoir le portrait de la femme idéale sous les yeux chaque matin au petit déjeuner. A moins qu'il ne l'ait fait pour s'attirer des clientes : ouaaah ! pensaient ces dames, si seulement il pouvait me faire une gueule comme la sienne.

Stephanie n'était pas que belle, elle était aussi intelligente.

— Oui, dit-elle. Je crois que cet inspecteur est complètement fou de te soupçonner. Mais moi, je te connais.

— Crois-tu que je devrais prendre un avocat ?

— Je ne sais que te dire, Rosie. J'étais spécialiste en droit des affaires, pas en droit pénal.

— Stephanie, j'ai besoin d'être conseillée.

Elle recommença à se caresser la lèvre, avec plus de vigueur cette fois.

— Cela pourrait renforcer ce Gevinski dans sa conviction que tu as quelque chose à cacher... attends, calme-toi. Laisse-moi finir. D'un autre côté, tu es une femme qui a des moyens, une femme qui occupe un certain rang dans la société. Et qui n'est pas habituée à se faire rudoyer par la police. Dans la mesure où il se montre vraiment très insistant, comme quelqu'un qui a de fortes présomptions, il serait peut-être sage de te faire représenter par un avocat, quelqu'un qui le remette à sa place — en demandant à parler directement à son supérieur hiérarchique. (Elle frottait nerveusement ses mains sur les jambes de sa salopette.) Le fait que tu aies cherché à ôter le couteau risque de compliquer les choses.

— Crois-tu que je devrais engager un détective ?

— Pour quoi faire ?

— Pour retrouver le coupable.

— Rosie, dans la vie réelle, tu sais ce que font les détectives ? Ils prennent des photos de flagrants délits d'adultère, ou recherchent des maris ayant abandonné le domicile conjugal. (Sans doute avait-elle senti que j'étais complètement découragée, car elle ajouta :) Mais peut-être que je me trompe. Je vais me renseigner. Peut-être existe-t-il un Sherlock Holmes qui pourrait t'aider.

— Ai-je raison de m'en faire, Stephanie ?

— J'aimerais pouvoir te répondre non une bonne fois pour toutes. Pourtant, comment savoir ce que cet inspecteur a derrière la tête ? Y a-t-il un indice qui puisse te compromettre ?

— Bien sûr que non. (Puis je songeai.) A part le couteau.

Elle frissonna de la tête aux pieds.

— Je ne vais pas te demander plus de détails sur ce que tu as vu. J'imagine que tu es complètement traumatisée et que tu n'as pas envie d'en parler.

Stephanie n'insistait jamais. Mais qui n'aurait pas cherché à la satisfaire ? Avec cet ovale parfait, ces yeux bleu-gris immenses et éclatants, ces cheveux châtain foncé (et la même coupe au carré qui encadrait son visage sublime depuis l'enfance), Stephanie attirait les confidences. Non pas à force d'insistance mais parce que les gens mouraient d'envie de recueillir son approbation. Approbation dont elle ne se montrait jamais avare, du reste. A tel point que je ne connaissais personne qui ne se serait pas mis en quatre pour elle. Hormis Carter. Il était aimable. Il lui achetait de jolis bijoux, même si, comme Stephanie me l'avait confié un jour que nous étions en train d'écaler des noix ensemble, il s'agissait de bijoux de moindre valeur.

Mais Cass et moi étions d'accord pour dire que Carter n'était pas franchement démonstratif. Et après le départ de Richie, il m'était arrivé de constater que Carter rentrait anormalement tard le soir à la maison. Allez savoir. Un médecin pouvait difficilement avoir pignon sur rue en ne travaillant que huit heures par jour. Peut-être que les chirurgiens esthétiques de Manhattan recevaient leurs clients les plus importants après dix heures du soir.

Stephanie ne se plaignait jamais. En fait, elle passait des heures à préparer des petits plats exquis pour son mari, trois ou quatre petits plats légers pour lui mettre l'eau à la bouche quand il mettait les pieds sous la table à onze heures du soir.

— Richie a été poignardé au niveau du plexus solaire, dis-je, en montrant l'endroit sur ma personne. Ben pense que le couteau a touché l'aorte et qu'il a perdu tout son sang.

— Que faisait-il chez toi ?

J'en avais assez de cette question qui revenait sans cesse. Je répondis un peu brusquement.

— Comment veux-tu que je le sache ?

— Evidemment. Excuse-moi, ma question était idiote. (Elle fit une pause, puis repartit sur le mode boy-scout.) J'imagine que tu es à ramasser à la petite cuillère, Rosie. Au trente-sixième dessous. Si je faisais quelques gâteaux pour le repas de funérailles ? La pâtisserie juive, c'est sympa comme tout. De la babka ? Du rugelach...

Avant qu'elle ait fini de me donner le reste du menu, l'autre moitié du couple de Norvégiens, Inger, entra avec des brioches, de la confiture et du café sur un plateau.

— Merci, Inger, dit Stephanie. (Inger, une petite femme menue, aux cheveux argentés et qui ressemblait à une sardine, me fit un signe de tête si bref qu'il en était presque grossier. Puis elle disparut. Les ravissantes narines de Stephanie frémirent l'espace d'une demi-seconde. Je n'aurais pas su dire si c'était à cause de la froideur de la domestique ou parce que celle-ci avait commis une énorme gaffe protocolaire, comme de plier les serviettes en rectangle au lieu de les présenter dans des ronds de serviette.) Je vais appeler le cabinet pour qu'ils me recommandent un avocat. Il te faut quelqu'un du comté de Nassau, quelqu'un qui connaisse le juge.

Sans doute sursautai-je, car Stephanie s'empressa d'ajouter :

— Oh, excuse-moi. Quel manque de tact. Je voulais simplement dire que tu as besoin de quelqu'un d'influent. Il faut que cet inspecteur Gevinski cesse de te harceler et qu'il se lance à la poursuite de l'assassin.

— Mais qui est l'assassin ?

A l'aide de pincettes en argent, Stephanie déposa une brioche sur mon assiette. J'en brisai un morceau. Elle était toute chaude, délicieusement odorante.

— Tout le monde sauf toi, Rosie.

J'avais besoin de tranquillité — de beaucoup de tranquillité — et j'espérais trouver Ben en rentrant à la maison. Mais nul visage familier n'était là pour m'accueillir. En fait, je fus frappée par le nombre de flics qui tournaient la tête de tous côtés pour ne pas croiser mon regard. Je sentis soudain un creux à l'estomac. J'essayai de me rassurer. Comment auraient-ils pu me regarder en face, sachant que Richie m'avait plaquée ? Quel message de sympathie pouvaient-ils m'offrir ? C'est peut-être aussi bien comme ça, ma p'tite dame. Non, mais vous vous imaginez, dans un an, en train d'acheter un cadeau pour la naissance du petit Stevenson Meyers ?

Sauf que, avant même que l'inspecteur Gevinski ne me fasse signe d'entrer dans la salle à manger, j'avais compris pourquoi les flics ne me regardaient pas en face. Pour eux, la question n'était plus de savoir qui était le criminel, mais qui était la criminelle.

J'entrai dans la salle à manger en m'efforçant, pour une fois, de ne pas me prendre les pieds dans le tapis persan rouge et bleu qui nous avait été livré la veille de nos noces d'argent. Sans laisser le temps à Gevinski de m'assigner un siège et de faire ainsi étalage de son autorité, je pris d'office le fauteuil du maître qui trônait en bout de table.

— Une ou deux questions, Mrs Meyers. Vous vous êtes couchée à neuf heures ou à dix heures ?

— Dix heures environ.

— Et vous vous êtes réveillée à trois heures et demie ?

— Oui.

— Vous êtes sujette aux insomnies depuis le divorce ?

J'avais lu suffisamment de polars pour savoir qu'un individu parfaitement innocent confronté à un flic borné peut se retrouver dans une merde noire s'il en dit trop. Le type est généralement absous au dernier chapitre, mais, me dis-je, ceci n'est pas un roman policier. On n'est jamais trop prudent.

D'ailleurs peu importaient les conclusions de Gevinski, dans deux heures tout au plus j'aurais un avocat. Celui-ci se mettrait en rapport avec les supérieurs hiérarchiques de Gevinski, qui l'obligeraient à se mettre sérieusement au boulot — et à retrouver le véritable assassin. Je n'avais pas de raison de m'en faire. Il n'y avait pas de présomptions contre moi, pour la bonne et simple raison que j'étais innocente.

Cela dit, j'avais la gorge sèche, le cœur comme un punching-ball — et Gevinski qui me bassinait.

— Je vous ai demandé si vous souffriez d'insomnie ? répéta-t-il.

— J'ai dû m'endormir vers dix heures. Je ne sais pas pourquoi je me suis réveillée.

— Je vois. Vous n'avez rien entendu, lorsque vous vous êtes réveillée. Il y a une chose qui me chiffonne, tout de même : comment se fait-il que votre ex — oui, enfin disons votre futur ex-mari — arrive, comme par hasard, au moment où vous êtes en train de dormir ? (J'imaginai plusieurs réponses : fines, extra-fines, carrément vulgaires. Mais je la bouclai.) Etes-vous certaine que l'alarme était branchée ?

— Oui. Presque.

— Alors comment se fait-il que vous n'ayez pas été réveillée en sursaut lorsqu'elle s'est déclenchée ?

— Richie connaissait le code.

— Vous n'en avez jamais changé après son départ ?

— Non.

Il leva un instant les yeux au ciel, puis contempla son reflet sur la table.

— Au fait, dit-il, l'air de rien. Les gars du labo ont fait une première analyse, et apparemment ils ont trouvé vos empreintes digitales sur le couteau.

Je m'efforçai de ne pas me raidir, tandis qu'il m'observait.

— Je vous ai déjà expliqué ce qui s'est passé.

— D'accord. N'importe qui aurait été tenté d'ôter le couteau — surtout lorsqu'il s'agit d'un être cher. Mais je dis bien « tenté ». Vous, vous êtes passée aux actes, Mrs Meyers. Ce qui pose un réel problème. Et puis il y a un deuxième problème.

— Lequel ?

— Votre contrat de séparation. D'après Mrs Jessica Stevenson, vous et Mr Meyers deviez signer ce contrat pendant le week-end. Est-ce exact ? Elle affirme — et nous pourrions le vérifier, le cas échéant — que vous et votre futur ex-mari étiez convenus que celui-ci ne modifierait pas son testament jusqu'à ce que le contrat soit signé. Dites-moi si je me trompe, mais il semblerait que votre mari ait eu l'intention de revoir ses dispositions testamentaires concernant l'un de vos deux fils (il sortit son bloc-notes et se mit à le feuilleter), Alexandre, car c'était un gosse à problèmes. Vous avez insisté pour qu'il ne fasse aucune différence entre Alexandre et Benjamin. Une grande partie des négociations menées par votre avocat et celui de Mr Meyers portait précisément sur ces dispositions testamentaires. Afin que vos deux fils entrent en possession de l'héritage au même âge, et qu'ils reçoivent une part égale du patrimoine. En contrepartie, vous vous engagiez à renoncer à l'héritage, dès avant la prononciation du divorce. C'est bien cela ?

— Oui. Richie et Alex s'étaient brouillés. Mais je savais que ça ne durerait pas. Entre-temps, cependant, je savais que s'il arrivait quelque chose à Richie, Alex serait profondément blessé, et que les rapports entre mes deux garçons risquaient de se gâter.

Comme un gosse de maternelle, Gevinski croisa les bras sur la table et posa sa tête dessus. J'aurais bien voulu lui écrabouiller encore un peu plus son nez bulbeux.

— Ce qui m'intéresse, c'est vous. Une fois le contrat signé, vous vous retrouviez totalement exclue de la succession.

— Exclue avec cinq millions de dollars, tout de même.

Tellement de fric, du reste, que j'en avais presque la nausée. Si ça n'avait pas été moi, j'aurais dit, à l'instar de nos anciens voisins et certaines de mes collègues : « Pauvre Rosie. Elle va pleurer en allant à la banque. » Ou bien : « Elle pourra au moins se payer un petit voyage pour oublier ses misères. Ha-ha-ha, et même des tas de petits voyages si ça lui fait plaisir. »

— Eh bien, Mrs Meyers ?

— Eh bien, quoi ?

Il se redressa.

— Eh bien, maintenant, au lieu de n'empocher qu'une partie de l'argent de Richard Meyers, vous allez rafler toute la mise. Et toute la mise, ça fait beaucoup, beaucoup d'argent. Vous avouerez qu'il y a de quoi se poser des questions. (Je pensai en moi-même : Calme-toi. Comme les fortes têtes qui foutaient la merde dans ma classe, Gevinski avait le don de me mettre en rogne, tellement en rogne que j'étais sur le point de faire ce qu'il attendait : perdre les pédales.) Avez-vous quelque chose à dire pour apaiser mes soupçons, Mrs Meyers ? (Je me taisais. Il pointa sa montre du doigt.) Le corps de Mr Meyers est à l'autopsie, en ce moment. Les gars sont en train d'extraire très, très délicatement, le couteau de cuisine qui porte vos empreintes.

— Et alors ?

— Alors, j'attends une autre explication, plus satisfaisante que celle que vous m'avez donnée jusqu'ici. Pas pour moi. Moi, je suis de votre côté. Si, si. Mais pour mes supérieurs — et pour le juge. Ils ont beaucoup de mal à y croire. Allons, Mrs Meyers, dites-moi tout. Je voudrais vous aider.

5

J'avais accouché par les voies naturelles, et j'étais parfaitement éveillée lorsqu'on m'avait placé un bébé recouvert de duvet blond, avec un nez en bouton de culotte, entre les bras. Si bien qu'en dépit de ses allures de Viking, je savais que Benjamin était mon fils. Il était adorable, et les femmes raffolaient de ses joues. Même si aujourd'hui les joues étaient hors d'atteinte. Il faut dire que c'était un sacré morceau. Un mètre quatre-vingt-dix. Quatre-vingt-dix kilos. De Richie il n'avait hérité que les yeux noirs mélancoliques, ce qui établissait tout au moins sa paternité.

— M'man. (Sa voix était grave et caressante.) Essaye de te calmer.

— Bien sûr. Il doit être beaucoup plus facile d'affronter la prison à vie quand on est calme.

J'avais passé une grande partie de la matinée à vider les armoires et les tiroirs, et à retourner les coussins, ainsi que toutes les poches de Richie pour essayer de découvrir ce qu'il était venu chercher. Hormis la totalité de sa garde-robe, Richie avait laissé derrière lui le *Livre des Records* de 1969, et une photo de nous deux qu'il gardait autrefois dans son portefeuille. Dans les bras l'un de l'autre, nos cannes à pêche à nos pieds. Elle avait été prise un été, dans la région des lacs Finger, dans les années soixante-dix. Richie arborait une moustache de morse, et moi des jeans pattes d'èph' et un chemisier à fleurs. Nous étions parfaitement hideux, et heureux.

Il était aux alentours de midi. Un soleil timide dispensait ses rayons laiteux à travers les fenêtres de la bibliothèque. Polaramine s'en revint bredouille de la cuisine, n'ayant pas réussi à convaincre Gevinski de lui laisser prendre trois Coca Light dans le frigo.

— Il dit que ce sont des pièces à conviction, s'excusa-t-elle.

— Bien sûr, dis-je. Des fois qu'il y aurait des empreintes digitales sur les brocolis.

Ben décocha à Polaramine un petit sourire qui voulait dire : Ne fais pas attention. Lorsqu'il souriait, ses yeux se plissaient formant à leur tour deux petits sourires. Je ne voyais vraiment pas ce qu'il lui trouvait. On pouvait difficilement faire plus ordinaire que cette fille : cheveux ternes, yeux quelconques, silhouette banale, accent insipide. Seule concession à la vie, son maquillage gothique flamboyant, comme si elle avait dévalisé le rayon Estée Lauder : paupières prune, pommettes framboise, lèvres fraise, le tout sur un fond vanille. Ben cessa enfin de sourire et de la couver du regard pour s'occuper du déjeuner. Il avait fait une halte chez le traiteur local, un des rares endroits à avoir survécu au déclin de la génération yuppie. Il défit le ruban rouge qui entourait le sac de papier avec « Recyclé ! » écrit tout autour, et sortit plusieurs boîtes garanties biodégradables contenant du taboulé, des germes de blé, et quelque chose qui ressemblait à des branches de céleri dans une mystérieuse sauce rougeâtre. Tout en déballant les sandwiches, il lisait les étiquettes :

— Poulet et légumes grillés. Voyons... Salade de thon thaïlandaise. Et mozzarella, tomate, basilic. Qu'est-ce que tu préfères, m'man ?

J'avais l'impression d'avoir avalé une éponge sale. Mais j'avais aussi remarqué que Polaramine avait un œil sur le sandwich au poulet. Pour une fois je décidai d'être égoïste.

— Je ne jouerai pas les gracieuses hôtesses. Je serai peut-être tirée d'affaire dans une heure ou deux, mais en attendant, j'ai Gevinski sur le dos, et je suis menacée de finir ma vie en prison en compagnie de femmes qui n'ont jamais lu Jane Austen. Je prendrai donc le sandwich au poulet.

— C'est formidable de garder son sens de l'humour dans un moment pareil, dit Polaramine.

Une à une, elle scruta les salades en les tenant vers la lumière — quête infatigable des allergènes rampants.

— M'man, dit Ben. Tout ira bien, tu verras. Je suis persuadé qu'il s'agit d'un interrogatoire de routine. Simplement, il cherche à t'intimider pour voir ce que tu as dans le ventre.

— Non. En temps normal, les flics ne s'acharnent pas sur un suspect, c'est la meilleure façon de le mettre sur la défensive. Il devrait me traiter comme une veuve éplorée.

— Mais il ne le fait pas. Et c'est une bonne chose.

— Non, ce n'est pas une bonne chose : cela veut dire qu'il a des soupçons.

— Chéri, dit Polaramine. Tu peux me passer les clefs de la voiture ? Je vais aller chercher de l'eau minérale.

— Tu es sûre que ça ne t'ennuie pas, chérie ?

— Non, pas du tout.

— Excellente idée ! intervins-je, puis je dressai sans transition une liste des boissons à ramener : soda à la griotte, Mandarine Light, Schweppes Bitter Lemon. Merci encore.

Avec un peu de chance j'allais pouvoir passer une heure en tête à tête avec mon fils.

— La différence d'âge te dérange, n'est-ce pas ? dit Ben dès qu'elle fut partie. Et la différence de religion, aussi.

— Je t'en prie, Ben, ce n'est pas le moment.

— Donne-lui au moins sa chance.

— Je suis sûre qu'elle est bourrée de qualités, mais je t'avoue que dans l'immédiat j'ai autre chose en tête. Revenons à nos moutons, tu veux bien ?

— C'est-à-dire ?

— A l'assassinat de ton père et aux flics que j'ai sur le dos.

— M'man, tu ne crois pas que tu en fais un peu trop ?

— Non, vraiment pas. Mais si c'est le cas, je te demanderai de bien vouloir m'excuser.

— Bon.

— Je veux que tu me dises la vérité.

— Je l'ai toujours fait.

Presque toujours. Ben était quelqu'un de foncièrement honnête, c'est vrai. Mais il était aussi très pâle, et les rares fois où il avait essayé de mentir, ses joues avaient viré au rouge pivoine.

— Quand as-tu parlé avec ton père pour la dernière fois ?

— Dimanche dernier.

— Lequel de vous deux a appelé l'autre ?

— Il m'appelle tous les dimanches.

Il se leva et se dressa plusieurs fois de suite sur la plante des pieds. Il était tendu comme un gardien de but qui attend un shoot.

— A-t-il fait allusion à la maison, d'une manière ou d'une autre ?

— Non.

— Je ne te demanderai pas ce qu'il a dit sur moi... sauf si tu as le sentiment que c'est important. (Ben ne vint pas s'asseoir à côté de moi sur le canapé. Il opta pour les bras protecteurs d'un gros fauteuil jaune à oreillettes.) Ton père nous cachait quelque chose, mais quoi ? Nous devons aider la police à retrouver l'assassin. Et m'épargner la prison par la même occasion. D'accord ?

— D'accord. Papa m'a dit que vous vous étiez engueulés comme du poisson pourri sur la question du pognon, mais qu'en réalité c'était un moyen pour toi d'essayer de le retenir.

— Foutaises !

— J'étais sûr que tu allais dire ça.

— Benjy, cet argent, je l'ai gagné. J'ai aidé ton père à créer Data Associates. Je me suis farci tous les rapports des trois premières années, et tous les rapports importants ensuite. C'est moi qui ai rédigé les brochures pour la clientèle, et la plaquette de présentation destinée aux employés. C'est aussi moi qui lui ai trouvé son premier gros client.

— Je sais. (Ça n'était jamais que la deux cent cinquantième fois qu'il entendait cette histoire.) Tom Driscoll.

Je connaissais Tom Driscoll depuis toujours. Nous avions grandi dans la même HLM à Brooklyn. Il habitait l'appartement au-dessus du mien, et nous étions les meilleurs amis du monde. Nous nous étions confectionné un téléphone avec de vieilles boîtes de conserve et de la ficelle, et nous nous téléphonions tous les soirs. Nous étions tellement fiers de notre invention qu'il ne nous serait jamais venu à l'idée que le téléphone marchait uniquement parce que nous criions comme des sourds et que la fenêtre était grande ouverte.

Nos chemins ont divergé à l'entrée au lycée. Enfin, pas complètement, puisque nous nous sommes retrouvés pendant l'année du bac. Mais nous nous sommes totalement perdus de vue lorsque Tom a obtenu une bourse pour Dartmouth et que je suis entrée à l'université de Brooklyn. Ensuite, ma mère n'a jamais raté une occasion de me tenir au courant de ses activités, avec une indifférence feinte naturellement : Tom s'est marié, Tom est vice-président d'une banque privée très sélect. Tom est président. Tom se lance dans la grande aventure du capitalisme. Bref, je savais qu'il avait réussi.

Je ne sais pas ce qui m'a pris, mais après que Richie et Mitch eurent créé Data Associates, j'ai décidé d'appeler Tom. Il m'a fallu presque six mois pour me décider à l'inviter à déjeuner. J'ai pris un jour de congé et mis douze dollars dans un brushing. Puis je lui ai fait la retape pour Data Associates.

— Et tu sais quoi ? dis-je à Ben, Tom m'a immédiatement

proposé de prendre un abonnement d'un an, tout de suite, là, au restaurant. Et tu sais ce que je lui ai répondu ?

— Tu lui as répondu : « Pas question, pas sans avoir essayé d'abord pour voir si ça te convient. »

— Je t'ai raconté ça aussi ?

— Oui.

— Ton père aurait eu une attaque, mais je savais qu'il fallait procéder ainsi avec Tom. Cela voulait dire que je ne faisais pas la manche. Je croyais réellement à la boîte de papa et de Mitch. Alors il nous a testés. Et il est devenu le plus gros client de Data, et ça a fait boule de neige. Bref, j'ai contribué pour une large part au succès de Data. Sans doute pas autant que ton père, mais il n'aurait pas réussi aussi bien si je n'avais pas été là.

— Du calme, m'man.

Je réalisai soudain que j'étais en position de combat : épaules rentrées, mâchoires serrées, tête en avant. Je fermai les yeux et pris cinq longues inspirations.

— Excuse-moi de ressasser toujours la même chose, ajoutai-je, étourdie d'avoir pris trop d'oxygène. C'est plus fort que moi. Je suis désolée de ne pas me montrer plus — comment dirais-je — maternelle. Mon Dieu, tu as perdu ton père. Je suis vraiment désolée. Je n'arrive pas à me contrôler. Je ne sais plus où j'en suis.

— Pas grave, dit Ben.

— Dis-moi, alors, de quoi avez-vous parlé, toi et papa ?

— Il m'a dit que tu finirais sans doute par regarder les choses en face, et qu'il espérait que tu pourrais refaire ta vie. Ensuite — euh — il m'a dit qu'il ne pouvait pas me forcer à aimer Jessica, mais qu'il était persuadé que ça viendrait un jour. Et ensuite nous avons parlé football. Tu veux savoir ce qu'il a dit ?

— Non.

— Et puis c'est tout, dit-il en croisant ses jambes interminables par-dessus le bras du fauteuil pour signifier que la discussion était close.

Mais elle ne l'était pas.

— A-t-il parlé de Data ? De ses clients, nouveaux ou anciens ?

— Non.

— De querelles récentes ou passées ?

— Non, absolument pas. Il n'a absolument pas parlé boulot.

— Rien non plus concernant Mitch Gruen ?

— Non. Cela fait des lustres qu'il ne m'en a pas parlé.

— Il t'a paru soucieux ou contrarié par quelque chose ?

— Oui, par toi, répondit Ben gentiment. Désolé, m'man.

Cinq minutes plus tard, comme s'il avait voulu m'absoudre de toutes les charges retenues contre moi, Gevinski m'invita à me rendre au poste de police. « Inviter » est peut-être un peu excessif. Il me dit : « Je vous demanderai de bien vouloir m'accompagner jusqu'au poste de police. » Je lui répondis que je voulais voir mon avocat d'abord, et lui demandai si, conformément au code Miranda, il n'était pas tenu de m'informer de mes droits. Il me demanda : « Où avez-vous entendu parler du code Miranda ? » Il n'eut pas l'air d'entendre lorsque je lui dis que, très friande de littérature policière, je connaissais l'existence du code Miranda. Il me dit que le code Miranda ne s'appliquait pas dans mon cas, et que j'étais priée de le suivre au poste. Illico. Et que non, mon fils Ben ne pouvait pas m'accompagner.

Au poste de police, nulle ampoule électrique suspendue au plafond ne m'éblouit, en revanche, les murs verts, les tables et les chaises métalliques recouvertes de moleskine, les énormes corbeilles à papier noires et crasseuses plantaient un décor carrément sordide.

— Calmez-vous, dit Gevinski.

— Je pourrais vous en dire autant, répondis-je. Il est clair que vous avez une affaire explosive sur les bras. Si vous vous trompez de coupable, vous allez avoir de gros, gros ennuis.

— Je sais, Mrs Meyers. Vous nous prenez pour des débutants ou quoi ?

Sa cravate était toujours passée sous sa chemise. Je continuais d'espérer qu'un commissaire de police avec la gueule de Harrison Ford apparaîtrait soudain en disant : « Vous pouvez disposer, inspecteur, je m'en occupe. » Mais la porte demeurait désespérément close.

— Je reconnais qu'il s'agit d'un concours de circonstances troublant, dis-je. Le fait que Richie se fasse tuer précisément le jour où il décide de rentrer à la maison.

— En effet.

— La vie n'est-elle pas pleine de coïncidences ?

— Ouais, mais là, il y en a vraiment trop.

J'aurais dû fulminer, or la peur me paralysait. J'essayai d'avaler ma salive pour pouvoir parler à nouveau, mais j'avais la gorge trop serrée. Je finis par émettre un gloussement, qui, dans les bandes dessinées, se traduit par un *Gulp* !

— Ne pensez-vous pas que mon mari aurait pu être suivi ?

— Nous y avons songé, mais non. Il n'y a aucun indice qui aille dans ce sens.

— Je vous en supplie, essayez de comprendre. Peut-être est-ce quelqu'un qui cherchait à se venger...

— Et qui lui aurait filé le train jusqu'à Long Island pour l'assassiner dans votre cuisine ?

— Pourquoi pas, si la personne savait qu'il se rendait chez moi ? Imaginez l'aubaine ! Il tue Richie, prend la fuite, et c'est moi qui écope.

Gevinski se renversa dans son fauteuil, croisa les doigts et posa les mains sur son estomac.

— Calmez-vous, Mrs Meyers. Je ne cherche pas à vous enfoncer. Simplement, il y a un problème. Mais sans doute y a-t-il une explication. Il vous a fichu une raclée ? Il vous a menacée ? Vous avez cherché à vous défendre ?

Je savais que je devais la boucler. J'avais demandé à Ben de relancer Stephanie pour qu'elle me trouve un avocat dare-dare. D'un instant à l'autre, un type avec un attaché-case allait entrer dans le bureau en disant : « A partir de maintenant, c'est avec moi que vous allez parler, inspecteur. » Sauf que c'était ma dernière chance de convaincre Gevinski. Tout au moins devais-je essayer de semer le doute dans son esprit.

— On a retrouvé plusieurs traces de pneus.

— Quoi ?

— J'ai vu les gars de votre équipe qui passaient du blanc sur les traces de pneus de mon mari. Mais il n'y avait pas que les siennes.

— La plupart des gens qui jouent au tennis chez vos voisins se garent à cet endroit.

— Mais il y avait des traces de pneus aussi fraîches que celles de Richie. Je les ai vues des mes yeux, même si vos hommes n'avaient pas l'air de s'y intéresser plus que ça. Sans doute ne relevaient-ils les empreintes que pour se conformer au règlement.

La poitrine de Gevinski se souleva lentement, ce qui signifiait : je suis patient.

— Ces marques ont très bien pu être faites un jour ou deux plus tôt. (C'est fou ce qu'il avait l'air intéressé.) Et même si quelqu'un s'était garé là-bas hier soir, qu'est-ce que cela prouve ? La voiture de votre mari était garée de telle manière que n'importe qui, remontant la route, aurait pu apercevoir le réflecteur de son pare-chocs arrière à travers les arbres. Si j'étais passé par là moi-même avec la patrouille, je me serais arrêté pour jeter un coup d'œil. Mais je n'aurais rien vu de plus qu'une bagnole de sport, fermée à clef, avec personne à l'intérieur. Je me serais dit que l'un des riverains était tombé en panne et qu'il avait laissé sa voiture là pour la nuit. J'aurais appelé le service des plaques minéralogiques, on m'aurait dit qu'il s'agissait de la voiture de Mr Meyers. Et après ? J'aurais continué mon chemin. Non, vraiment, ces marques de pneus ne prouvent absolument rien.

Il arrive un moment où le cuir chevelu se met à vous picoter, où le cœur tressaille et les mains se mettent à trembler, après quoi la panique monte d'un cran et vous ne sentez plus rien.

— Mais il y a bien quelqu'un qui a tout planifié, dis-je.

— Et vous allez me dire que c'était sa petite amie ? Qu'elle savait qu'il venait chez vous. Qu'elle l'y avait encouragé. Qu'elle l'a suivi, et s'est emparée du couteau de cuisine pour l'assassiner. Après quoi, elle a cassé une ou deux assiettes histoire de peaufiner la mise en scène.

— Je vous l'ai dit. C'est moi qui ai cassé les plats.

— Ah, oui, j'avais oublié. Bref, elle l'a tué.

— Je n'ai jamais dit que c'était elle.

— Et là, je vous rejoins totalement. Car je ne le crois pas non plus. Ecoutez, vous ne m'avez pas l'air d'une gourde. Vous êtes bien informée. Et vous aimez les enquêtes policières. Ça n'est pas moi qui vais vous apprendre ce que c'est qu'un mobile. Quel pourrait être son mobile ? Perdre un type fou amoureux d'elle et plein aux as ? Pour que vous empochiez tout le pognon, par-dessus le marché ? (Il se passa une main dans les cheveux.) Et maintenant, à vous. Quel pouvait être votre mobile ? Il vous a plaquée pour une femme plus jeune. Il était prêt à se montrer généreux, mais bon, vous trouviez peut-être qu'il ne l'était pas assez.

— Vous me prenez vraiment pour une idiote ! Si j'avais voulu tuer mon mari, pourquoi l'aurais-je fait sous mon propre toit ?

— Parce que ce genre de choses n'a rien à voir avec le QI, Mrs Meyers. Je ne pense pas que vous ayez passé des mois à préparer le crime parfait. Vous l'avez trouvé chez vous, vous avez perdu la tête et vous l'avez tué. (En signe de sympathie pour ce que j'étais en train d'endurer, il poussa un profond soupir.) Croyez-moi, je sais que dans la vie rien n'est tout noir ou tout blanc. Tout est gris. Et je suis sûr que vous avez une explication valable. Alors voilà ce que je vous propose : avouez maintenant, et je pourrai peut-être faire quelque chose pour vous. Attendez encore, et il sera trop tard.

— Je n'ai rien à avouer.

Il se leva de sa chaise et attendit que j'en fasse autant.

— Le corps vous sera rendu en fin de journée. Nous nous reverrons certainement aux obsèques. (Il se dirigea vers la porte en traînant les pieds, puis l'ouvrit.) Dommage que nous n'ayons pas réussi à nous entendre, Mrs Meyers.

6

Je constatai, à mon retour, que les flics m'avaient filé le train jusqu'à la maison ! J'aurais voulu hurler, si seulement j'avais pu. Ben passa un bras rassurant autour de mes épaules, mais ses lèvres étaient livides, comme lorsqu'il était môme et qu'il avait envie de vomir. Deux types dans une bagnole grise ! Pauvre gosse : une mère était censée être rassurante, le lait bienfaisant de l'humanité, et moi j'étais là, toute pantelante et chancelante.

Polaramine allait dire quelque chose, mais elle se ravisa. Sans doute n'avait-elle rien trouvé de suffisamment insipide. Juste à ce moment-là, Alex parut.

Cheveux longs, barbe de trois jours, jeans délavés, boots éculées, bref, je vous passe les détails. Avec ses yeux noirs profondément enchâssés et les deux rides qui lui creusaient les joues, Alex ressemblait tellement à son père, que je détournai un instant les yeux. Lorsque je relevai la tête, je vis mon fils, avec sa tignasse de rock star qui cachait ses oreilles décollées. Avec une infinie délicatesse il posa sa guitare sur le bureau de la bibliothèque, après quoi il laissa lourdement tomber à terre son sac à dos et son blouson de cuir. Je me jetai à son cou.

— C'est un véritable cauchemar, Alex.

— Je sais, m'man.

Je sentais qu'il aurait voulu me serrer très fort dans ses bras, mais son frère aîné était présent, alors il se contenta de me tapoter le dos comme quelqu'un qui veut faire faire son rot à un bébé.

Alex et Ben échangèrent ensuite une bourrade virile suivie d'un petit baiser très bref.

— Salut, Alex.
— Salut, Big Ben.
— Non, mais tu te rends compte de ce qui nous arrive ?
— Non, pas vraiment, dit Alex.
— La dernière fois que je lui ai parlé, dit Ben, la toute dernière fois, c'était pour lui demander du fric. Pour m'acheter une de ces télés stéréo, avec lecteur CDI intégré. Franchement, comme si j'avais besoin de ça. Moi qui n'ai jamais le temps de regarder la télé.
Le coin droit de la bouche d'Alex se releva légèrement. Dans un demi-sourire, il dit :
— La dernière fois que je lui ai parlé, je lui ai dit qu'il pouvait crever la gueule ouverte.
Son sourire fit place à un tic nerveux.
Ben passa ses bras autour d'Alex, dans un geste enveloppant. Vraiment, c'était incroyable de voir à quel point mes fils étaient différents. L'un grand, l'autre petit. L'un blond, l'autre brun. L'un une véritable armoire à glace, l'autre un freluquet. L'un ouvert, l'autre fermé. Ils avaient l'air issus de deux espèces différentes.
Je sentis qu'Alex se détendait entre les bras de son grand frère. Je jetai un coup d'œil à Polaramine qui signifiait : ceci est strictement familial. Elle fit papillonner plusieurs fois de suite ses faux cils. Alors je dis :
— Si cela ne vous ennuie pas, j'aimerais rester un moment seule avec mes deux garçons.
Elle avait l'air d'avoir compris. Elle balbutia quelque chose au sujet d'un patient qu'elle devait rappeler et quitta la pièce.
Je pris les mains de mes garçons dans les miennes. Celle de Ben était immense, solide, et toute gercée par les désinfectants qu'il utilisait à l'hôpital. Celle d'Alex était petite, et beaucoup plus fine. Il avait le bout des doigts calleux à force de jouer de la guitare. Je l'inspectai de près. Il portait un maillot de corps tout déchiré laissant voir çà et là les poils de sa poitrine.
— Alex, dis-je.
— Ouais.
— Quoi qu'il arrive, je te demanderai de bien vouloir mettre une cravate et un blazer pour assister à l'enterrement.
— Quoi qu'il arrive ? Que pourrait-il arriver de plus ?
— Maman a un petit problème, dit Ben.
— Maman a un gros problème, intervins-je.
Je leur racontai brièvement mon entrevue avec Gevinski. Alex baissa la tête et regarda ses bottes.

Ben s'assit sur le canapé et prit sa tête entre ses mains. Soudain ses épaules se mirent à trembler, et je réalisai qu'il était en train de pleurer. Je m'assis à côté de lui, le pris dans mes bras et lui caressai les cheveux. Tout doux, Benjy.

— Oh, m'man. Qu'est-ce que tu vas faire ? demanda-t-il.

Je regardai Alex. Il s'approcha et s'assit de l'autre côté.

— Je n'en sais rien. (Nous nous tûmes pendant quelques minutes.) Je n'arrive pas à croire ce qui m'arrive, dis-je. Il faut absolument que je parle à un avocat. J'aimerais bien que Stephanie se remue un peu.

— Mais comment peuvent-ils te soupçonner ? demanda Alex. C'est n'importe quoi !

Il n'arrêtait pas de cligner des yeux. Peut-être pour s'empêcher de pleurer. Peut-être était-il défoncé. Il n'y avait jamais moyen de savoir avec Alex.

Il n'y avait pas que la ressemblance physique entre lui et Richie. Alex était tout le portrait de Richie. Tout comme lui, quand quelque chose le tourmentait, il était incapable de se confier, si bien qu'il n'y avait jamais moyen de savoir ce qui le chiffonnait. La seule personne capable de le comprendre, c'était Richie — qui disait toujours qu'Alex n'était qu'un petit saligaud qui faisait ses coups en douce. Tel père, tel fils : joueurs, séducteurs, charmeurs, et apparemment pas trop embarrassés par leur conscience. Ce que Richie n'avait jamais compris, cependant, c'est qu'Alex l'aimait énormément. Et c'était précisément là que s'arrêtait la ressemblance. Richie était aussi passionné qu'un concombre. Alex, en revanche, avait un cœur en or.

Naturellement, Ben aimait son père, lui aussi. Pourtant, malgré des performances physiques et intellectuelles flatteuses pour Richie, il était trop bonne pâte pour être réellement digne d'intérêt.

— Alex, la dernière conversation que tu as eue avec papa... dis-je, c'était quand ?

— Il y a deux mois, quand il m'a remonté les bretelles parce que je lui avais piqué sa carte American Express.

— Tu n'as pas reçu de lettre de lui ?

— A part la lettre recommandée dans laquelle il me disait d'arrêter mes conneries...

— Es-tu vraiment obligé de parler comme un charretier ?

— M'man, ne me dis pas que c'est la première fois que tu entends ce mot-là.

— Non, bien sûr. Mais je préférerais que tu t'abstiennes de le prononcer devant moi.

— D'accord, m'man. Dans sa lettre il me menaçait non seulement de me couper les vivres mais de me rayer complètement de son testament. (Après un petit moment de réflexion, il demanda :) Il l'a fait ?

— Non. Bon, maintenant, écoutez-moi, tous les deux. Je ne veux pas vous accabler plus que vous ne l'êtes déjà, mais il faut que les choses soient claires. (Les garçons hochèrent la tête.) J'espère qu'il va sans dire que je n'ai pas tué votre père.

— Mais enfin, m'man... dit Ben.

Alex avait entortillé une longue mèche de cheveux autour de son doigt.

— Il y a une chose que tu n'as pas l'air de réaliser, m'man.

— Quoi donc ?

— Tant que ce Gevinski sera persuadé que tu as fait le coup, il n'ira pas chercher plus loin.

— Je l'ai parfaitement réalisé, au contraire.

— Dans ce cas, l'affaire est close, s'écria Ben. N'en parlons plus !

J'envoyai les garçons au premier, pour qu'ils appellent la sœur de Richie, Carol, la Reine du Cachemire, afin d'organiser les obsèques. J'étais tellement prostrée que je sentais toutes les pulsations de mon corps. L'horloge sonna le quart.

Un peu avant sept heures, Cass, Stephanie et Madeline apportèrent le dîner. Stephanie avait tout préparé, naturellement, mais Cass l'avait aidée à transporter les plats. Madeline, quant à elle, pliait et dépliait les serviettes. Elle avait roulé l'une d'elles en cylindre, avec un bout avachi.

— L'organe masculin !

— Très drôle, marmonna Cass.

Elle et Madeline avaient travaillé ensemble, comme bibliothécaires, des années auparavant. Cass ne la connaissait pas très bien mais savait que c'était une lectrice acharnée. Si bien que lorsque Madeline avait proposé de se joindre à nous pour faire de la marche, nous avions accepté d'emblée : autant se retrouver entre gens de bonne compagnie. Et Madeline était très attentionnée : elle découpait pour nous des articles dans la presse littéraire et nous téléphonait pour nous avertir lorsqu'un de nos auteurs favoris passait sur quelque obscure chaîne câblée de télévision. En revanche, quand nous marchions, il suffisait que nous ayons trouvé la bonne cadence, pour qu'elle s'arrête net, possédée par l'Art. Nous nous mettions alors à jogger sur place tandis qu'elle se mettait à déclamer : « Livre, fidèle compagnon... » Cependant, depuis son divorce deux ans plus tôt, elle s'était convertie au féminisme artistique et citait sa propre poésie.

— Mon mariage, annonça-t-elle soudain.

— C'est un de tes poèmes ? demandai-je en m'efforçant de chasser l'appréhension et l'angoisse de ma voix.

— Non. Mais cela ne concerne pas que mon mariage.

— C'est assez universel, en effet, soupira Cass.

— Absolument ! (Madeline vit que je me mordais la lèvre.) Désolée, je crois que le moment est mal choisi.

— Non, non, dis-je. Je t'en prie.

Elle avait l'air tellement pitoyable dans son pantalon noir et son blouson de cuir à l'effigie des Hell's Angels, qu'aucune de nous ne trouva le courage de lui dire de la boucler.

Madeline s'éclaircit la voix.

— « *Je n'osais respirer / De peur / Que mon âme / Pleine à craquer / N'explosât / Du vide qui l'habitait.* »

J'attendais la suite, n'ayant pas réalisé que le poème était terminé.

— Très bon, dis-je, au bout d'un moment.

— Alors comment expliques-tu que *le New Yorker* l'ait refusé ?

— Ils sont très « grand public », répliquai-je.

Madeline n'a jamais été une marrante, mais je dois reconnaître qu'elle avait le cœur sur la main. Depuis que son mari l'avait plaquée, non pas pour une mais pour plusieurs femmes — un véritable gynécée — elle s'était aigrie. Je ne saurais dire si ç'avait été une expérience plus pénible que la mienne, mais toujours est-il que Myron Michael Berkowitz, chirurgien-dentiste, s'était installé dans une garçonnière, avec piscine chauffée et jacuzzi. Le boulot de Madeline, qui consistait à inventer des grilles de mots croisés, était loin d'occuper tout son temps, et au lieu de créer davantage de grilles afin de compenser sa brusque perte de revenus, elle avait cessé de travailler complètement pour se consacrer exclusivement à la poésie.

Mes yeux passèrent du visage amer et marqué de Madeline, à celui diaphane et velouté de Stephanie. Ayant disposé tous les plats sur la table de la salle à manger, elle sortit un filet à provisions de son sac de toile. Elle fit une petite couronne de cresson autour des légumes grillés, puis saupoudra quelques brins d'aneth sur le saumon poché et, après un petit moment de réflexion, planta un brin de romarin au milieu de la salade de pommes de terre.

— Merci, murmurai-je dans un soupir, tandis qu'elle disposait quelques ficelles et petits pains maison dans une corbeille en osier.

— Ne me remercie pas. J'ai déjà fait tous les menus. Comme cela tu n'auras pas besoin de te casser la tête pendant ta semaine de deuil. Une excellente coutume à mon avis.

Elle me tendit un petit bout de papier, c'était le nom d'un avocat de Manhattan. Elle me dit que personne n'avait pu lui donner le nom d'un bon avocat à Long Island, mais qu'il était indispensable que je me fasse représenter sans tarder. C'est le responsable du contentieux de mon ancienne boîte, me confia-t-elle. Je n'ai jamais travaillé avec lui, mais il a très bonne réputation.

Il m'arrivait de me demander si Stephanie ne regrettait pas d'avoir échangé son métier d'avocate contre celui de femme au foyer. Elle me faisait de la peine, avec son mari indifférent, toute cette beauté gâchée. Mais la compassion a des limites. Après la remarque qu'elle venait de faire sur la semaine de deuil, je savais qu'elle n'allait pas tarder à se lancer dans un discours pro-sémite sur « la supériorité des juifs que j'ai connus et qui sont tous des gens très biens ». Je me demandai s'il n'y avait pas moyen d'emporter un petit peu de saumon poché dans ma chambre à coucher.

Fort heureusement, Alex et Ben — et Polaramine — revinrent juste à ce moment-là. Etrangement, Alex s'était non seulement rasé, mais il s'était peigné en arrière avec un litre de brillantine, ce qui rendait sa ressemblance avec Richie encore plus frappante. Même Cass, qui le connaissait pourtant bien, eut un haut-le-corps. Madeline se frappa le front, stupéfaite : « Tu es le portrait craché de ton père ! » Quant à Stephanie, la mâchoire lui en tomba, comme si son QI avait brusquement chuté d'une centaine de points. « Oh, mon Dieu ! » balbutia-t-elle.

— Salut, les meufs ! s'exclama Alex.

Depuis qu'il faisait du rock, il cultivait le parler zonard, un vrai maquereau de La Nouvelle-Orléans.

— Bonjour, Alexandre, dit Stephanie, incapable de détourner les yeux de son visage.

Entre-temps, Madeline avait attaqué un petit pain.

— J'espère que tu ne te comportes pas comme lui avec les femmes, dit-elle à Alex.

— Madeline, intervint Cass, puis-je suggérer le port de la muselière ?

Madeline renifla et me dit.

— Tu te souviens d'*Etre humain* ? Je l'ai écrit l'année dernière : « *Tu es parti / Non pas en silence / Mais en bruyante compagnie / Tu n'es pas revenu / Tu ne verras jamais / Le trou béant dans mon cœur.* »

— Je m'en souviens. Très émouvant.

Cass émit un long soupir et alla embrasser les garçons. Ben avait l'air sincèrement touché de la voir. Elle avait rencontré Polaramine une fois auparavant, et elle lui serra la main, avec un peu trop d'empressement. Alex n'avait pas l'air enchanté de revoir Cass. Il faut dire que, quatre ans plus tôt, elle l'avait viré de son cours de rattrapage avec perte et fracas, en déclarant que ses collègues s'étaient totalement fourvoyés dans leur appréciation : ce n'était pas un mauvais élève. C'était un vrai crétin.

Nous prîmes place tous les sept autour de la table. Pendant quelques secondes interminables, nous n'entendîmes que le tintement du lustre de cristal mis en mouvement par nos respirations et le grincement inconfortable de nos chaises. Personne ne trouvait rien à dire. Finalement, Cass rompit le silence en interrogeant Ben sur ses projets d'internat et Alex sur les concerts de Cold Water Wash. Et nous commençâmes à nous sentir presque à l'aise.

Si ce n'est que Madeline renversa par inadvertance la sauce au yaourt et à l'aneth de Stephanie sur les genoux de Cass, et que quelques minutes plus tard elle réclama le silence : « Du calme ! Je vous en supplie, j'ai besoin de calme. » Sans doute pour écouter sa muse. Tout au moins ne pouvait-elle pas déclamer la bouche pleine.

Cass prétendait que, sous ses dehors de poétesse inspirée, Madeline broyait du noir, car elle ne pouvait plus se plaindre des railleries de son mari qui, disait-elle, était à l'origine d'un blocage littéraire vieux de trente ans. Aujourd'hui divorcée, elle avait le choix entre assumer ou se taire, et son œuvre était tellement nulle que même la, ô combien tolérante, *Sentinel of Shorehaven* refusait de la publier.

Ma théorie à moi était qu'elle avait passé tellement d'années dans la peau de Mrs Berkowitz, qu'elle avait du mal à se souvenir de son propre nom. Lorsque son chirurgien-dentiste de mari avec son sourire éclatant cent pour cent pur toc l'avait quittée, elle s'était mise en quête d'une identité. Mais, me direz-vous, qu'y a-t-il de si terrible à se convertir à la poésie ? C'est qu'après deux ans de solitude, elle se retrouvait avec une pile haute comme ça de lettres de refus.

Je chipotai une rondelle d'aubergine grillée sur mon assiette. Elle portait des marques noires. Comme des barreaux de prison, songeai-je. Ou des rayures de bagnard. Je ne pouvais rien avaler. Je n'arrivais pas à croire ce qui m'arrivait.

— J'ai mis très, très peu d'huile, dit Stephanie, pour m'encourager. Et que de l'huile d'olive vierge première pression à froid.

— Ce que tu peux être égocentrique, lui dit Madeline. De la part de quelqu'un comme toi, remarque, ça n'a rien d'étonnant. Mais cela n'a rien à voir avec ta cuisine. Rosie est incapable de manger, voilà tout. Y en a-t-il une parmi vous qui ait lu *Femmes, Race et Classe* d'Angela Davis ?

Elle s'attendait à que nous disions non.

— Moi, répondit Cass. Mais je ne vois pas le rapport.

— C'est surprenant de ta part, rétorqua Madeline.

— N'empêche que c'est comme ça, glapit Cass.

— Je ne suis pas dans mon assiette, dis-je tout doucement, coupant net la discussion.

Il était clair que Stephanie avait hâte de retourner à son fumier et à ses plantations.

Madeline secoua la tête, atterrée par la condition humaine.

— Cela t'aiderait-il si je te rappelais qui était ton mari ? me demanda-t-elle.

— Il était mon mari, et le père de mes deux fils ici présents, Madeline.

— Ce ne sont plus des enfants ! rétorqua-t-elle. (Ben baissa les yeux sur son assiette. Alex saisit d'une main le bol de salade de pommes de terre, prêt à le lui flanquer à la figure. Le voyant faire, Madeline s'empressa d'ajouter :) N'allez surtout pas vous méprendre, je n'ai jamais dit qu'il méritait de se faire assassiner.

— Rien de nouveau du côté de l'enquête ? demanda Stephanie d'une voix exagérément enjouée, sans doute destinée à décourager une nouvelle poussée déclamatoire de la part de Madeline.

Je secouai la tête : rien de nouveau. Je ne voulais pas leur parler de Gevinski. Je ne me sentais pas la force d'endurer leur commisération.

— Savent-ils qui a fait le coup ? demanda Madeline. Cette créature ? (Je secouai la tête.) Qui, alors ?

— Ils ont un suspect, dis-je tout bas.
— Ils sont vraiment sérieux, Rosie ?
Stephanie semblait bouleversée.
— Oui.
— Alex, coupa Polaramine, peux-tu passer la salade de pommes de terre à ton frère, s'il te plaît ?
— Sérieux à quel sujet ? demanda Madeline.
— Ils croient que c'est moi qui ai fait le coup, parvins-je à dire.
— C'est complètement délirant, dit Ben, la fourchette en l'air, brandissant une rondelle de poivron rouge.
— Que tu l'aies fait ou non, s'écria Madeline, il n'y a pas une femme au monde qui pourrait te jeter la pierre ! Il t'a trompée. Tu te souviens du poème que j'ai écrit lorsqu'il t'a plaquée — après cette parodie d'anniversaire de mariage ? « *Noces d'argent / Une nuit d'amour / Oui, d'amour et de rires dorés / Jusqu'à l'aube de plomb / Où l'homme de fer / S'en ira sans ironie.* »
— Mrs Berkowitz, dit Alex de sa voix profonde de baryton.
— Quoi donc ? dit-elle, furieuse d'avoir été interrompue.
— Fermez-la, voulez-vous ?
Je me raidis soudain. Madeline se raidit. Tout le monde se raidit. Puis Madeline repoussa violemment sa chaise qui alla s'écraser à terre. Les mains sur les hanches, elle foudroya Alex du regard. Une, deux, trois secondes passèrent. Il la foudroya du regard à son tour. Elle finit par se tourner vers moi. Je ne dis rien. Et Madeline quitta la pièce comme un ouragan.
Stephanie se leva d'un bond, et de sa voix enjouée demanda si la police avait donné l'autorisation d'utiliser la cuisine. Lorsque je dis oui, elle se mit aussitôt à débarrasser la table. Je remarquai qu'Alex lui jetait des petits coups d'œil furtifs chaque fois qu'elle revenait chercher des plats. Il n'y avait pas que son visage qui le fascinait ; il y avait aussi ce qu'elle cachait sous son gros pull bleu et son pantalon de tweed. A un moment il alla même jusqu'à lui demander si elle voulait un coup de main, mais elle lui répondit de ne pas se déranger. Il plongea ses yeux dans ses grands yeux lumineux, et l'espace d'une seconde Stephanie sembla perdre pied. Puis rouge et confuse elle partit se réfugier à la cuisine pour emballer les restes de saumon dans du film plastique. Ben, quant à lui, ne la voyait même pas. Lui et Polaramine se tenaient la main sous la table.

— J'ai aperçu des hommes à l'extérieur, me glissa Cass à l'oreille. Dans une voiture grise, au bout de l'allée. Et il y en a deux autres devant la porte.
— Quoi ? Tu les as vus quand tu es entrée ?
— Oui. C'est normal, cette façon d'assiéger la maison ?
— Pas vraiment. Ils me surveillent vingt-quatre heures sur vingt-quatre.
— Les andouilles !
— Tu n'as pas de doutes, Cass ?
— Des doutes ?
— Tu ne penses pas que c'est moi qui ai fait le coup ?
— Jamais de la vie.

Cette nuit-là il plut à verse, une de ces pluies d'automne froides et persistantes qui tambourinent sur les feuilles mortes. Mon ultime pensée, avant de sombrer dans un état qui ressemblait plus à de la stupeur qu'à du vrai sommeil, était que l'air de la nuit sentait bon et que j'aurais dû préparer du café pour les flics qui montaient la garde sous la pluie.

Le distingué maître Forrest Newel, avocat chez Johnston, Plumley et Whitbred, semblait tout droit sorti d'un roman de Ross Macdonald. Il arborait cet air pompeux des avocats qui connaissent les secrets les plus abjects de leurs clients. Ses lunettes cerclées de métal étaient perchées en équilibre sur la bosse de son nez imposant. Sa chaîne de montre en or ballottait sur le gilet de son costume trois-pièces à fines rayures. Quant à moi, je portais mon seul et unique ensemble : un machin taupe très mode, acheté l'année précédente. Et qui grattait comme c'est pas permis.

Derrière Forrest Newel, tel un tableau de maître, la fenêtre encadrait la silhouette crénelée des tours de Manhattan. Après avoir écouté mon histoire au tarif de quatre cents dollars l'heure, il racla quelque chose d'énorme et de gluant au fond de sa gorge, et déclara :
— Vous m'avez tout l'air de vous être mise dans de sales draps, Mrs Meyers.

De manière générale, je ne suis pas quelqu'un de rationnel. Mon cerveau ne va pas de A à B puis à C pour reconnaître instantanément l'inéluctabilité de D. Pas plus que je ne raisonne par phrases complètes. Mais à peine Forrest Newel eut-il fini de parler qu'une pensée rationnelle qui se trouvait être aussi une phrase complète me vint à l'esprit : lorsque je ressortirai de prison, je serai une vieille femme.

Calme-toi, pensai-je. Ce n'est pas le moment de faire ton cinéma.

— Vous voulez dire qu'ils peuvent m'arrêter comme ça, du jour au lendemain ?

— Sans doute pas avant les funérailles, et pas sans mandat d'arrêt, naturellement.

— Est-ce difficile à obtenir ?

— Dans votre cas, pas vraiment, malheureusement. Ce sont ces (il se reprit juste à temps pour ne pas prononcer le mot « fichues » devant une dame) empreintes digitales laissées sur le couteau qui compliquent tout.

Si seulement il avait fait la grimace, ou s'il s'était tordu les mains en signe de désespoir, mais rien. Il demeurait parfaitement impassible sur son trône de cuir marron, ses mains tranquillement croisées devant lui. Non, vraiment, il était à mille lieues du désespoir : Forrest Newel était tellement impassible qu'il n'oscillait pas d'un millimètre. Lorsqu'il parlait, les mots semblaient glisser tout seuls entre ses lèvres à peine entrouvertes. C'est à peine si j'entendais ce qu'il disait.

— Certes, je n'ai pas encore eu d'entretien avec le juge, mais votre arrestation semble, sinon inéluctable, tout au moins probable.

— Il n'y a pourtant aucune preuve formelle contre moi ! Il a été poignardé chez moi avec mon couteau. C'est tout.

— Tout ? Et vos empreintes sur l'arme du crime ?

— Mais puisque je vous dis que...

— Mrs Meyers, il n'existe aucune preuve du fait que quelqu'un se soit introduit chez vous.

— Il y a forcément quelqu'un qui s'est introduit chez moi, nom de Dieu ! rugis-je. (Forrest Newel sursauta.) L'assassin, entre autres !

— Mrs Meyers, je vous en prie. Reprenez-vous. (J'étais obligée de me pencher en avant pour entendre ce qu'il disait.) Si un assassin s'est introduit chez vous, la police le saura très vite. N'oubliez pas qu'il y a encore les résultats de l'autopsie, sans parler des autres tests de laboratoire. L'un des rapports dira peut-être que le couteau a été bougé post mortem. Ce serait épatant, non ?

Epatant ? Visiblement, songeai-je, ce chienchien à sa mémère n'a jamais plaidé une affaire criminelle.

— Vous est-il arrivé de plaider des affaires criminelles ? demandai-je.

— Pas récemment. Mais j'ai été pendant trois ans le premier

substitut du procureur Hogan, à Manhattan, dans les années cinquante. (Sans doute mon teint livide vira-t-il au vert olive, car il s'empressa d'ajouter :) Assassinats, délits d'initiés, fraude fiscale... tout cela, c'est la même chose. Les principes sous-jacents de la loi restent les mêmes. Maintenant, il ne nous reste plus qu'à espérer que les résultats d'analyse vous seront favorables, mais il est encore un peu tôt pour crier victoire.

Je voulais me montrer optimiste malgré tout.

— Les tests montreront sans doute qu'il y avait d'autres traces de pneus à côté de celles de Richie.

Si Forrest Newel n'avait pas ouvert les yeux à ce moment-là, j'aurais juré qu'il s'était endormi. Sous son gilet, sa poitrine se soulevait avec un mouvement régulier. Il était parfaitement détendu. Je parlai avec toute la ferveur dont j'étais capable.

— Je vous en prie. Il y avait des traces de boue à la cuisine. Je me suis même dit : sa voiture était garée juste à côté de la route. Il ne peut pas avoir amené autant de boue à l'intérieur. Il n'avait pas plu. Ne fait-on pas de tests sur ce genre de choses ?

— Pour ce qui est des traces de pneus, intervint Forrest Newel, vous m'avez dit vous-même que cet endroit servait de parking à tous les gens qui jouent au tennis chez vos voisins. Quant aux traces de boue, dont vous semblez croire qu'elles pourraient vous innocenter, la police vous dira que c'est votre mari lui-même qui les a laissées.

— Vous croyez que j'ai tué mon mari, n'est-ce pas ?

— Comme je le dis toujours à mes clients, ce que je pense n'a aucune importance. Ce qui compte, c'est ce que pensent les juges.

— Mais je ne l'ai pas tué !

— Je vous en prie, ne vous mettez pas martel en tête, Mrs Meyers. Ce n'est pas la fin. Ce n'est que le début d'un long processus.

— Pensez-vous que j'irai en prison ?

— J'espère bien que non.

— Mais, est-ce possible ?

— Si nous arrivons à établir la preuve que vous n'êtes pas impliquée dans la mort de votre époux, ou à convaincre la police qu'il existe un autre suspect digne d'attention, il est évident que vous seriez tirée d'affaire. Sinon, je vous conseille de plaider coupable afin de bénéficier des circonstances atténuantes. Auquel cas, je suis au regret de vous dire qu'il vous faudra passer un certain temps en prison.

Lorsque j'eus à nouveau retrouvé l'usage de la parole, je demandai :

— Qu'entendez-vous par un certain temps ?

— Dans le pire des cas ? (Il sourit, avant de reprendre presque aussitôt sa tête d'oiseau de mauvais augure.) De douze à quinze ans tout au plus. (Je me levai pour partir.) Mais c'est peu probable. Je suis convaincu que ce sera moins long.

Nous nous dîmes au revoir. Mon estomac faisait des vagues. Le bayguel au fromage blanc de mon petit déjeuner était collé au fond de ma gorge, chose qui évita sans doute que je ne répande les résidus amers de mon café sur le parquet ciré de Johnston, Plumley et Whitbred. J'aperçus mon reflet — celui d'une femme ordinaire dans un ensemble trop chic — dans le granit du hall.

Le dernier soubresaut de l'ascenseur, juste avant que la porte ne s'ouvre, m'acheva totalement. Je déboulai dans Park Avenue qui semblait exclusivement peuplée de femmes d'affaires affairées, interchangeables, minces, élégantes, le cheveu brillant, la gueule en lame de couteau, et des bracelets plein les bras. Pas d'ensemble taupe pour ces dames. Cette année, la mode était aux vestes de lainage et jupes à mi-mollet. Je me frayai un chemin parmi toutes ces femmes qui ne se firent pas prier pour s'écarter. Alerte ! semblaient-elles se télégraphier les unes aux autres. Banlieusarde au bord de la crise !

Mais pas question de me pencher au-dessus du caniveau pour dégobiller devant ces bêcheuses. Je pris appui contre un réverbère. Les bouches rehaussées d'un trait de crayon à lèvres firent une moue de dégoût. J'émis un râle. J'étais malade à crever. Si je me laissais aller, elles détourneraient les yeux en se protégeant la tête et diraient : « A-t-on idée d'ingurgiter tout ça au petit déjeuner ? » Je ravalai l'acide qui me remontait dans la gorge et inspirai profondément. Non ! ordonnai-je à mon corps. Ce serait comme de vomir devant des centaines de Jessica.

Jessica : je m'adossai au réverbère. Tiens, tiens. Etait-elle avec Richie le soir du meurtre ? Savait-elle qu'il était venu à la maison ? Je me mis à marcher. Mes jambes avaient compris où je me rendais, même si je ne le savais pas encore moi-même.

Mon ensemble râpeux et moi-même prîmes place sur la banquette poisseuse d'un taxi. Le jour où Richie s'était mis à haïr sa vie, jour qui coïncidait grosso modo avec cette fameuse soirée où Joan Driscoll était venue au *Havre des Mouettes* et qu'elle s'était payé sa tête en l'appelant Messire, Richie avait commencé à collectionner les détails branchés sur Manhattan. Il disait, par exemple, qu'à Beekman et à Sutton Place les bonnes maisons étaient celles qui portent les numéros impairs, parce qu'elles ont vue sur l'East River. Ou bien que les petites rues comme Stiffen Court, Henderson Place ou Gracie Square, sont vraiment très clââásse.

Il s'était installé à Gracie Square, dans un immeuble aussi élancé et gracieux que Jessica. Elle y avait un petit duplex qui donnait sur l'East River. A l'époque où elle n'était encore qu'une employée de Data Associates comme les autres (à mes yeux, tout au moins), elle organisait des « petits dîners » pour trente personnes. Je faisais le poireau dans son salon en m'efforçant de faire la conversation autour d'un cocktail. Ses amis, d'une courtoisie irréprochable, avaient ordre de me demander : « Comment se porte l'enseignement supérieur ? » De même qu'ils avaient ordre de pousser des « Oh ! » et des « Ah ! » quelle que soit ma réponse, parce que j'étais la femme du patron. De mon côté, je savais qu'ils me trouvaient rasoir, mais je m'efforçais de ne pas le leur montrer. Tout comme je m'efforçais de ne pas tomber en extase devant le spectacle grandiose des péniches qui remontaient l'East River derrière la baie vitrée. Je faisais des efforts surhumains pour participer activement à la conversation. Et je savais que j'avais bien tenu mon rôle lorsque, de retour à la maison, Richie me proposait de faire l'amour. Ce qui ne s'est jamais produit.

Je sortis du taxi et me dirigeai tout droit vers la grille de l'immeuble. Le portier vint m'ouvrir, inspectant mon ensemble au passage pour s'assurer qu'il était assez chic. Je le gratifiai d'un « Bonjour, monsieur », qui me semblait plus cordial que « Bonjour » tout court. Il portait un costume bleu marine avec des épaulettes dorées qui ressemblaient à de grosses brosses à dents à l'envers.

— Puis-je vous aider ? demanda-t-il.

— Miss Stevenson, je vous prie.

Il souleva ses sourcils blancs et touffus. De toute évidence il était au courant de la mort de Richie. Mon cœur se mit à battre la chamade. Et si Gevinski était là-haut, avec Jessica ? Ou si elle appelait la police...

— Je suis Mrs Meyers et... (La mâchoire du portier tomba.) La sœur de Mr Meyers, confiai-je.

Son visage passa du cramoisi à un rose pâle nettement moins apoplectique.

— Toutes mes condoléances, murmura-t-il avant d'ouvrir tout grand la grille pour me laisser passer.

Je le remerciai tandis qu'il décrochait le téléphone. « La sœur de Mr Meyers, Miss Stevenson. » Il hochait la tête avec déférence aux paroles de Jessica.

Heureusement pour moi, le garçon d'ascenseur était déjà redescendu lorsque Jessica ouvrit la porte en disant : « Carol ! » et qu'elle se retrouva face à moi. Avec un « Hiiiiii ! » perçant de nana qui a vu une souris, elle essaya de me claquer la porte au nez. Etait-ce un geste de désespoir, ou la vue de sa tenue de deuil — une combinaison intégrale en cachemire blanc décolletée jusqu'au nombril — ? je me jetai de toutes mes forces contre la porte. Une douleur fulgurante me traversa l'épaule, le cou, puis le bras. J'avais les larmes aux yeux, mais j'avais réussi à entrer.

— Dehors ! dit-elle d'une voix qui aurait terrorisé un jeune cadre moyen.

Mais j'avais nettement le dessus. Elle avait peur de moi !

— Ne me dites pas que je vous fais peur. (Jessica ne répondit rien. Elle n'avait ni les yeux rouges ni les paupières gonflées. Si la mort de Richie lui avait fichu un coup, elle le cachait bien.) Vous ne croyez tout de même pas que c'est moi qui l'ai tué ? poursuivis-je.

Cependant elle se comportait comme si c'était le cas, jetant des petits coups d'œil désespérés à droite et à gauche pour chercher de l'aide. Mais le hall de marbre était vide, hormis une console en métal très design, une toile représentant un gribouillis noir, et un énorme bronze qui ressemblait à un scrotum.

— Alors vous croyez que c'est moi ? dis-je. Vous avouerez que c'est plutôt comique, moi je suis persuadée que c'est vous.

Là, c'était la goutte d'eau qui fait déborder le vase. Toute peur évanouie, elle posa ses mains sur ses hanches. Sa taille était si fine que ses doigts se rejoignaient presque sur son ventre. Je remarquai aussi qu'elle portait un énorme diamant à l'annulaire gauche.

— Moi ? Mais vous êtes totalement dérangée.

— Oh, ça va, épargnez-moi vos grands airs.

J'aurais voulu ajouter : « espèce de sale pute », mais je décidai de ne pas la pousser à bout.

— Du balai !

Ses yeux lançaient des éclairs. Je répugne à l'admettre, mais même en colère elle avait du chien. Je parie que Richie lui disait : « Ça m'excite quand tu te mets en boule. » S'il m'avait dit ça à moi, je lui aurais répondu « en colère », pas « en boule ». Forcément, après vingt-cinq ans de mariage et vingt-sept ans dans l'enseignement. Ce qui explique — en partie, tout au moins — pourquoi il s'était entiché d'une jeune et belle experte-conseil qui n'avait pas besoin de mettre de soutien-gorge sous sa combinaison ultra-moulante.

Bon, j'avais renoncé à la traiter de « sale pute ». Mais j'aurais pu la traiter de tueuse. D'accord, Jessica avait peur de moi. Cela ne signifiait pas pour autant qu'elle me croyait coupable. Peut-être voyait-elle en moi une furie déchaînée, prête à laver dans le sang la mort de son mari, ou le crime qu'elle avait commis, l'adultère.

— Dites-moi pourquoi il est revenu à la maison.

— Je vais appeler la police.

Je crois qu'elle fit un pas en arrière, mais je ne peux jurer de rien car elle était en blanc et le parquet et les murs étaient laqués blanc. C'est triste à dire, mais son appart avait de la gueule. Tout y était beau, sobre, élégant. Sans parler de tous ces petits riens admirables qu'en dépit de toute son argenterie et tous ses Chippendale Richie n'avait jamais réussi à dénicher.

— Jessica, je vous en supplie. Je vais être arrêtée pour un crime que je n'ai pas commis. J'ai besoin d'aide.

— Sans aucun doute.

— Pourquoi ne voulez-vous pas me dire ce qui l'a poussé à revenir à la maison ? (Elle semblait fascinée par la vue plongeante de son propre décolleté. Que cherchait-elle à cacher ?) Ne saviez-vous pas qu'il était à la maison ? Il ne vous l'a pas dit ? (Elle secoua la tête, l'air de dire : « Ma pauvre fille. » Mais peut-être ne voulait-elle pas admettre qu'il le lui avait caché ?) Cela faisait plusieurs années, ajoutai-je doucement, qu'il avait cessé de se confier à moi. Peut-être faisait-il la même chose avec vous ?

Si elle n'avait pas eu ce petit rire méprisant, je ne crois pas que je l'aurais frappée. Mais là, c'était plus fort que moi. Vlan ! C'est parti tout seul. Sa tête oscilla de droite et de gauche, comme si elle avait été montée sur ressort. *Boiing, boiing, boiing*. Puis elle se mit à hurler.

Brusquement, un homme accourut pieds nus depuis la pièce voisine, en se débattant avec la ceinture de son peignoir de bain.

— Jessica ! s'écria-t-il.

— Oh, mon Dieu, gémit-elle.

Il passa un bras autour de ses épaules. Elle se blottit contre lui, une main posée sur sa poitrine, la tête enfouie sous son aile protectrice.

— Que se passe-t-il ? (Nettement plus âgé qu'elle, il devait avoir dans les soixante ans. Il avait des valises sous les yeux et ses cheveux étaient si épais et si blancs qu'on avait du mal à croire qu'il ne portait pas de perruque.) Jessica, qui est-ce ?

Il était grand. Le peignoir lui arrivait à peine aux genoux.

— Elle m'a frappée !

Soudain j'eus la révélation. Si le peignoir était trop court, c'est parce que c'était celui de Richie.

— Le moins qu'on puisse dire, c'est que vous ne perdez pas de temps, Jessica.

Elle se dégagea de l'étreinte de l'homme. Un instant je crus qu'elle allait me cracher à la figure. Elle avait la joue gauche rouge vif. J'étais à la fois soulagée et déçue de ne pas y voir mon empreinte.

— Ce monsieur est mon père, dit-elle. (Lui prenant la main, elle dit :) C'est l'ex-femme de Rick.

— Pas ex, rétorquai-je.

— Que voulez-vous ? glapit l'homme qui, en dépit de ses jambes nues, avait l'autorité d'un président de conseil d'administration.

— Je vous en prie, je suis dans le pétrin.

J'avais espéré qu'il se laisserait attendrir par mon sort de veuve éplorée, mais il se contenta de serrer la main de Jessica contre sa poitrine.

— Regarde, dit Jessica en lui montrant sa joue encore rouge.

Là, ce fut le coup de grâce, pour le vieil homme — et pour moi-même. Lâchant la main de Jessica, il me saisit par le col de ma veste, si violemment que je crus qu'il allait m'étrangler, puis il me souleva de terre et me flanqua à la porte.

7

— Ça y est, Cassandra, j'ai mis la machine en branle, annonça son mari. Maintenant, j'attends la réponse.

Cass, la plus intègre des femmes, le regarda dans le blanc des yeux.

— J'espère que tu vas pouvoir inverser le cours de la justice, Theodore. Rosie a de quoi se faire du souci.

Theodore Tuttle Higbee III se tourna vers moi.

— Crois-tu qu'ils vont t'arrêter ?

— Pas immédiatement après l'enterrement. Ce soir, peut-être, ou demain.

N'empêche, je tenais bon, non ? En dépit des deux flics qui me filaient le train, à bord d'une voiture blanche maintenant, j'avais tout de même réussi à me traîner jusque chez Cass pour lui emprunter un chapeau de deuil, une petite galette noire ornée d'une voilette. J'avais même réussi à m'asseoir sous la véranda des Higbee pour faire un brin de causette autour d'une tasse de café. Mais je n'étais plus qu'un robot répondant au nom de Rosie Meyers, une machine qui ne ressentait plus rien.

— J'espère que tu vas faire jouer tes relations politiques, dit Cass à Theodore.

— J'essaye, Cassandra.

— Essaye encore. Tu ne vas tout de même pas les laisser l'emmener menottes aux poignets ? Avec qui vais-je parler, moi ? Qui va assurer les cours sur Shakespeare à la rentrée ?

— Le juge du district est un démocrate, expliqua-t-il.

— Je le sais, Theodore. Mais je pensais que ton influence s'étendait au-delà d'un vulgaire clivage politique.

— J'ai entendu dire beaucoup de bien de Forrest Newel,

dit-il pour l'apaiser. Je suis sûr que Rosie est entre de bonnes mains.

— C'est un crétin notoire. Et toi, tu es une andouille, dit Cass.

Andouille, peut-être, mais bien placé tout de même. Theodore III, bien que d'agréable compagnie lors de dîners mondains, n'était pas ce qu'il est convenu d'appeler un grand penseur — ni même un penseur tout court. Mais si vous aviez besoin de l'appui d'un réac, fût-ce à l'autre bout du monde, c'était à lui qu'il fallait s'adresser.

— Newel a siégé à la Commission financière de Reagan, en 84, protesta-t-il. Il paraît que c'est un type comme ça.

Ce qui, traduit en langage politique de droite, signifiait que, tout comme Theodore, Forrest Newel était un farouche adversaire des plans d'aide sociale aux pauvres, aux invalides, aux vieillards, aux jeunes, aux SDF et aux chômeurs, et un fervent défenseur des programmes d'armement massifs.

— Forrest est diplômé de Harvard, tu sais.

Tout comme Theodore.

— Naturellement, dit Cass. L'université dont la réputation est la plus surfaite de toute l'Amérique. (Elle croisa les bras sur son opulente poitrine.) Est-ce un bon avocat, au moins ?

— Je le crois. (Theodore lissa sa moustache qui ressemblait à un bâton de réglisse collé sur sa lèvre supérieure.) Pourquoi ne le serait-il pas ?

— Je ne sais vraiment pas pourquoi je lui demande son avis, me dit Cass en me servant une autre tasse de café. Il est clair qu'il ne sait absolument rien.

Theodore adressa un sourire indulgent à sa femme au-dessus de la nappe à carreaux rouge et blanc.

— Ce qu'elle est garce, dit-il, avec un plaisir évident. (Chacun mettait un point d'honneur à régler ses comptes avec l'autre en public.) Garce et chicaneuse.

Cass, qui avait entrepris une fois de plus un de ces régimes qui ne duraient jamais plus de trois jours, buvait de l'eau chaude avec du jus de citron.

— Est-il possible qu'en cette dernière décennie du XXe siècle un Afro-Américain formé dans une grande université américaine soit aussi obtus et aussi vaniteux ? me dit-elle.

Theodore, une version brun clair de Fred Astaire, mince et gracieux, souriait de toutes ses dents à sa femme. Héritier du groupe de presse fondé par son grand-père, il avait rencontré Cass au cours d'un réveillon à Goucher, l'année où elle était arrivée de son ghetto natal, après avoir obtenu une bourse de trois ans pour étudier à Choate. Au mépris de tout sens commun et en dépit de l'énorme fossé tant social qu'intellectuel qui les séparait, il l'avait baptisée « son petit pudding », pourchassée de ses ardeurs, et finalement épousée au lendemain de son doctorat.

— Elle est folle de moi, m'informa-t-il.

— Tu vois ce que je te disais ? s'écria Cass. On ne peut pas discuter sérieusement avec lui. Il tourne tout en dérision. Et je ne suis vraiment pas folle de lui. La vérité, c'est qu'il avait besoin de moi pour se prouver qu'il n'avait pas honte d'être noir. Et ça continue. Et moi je suis tombée amoureuse de son argent et de son pouvoir quand je n'étais encore qu'une gamine sans expérience. C'est pour cela que j'ai accepté de l'épouser.

— Elle dit ça, mais elle est tout de même restée.

— Theodore, dit Cass, ignorant sa remarque, je veux que tu te renseignes sur ce Forrest Newel. Il ne m'a pas l'air très futé.

Nous n'avions plus rien à nous dire. Dans la véranda, le seul bruit audible était celui du couteau de Theodore qui grattait l'excédent de marmelade de pêche sur son toast. Puis, de l'intérieur de la maison, arriva un tintement délicat, comme celui d'un triangle frappé à intervalles réguliers. Theodore bondit de sa chaise et se précipita à l'intérieur de la maison.

— C'est sa ligne privée, expliqua Cass. Il l'a fait installer pour pouvoir dire aux gens de l'appeler sur sa ligne privée. C'est le coup de fil qu'il attendait. S'il y a moyen de faire quelque chose pour toi, je te promets qu'il le fera. Le parti de Lincoln lui doit beaucoup.

— Pourquoi ?

— Parce qu'il lui a servi de nègre pendant toutes ces années.

A l'extérieur de la véranda, un petit vent projetait les feuilles mortes contre le tronc d'un gros chêne.

— Tu te demandes ce qui me retient à ses côtés ?

— Tu es plus heureuse que tu ne le crois.

— Ma chère, dit-elle tranquillement, les seules personnes vraiment heureuses sont celles que nous ne connaissons pas bien. (Je regardai fixement les miettes de muffin aux airelles sur l'assiette de porcelaine translucide posée devant moi.) Avec peut-être quelques exceptions, rectifia-t-elle.

— Tu dis ça pour me remonter le moral ?

— Oui.

— Eh bien, ça ne marche pas.

Cass soupira, puis, oubliant son régime, saisit le toast qui se trouvait sur l'assiette de Theodore et y déposa une énorme cuillerée de marmelade avant de mordre dedans à pleines dents.

— Peut-être pourrions-nous brouiller les pistes ?

— En faisant quoi ?

— Je ne sais pas, moi. (Elle prit une seconde bouchée.) En mettant le feu, par exemple. En brûlant ta maison ! Les flics croiraient que tu as péri dans les flammes.

— Et après, je ferais quoi jusqu'à la fin de mes jours ? (Elle reposa ce qu'il restait du toast sur son assiette. Je m'en saisis et le fourrai tout entier dans ma bouche sans lui laisser le temps de réagir.) Serveuse dans un routier de Sioux City ?

— Voyons. Ah ! J'ai une idée. Tu pourrais mettre une perruque blonde et des verres de contact bleus et lorsqu'ils viendraient te chercher... (Sa voix s'évanouit. Elle n'y croyait pas plus que moi.) A nous deux, je suis sûre que nous pouvons échafauder un plan en béton. Nous en reparlerons après les obsèques.

— Je serai en prison.

Elle ôta la nappe à carreaux qu'elle avait mise devant elle pour protéger sa robe bleu marine à col châle blanc. Très chic.

— Peux-tu te procurer une grosse somme d'argent ?

— Je ne sais pas. Tout ce que je sais, c'est que nos avocats étaient en train de se bouffer le nez au sujet d'une somme conséquente que Richie aurait détournée un mois avant de me plaquer. De toute façon, pourquoi aurais-je besoin d'une grosse somme d'argent ? Pour me payer une brochette d'avocats chevronnés ?

— Non. Pour soudoyer les flics.

— Ma chère Cass, tu as peut-être lu George Eliot, mais pour ce qui est de la corruption de fonctionnaire, tu n'y entraves que couic.

— Mais toi, si ! Avec tous les polars que tu ingurgites.

— Nous ne sommes pas dans un roman de George Higgins. Non, mais tu me vois en train de refiler une liasse de biftons à Gevinski dans les pissotières ?

Nous entendîmes le pas léger de Theodore qui revenait dans la véranda. Rapidement, nous convînmes d'utiliser le vieux truc des profs de Shorehaven qui veulent recevoir un coup de fil personnel pendant les heures de cours, pour parler d'une mycose vaginale à leur gynéco, par exemple, sans avoir à le faire devant tout le département de littérature. Si j'arrivais à me procurer un téléphone, je devais laisser un message comme quoi Cass était priée de rappeler le cabinet du Dr X, à onze heures, mettons. A onze heures, Cass se rendrait à l'une des cabines téléphoniques du lycée — celle qui se trouvait à l'extérieur de la cafétéria — pour recevoir mon coup de fil.

— Rosie, dit Theodore avant de se rasseoir.

Sa voix était trop calme, je compris d'emblée qu'il n'y avait plus d'espoir.

— Qu'y a-t-il ? demanda Cass.

— Mes amis m'ont assuré que ni le juge ni les flics n'alerteraient la presse. Pas de menottes, non plus. Ils m'ont donné leur accord pour que Forrest Newel la conduise lui-même à la maison d'arrêt demain soir, après la tombée de la nuit pour semer les photographes éventuels qui rôderaient autour de la maison. Ils passeront par le garage et prendront la voiture de Rosie. C'est tout ce que j'ai pu obtenir.

— C'est tout ? s'écria Cass. Mais avec toutes tes relations, je croyais que...

Théodore regarda sa femme. Les dés étaient jetés.

— Les résultats de l'enquête sont arrivés, Cassandra. Hormis Rosie et Richie, il n'y a pas le moindre indice prouvant la présence d'un tiers dans la maison le soir du crime.

Les flics qui m'avaient suivie jusque chez Cass ne me lâchaient pas d'une semelle. Ils attendirent que j'aie franchi les grilles de fer de *la Pointe d'Émeraude* pour se ranger le long de la route. Les grilles portaient le blason familial : un lion et un rameau de feuillage. De profil, le lion présentait un museau délicatement retroussé — sans doute un pense-bête subliminal pour rappeler aux voisins nantis et ambitieux que Carter Tillotson était le roi de la narine refaite.

Assise dans la voiture, je contemplai un moment l'imposant manoir de Stephanie. J'avais atteint les confins de la terre et basculé dans un monde nouveau où demander un service à un voisin ne consistait plus à lui emprunter sa débroussailleuse mais à solliciter la protection d'un ultra-conservateur pour qu'on ne vous emmène pas en prison, menottes aux poignets.

Je me demandai laquelle de mes collègues irait trouver l'*Eyewitness News* pour leur raconter que, sous mes dehors placides, je cachais un tempérament haineux. Je songeai à mes étudiants. A Joey, mon étudiant du cours d'écriture, qui était si fragile et à qui je donnais des cours particuliers pour qu'il ne se décourage pas — et, comme disait le psy de l'école, pour qu'il ait un moyen de s'exprimer et quelque chose qui l'empêche de ressasser des idées de suicide. Je me demandai lequel de mes étudiants se sentirait le plus trahi. Elena, du Guatemala, une de mes étudiantes de dernière année, qui avait un accent espagnol à couper au couteau, mais qui pigeait Shakespeare au quart de tour ? Je savais aussi lequel d'entre eux lancerait la mode des devinettes à mon sujet : « Savez-vous ce qu'a dit Mrs Meyers avant de poignarder son mari ? »

Quelqu'un était en train de brûler des feuilles mortes. L'air était âcre et froid, mais irrésistible. J'inspirai profondément. Un jour que je rentrais de l'école, quand j'avais huit ou neuf ans, avec un masque en forme de citrouille sur la tête, j'avais ramassé une brassée de feuilles mortes pour les lancer à la tête de Tom Driscoll et de ses copains qui rentraient de l'école catholique de Saint-Aloysius. Il fut un temps où j'étais une petite fille heureuse et vive et qui savait attirer l'attention des garçons.

Je me demandai comment les jurés me regarderaient, après la délibération, à cet instant terrible où le juge demande : « Mesdames et messieurs les jurés, quel est votre verdict ? » Et si les pensionnaires des quartiers de haute sécurité avaient le droit de recevoir des visites dans un parloir privé, ou si mes fils et moi, ou mes petits-enfants et moi, serions obligés de communiquer à travers des barreaux.

Je tirai la sonnette. Rien. Je tirai à nouveau. Finalement, haletante et les joues en feu, Stephanie vint m'ouvrir. Elle portait un peignoir jaune pâle rehaussé d'un liséré bleu, une serviette jaune pâle sur ses cheveux mouillés.

— Désolée, j'étais au premier, en train de me préparer.

Elle grelottait. Le vent soufflait de plus en plus fort, en longues rafales glacées. Je repensai à notre premier réveil au *Havre des Mouettes*. Debout sur la terrasse, avec le vent du large qui s'engouffrait dans son caleçon, Richie m'avait crié : « Hé, Rosie ! C'est tout à moi ! »

— Comment se fait-il que Hansel et Gretel ne m'aient pas ouvert la porte ? demandai-je. Tu les as virés, ceux-là aussi ?

— Gunnar et Inger ? Non, ils ont démissionné. Ils ont trouvé un job en Arizona qui paye deux fois mieux, paraît-il. Bon débarras. Mais Carter est hors de lui. Il ne veut plus entendre parler de couples. Juste une bonne et une nounou pour Astor. (Elle se tut et me dévisagea. Sans doute avais-je une mine de papier mâché, car elle s'arrêta net, sa voix soudain terne et pleine d'appréhension.) Ça n'a pas l'air d'aller ?

— Ils vont m'arrêter d'un moment à l'autre.

— Oh, mon Dieu. Oh, Rosie. Entre, je t'en prie.

— Je ne peux pas. Il faut que je rentre me changer pour la cérémonie. Je t'en supplie, Stephanie, il faut que tu m'aides.

Elle resserra la ceinture de son peignoir, si fort qu'elle dut la relâcher un peu pour pouvoir respirer.

— Mais bien sûr. Que veux-tu que je fasse ?

— Trouve-moi un autre avocat. Ce Forrest Newel est...

— Je sais, il est un peu vieux, mais il paraît qu'il est excellent.

— Il est persuadé que je suis coupable. Il n'a même pas cherché à convaincre les flics de rechercher le véritable assassin. Il veut que je plaide coupable.

— Rosie, c'est ce que font tous les avocats.

— Autrement dit, je sortirai du gnouf en 2025, juste à temps pour me présenter à l'élection de Miss Ostéoporose. Je t'en prie, Stephanie, trouve-moi quelqu'un d'autre.

— D'accord. Tu as ma parole. Maintenant, inspire profondément et calme-toi.

Le service religieux fut célébré à Manhasset, dans un funérarium dont la façade ressemblait à s'y méprendre à Monticello [1] — à cela près que la charpente était en alu. C'était un de ces lieux totalement impersonnels, avec une quantité impressionnante de petites pièces lambrissées de bois blond et ornées de faux vitraux aux motifs floraux parfaitement inoffensifs afin qu'aucun des proches ne soit pris d'une crise de nerfs intempestive à la vue d'une coulée de sang ou d'une croix hors de propos.

Naturellement, ce fut un cauchemar. J'avais eu des mots avec Ben, parce que je ne voulais pas que Polaramine s'asseye avec la famille étant donné qu'elle ne faisait pas partie de la famille. Lui, généralement si posé et poli, m'avait traitée de garce. Je lui suggérai d'aller s'asseoir à côté de Jessica avec sa dulcinée ; puisqu'elles avaient presque le même âge, il était probable qu'elles auraient des tas de choses à se dire. Il m'informa que lui et Polaramine et papa et Jessica étaient sortis plusieurs fois ensemble, et que les deux femmes s'entendaient à merveille. Finalement, il demeura à mes côtés pour recevoir

1. Œuvre architecturale à la mémoire de Thomas Jefferson, troisième président des Etats-Unis. *(N.d.T.)*

les condoléances mais ne m'adressa pas une seule fois la parole. Alex, au contraire, s'agrippait à moi de toutes ses forces. Parce qu'il était défoncé et qu'il n'arrivait pas à tenir sur ses jambes. Ma mère — une femme petite et large du bas qui ressemblait à un de ces joujoux gonflables qui reviennent toujours à la verticale quand on leur donne un coup de poing — ne nous épargna aucun symptôme de démence sénile, y compris l'incontinence sur ses propres souliers. D'une voix pas vraiment *sotto voce*, elle s'entêtait à demander :

— Qui est mort ?

— Richie.

— Richie ?

Autrefois vive et pleine d'humour, elle avait fait chavirer plus d'un cœur avec son tout petit nez et ses grands yeux rieurs. Ce n'était pas une intello, ce n'était même pas quelqu'un de spécialement intelligent, mais cela ne l'empêchait pas de jouer aux cartes comme personne. S'il y avait eu une épreuve de canasta aux Jeux Olympiques, je crois bien que Pearl Bernstein aurait raflé la médaille d'or. Elle n'avait pas sa pareille pour s'habiller non plus, et c'était une mordue de ciné qui pouvait vous décrire absolument toutes les tenues de Bette Davis dans *Une femme cherche son destin*. Mon sociologue de père est resté épris d'elle jusqu'à son dernier jour. Il lui achetait du parfum ou des chocolats pour un oui ou pour un non. Si ma mère ne tirait pas vanité de sa beauté, elle n'en était pas mécontente non plus. Elle avait l'habitude de dire : « Rosie, sais-tu ce que c'est qu'un crime ? C'est une femme qui se laisse aller. Il faut se maquiller tous les jours, sans oublier le mascara, même si ça n'est que pour aller à l'incinérateur. »

— Richie était mon mari, maman.

— Tu crois que je ne le sais pas ?

Carol, la sœur de Richie, vêtue de ce qui ressemblait à une robe en crêpe de Chine noire, embrassa les garçons avec ostentation. Quant à moi, elle ne m'embrassa pas, et ne daigna même pas m'adresser un regard.

— Elle fait une vraie gueule d'enterrement, celle-là, dit ma mère d'une voix qu'on aurait pu entendre depuis Miami Beach. Qui est-ce ?

— La sœur de Richie, murmurai-je. Carol. Son mari est comptable dans la boîte de Richie.

J'essayai de scruter discrètement la foule. Pas de Jessica. En revanche, il me sembla apercevoir Tom Driscoll. Je m'efforçai de retrouver mon calme pendant cinq secondes, avant de regarder à nouveau dans sa direction. Il n'y était plus.

Quelques amis et voisins vinrent me saluer. Ils murmuraient : « Les mots me manquent. C'est effroyable. C'est terrible. Dans quel monde vivons-nous ? »

Mais ils jetaient des petits coups d'œil furtifs autour d'eux, et parlaient tout bas. Car ils ne voulaient pas être surpris en train de m'adresser la parole. Ou de m'embrasser. Ils prenaient Ben dans leurs bras, serraient la main pantelante d'Alex. Mais rares furent ceux qui me gratifièrent d'autre chose que d'un petit coup de bec furtif sur la joue. Hormis Cass et Stephanie, personne n'osait me regarder dans les yeux.

Un employé vêtu de noir et au nez pointu fit entrer la foule dans la chapelle. Tandis que les invités sortaient en file indienne du hall de réception, ma mère s'écria :

— Mais où est donc passé Richie ?

— Il est à l'intérieur, maman. Viens. Allons-y.

— Mais pourquoi n'est-il pas avec nous ? Il joue au tennis ou quoi ?

Ben la prit par la main.

— Il est mort, grand-mère.

— Qui ça ?

— Mon père. Richie.

— Sans blague ! (Elle secoua la tête, si fort que ses bajoues firent un aller et retour.) Oh, mon Dieu ! s'écria-t-elle d'une voix stridente. Oh, mon Dieu. Richie est mort !

Elle était encore toute retournée, lorsque nous pénétrâmes enfin dans la chapelle, salués par le chœur infâme des murmures. « Charlie, Charlie », bredouillait-elle, comme s'il s'agissait des funérailles de mon père.

Je ne me souviens pas de ce qu'a dit le rabbin. Il était à peine plus vieux que Ben. On aurait dit un Beach Boy en kippa. Il fit quelques allusions à « tous ceux qui étaient chers à Richard », incluant Jessica par défaut et esquivant ainsi adroitement la polémique Richie-Rick.

Je l'aperçus enfin. Dans un nuage mélancolique de soie grise, tout au fond de la chapelle. Un émouvant tableau : seule, ravissante, jeune, éplorée. Le rabbin était tellement ému qu'oubliant les dangers du mariage mixte il embraya aussitôt sur une homélie adressée directement à Jessica. Les têtes n'arrêtaient pas de se retourner, tous les yeux étaient rivés sur elle — et sur les larmes qui coulaient doucement sur ses joues.

Dans la limousine qui nous amenait au cimetière, Alex avala

une autre de ses pilules, sans eau, chose pour laquelle il était particulièrement doué, et nia ensuite avoir pris quoi que ce soit. Ben marmonna qu'il était désolé, que je n'étais pas une garce, que j'étais une mère épatante, forte, aimante, et drôle. Nous avions connu des moments fantastiques ensemble, comme lorsque je lui avais appris à faire du vélo, ou que je l'avais emmené voir Shakespeare au théâtre de verdure, ou visiter les universités. Bien que venu du fond du cœur, son monologue ressemblait trop au brouillon de la première lettre qu'il allait m'adresser lorsque je serais en prison. Je lui demandai ce qu'avait avalé Alex. Il me répondit de ne pas m'en faire, qu'il s'agissait probablement d'un truc des sixties, genre Mandrax. Le fait est qu'Alex n'avait pas l'air au bord de l'overdose. Ma mère pleura pendant presque tout le chemin, après quoi elle commença à se tordre de rire dans son coin. Lorsque le chauffeur et moi-même l'aidâmes à descendre de voiture, elle s'écria :

— Maintenant qu'il est mort, tu ne vas pas te laisser aller au moins. Il faut que tu te trouves un autre homme.

— Tais-toi !

Je regardai autour de nous. Dieu merci, personne ne semblait l'avoir entendue.

— Mais il y a toujours eu des hommes dans ta vie, caquetait-elle. Tu crois que je ne m'en suis pas aperçue ? La terre entière était au courant !

Ben avait l'air malade.

— Elle est sénile, dis-je. (Il hocha la tête, comme un automate.) Enfin, Benjy, tu me connais. Tu sais bien que je n'ai jamais trompé ton père.

Les choses s'aggravèrent soudain. Le temps d'aller au cimetière, mes pairs avaient délibéré. Pour eux, j'étais coupable, sans l'ombre d'un doute. Alex, Ben, Polaramine, ma mère, et moi-même nous tenions à gauche du cercueil, ainsi que Cass et Theodore, ma famille, quelques collègues, et deux vieilles copines de fac.

De l'autre côté, en un demi-cercle consolateur formé autour de Jessica, et me dévisageant au-dessus de la tombe fraîchement creusée, se trouvait la clique de Manhattan, les amis de Richie. En rangs serrés. J'eux soudain la révélation : Richie était parti depuis longtemps, bien avant de quitter la maison. Il avait une vie à lui dont je ne connaissais absolument rien. Mitchell Gruen n'était pas là, évidemment. Derrière ces deux cents individus vêtus dernier cri, se tenaient ses associés — et derrière eux, ruminant, reniflant, chuchotant, et reluquant la dernière mode de Manhattan, nos voisins et amis.

Le rabbin releva la tête. Une mèche de cheveux décolorés par le soleil lui tomba devant les yeux. Il la ramena en arrière et expliqua que le kaddish était en réalité une prière pour les vivants et non pas pour les morts — qu'il appelait « ceux qui sont partis avant nous ». J'observai Jessica. Elle n'était pas réellement belle, pas au sens strict, absolu du terme, comme pouvait l'être Stephanie Tillotson. Son front était trop grand, son menton trop petit, ses membres trop longs. Mais avec son corps élancé, sa crinière aux reflets savants, et ses yeux d'aigue-marine, elle était plus que belle. Elle était fascinante, au point que les hommes étaient incapables de détourner les yeux.

Au nom d'un mariage vieux d'un quart de siècle, j'étais censée prier avec le rabbin. Je fermai les yeux, mais l'image de Jessica s'imposait à moi de façon obsédante. J'essayai d'imaginer ce qui aurait pu décider Richie à la quitter pour revenir vivre avec moi. En vain. Pas plus que je n'arrivais à comprendre ce qui aurait pu pousser Jessica à le suivre jusqu'à la maison, à se saisir du couteau de cuisine et à le poignarder.

Ben passa un bras autour de Polaramine. Alex s'efforçait de ne pas vaciller. Quant à moi, je tenais la main froide et sèche de ma mère. Elle se dégagea de mon étreinte pour s'essuyer les yeux et le nez.

— Triste ! sanglota-t-elle.

Ben posa un doigt sur ses lèvres.

— Chhhut, grand-mère.

— Fermez-la vous-même, espèce de malotru.

— C'est moi, Benjamin.

Elle lui décocha un sourire égrillard et dit :

— Moi, c'est Pearl.

— Dieu d'Abraham, d'Isaac et de Jacob, entonna le rabbin.

Le cercueil reposait sur un cadre métallique surplombant directement la tombe fraîchement creusée. J'essayais de me concentrer sur le passé, et de me souvenir que la personne qui se trouvait dans cette boîte avait été le centre de ma vie pendant vingt-cinq ans. Mais j'étais incapable de me concentrer. Debout, aux abords du demi-cercle, derrière la rangée compacte des secrétaires de Data Associates, se tenait l'inspecteur Gevinski, et avec lui un jeune flic taillé en armoire à glace et le cheveu ras. Ils étaient là pour me surveiller. Le jeune flic, légèrement penché en avant, avait un pied devant l'autre, prêt à piquer un sprint à la moindre tentative de fuite de ma part.

Que s'imaginaient-ils donc ? Que j'allais jeter une grenade pour faire diversion, prendre mes jambes à mon cou, et me mettre à couvert dans le mausolée de la famille Feinberg jusqu'à ce que la fumée se soit dissipée ?

Gevinski vit que je le regardais. Il me fit un petit salut de la tête. Mon cœur se mit à battre la chamade. J'avais le trouillomètre à zéro. J'en voulais à Richie. Il avait détruit ma vie. D'abord il m'avait trompée, ensuite il m'avait plaquée, et comme si cela ne suffisait pas, il s'était fait régler son compte.

— L'heure est venue de dire adieu, poursuivit le rabbin.

L'assassin avait forcément un mobile. Il ne pouvait pas s'agir d'un vulgaire cambrioleur embusqué derrière un sycomore qui s'était dit « Chouette ! » en voyant Richie pénétrer à pas de loup dans la cuisine. Non, un cambrioleur aurait tout raflé. Gevinski avait laissé un reçu comprenant la liste des Objets Personnels Trouvés sur la Victime à côté du toasteur. Richie portait sa montre Cartier. Il y avait aussi ses cartes de crédit et une photo de lui, « un bras passé autour d'une femme », ainsi que son permis de conduire. Son portefeuille contenait trois cent quarante dollars, en coupures de vingt dollars. Il y avait aussi ses clés, quatre-vingt-dix cents en monnaie, et une boîte de pastilles mentholées.

— Rose ! s'écria ma mère, bien que je fusse à ses côtés. Qui c'est, cette espèce de morue, là-bas, qui beugle comme un veau ?

— C'est la femme d'un client, dis-je à voix basse, mais naturellement, tous les yeux s'étaient tournés vers Joan Driscoll, la grande amie de Richie.

— Non, mais regarde-moi ces cannes de serins !

— Maman, je te rappelle que nous sommes au cimetière. Tais-toi.

Tout ce qu'il est possible de faire à un être humain, Joan Driscoll se l'était fait. Ses cheveux raides, d'un bleu-noir qu'on n'a jamais vu à l'état naturel, étaient permanentés de façon à former un rouleau juste au-dessus des épaules. Elle s'était fait raccourcir le nez, remodeler le menton, aspirer les cuisses, et tout dernièrement, à en juger par le contenu de son décolleté vertigineux, elle avait fait l'acquisition d'une nouvelle paire de nichons. Deux ballons de volley saillaient sous la veste de son ensemble jupe-culotte en faille noire.

Alex l'avait repérée, lui aussi. Il écarquillait des yeux grands comme des soucoupes. Il voulut donner un coup de coude à son frère mais rata son coup.

— Hep, dit-il à Ben, vise un peu les nibards de Jo'lap.

Dans son petit paradis artificiel, Alex ne réalisait que par intermittence qu'il assistait aux funérailles de son père. Comme je me tournais pour le rappeler à l'ordre, je le surpris en train de décocher une œillade assassine à Joan Driscoll en se passant la langue sur les lèvres.

— Jo'lap, dit Alex d'une voix caressante, pour ne pas dire obscène.

Jo'lap était un surnom qu'Alex lui avait donné. Jo pour Joan. Et lap pour la pute. Il l'avait surnommée ainsi depuis qu'elle s'était présentée à la maison avec une robe qui lui arrivait au ras du bonbon et qu'elle leur avait dit bonjour, à lui et à Ben, en leur soulevant le menton avec l'index pour les embrasser sur les lèvres. J'aurais pu l'étrangler.

Richie, lui, trouvait ça drôle. Il était tolérant. Les petits jeux de Joan. Inoffensifs. Ce n'étaient plus des gosses. Cette très chère Joan. « Très chère », c'est Jo qui le lui avait soufflé. C'était tellement clââââsse. A New York, de deux choses l'une, ou bien on était un zéro absolu ou bien on était une très chère.

Joan pleurait bien trop fort pour remarquer Alex. En revanche, rien n'échappait à Tom, son mari. Mais rien ne semblait le toucher non plus. Et certainement pas un rocker défoncé qui raillait la sensualité de sa femme. Ni ma présence. Ni même la mort de Richie. Il observait tout : le rabbin, Jessica, la foule des jurés qui m'avaient déjà condamnée, moi, ma mère. Il voyait sa femme et son décolleté en forme de Grand Canyon. Difficile de faire autrement, vous me direz. Comment avait-il pu l'épouser ? Qu'est-ce qui avait pu décider mon copain d'enfance à opter pour ce genre de bonne femme ? Comment la supportait-il ?

Mais Tom avait passé un bras autour de sa femme, et tressaillait à chacun de ses sanglots. Le reste de sa personne était parfaitement immobile. Aucune émotion ne se lisait sur son visage émacié. Son regard était mort.

Le rabbin chanta un Amen interminable. La foule commençait à piétiner sur place, impatiente d'obtenir le signal du départ. Finalement, le rabbin hocha la tête, et sa tignasse de surfeur lui retomba devant les yeux. Au même moment, Jo'lap releva la tête et Tom baissa le bras. C'est alors que ma mère eut un de ses rarissimes accès de lucidité. Elle scruta le visage lifté, sans rides et sans âge de Jo'lap, puis celui de l'homme qui se tenait à ses côtés. Elle plissa les paupières. Ecarquilla les yeux. Sourit de toutes ses dents.

— Tommy Driscoll ! s'écria-t-elle depuis l'autre côté de la tombe. C'est le portrait craché de son père.

— Je t'en prie, maman.

— Le même nez, reprit-elle. Un sacré blair pour un Irlandais ! J'ai toujours dit qu'ils avaient du sang italien dans les veines. (Puis elle reprit de plus belle :) Tommy !

L'assistance se figea sur place.

— Maman, je t'en supplie, tais-toi.

— Ferme-la, bébé, répliqua-t-elle en s'éloignant. (Puis mettant ses mains en porte-voix, elle rugit depuis l'autre côté de la tombe :) Tooommy !

Je la saisis de justesse par le bras.

— Maman, tu n'as pas besoin de le saluer aujourd'hui. Tu l'as déjà salué le soir de nos noces d'argent. Sous le grand dais. Tu te souviens ? C'est pour cela que tu l'as reconnu. C'est moi qui te l'ai présenté. Il a dit qu'il était content de te revoir, et toi tu lui as dit que tu ne l'oublierais jamais.

Mais rien à faire.

— Tooommy ! (Les yeux de Tommy m'évitaient, c'était elle qu'il regardait.) C'est moi, Tommy ! Mrs Bernstein. (Il fit un petit signe de tête. Le coin de sa bouche bougea légèrement. Ma mère prit cela pour un sourire.) Tu vois ce que je te disais ? C'est bien lui.

Sans laisser à Ben ou à moi le temps de réagir, elle contourna la tombe à toutes jambes et fendit la foule en jouant des coudes pour arriver jusqu'à Tom Driscoll, l'audacieux capitaliste, le héros de *Business Week*.

— Tommy ! Dis-moi, elle est morte, ta mère ? beuglait-elle lorsque Ben et moi parvînmes à la rattraper.

Ben la saisit fermement par le bras.

— Comment te sens-tu, grand-mère ?

Il la plaqua contre lui, lui cachant la vue de Tom Driscoll, une bonne chose entre nous, car ni Gevinski, ni Cass, ni Stephanie, ni Jo'lap, ni Tom, ne surent ce qu'elle avait dit.

Seuls Ben et moi l'entendîmes.

— Rosie, marmonna-t-elle, le son de sa voix étouffé par l'imposant thorax de Ben. Quel âge avais-tu ? Dix-sept ? Dix-huit ans ? Oh, j'ai cru que j'allais avoir une attaque quand je t'ai surprise toute nue dans les bras de Tommy Driscoll !

8

La saison du tennis était terminée. Le visage de Carter Tillotson avait perdu son éclat érubescent des beaux jours et repris sa couleur naturellement cireuse. Si le chirurgien plastique avait eu une mèche sur le dessus du crâne on aurait pu le confondre avec une bougie.

Sans doute Carter s'était-il senti obligé de faire une petite visite de politesse à la maison du défunt. Toujours est-il qu'il observait un silence hostile. Puis au bout de cinq minutes il s'écria de but en blanc :

— Dur. Pour Richie. Et si tu vas en prison par-dessus le marché...

Comme j'avais les yeux baissés sur la liste des avocats que m'avait fournie Stephanie, j'aperçus l'escarpin de lézard de Stephanie qui donnait un petit coup de pied furtif à son richelieu. Je cessai de lire et observai leurs pieds. Carter écarta le pied mais ne dit plus rien. Stephanie lui donna un autre coup de pied dans la cheville, et il dit :

— Nous avons reçu la visite de la police, juste après les obsèques. Un inspecteur et son adjoint. Ils viennent seulement de partir.

— Carter, je t'en prie, dit Stephanie.

— Ce n'est pas grave, dis-je. (Les Tillotson étaient venus avec une bouteille de vin et une assiette de fromage de chèvre et de biscuits salés pour me témoigner leur soutien, même s'il était évident que Carter était là uniquement parce qu'elle l'y avait obligé.) La police n'est pas venue vous voir avant ? demandai-je.

— Le, hum, lendemain matin, dit Carter.

On racontait que les femmes étaient folles de lui, mais moi, franchement, je ne lui trouvais rien. Il était insipide au-delà de ce qu'on peut imaginer, et totalement dépourvu de personnalité. Chez lui la fadeur était si organique qu'il ne s'enflammait jamais, pas même pour parler de sa grande passion, la chirurgie plastique. Depuis toutes ces années, je l'avais vu suffisamment souvent en short ou en maillot de bain pour savoir qu'il n'avait rien d'exceptionnel ailleurs qui eût pu compenser cette absence totale de personnalité. Cass prétendait que c'était précisément ce manque de personnalité qui faisait son succès. Il se faisait appeler docteur et mesurait un mètre quatre-vingt-cinq. Les femmes pouvaient projeter tous leurs fantasmes sur l'écran blanc de sa personnalité.

— Ils n'ont cessé de nous demander si nous avions vu ou entendu quelque chose, ce qui n'est évidemment pas le cas, ajouta Stephanie.

J'étais seule avec les Tillotson. Polaramine était rentrée à Philadelphie par le train. Ben et ma mère étaient dans la bibliothèque avec quelques parents qui étaient venus présenter leurs condoléances. Alex était avec eux. Je l'avais laissé là-bas, affalé dans un fauteuil club, les pieds posés sur une ottomane, perdu dans ses rêves psychédéliques.

Le salon était une pièce immense et terriblement guindée. La décoratrice avait réussi à nous convaincre qu'il nous fallait une pièce solennelle pour les grandes occasions. « Comment cela, solennelle ? avais-je demandé à Richie. Tu ne veux tout de même pas obliger tante Bea et oncle Murray à déposer leurs cartes de visite sur un plateau d'argent ? » Mais la décoratrice avait eu le dernier mot et converti notre salon en quelque chose qui aurait pu servir de salle du trône à George III. Meubles de style anglais. Divans et bergères recouverts de damas beige. Natures mortes hollandaises dans des cadres dorés à l'or fin. Seul le mouvement des arbres à l'extérieur des fenêtres habillées de satin conférait quelque vie à la pièce.

— Vous n'avez rien vu, cette nuit-là ? demandai-je. (Stephanie secoua la tête.) Ou entendu, Stephanie ? Pas seulement en pleine nuit, mais dès neuf heures et demie.

— Non.

— Vous n'avez rien remarqué d'anormal, ou d'inhabituel ?

Ni l'un ni l'autre ne répondit. Mes questions semblaient les embarrasser. Carter qui se tenait droit comme un i se redressa encore un peu plus. Et Stephanie se mit à cligner des paupières — blink, blink, blink, blink —, comme si elle n'arrivait pas à croire ce qu'elle voyait. Mais ils étaient trop bien élevés pour objecter. En revanche, je ne l'étais pas suffisamment pour laisser tomber.

— Carter, à quelle heure es-tu rentré ce soir-là ?

Il me répondit à contrecœur, en marmonnant entre ses dents :

— Vers onze heures dix. Je n'ai rien vu. Rien entendu.

— Et toi, Stephanie, tu as passé la soirée à la maison ?

— Non. Je suis allée faire une conférence sur les plantes d'appartement à l'Amicale des jardiniers. Tu te souviens ?

— C'est exact.

— J'ai dû rentrer aux alentours de dix heures, dix heures et demie. Je n'ai rien remarqué non plus. Désolée, Rosie.

— Ne t'excuse pas. Mais, dites-moi, comment êtes-vous rentrés à la maison tous les deux ?

— En voiture, répondirent-ils presque à l'unisson.

— Non, je voulais dire, vous êtes passés par Lighthouse Point Lane et Hill Road ?

— C'est le chemin le plus court, dit Carter, toujours entre ses dents.

— Et en passant devant l'endroit où vos amis se garent pour jouer au tennis chez vous, vous n'avez pas vu de voiture ?

Carter secoua la tête. Stephanie dit :

— C'est à cet endroit qu'ils ont retrouvé la voiture de Richie.

— Oui. Quand je suis venue chez vous, les flics étaient en train d'y relever les empreintes de pneus. Et il m'a semblé qu'une autre voiture s'était garée là.

— Qu'en dit la police ? demanda-t-elle.

— Ils pensent que ce sont de vieilles empreintes. Ou bien celles d'une voiture qui passait par là et qui s'est arrêtée en apercevant le réflecteur sur le pare-chocs de Richie, peut-être même une voiture de police.

— Moi, je n'ai rien remarqué, dit Stephanie. Désolée. Si seulement j'avais été plus attentive...

— Ça n'est pas le genre de chose qu'on remarque spontanément, Stephanie. Tu n'as rien à te reprocher. (Elle se tortillait sur sa chaise. Visiblement contrariée.) Bien, dis-je. Et aujourd'hui, que vous a dit la police ?

Carter jeta un coup d'œil en biais à Stephanie. Il avait hâte de s'en aller, c'était clair. Il avait été le meilleur ami de Richie. Entendez par là qu'ils s'asseyaient côte à côte quand nous jouions aux petits chevaux. Et selon Richie, ils avaient eu quelques bonnes discussions tous les deux. Les connaissant comme je les connaissais, cela signifiait sans doute qu'ils s'échangeaient des tuyaux sur les placements avantageux à une époque où les paradis fiscaux avaient cessé d'exister. Pourtant, d'une certaine façon, on voyait bien que Carter appréciait Richie. Et qu'il était convaincu que je l'avais tué. Il avait hâte de s'en aller. Les mains posées sur les genoux, il se tenait prêt à bondir hors de son fauteuil et à prendre la porte. Il avait de petites mains potelées, des mains pour faire de la peinture, pas de la chirurgie esthétique.

— La police nous a interrogés à ton sujet et à celui de Richie, dit Stephanie. Ils voulaient savoir s'il vous arrivait de vous bagarrer. Ils se demandent si ce n'est pas une altercation violente qui serait à l'origine du meurtre. C'est cela, n'est-ce pas, Carter ? (Il hocha la tête. Très légèrement.) Bon, Rosie, ajouta-t-elle, pendant qu'ils étaient en train d'interroger Carter je leur ai dit que j'avais de la pâte à malaxer, ce qui était vrai du reste. Mais j'en ai profité pour passer quelques coups de fil et faire cette liste. J'ai demandé à tous les avocats à qui j'ai pu parler : « Sincèrement, d'après toi, lequel est le meilleur ? »

Il était sept heures passées et dehors il faisait nuit noire.

— Je les appellerai demain, dis-je. Pour voir si j'ai des atomes crochus avec l'un d'eux.

— Tu as raison, Rosie ! Fie-toi à ton flair, dit Stephanie avec sa voix dynamique de capitaine de hockey. (Elle hésita avant d'ajouter :) Attends, il vaudrait mieux que je sois avec toi quand tu téléphoneras... Non, tu sais quoi ? Je pourrais t'accompagner quand...

Mais Stephanie ne termina jamais sa phrase. Carter la saisit par le bras et la souleva de sa chaise si violemment qu'il en déchira la manche de sa petite robe noire passe-partout. Le beau visage de Stephanie devint totalement inexpressif tandis qu'elle contemplait son épaule nue à travers le tissu déchiré.

— Allez, fichons le camp ! cria-t-il en l'entraînant *manu militari* vers la porte.

Etait-elle trop choquée pour objecter ? Ou trop contente de partir, de m'abandonner à mon triste sort ?

— Stephanie ! m'écriai-je.

— Laisse-la tranquille, riposta Carter, avant de prendre la porte. Et ne t'avise pas de remettre les pieds chez nous.

J'aurais dû me sentir au trente-sixième dessous. Pourtant, ce n'était pas le cas. Mon désespoir était si grand, mon angoisse si profonde, que d'être traitée comme le diable incarné par un chnoque dont la vie tout entière était dédiée au remodelage de la narine ne me faisait ni chaud ni froid. Ou presque. Je l'oubliai aussitôt que je vis Ben approcher d'un pas traînant.

— Il faut que je te parle, dis-je.

— Je suis venu te dire bonsoir.

— Il n'est même pas huit heures.

— Je suis crevé, m'man, dit-il en évitant mon regard.

— Ecoute-moi, Ben. Tu ne vas tout de même pas croire ce que raconte ta grand-mère. J'ignore le nom savant de sa maladie, mais je peux te dire qu'elle est complètement à la masse. Et tu le sais parfaitement.

Il haussa les épaules avec une nonchalance digne de son frère.

— Et Mr Driscoll ?

— C'est du passé tout ça. Nous sommes des amis d'enfance. Nous avons grandi dans le même immeuble, mais dès le lycée nous avons cessé de nous voir. (Il attendait la suite. Je pris une longue inspiration.) L'année du bac nous nous sommes rencontrés, sur le chemin de la bibliothèque. Et nous avons fait un brin de causette. (Je levai les yeux au plafond, à la recherche d'une réponse maternellement acceptable. Impossible d'en trouver une.) Ben, tu n'es plus un enfant.

— Et alors ?

— Alors tu peux comprendre que Mr Driscoll et moi-même ayons eu une aventure. Que nous ayons fait l'amour.

— Et grand-mère vous a surpris ?

Il sourit, l'espace d'un court instant. Il jubilait.

— Une fois seulement. Parce qu'ensuite nous avons fait très attention. Quoi qu'il en soit, nous avons eu une histoire d'amour formidable lui et moi, jusqu'à ce qu'il entre en fac. Tu vois, il n'y a pas de quoi fouetter un chat. Tom Driscoll m'a brisé le cœur. Mais, bon, on se disait tout de même « bonjour, comment ça va ? » pendant les vacances scolaires, même si nous menions des vies radicalement différentes. Et puis je ne l'ai plus revu jusqu'à ce qu'il devienne un magnat de la finance. Il a commencé par travailler dans une banque privée. Quand il a eu suffisamment d'argent, il l'a quittée, et il a commencé à racheter des compagnies en faillite qu'il requinquait pour les revendre ensuite à prix d'or. Et c'est à ce moment-là que je l'ai appelé pour l'inviter à déjeuner.

— Tu veux dire que tu l'as appelé comme ça, sur un coup de tête ?

— Qu'est-ce que j'avais à perdre ? Nous étions mariés l'un

et l'autre. C'était un déjeuner on ne peut plus comme il faut. Et ennuyeux, car il était devenu coincé comme c'est pas permis. Mais bon, j'ai réussi à en faire un client. Ensuite on s'est revus tous les quatre à plusieurs occasions, même s'il ne parlait jamais du passé. Il se conduisait avec moi comme avec n'importe quelle épouse d'associé, ce qui était le cas. Plus que poli, moins que chaleureux.

— Papa était au courant de ce qu'il y avait eu entre toi et Mr Driscoll ?

— Il savait que nous étions amis d'enfance. Il n'avait pas besoin d'en savoir plus.

— Et papa et Mrs Driscoll ?

— Ils sont devenus très amis. Ils se téléphonaient souvent. Presque tous les jours, je crois bien. Mais je ne pense pas que papa ait jamais couché avec elle. Elle lui servait de mentor. Elle l'initiait à la vie mondaine.

Le sourire de Ben s'était évanoui. Ses épaules d'athlète étaient retombées.

— Et moi qui croyais que nous étions une famille unie.

— Mais nous l'étions. C'est juste depuis quelques mois que...

— M'man ! Ne me dis pas que le lendemain de vos noces d'argent il a brusquement décidé de se faire la belle.

— Pourquoi t'en prends-tu à moi ?

— Je suis fatigué, dit-il en commençant à s'éloigner.

— Ce n'est pas de ma faute, nom d'une pipe ! Je sais ce que tu penses : il n'y a pas de fumée sans feu, et tu crois à toutes ces imbécillités que l'on raconte sur les bonnes femmes qui se font larguer. Mais quelle faute ai-je commise ? Celle d'avoir été trompée ? Celle d'avoir été larguée ? (Ben continuait de s'éloigner. Je me mis à courir derrière lui.) Ben, réponds-moi. Qu'ai-je fait pour que ma vie bascule tout à coup et pour qu'on m'envoie en prison ?

D'une voix très douce, il dit :

— Je ne sais pas ce que tu as fait, m'man.

Puis il me tourna le dos et quitta la pièce.

J'avais déjà eu des coups durs dans ma vie — une fausse couche deux ans après la naissance d'Alex, mon père qui était mort d'un cancer, et même Richie qui m'avait quittée — mais ce n'étaient pas des épreuves insurmontables. Il arrive que les embryons n'arrivent pas à terme, que les parents décèdent, que les maris quittent leurs femmes. Je savais que, contre le chagrin, il n'y a pas de vaccin. N'empêche, d'ici quarante-huit heures je serais dans une cellule de trois mètres sur quatre. Je ne visualisais pas de fenêtre grillagée, ou de camarade de cellule psychotique, simplement des latrines dégueulasses. Une image qui me faisait tellement flipper que je n'avais qu'une envie : me mettre au lit et ne plus en sortir. Je songeai aussi à la quantité de Xanax qu'il me restait. Mais je me sentais tellement morte intérieurement que je n'avais même pas la force de me traîner jusqu'à ma chambre pour avaler tout le flacon.

J'étais au milieu d'un cauchemar. Le pire de tout, c'est qu'à l'exception de ma meilleure amie personne n'avait l'air de trouver mon sort inacceptable, monstrueux, absurde, ni même injuste. Personne ne pouvait rien pour moi. Pas même mon propre fils. La lumière de mes yeux. La chair de ma chair m'avait dit : « Je ne sais pas ce que tu as fait, m'man. »

Oh, il ne s'agissait pas d'une condamnation pure et simple, non. Il subsistait un doute. Mais comment était-ce possible ? Etions-nous donc tous à ce point capables de meurtre qu'il nous était facile d'accepter que l'un d'entre nous se saisisse brusquement d'un couteau pour trucider l'être cher ? Ou bien était-ce moi ? Y avait-il dans ma personnalité quelque chose qui incitait mes enfants, les collègues avec qui je travaillais depuis dix-huit ans, mes voisins à croire que je pouvais ôter la vie à mon prochain ?

Ou bien le concours de circonstances jouait-il à ce point contre moi que toute personne raisonnable était convaincue de ma culpabilité ?

Je me pris la tête entre les mains et me penchai en avant — le geste qui convient lorsqu'on est en proie à l'angoisse existentielle — mais je me rappelai soudain que j'avais laissé Alex dans la bibliothèque. Je voulais m'assurer qu'il n'avait pas sombré dans un sommeil comateux. Pour être parfaitement honnête, j'étais aussi inquiète qu'une jeune mère avec son nourrisson. Je voulais être sûre qu'il respirait correctement.

Il dormait comme un ange. Les joues chaudes. Une mèche de cheveux noirs retombait sur son visage. Je la ramenai en arrière. Il cligna des paupières et ouvrit les yeux.

— Salut, m'man.

— Tu te sens bien, Alex ?

— Ouais, dit-il de sa voix de rocker.

— Tout le monde est parti. Tu veux monter te coucher ?

— J'suis bien...

Il n'eut pas le temps de terminer sa phrase que ses yeux se refermèrent aussitôt.

— Je t'aime, Alex.

— J't'aime aussi, m'man, marmonna-t-il.

Qu'adviendrait-il de lui si je n'étais pas là pour veiller au grain ? Je me posai à nouveau la question, d'une façon plus directe, cette fois : comment Alex survivrait-il au meurtre de son père, à l'incarcération de sa mère ? Alors que je gravissais le grand escalier qui menait à ma chambre, ma condamnation m'apparut soudain sinon inéluctable, tout au moins fort probable. Comment pouvais-je espérer être acquittée par le jury si, de tous les personnes qui me connaissaient, une seule croyait en moi : Cass.

Dieu sait pourquoi, je me sentis attirée par le dépotoir qui servait de chambre à coucher à Alex. Slips, chemises, chaussettes, bouquins, boîtes de conserve, sacs de popcorn vides, journaux relatant la mort de Richie, trognon de pomme rabougri, feuilles de musique jonchaient le sol. Sa guitare raccordée à son vieil ampli était posée sur le lit. Je fouillai son étui de guitare et son sac à dos. Rien. Je finis par mettre la main sur un flacon plein de grosses pilules blanches dans une de ses poches de jean. Le flacon était marron, comme ceux qui contiennent des vitamines, mais bien évidemment celui-ci ne portait pas d'étiquette. Sans prendre le temps de me dire qu'il avait vingt et un ans, et qu'il était en âge d'assumer ses propres erreurs, et qu'en le surprotégeant je ne faisais qu'aggraver son cas, je vidai le contenu du flacon dans les toilettes et tirai la chasse.

Je savais qu'Alex n'aurait aucun mal à se procurer ce qu'il voulait pour calmer ses angoisses, et puis je voulais qu'il éprouve quelque chose quand l'heure des adieux aurait sonné. De l'angoisse. De la colère. Je ne voulais pas qu'il se mette à écrire un de ses blues dissonants du genre : p'pa a un schlass dans le bide et m'man est derrière les barreaux. Je voulais qu'il me témoigne quelque émotion. En partant, je voulais le savoir bien vivant de la tête aux pieds.

Je n'aurais jamais cru que ses imperfections pouvaient m'émouvoir à ce point. Il était coléreux, entêté, surtout quand il s'agissait de défier l'autorité — comme lorsqu'il avait débranché les capteurs magnétiques que Richie avait fait installer et qu'il était sorti par la fenêtre en utilisant l'échelle à incendie pour rejoindre son copain Danny et toute sa bande. A un moment comme celui-là, c'est un jeune homme en colère qu'il m'aurait fallu, un homme aussi madré, aussi retors que son père.

Mais lorsque je contemplais la pétaudière qui lui servait de chambre à coucher, les fringues, les ciseaux à ongles, le gel coiffant répandu sur la chaise, et tout le chaos indescriptible qui y régnait depuis vingt-quatre heures, j'étais bien obligée de regarder la réalité en face. Alex était mon fils, pas un super-héros de bande dessinée.

Je repoussai son T-shirt grunge et quelques grains de popcorn étalés sur son lit et m'assis. Que s'est-il passé ensuite ? Je ne me souviens pas. Peut-être me suis-je mise à prier et ai-je obtenu la réponse. Peut-être suis-je restée un instant ainsi, à concocter une fiction de plus. Toujours est-il que lorsque je me suis relevée, j'ai eu la certitude qu'Alex saurait se passer de moi pour une semaine, une année ou même dix.

J'étais tellement soulagée que je me laissai retomber sur son lit. Je regardai au-dehors. La lune n'était qu'un mince croissant, mais les étoiles me souriaient.

Mon pied n'arrêtait pas d'aller et venir sur la carpette, puis il glissa sous son lit. Elle était toujours là : l'échelle à incendie pliable.

Et c'est alors que je compris qu'il me fallait sauver ma peau.

9

Un plan. Il me fallait un plan d'évasion.

Non mais, je rêve ? songai-je avec un hochement de tête pathétique. Moi, m'évader ?

Il me fallait du fric. Sans fric je ne risquais pas d'aller bien loin. Et puis une cachette, et de quoi aller et venir, et bouffer. Je vidai toutes les poches intérieures de mes sacs à main qui contenaient en tout et pour tout trente dollars et des poussières. A cela j'ajoutai les quatre-vingts dollars de mon portefeuille. J'avais aussi ma carte de crédit, mais pas mon chéquier, évidemment, car à moins d'être totalement débiles, les flics auraient bloqué tous mes comptes d'ici demain matin. Même chose pour les cartes.

Cela dit, Richie m'avait offert une bague pour mon dernier anniversaire : un saphir de la taille d'une petite prune. Dans les romans noirs, les nanas proposent toujours de mettre quelque chose au clou pour payer le privé — qui répond immanquablement : « Non, poupée, laisse tomber. » Ainsi va la vie quand on est blonde et qu'on a vingt ans. Après tout, pensai-je, si elles peuvent mettre les bijoux de famille au clou, pourquoi pas moi ?

Puis je me demandai : à quoi bon prendre la fuite ?

Réponse : à rien probablement. Sans doute ne s'agit-il que d'un pitoyable fantasme d'évasion, le rêve du condamné dont le sort est inéluctable.

Quelques culottes de rechange. Mon agenda. Un peu de maquillage. Du Xanax : je serrai le flacon contre mon cœur — le salut des âmes en peine. Mais c'était à mes risques et périls. Si je voulais sauver ma peau, j'avais intérêt à rester lucide. Pas question de sombrer dans le désespoir si les choses se gâtaient.

Cet état de grâce ne dura que trois secondes, et il ne m'en fallut pas plus pour vider le reste du flacon dans les toilettes.

Tout en regagnant ma chambre à coucher au pas de course, pour y prendre ma brosse à dents, je me dis : ton plan d'évasion, c'est de la couille en barre. Tu ferais mieux d'aller dormir, même si cela relevait du tour de force maintenant que tous les calmants de la maison étaient en train de fondre dans la fosse septique. Je me dis : sois réaliste, qu'espères-tu gagner en t'évadant ?

Réponse : le meurtre de Richie n'était pas un acte de violence gratuit. J'en suis certaine. Si je veux établir la preuve de mon innocence, je dois retrouver l'assassin. Mais il ne s'agit pas d'un roman de John Dickson Carr où la vérité nous est révélée au terme d'une subtile déduction à l'avant-dernier chapitre. Il serait illusoire de vouloir démasquer l'assassin, mais je pourrais au moins enquêter sur la vie menée par Richie ces dernières années. Le plus important étant de soumettre une alternative convaincante à Gevinski. La seule façon d'y parvenir, c'est de découvrir ce que traficotait Richie et ce qu'il avait en tête. Puisque le centre de sa vie était déjà à New York bien avant qu'il ne décide de s'y installer, c'est là qu'il me faut aller.

Au dehors, le vent mugissait telle la bande son d'un mauvais film d'horreur — *wouhou* — *wouhou* — en frappant contre les vitres. La nuit était froide, un avant-goût de l'hiver. Je pensai : Que porte un suspect en cavale ? Jean et pull à col roulé noir ? Non, dans le monde de Richie, les fugitifs s'habillent comme tout le monde — bécébégé. J'allai à la penderie et pris un pantalon anthracite d'un grand couturier français, si serré à l'entrejambes qu'au moindre éternuement je risquais l'orgasme. N'empêche que pour moi, c'était le fin du fin. Là-dessus, un pull à col cagoule et un cardigan en cachemire gris perle que j'avais achetés avec ma belle-sœur, Carol aux Cheveux de Nacre — qui s'était exclamée lorsque je les avais essayés : la vâââche, quelle clâââsse ! Une paire de bottines en cuir. Je fourrai le tout dans un grand sac en cuir d'autruche, totalement immoral mais absolument superbe, que je m'étais payé un mois après que nous avions fait fortune, soit environ deux ans avant de faire disserter mes élèves sur les droits des animaux et le génocide des visons.

J'éteignis la lumière du couloir, puis, à pas de loup, je me faufilai devant la porte entrouverte de la chambre de Ben où les trophées d'athlétisme le disputaient aux posters des Islanders et des Giants. Lorsqu'il était au lycée, il avait ajouté un poster d'Einstein. Pas de rock stars ou de slogans politiques. Sa crosse de hockey était posée dans un coin.

Je continuai mon chemin et m'arrêtai devant la chambre d'Alex. J'avais les chocottes, bien sûr. Mais ce n'est que lorsque j'entendis ma respiration haletante que je réalisai à quel point j'étais terrorisée.

Il n'y avait toujours personne dans la chambre d'Alex. Avec un peu de chance il se réveillerait dans la bibliothèque vers midi, à moins qu'un flic ne vienne le secouer comme un prunier d'ici là, en hurlant : « Où est ta mère ? » Je me glissai à l'intérieur, refermai la porte à clé derrière moi, et m'assis sur le petit lit étroit.

Je pensai : tout ceci est beaucoup trop dangereux. Imagine qu'Alex se réveille et qu'il décide de remonter dans sa chambre. Vas-tu l'obliger à choisir entre toi et la loi ? Les chances pour qu'une telle chose se produise étaient quasiment nulles. Cependant, histoire de me rassurer, je me mis à compter les moutons, un, deux, trois et ainsi de suite jusqu'à trois cents — occupation presque aussi ennuyeuse qu'une discussion avec Polaramine sur les allergies digestives.

Tout était calme. Pas d'Alex en vue. Je soulevai le rideau pour voir s'il y avait des flics à l'extérieur. Rien du tout. Même si je savais qu'il y en avait au moins deux qui montaient la garde devant la maison et deux autres dans une voiture postée au bout de l'allée. Je tirai l'échelle de dessous le lit. Merde ! Les chaînes de sécurité faisaient un boucan du diable, comme si le fantôme de Bob Marley en personne s'en était mêlé. J'attendis. Pas de cris, pas de coups de sifflet. Centimètre par centimètre, j'entrebâillai la fenêtre.

Arrête ! songeai-je soudain. Tu es en train d'aggraver ton cas. On va dire que tu as cherché à fuir parce que tu étais coupable. Un innocent ne cherche pas à fuir. Et puis tu vas te faire pincer. Et tu le sais très bien.

Je ripostai : et alors ? Un an de plus ou de moins en prison, qu'est-ce que ça change quand on a soixante-cinq ans, les cheveux blancs, les dents jaunes et plus d'espoir. Allez, je tente le coup.

Je me dis : c'est indigne de toi. Tu es une citoyenne responsable.

Je répliquai : pas question de me laisser mettre en taule !

Je secouai la tête : non, attends. La nuit vient de tomber. Tous les beaux gosses aux yeux bleus qui montent la garde à l'extérieur de la maison sont sur le qui-vive, en train de ronger leur frein en sautant d'un pied sur l'autre, parfaitement éveillés. Il leur faudrait une bonne heure ou deux avant de commencer à piquer du nez. Je retournai m'allonger. L'oreiller d'Alex sentait le gel coiffant à la pastèque. J'étais épuisée, mais je savais que la fatigue risquait de tout faire échouer. Trop fatiguée pour veiller, je risquais de m'accorder un petit somme — qui se prolongerait jusqu'au lendemain matin. Je rouvris les yeux et m'obligeai à réciter, deux fois de suite, tous les poèmes que je connaissais. Une douzaine de sonnets de Shakespeare pour commencer. Suivis d'une pincée de Donne, et d'Adrienne Rich, et pour finir, quelques odes romantiques. Puis, j'embrayai sur Yeats. Eliot : *Le Chant d'amour de J. Alfred Prufrock...*

Cependant, j'omis *La Plage de Douvres*. Un soir, quelques mois après notre installation au *Havre des Mouettes*, Richie et moi étions descendus faire l'amour sur notre plage privée. Une bonne baise, ça se fête. Je récitai *La Plage de Douvres*. D'accord, c'est un peu nunuche, mais c'est drôlement beau tout de même, et en arrivant à « *Ah, mon amour, soyons vrais/ L'un pour l'autre !* » Je m'étais mise à pleurer et Richie m'avait prise dans ses bras et m'avait caressé les cheveux.

A onze heures tapantes, j'amarrai les crochets de métal de l'échelle au rebord de la fenêtre et laissai glisser celle-ci le plus discrètement possible. Le raclement du métal contre les briques faisait un potin épouvantable. A chaque nouvelle secousse, mon cœur partait au galop, puis un chien se mit à aboyer au loin, aggravant encore les choses. Et, soudain, le silence.

Je m'assis sur le rebord de la fenêtre, et passai les jambes à l'extérieur. Je sentis le contact froid de la brique à travers mon pantalon de lainage. Je m'agrippai si fort au cadre de la fenêtre que je laissai probablement l'empreinte de mes doigts dans le bois. Ne regarde pas en bas, m'ordonnai-je. Mais naturellement, je regardai en bas. La pelouse formait un trou béant, la porte de l'enfer. Je serrai les paupières et m'agrippai de toutes mes forces à la vie. Les chaînes ballottaient dans le vent. Je m'obligeai à étudier attentivement l'échelle. Puis je me demandai : comment vais-je pouvoir descendre ce machin, même pour sauver ma peau ?

Tant bien que mal, je pivotai et posai un pied sur un échelon, puis sur un autre. Oh, bon Dieu ! Voilà que cette échelle de malheur ne voulait pas tenir en place ! Elle prenait un malin plaisir à se balancer de droite et de gauche, le dos de mes mains raclait contre la brique. Il avait beau faire nuit noire, je savais que j'avais les mains en sang. Personne n'est jamais mort d'avoir les mains en sang. Remue-toi. Encore un échelon. La vigne vierge s'enroulait autour de mes poignets. Un autre échelon. Je n'en pouvais plus. Mes bras tremblaient. Si je tombais... Je me voyais déjà le corps disloqué, les membres désarticulés, le crâne fracassé et dégoulinant comme un œuf à la coque.

Non, je n'y arriverais jamais. Je commençai à remonter. Mais alors que je gravissais le dernier échelon pour me hisser à l'intérieur, les crochets de l'échelle firent un bond furieux, prêts à se décrocher. Je m'immobilisai, pétrifiée. Je ne sentais plus mes doigts. Si je ne pouvais pas remonter, qu'allais-je faire ? Je me remis à descendre. Je n'osais pas regarder, de peur de voir quatre flics avec leurs flingues pointés sur moi.

Mais lorsque je rouvris les paupières, je n'en crus pas mes yeux ! J'y étais presque. Deux mètres, deux mètres cinquante à tout casser. Le trou béant et noir de la pelouse se changea en herbe tendre.

A cet instant précis, ma pensée n'alla pas aux deux fils que je laissais derrière moi. Ni à ma mère. Je songeai à mes étudiants. Je leur demandai pardon, brièvement et en silence. Mon Dieu, faites que quelqu'un retrouve les vingt-deux copies de « La montée chromatique de l'amour dans *Orgueil et préjugés* », posées sur mon bureau sous un presse-papiers « savoir, c'est pouvoir » de Data Associates, et qu'il les rapporte à l'école et qu'Adam Gottfried sache qu'il a eu un A — et que sa colite ne s'aggrave pas. C'est alors que mon pied droit toucha la terre ferme.

Ce qui ressemblait au chien des Baskerville, ou à un énorme berger allemand des services de police du comté de Nassau arriva en courant dans ma direction. Il aboyait si fort qu'il aurait été capable de réveiller un mort — excepté Richie.

Quoi qu'il en soit, ce chien, qui aurait pu faire un charmant compagnon pour un type comme Himmler, arrivait droit sur moi ! Pouvais-je le battre au cent mètres ? Il était si proche à présent que j'entendais le bruit de ses pas, je ralentis. Le chien était à deux pas ! « Gentil, le chienchien », balbutiai-je sur le mode hystérique. Je le regardai plus attentivement. « La fifille. » L'animal me répondit par un son guttural incroyablement puissant.

Lorsque je dressais nos chiens, autrefois, Irving, le beagle qui était mort en août, ou Blossom, un puli mentalement attardé, j'avais lu que sous la menace d'un chien, il faut rester parfaitement immobile. Ne pas courir. Si le chien fait un mouvement, cependant, comme pour se jeter sur votre œsophage, essayez de crier — de préférence avant qu'il ne vous ait bouffé toutes les tripes.

— Jaws ? appela soudain une voix d'homme qui semblait venir de l'escalier menant à la plage, mais le vent mugissait toujours, et je n'en étais pas absolument sûre. Jaws !

Le vent emporta son sifflement, mais celui-ci n'échappa pas à Jaws qui lui répondit par un aboiement.

— Gentil Jaws, murmurai-je. (La chienne pencha la tête et me regarda fixement.) Qu'elle est gentille. Qu'elle est belle, bredouillai-je d'une voix à peine audible. Gentiiiiille. Beeeelle.

Mon Dieu, faites que l'odeur du sang sur mes mains ne lui ouvre pas l'appétit.

En dépit de sa grande taille, Jaws présentait cette cambrure des pattes caractéristique des jeunes chiens. Seul son jeune âge — sans doute avait-elle été enrôlée très tôt dans les services de police — pouvait expliquer son absence de réaction. « Allons ! », dis-je avec cet enthousiasme démesuré que j'employais toujours pour convaincre un enfant ou un animal de faire une chose qu'il ne voulait pas faire. « Allons faire une promenade ! » Je commençai à avancer d'un pas léger. De deux choses l'une, ou bien Jaws allait m'enfoncer les dents dans la cuisse ou bien... elle allait se mettre à marcher à mes côtés ! Je n'irai pas jusqu'à dire avec joie, mais lorsque le vent apporta un autre « Jaws ! » mes jambes étaient toujours intactes.

Je m'enfonçai dans les bois qui séparaient notre propriété de celle des Tillotson. Un vrai parcours du combattant. Pire. Je trébuchai sur la caillasse et les racines, je me tordis même la cheville en mettant le pied dans un trou. Jaws marchait toujours à mes côtés. Il faisait si noir que j'entrai en collision avec un arbre abattu dont les branches formaient une barricade à hauteur du thorax. Je fis quelques pas de côté, en tâtonnant avec mes doigts meurtris pour contourner l'obstacle.

La chienne avait cessé de me suivre ! Elle grognait chaque fois que je faisais un pas, mais n'osait s'aventurer au-delà des racines de l'arbre mort. « Allons, Jaws ! dis-je en manière d'encouragement. Tu peux le faire ! » Je dois reconnaître que je suis une pédagogue née, je n'ai pas ma pareille lorsqu'il s'agit de motiver les élèves. La chienne, réalisai-je soudain, ne demandait qu'à me suivre. Je n'y voyais pas grand-chose, mais je crus deviner qu'elle s'était pris les pattes en essayant de sauter par-dessus les racines. Elle étira le cou et émit un hurlement si déchirant que je faillis revenir sur mes pas pour la délivrer. Mais je me dis : espèce d'andouille, tu n'es pas dans un film de Rintintin. Je repris ma route à travers bois, sans chien, seule dans la nuit.

Chemin faisant, je me mis à penser aux rats atteints de la rage, puis aux flics armés jusqu'aux dents, aux orties dont le liquide irritant allait lentement imprégner mon pantalon. Une grosse ortie me griffa le cou, y laissant une boursouflure cuisante. Une autre s'agrippa à l'ourlet de mon pantalon de tweed me projetant en arrière. Je me débattis furieusement, quatre, cinq, six fois en donnant des coups de pied. Je parvins enfin à me libérer.

Là où je l'avais abandonnée, Jaws aboyait furieusement. Au loin, venues de la pelouse séparant la plage et les bois, j'entendis des voix. Cherchaient-ils Jaws, ou bien avaient-ils déjà découvert que j'avais pris la fuite ? J'avais filé droit devant moi, sans regarder une seule fois en arrière. Je n'aurais pas su dire si l'échelle à incendie était cachée par la nuit noire — ou si elle scintillait à la lueur des étoiles. Trop tard pour y songer. Je me frayai un chemin à travers les fourrés et les amas gluants de feuilles en décomposition. Il ne fallait pas que je m'arrête.

Le problème, c'est que j'étais à bout de forces, incapable de continuer. Je m'adossai à un jeune arbre, pas trop solide. J'étais en nage, mon pull me collait littéralement dans le dos et au ventre. Je frissonnais. Mes doigts ne me faisaient plus souffrir, ils étaient complètement engourdis. Mais alors que je poussais un soupir de défaite, mon esprit reprit le dessus. Deux choses fondamentales venaient de se produire. D'une part, Jaws avait cessé d'aboyer. A l'heure qu'il était elle avait sans doute réussi à se libérer et était en train de saliver abondamment sur les genoux de son maître. Plus de grognements donc, ni d'aboiements, et, surtout, plus de voix humaines. Et, d'autre part, j'étais déjà loin ! Au-delà de l'arbre qui se dressait devant moi, se trouvait l'endroit où Richie avait garé sa voiture. J'étais à dix mètres à peine de la route.

Mon plan, à long terme, consistait à me rendre à Manhattan et à mettre mon saphir au clou, afin de pouvoir y séjourner quelque temps et mener l'enquête. Mais à présent que j'y voyais plus clair, force m'était de constater que c'était une idée foireuse.

Comment allais-je me rendre là-bas ? Juste au même moment, les phares d'une voiture éclairèrent la route qui menait de ma maison à celle de Stephanie. Je me jetai à plat ventre. Ne commence pas à délirer, me dis-je pour me calmer. Ce n'était peut-être qu'un voisin qui rentrait d'une soirée ou du théâtre. Mais il s'était écoulé — quoi ? — un quart d'heure depuis ma rencontre avec Jaws, au moment où elle avait faussé compagnie à son maître pour se précipiter vers moi. Cela avait suffi aux flics pour découvrir le pot aux roses. Et vu l'allure à laquelle les phares se déplaçaient, il y avait fort à parier qu'il s'agissait d'une voiture de police à la recherche d'un criminel en cavale. Peut-être avaient-ils déjà donné l'alerte dans tout Shorehaven ? Où aller ? Que faire ? Les phares se rapprochaient.

Impossible d'aller de l'avant. C'était évident. Je rebroussai chemin tant bien que mal à travers bois. J'avais moins peur, cette fois. Jusqu'à ce que j'aperçoive une paire d'yeux diaboliques — ceux d'un raton laveur ou d'un chat-huant — qui luisaient dans la nuit.

J'atteignis enfin *le Havre des Mouettes*. Je m'approchai le plus possible. L'échelle était bien visible. Un ruban de vif-argent accroché à la fenêtre d'Alex.

Tapie sous les feuillages, je contournai la pelouse jusqu'au devant de la maison. Tout était étrangement silencieux. Pas un flic, pas une voiture de flics. Pas de Jaws non plus. Mais où étaient-ils donc ? Allaient-ils me tirer dessus dès que j'aurais fait un pas hors du bois ? Non. Ils n'étaient pas là. Ils étaient là où je voulais qu'ils soient : ailleurs, en train de me chercher !

Comment pouvais-je en être sûre ? Pour être parfaitement honnête, je n'en savais rien. Mis à part ce que j'avais pu apprendre dans les romans d'Ed McBain ou les vraies enquêtes policières, je ne touchais pas une bille en matière de procédure judiciaire. N'empêche que, s'ils s'étaient aperçus que j'avais pris la tangente, les flics ne seraient pas tous partis à ma recherche en laissant la maison sans surveillance. Il y avait forcément un flic dans les parages. Derrière la maison, à quelques mètres de l'échelle ? En train de faire le tour de la maison ? A l'intérieur ?

Non, probablement pas à l'intérieur. La maison était toujours plongée dans l'obscurité, exactement comme je l'avais laissée — à moins qu'ils ne soient équipés de lunettes à infrarouge comme dans *Le Silence des agneaux*, ce qui, songeai-je, eût été exagérément cinématographique, très onéreux, et hautement improbable. Mais bientôt un type muni d'un insigne allait se poster à nouveau devant la porte, et je ne pourrais plus sortir du bois — jusqu'à ce qu'ils organisent une battue, naturellement.

J'examinai *le Havre des Mouettes* comme je ne l'avais jamais examiné auparavant. Que pouvait-elle pour moi, à présent, cette gracieuse boîte de briques coiffée d'un toit d'ardoises en pente douce ? Rien. Restait le porche, bâti dans la même brique patinée que le reste de la maison, avec ses trois petites voûtes semblables à celle plus pompeuse de la porte d'entrée. Cependant, le porche courait depuis le côté gauche de la maison, où se trouvait la cuisine, jusqu'à une petite porte dérobée qui menait au garage. Le garage ! Et si j'osais ? M'enfuir en voiture ? Une seconde plus tard je traversais la pelouse à fond de train.

Ce n'était pas du tout prévu, mais une fois à l'intérieur, lorsque j'aperçus la Jeep de Ben immatriculée en Pennsylvanie, je me dis que c'était ma seule chance. Un rallye en quatre quatre à travers bois, puis sur la plage. Quelle aubaine ! Sauf que je n'avais pas la clef, naturellement. Ah, si seulement j'avais perdu moins de temps à bûcher la trigonométrie, qui ne servait strictement à rien dans la vie de tous les jours, et fréquenté plus assidûment les loubards de Brooklyn pour m'initier au casse de bagnoles ! Quelles autres possibilités s'offraient à moi ? Ramper, à la vietcong, à travers les jardins des propriétés de Shorehaven, puis contourner les balançoires et les barbecues des lotissements de Shorehaven, enfin longer la grand-rue jusqu'à la gare de Long Island — ou bien prendre ma Saab rouge que les flics connaissaient par cœur depuis qu'ils m'avaient filé le train.

A vos marques, prêt, partez. J'enclenchai l'ouverture automatique de la porte du garage en même temps que je démarrais la Saab. Le rideau de fer — archibruyant — commença à s'enrouler avec une lenteur arthritique. Je sortis en marche arrière, refermai la porte du garage, baissai ma vitre et tendis l'oreille. Rien. Je passai la première et commençai à descendre l'allée dans un crissement de gravier assourdissant.

J'avais vu suffisamment de films noirs pour savoir qu'en pareilles circonstances il ne faut pas allumer ses phares. Ce que les films ne montrent pas cependant, c'est que, sans lumière, la seule façon de savoir qu'il y a un obstacle devant vous, c'est quand votre pare-chocs se plie en deux avec un crac retentissant pour accueillir un tronc d'arbre. Ce raffut ! Encore mieux qu'une sirène pour avertir les flics.

Naturellement, une voix retentit aussitôt au loin qui criait quelque chose comme « Patate ! », ce qui, étant donné les circonstances, était pour le moins curieux. Je passai la marche arrière. La voiture semblait décidée à reculer, si bien que je pus reprendre mon chemin en mettant les veilleuses afin d'arriver sans encombre jusqu'au bout de l'allée. « Patate ! », retentit la voix, plus lointaine à présent. J'éteignis à nouveau mes feux et roulai dans le noir.

Pas de flics dans Anchorage Lane. Tout en me faufilant au pif entre les propriétés de Shorehaven — en passant par Sandy Nook Drive, puis en remontant Zephyr Court pour contourner ensuite la propriété des Whitney et prendre la contre-allée caillouteuse des Wagner, des Chang, et des Schaeffer, puis en coupant par la pelouse de croquet des Gillespie, pour contourner leur piscine et me retrouver finalement sur l'aire de stationnement de l'église luthérienne de Notre-Seigneur-Jésus-Christ —, j'aperçus des phares dans les rues adjacentes. Mais pas de flics.

A minuit moins dix, j'arrêtai la voiture devant le distributeur automatique de la Marine Midland Bank pour retirer trois cents dollars. Une voiture de police avec un énorme écusson peint sur la porte passa à toute allure. Sans s'arrêter. L'écran du distributeur automatique afficha : Votre demande est prise en compte ROSE MEYERS. De toute évidence, la machine ignorait que Rose Meyers était en cavale, et qu'elle serait bientôt en tête de liste de tous les criminels recherchés par la police du comté de Nassau, car après moult borborygmes mécaniques, elle cracha quinze billets de vingt dollars.

J'aurais bien aimé décrire une course de bagnoles effrénée, mais il n'y en eut pas. Après la banque, j'allumai mes feux de croisement et pris toutes les contre-allées pour sortir de Shorehaven. Puis je me dirigeai vers l'est, tournant complètement le dos à Manhattan. Je traversai Glen Cove, le quartier des affaires, longeai les quais jusqu'à la grand-rue de Port Adams. Il était minuit cinq. On était déjà demain ! Je m'arrêtai à un autre distributeur et retirai encore trois cents dollars. Après quoi je me garai sur les docks. Avec un peu de chance, les flics croiraient que je m'étais fichue à l'eau, et ils passeraient deux jours à draguer le port.

Il y avait une camionnette dans un hangar à bateau à quelques mètres de là. Les portières n'étaient pas verrouillées. Je m'installai à la place du chauffeur et méditai sur mon avenir.

Tout d'abord je devais cesser de me considérer comme un prof de littérature. Mais qu'étais-je, alors ? L'état de suspect, généralement péjoratif, ne correspondant pas à une profession, je décidai de m'octroyer un nouveau rôle : celui de détective. Le seul problème, songeai-je, tout en plongeant sous la banquette en entendant au loin les cris d'une sirène — de police ? d'ambulance ? de pompiers ? —, c'est que j'étais mon seul et unique client.

Je me relevai. Le propriétaire de la camionnette, qui avait l'habitude d'écraser ses mégots sur le plancher du véhicule, avait accroché un sapin désodorisant à son rétroviseur afin de masquer l'odeur du tabac. Ce type n'était pas seulement un porc, c'était aussi un phallocrate dégénéré qui avait collé une décalco de femme nue en trois dimensions sur son pare-brise. Chaque fois que je tournais la tête d'un côté ou de l'autre, les mamelles géantes d'un rose iridescent ballottaient de droite à gauche.

Deuxième chose, il me fallait une liste de suspects. J'essayai de dresser une liste façon Hercule Poirot, pleine d'assassins redoutables doués d'une intelligence hors pair, mais je ne trouvai que deux noms : Mitchell Gruen, qui avait une bonne raison de haïr Richie, et Jessica Stevenson, qui, pour autant que je sache, n'en avait aucune, mais que je mettais néanmoins sur ma liste parce que j'avais envie qu'elle soit coupable.

Cela dit, en ce qui concernait Jessica, il y avait un petit problème. Ma dernière apparition à Gracie Square n'avait pas été un triomphe. Tenter de remettre ça eût été risqué. Sans compter que son papa gâteau était le genre de type à engager des gardes du corps aussitôt qu'il apprendrait que je m'étais fait la belle. Je n'aurais pas fait deux pas dans sa rue que je me retrouverais nez à nez avec Gevinski et son nervi en costume rouille.

Et Mitch ? Comment allais-je interroger un homme névrosé au point de commander ses repas par fax pour ne pas avoir à faire la conversation ?

Avec qui allais-je parler bon sang ? Qui aurait pu me dire ce que Richie complotait ? Jo'lap Driscoll, sans aucun doute. Tom ? Non. Pour lui, Richie n'était sans doute rien de plus qu'une vague relation de travail. Carter Tillotson ? Peut-être. Lui et Richie déjeunaient parfois ensemble. Mais pourquoi accepterait-il de me parler à Manhattan, alors qu'il avait refusé de le faire à Shorehaven. La sœur de Richie, Carol, Notre-Dame de l'épilation à la cire ? Peut-être savait-elle quelque chose, mais pas grand-chose, j'avais intérêt à bien poser mes questions. Chaque fois que j'interrogeais quelqu'un je risquais ma peau. Car même si aucun ne cherchait à me balancer, ma liberté serait de plus en plus compromise. Les questions que je poserais et les réponses qu'on me donnerait finiraient par mettre les flics sur ma piste.

Il était temps de songer à repartir. Je n'étais pas venue à Port Adams parce que l'endroit était pittoresque ni pour faire la tournée des petits restaus sympas. J'étais là parce qu'il y avait une ligne de chemin de fer différente de celle de Shorehaven. Sûr que celle de Shorehaven allait grouiller de flics. Mais celle de Port Adams se trouvait à trente kilomètres à l'est, en plein comté de Suffolk, et desservait Nassau et Queens. C'était mon unique chance.

Cependant, tout en saisissant la poignée de la camionnette lubrifiée au Big Mac, je réalisai que ce que je pouvais gagner en empruntant une ligne de chemin de fer secondaire, je risquais de le perdre en remontant à pied la grand-rue d'une bourgade de banlieue en pleine nuit pour me rendre à la gare et prendre le train d'une heure quarante-trois dans lequel je serais probablement seule jusqu'au terminus.

Je passai la demi-heure suivante à brosser mon pull et à ôter toutes les épines et les brindilles accrochées à mon pantalon. Puis, à bout de forces, je sombrai dans le sommeil pour me réveiller en sursaut quelques instants plus tard au bruit de sirènes. Cette fois, elles n'étaient que dans mes rêves.

A la gare, j'achetai le *Times* et le *Newsday* et montai dans le train de six heures trente-deux avec la foule des banlieusards. Comme eux, je gardai le nez plongé dans mon journal, si ce n'est que j'étais incapable de lire une seule ligne.

Depuis que Richie m'avait quittée, je ne cessais de me demander si je l'aimais et s'il m'avait jamais aimée. Comment avait-il pu me trahir ? Et quand bien même il aurait eu une maîtresse, pourquoi ne me l'avait-il pas cachée ? Comme tant d'hommes. Nous ne nous serions jamais séparés. Nous aurions vieilli ensemble. Comment avais-je pu me méprendre à ce point sur son compte après toutes ces années ? Au point de tomber à la renverse quand il m'avait avoué pour Jessica ? L'avais-je jamais connu ? Ou bien notre mariage n'était-il rien de plus que du sexe, une relation supportable, et deux centres d'intérêt communs : Ben et Alex.

Je revoyai Jessica dans ses voiles de soie grise à l'enterrement. Resplendissante. Eplorée. Il avait suffi qu'elle s'asseye toute seule au fond de la salle pour devenir aux yeux de tous la veuve de Richie.

Seule ? Tiens, tiens. Mais où était donc passé son père ? Celui que j'avais vu chez elle, deux jours plus tôt, dans le peignoir de bain de Richie ! Il avait passé la nuit chez elle, c'était évident. Et puis cette façon qu'il avait de la tenir dans ses bras : de la prendre sous son aile. Comment se faisait-il qu'il ne l'avait pas accompagnée à l'enterrement de son futur époux, pour la soutenir en un moment si éprouvant ? Pour un type aussi paternel, c'était pour le moins bizarre.

A moins qu'il ne s'agisse nullement de papa Stevenson. Mais alors, si ça n'était pas son père, qui était-ce ?

10

SUSPECTÉE DE MEURTRE, ELLE DÉGRINGOLE L'ÉCHELLE SOCIALE.

L'échelle à incendie contrastait agréablement avec le fond de vigne vierge en première page du *Daily News*. Ma photo, à côté, était légèrement floue. J'avais les cheveux hideusement courts, une coupe que j'avais essayée au printemps dernier quand, grave erreur, j'avais voulu adopter un look « naturel ». Je n'irai pas jusqu'à dire que c'était ma coupe qui avait décidé Richie à partir, mais elle ne l'avait certainement pas incité à rester.

Pour quiconque à l'affût d'un suspect, cependant, la photo — menton relevé, paupières plissées, et rire si forcé qu'on apercevait presque ma glotte — était bien la mienne, indéniablement. Et le simple fait d'être en première page d'un tabloïd me donnait l'air d'une psychopathe. Le journaliste du *Daily News* n'avait pas perdu son temps, il avait piqué le cliché dans le bulletin de l'école. J'étais conseillère à la rédaction de *Kaleidoscope*, la gazette pseudo-littéraire du lycée. Debout à côté de Sunshine Stankowicz, la rédactrice en chef et intello du bahut qui passait le plus clair de son temps à la cafétéria, assise sur son interminable tignasse, à lire le journal intime de Virginia Woolf. Le photographe avait aboyé : « Souriez ! » Et moi, j'en avais fait des tonnes.

A la gare de Penn, la climatisation était si défectueuse qu'il était impossible d'échapper à la lutte impitoyable que se livraient odeurs corporelles et fumet de hot-dog, mais ce qui me fichait en l'air, ça n'était pas tant les odeurs que la face réjouie des milliers de banlieusards qui lisaient le *Daily News*. « L'ex-femme du millionnaire s'échappe au nez et à la barbe de la police. » Mes concitoyens semblaient captivés.

A l'instant précis où je vis mes trente-deux dents à la une du journal, je compris que le plan que j'avais mis au point durant le voyage était tombé à l'eau : prendre une chambre d'hôtel où je pourrais dormir tout mon soûl, m'envoyer un énorme déjeuner, puis, une fois rafraîchie, entamer une enquête digne de ce nom. J'avais lu tous les romans de Rex Stout, et la police de New York n'avait plus de secrets pour moi. Je savais que les flics de New York allaient prêter main forte aux flics du comté de Nassau : en ce moment même, ma photo était en train d'être distribuée dans tous les hôtels, aéroports, et, oui, peut-être même dans toutes les gares du district de New York. Sans perdre une minute, j'emboîtai le pas au plus rapide des voyageurs, un grand type qui tenait le *Wall Street Journal* dans son poing serré et qui avait l'air au bord des larmes, puis, gravissant au pas de course l'escalier, j'émergeai dans les rues de New York.

Le grill de la cafétéria où je pris mon déjeuner n'avait visiblement pas été nettoyé depuis l'administration Carter. Je me contentai d'un bayguel. Après toutes ces années d'abondance, où Richie et moi descendions au Ritz-Carlton ou au Four Seasons, et où le petit déjeuner consistait invariablement en une portion congrue de céréales complètes agrémentée d'une pincée de fruits sauvages, ça faisait chaud au cœur de voir une serveuse en bigoudis vous flanquer une énorme part de gâteau au fromage blanc sous le nez.

Je repassai mentalement la liste des gens à voir : Jessica ? Non, trop dangereux. Et Carol aux Cils Teints, itou. Il fallait que je voie Jo'lap, et Mitchell Gruen. Ainsi qu'un ou deux cadres de Data Associates — ceux dont tous les espoirs avaient été réduits à néant par la fulgurante ascension de Jessica au sein de la compagnie.

J'allai me brosser les dents dans les toilettes de la cafétéria, en m'efforçant, en vain, de réprimer un haut-le-cœur à la vue des cheveux noirs et des taches brunes qui maculaient le lavabo, sans parler des pièges à cafards disposés un peu partout. Tout en appliquant mon rouge à joues, je me dis que la première personne à voir était celle qui était la moins susceptible de me balancer aux flics, je veux dire Mitchell Gruen.

Un quart d'heure plus tard, le taxi me déposait dans un quartier sinistre à la limite de Soho. Ici nulles boutiques d'avant-garde spécialisées dans le tout-beige, pas de restos branchés. Rien que des vieux immeubles en brique pas coquets du tout : hangars, ateliers. Une exception cependant, une ancienne école avec un bas-relief représentant les muses — ou, tout au moins, neuf bonnes femmes en robes grecques — peint sur la porte à double battant.

L'immeuble où habitait Mitch était, tout comme le reste de ses investissements, un fiasco : sur les quatre étages trois étaient déjà murés. Au deuxième, les stores étaient baissés. Des stores rouges. J'enfonçai simultanément les quatre sonnettes. Pas de réponse. J'essayai à nouveau. Silence. Mitch y était, j'en étais sûre. Si son cadavre n'était pas en train de pourrir sur une pile de micro-processeurs, c'est qu'il faisait la sourde oreille. J'enfonçai à nouveau le bouton, sans le relâcher cette fois. Au bout d'un moment, une toute petite voix hachée demanda :

— Qu'est-ce que c'est ?

— Un paquet de — vite un nom — Digit-Tech. (Mon Dieu, faites que ça ait l'air crédible.)

— Quoi ?

— Un paquet. Un truc informatique, on dirait.

— Laissez-le.

— Peux pas. Faut signer.

Il y eut un grésillement nasillard l'espace d'une seconde ou deux, mais cela me suffit. J'étais à l'intérieur, et je gravis les escaliers quatre à quatre jusqu'au deuxième.

La tête de Mitch, couronnée d'un halo de laine grise, apparue par la porte à peine entrouverte et retenue par une chaîne.

— Rosie ? dit-il, incrédule, avant d'ajouter presque aussitôt : Pour être dans la merde, on peut dire que t'es dans la merde.

— Salut, Mitch, dis-je sans me dégonfler.

La chance était de mon côté. Il ôta la chaîne et entrebâilla la porte d'un demi-centimètre de plus, sans doute pour s'assurer que je ne cachais pas un cimeterre derrière mon dos. Je collai mon épaule contre la porte et poussai de toutes mes forces. Je commençais à savoir y faire : il recula en titubant.

— Que me veux-tu ? demanda-t-il sur un ton qui, compte tenu de la façon dont je m'étais introduite chez lui, aurait pu être plus impoli.

A part son crâne qui blanchissait et se dégarnissait à vue d'œil, Mitch n'avait pas beaucoup changé depuis qu'il avait quitté Data Associates.

Ce qu'il y avait de remarquable chez Mitch, c'était la banalité des traits : un nez ni gros ni petit, ni busqué ni retroussé ; des yeux petits (mais pas trop petits non plus) qui n'étaient ni gris ni marron ; un front ni trop grand ni trop bas ; une bouche si ordinaire que vous saviez qu'il en avait une simplement parce que s'il n'en avait pas eu vous l'auriez remarqué.

— Un couteau de cuisine ! s'exclama Mitch, en bondissant à nouveau vers la porte pour la verrouiller.

A l'âge de cinquante-huit ans, libéré de ses obligations d'enseignant et de businessman, il ne faisait plus aucun effort de toilette : pantalon de jogging gris et maillot de corps trop petit. Un centimètre de bedaine poilue dépassait de sa ceinture de pantalon.

— Ça fait une paye. Comment vas-tu, Mitch ?

— Moi, je ne suis pas mort, au moins, comme certains dont je ne citerai pas le nom.

Le loft de Mitch comprenait une seule pièce immense qui occupait tout le deuxième étage. Les murs, la moquette, le canapé et les fauteuils étaient rouge vif. Il avait racheté l'immeuble et retapé un étage pour fêter son premier million gagné à Data Associates. L'endroit ressemblait à une garçonnière pour adolescent attardé ; seule note un peu reposante parmi tout ce rouge flamboyant, une table basse en verre fumé montée sur des pieds en fer forgé et, naturellement, la collection d'ordinateurs de Mitch.

— Rosie, tu peux t'en aller, s'il te plaît ? Je ne voudrais pas être grossier, mais je suis très occupé.

— Je n'en ai pas pour longtemps, dis-je en traversant la pièce pour aller m'asseoir devant un de ses cinq ordinateurs, un monstre d'IBM. (Mitch me suivit et se planta juste à côté de moi.) Tu ne me demandes pas comment je vais, Mitch ?

— Tu t'imagines peut-être que j'ai envie d'être mêlé à une affaire de meurtre ? (Il se retourna et jeta un coup d'œil à un ordinateur plus petit dont l'écran affichait trois lignes en dents de scie. Il avait visiblement hâte de retourner à ses affaires.) Ecoute, je suis occupé. Je ne sais pas qui a fait le coup, mais je veux être le premier à lui dire (il envoya un gros baiser baveux dans les airs). Merci, merci, mille fois merci !

Ses pieds dansaient un mambo impatient tandis qu'il attendait que je m'en aille.

— Je suis dans le pétrin, Mitch.

— Sans blague ?

— Les flics t'ont interrogé ? (Il haussa les épaules.) Qu'est-ce qu'ils t'ont demandé ?

— Tu sais bien.
— Mais encore ?
— Où je me trouvais le soir du crime.
— Où étais-tu ?
Il eut un petit rire forcé.
— Ici.
— Seul ?
— Seul.
Il se mit à resserrer le cordon de son pantalon. Il avait la tête baissée et je ne voyais pas son visage.
— Sais-tu qui a tué Richie ?
— Bien sûr que non.
Il leva le bras droit comme pour dire : Je le jure.
— As-tu la moindre idée de qui aurait pu faire le coup ?
— Toi !
— Toi aussi, ripostai-je.
Il s'assit dans son fauteuil de bureau monté sur roulettes et l'approcha de moi. Nos genoux se touchaient. C'était prévisible, du reste : Mitch avait réussi à assimiler quelques règles élémentaires de la vie en société — comme de ne pas se décrotter le nez en public, par exemple —, en revanche, il n'était pas fichu de garder ses distances. Il se collait toujours contre son interlocuteur, quel qu'il soit, de beaucoup trop près, le mettant mal à l'aise et lui suggérant que ce petit prodige sur le retour d'âge était quelque peu dérangé.
— J'ai besoin de ton aide, Mitch.
— Je t'en prie. Va-t'en, Rosie. Je suis occupé.
— Aurais-tu oublié que j'ai pris ta défense à l'époque où Richie a essayé de te balancer ? demandai-je.
— Pour ce que ça a servi, ricana-t-il.
Puis, posant les deux pieds fermement à terre, il croisa les bras sur sa poitrine et se mit à se balancer d'avant en arrière. A chaque mouvement, le fauteuil rendait un son flatulent qui semblait le ravir. Je me souvins soudain que ce joyeux luron était aussi celui qui — avec une incroyable malveillance — avait effacé toute la banque de données de Data Associates afin de couler la boîte de Richie.
— Peut-être qu'à terme ça n'a servi à rien, mais j'ai tout de même fait de mon mieux, lui rappelai-je.
— Ah, ouais ? Alors comment se fait-il qu'il m'ait tout de même balancé ?
— Il m'a balancée, moi aussi.
— Et maintenant, c'est lui qui s'est fait balancer. Mais je

n'y suis pour rien. On recherche Rose Meyers, morte ou vive ! On ne voit plus que toi à la télé, tu sais ? Si j'appelais les flics, je parie qu'ils rappliqueraient en moins de deux.

— Certes, mais pour cela il faudrait que tu décroches le téléphone. Et ça n'a jamais été ton fort. Il paraît même que ça a empiré.

— Ah, ouais ?

— Ouais.

— Et qui est-ce qui t'a dit ça ?

— Richie était bien informé.

En l'occurrence, l'informateur était Jane Berger, l'attachée de presse de Richie. Jane était bien trop occupée et bien trop importante pour se rappeler mon nom. Elle appelait « Plouc » quiconque n'était pas riche, célèbre ou important. Mais pour quelque obscure raison, elle trouvait le temps de garder le contact avec Mitch par modem interposé.

— Je sais que tu commandes tes repas par fax, et qu'il t'arrive de ne pas mettre le nez hors de chez toi pendant plusieurs mois de suite, dis-je. Tu veux vraiment un tête-à-tête avec les flics ? Tu sais qu'ils vont te convoquer au commissariat. Et tu seras cité comme témoin au procès.

Mitch fronça les sourcils. Ses yeux n'arrêtaient pas d'aller d'un ordinateur à l'autre. Il avait l'air furieux et passablement fêlé, comme Nixon sur la fin de ses jours.

— Du balai, Rosie !

— Mitch, ce n'est pas moi qui ai tué Richie. Si je me suis échappée, c'est pour pouvoir établir la preuve de mon innocence.

— Et comment comptes-tu réussir un tel exploit ?

— J'ai plusieurs pistes qui devraient m'aider à remonter jusqu'à l'assassin, dis-je.

— Sans blague. Tu m'en diras tant.

— Ris toujours. Lorsque j'aurai établi la preuve de mon innocence (je marquai une pause, pour l'effet), sais-tu ce qu'ils vont faire ?

— Tout ça, c'est du pipeau !

— Ils vont chercher quelle autre personne avait des raisons d'en vouloir à Richie. Moi blanchie (j'avais dit cela comme si la chose était imminente), tu vas devenir l'objet de toutes leurs attentions.

— Tu ne seras pas blanchie de sitôt, Rosie, et tu le sais parfaitement.

Je me levai, sans faire un seul pas en arrière cependant.

— Tout ce que je te demande, c'est de faire quelques recherches sur ton ordinateur. Allez, sois sympa.

— Non.

— Ça ne prendra pas plus d'une demi-heure.

— Pas question.

— Bon. Dans ce cas, je reste ici.

J'avais gagné. Se précipitant sur un portable, il l'ouvrit et demanda :

— Bon, qu'est-ce que tu veux savoir ?

— Tous les cadres de Data Associates ont un mémo informatique dans lequel ils gardent toutes leurs notes et consignent tous leurs rendez-vous.

— Et alors ?

— Alors je voudrais que tu trouves le mémo de Richie des trois ou quatre dernières semaines. C'est possible ?

— Son mémo chez Data Associates ? Mais ils ont changé tout le protocole d'accès depuis que j'ai foutu la merde sur leur réseau.

Son visage blême rosit légèrement de plaisir à l'évocation de ce souvenir.

— Tu n'as pas répondu à ma question. Peux-tu le faire ou non ?

En guise de réponse, il se mit à pianoter sur le clavier, un vrai Rachmaninov à deux doigts. Au bout d'une minute, l'écran afficha toute une série de chiffres, puis noircit, avant de s'allumer à nouveau.

— Que se passe-t-il ? demandai-je.

— Chhhut. Je travaille. Je n'aime pas qu'on me presse.

— Mais moi, je suis pressée.

— Dans ce cas, va-t'en.

Au lieu de m'en aller, j'arpentai le loft de long en large pendant quelques minutes, après quoi je m'assoupis dans un gros fauteuil rouge en forme de main recroquevillée. Je me réveillai une heure plus tard, environ, lorsque le cliquetis du clavier cessa.

Mitch se tenait debout à côté de l'imprimante qui crachait des feuilles.

— Le mémo et le carnet de rendez-vous, annonça-t-il, en arrachant les pages à mesure qu'elles sortaient de la machine et en me les fourrant entre les mains. Ça n'a pas été facile, mais j'ai réussi. Maintenant, est-ce que tu peux t'en aller ?

— Laisse-moi jeter un coup d'œil à ceci, d'abord.

— Va faire ça ailleurs.

Ignorant son invite, je m'éloignai de quelques mètres et me laissai tomber sur le canapé rouge. Après quoi j'ôtai mes bottines et commençai à lire. L'espace d'un instant, les yeux de Mitch firent l'aller et retour entre moi et la porte, puis, vaincu, il alla s'asseoir devant l'écran aux dents de scie. Quelques instants plus tard, il était totalement absorbé par le monde qui défilait sous ses yeux.

Le matin du meurtre, Richie avait rendez-vous à dix heures avec la Chemical Bank, un essayage chez T à midi — « T » comme tailleur ? A douze heures quarante-cinq, il avait un déjeuner avec un certain Joe Romano de l'Inter American Tool. Et l'après-midi, rien. Je comparai le carnet de rendez-vous et le mémo téléphonique. Richie n'avait passé aucun coup de fil à l'extérieur après onze heures quarante-neuf.

En revanche, il avait reçu des coups de fil tout au long de l'après-midi, des coups de fil qu'il ne rendrait plus jamais. Un de Jo'lap Driscoll à quinze heures quinze. Un de Carter Tillotson à dix-sept heures vingt-trois, avec la mention RSVP. Le numéro qui se trouvait à côté m'était inconnu. Je m'approchai du téléphone — rouge — de Mitch et composai le numéro. « Cabinet du Dr Tillotson, bonjour », dit une voix qui avait pris des cours d'élocution. Bon, sans aller jusqu'à dire qu'ils étaient amis intimes, Carter et Richie s'entendaient plutôt bien. Mais pourquoi ne se seraient-ils pas téléphoné, après tout ? Bien que la chose fût hautement improbable, j'imaginai un instant Carter dans la peau de l'assassin. Mais non, j'abandonnai presque aussitôt cette hypothèse, ça ne cadrait pas du tout avec le personnage.

Pas d'appel de Tom Driscoll, ce jour-là, notai-je. Deux avec la mention RSVP de Jane Berger. Plusieurs coups de fil internes, mais aucun de Jessica. Sans doute Richie et elle avaient-ils passé l'après-midi ensemble, à faire l'amour dans une position qu'il n'avait jamais voulu essayer avec moi.

A part cela, il n'y avait rien de vraiment intéressant : je récapitulai un mois entier de la vie de Richie. J'avais sous les yeux le calendrier et le mémo téléphonique d'un P-DG certes occupé, mais pas surmené. Des tas de coups de fil internes entre lui et Jessica. Un appel par jour — après déjeuner — de sa grande copine Jo'lap. Ces coups de fil duraient entre dix et vingt minutes. Il avait déjeuné avec Jo'lap la dernière semaine de septembre. Pas un seul coup de fil de Tom, et plus aucun de Carter. Mais le mois dernier, Jane Berger, la chargée de relations publiques, lui avait téléphoné, deux, trois et jusqu'à quatre fois par jour. Tous les appels portaient la mention RSVP.

— Mitch, m'écriai-je, relance le mémo téléphonique, s'il te plaît.

— Chhhut ! Fous-moi la paix.

Je m'approchai de lui.

— Relance-le et dans dix minutes je débarrasse le plancher.

Quittant ses lignes en dents de scie il se rassit devant l'autre ordinateur. Deux secondes plus tard, le mémo s'affichait sur l'écran.

— Quand Richie a-t-il appelé Jane Berger pour la dernière fois ?

Il tapota pendant quatre secondes sur le clavier.

— Le 4 septembre.

— Ah, ah ! m'écriai-je. Sais-tu ce que cela signifie ? Je me souviens de la date, parce que c'était le jour de la rentrée des classes, le lendemain de Labor Day. Six semaines avant le meurtre. C'était son attachée de presse. Et Richie accordait beaucoup d'importance à la pub.

— Et alors ? grommela-t-il.

— Combien de fois a-t-il appelé Jane Berger quand tu étais là-bas ?

Il fit pivoter son fauteuil dans ma direction.

— Ras le bol.

— Elle passait souvent au bureau ?

Il se pencha en avant et commença à tripoter le bout d'un de ses lacets entre le pouce et l'index.

— Souvent ? Une ou deux fois par semaine, à peu près.

— Elle l'appelait à la maison presque tous les soirs. Pour continuer la discussion qu'ils avaient eue dans la journée, j'imagine.

— Et alors ?

— Alors, ils se parlaient beaucoup. Comment se fait-il qu'elle se soit mise brusquement à le harceler de coups de fil auxquels il ne répondait pas ?

— Tu as promis de t'en aller.

— Je m'en vais. (Je fis une pause.) Mais d'abord tu vas me promettre quelque chose.

— Là, tu passes les bornes !

— Je sais. Depuis hier, je n'arrête pas. Tu dois me promettre de ne pas appeler la police.

— Rosie...

— Promets.

— Bon, promis.

Mais j'eus soudain une idée.

— Encore une dernière chose. Une grosse faveur. Appelle la secrétaire de Jane Berger pour moi.

— Non mais, ça va pas la tête ? Tu me demandes ça à moi !

Tandis que Mitch secouait la tête en bougonnant « Pas question ! » et « Je ne parle jamais au téléphone ! », je cherchai le numéro de Jane. Sur un bout de papier, je griffonnai : « Ici le gardien de l'immeuble de Mrs Berger. Nous avons un gros problème de fuite d'eau. Je suis dans l'appartement en dessous du sien. Dites-lui d'aller attendre le plombier en bas de l'immeuble. Il a une camionnette verte. Elle montera avec lui à l'appartement. » Mitch secoua la tête et tapa du pied pendant une bonne dizaine de minutes encore, après quoi il lut mon message à la secrétaire. D'une voix monocorde, certes, mais il le lut tout de même. Puis, suivant mes instructions, il raccrocha aussitôt, sans laisser à Jane le temps de prendre la ligne.

Avant de partir, je lui demandai :

— Tu crois que c'est moi qui ai assassiné Richie ?

— Ouais. (Il eut un sourire gêné de petit garçon.) Cela dit, je n'ai rien contre toi, Rosie.

Je venais tout juste d'arriver à Central Park lorsque Jane Berger bondit hors d'un taxi et se précipita vers l'entrée de l'immeuble abritée par une immense marquise. Cette fille était une championne des Weight Watchers. Grande, ultra-mince, elle portait une jupe longue orange vif comme seuls les daltoniens ou les amateurs de sensations fortes osent en porter. D'un geste majestueux de danseuse de flamenco, elle rejeta son grand châle violet par-dessus son épaule. Puis, s'arrêtant une seconde, scruta l'horizon à la recherche d'une camionnette verte.

Comme je ne ressemblais pas à une camionnette verte, elle ne me remarqua pas, même lorsque je me mis à presser le pas à ses côtés.

— Salut, Jane.

— Salut, Plouc.

Je dus m'arrêter de marcher pour qu'elle daigne me regarder. Elle ouvrit tout grand ses paupières mauves en roulant des yeux affolés. Puis elle ouvrit une bouche immense, prête à hurler, lorsque je dis : « Je suis armée. » J'avais la main dans la poche de mon cardigan. Elle regarda la bosse que formait mon bâton de rouge à lèvres Elizabeth Arden, puis me regarda. « Je ne te veux aucun mal, Jane, alors ne me pousse pas à bout. » Nous passâmes en rang serré devant le portier, un vieil Irlandais qui devait en avoir ras la casquette d'être comparé à un lutin. Il fit un petit salut de tête mécanique, mais tout à fait charmant, comme un lutin.

Si Jane Berger commençait à ressembler à un roseau, son intérieur, en revanche, était du style pachydermique. Elle se laissa tomber sur un siège qui ressemblait à un croisement de fauteuil et de rhinocéros. Je me plantai devant elle.

— Je te signale à toutes fins utiles que ma tension artérielle est très élevée.

— Je m'en irai dès que tu m'auras fourni les renseignements dont j'ai besoin, la rassurai-je.

— Seize de tension. Et c'était pire avant.

— Parle-moi de Mitchell Gruen.

— Qu'y a-t-il à en dire ?

— Je sais que tu as gardé le contact avec lui.

— Nous échangions des messages par modem interposé tous les deux mois.

Elle se mit à ronger son vernis à ongles, en commençant par la lunule.

— Vous êtes amis, lui et toi ?

Elle émit un rire de femme d'affaires survoltée, un bref « ha », mais se reprit aussitôt en apercevant la bosse de mon bâton de rouge.

— Si je tombe raide d'un arrêt du cœur, dit-elle, tu sauras qui est responsable.

— Tu n'auras pas d'arrêt du cœur. Dis-moi pourquoi toi et Mitch êtes restés en contact.

— Pour faire plaisir... à Rick. (J'attendais, elle poursuivit.) Il fallait que quelqu'un canalise l'agressivité de Mitch.

— Que quelqu'un canalise son agressivité ?

— Parfaitement. Il était très agressif. Comment aurais-tu réagi, toi, si ton associé avait brisé ta carrière ?

— Et est-ce que ça a changé quelque chose ? Je veux dire, est-ce que l'agressivité de Mitch a augmenté ou diminué avec le temps ? Est-ce qu'il faisait comme si tout baignait dans l'huile ?

— Non, il haïssait Rick, voilà tout. Mais si tu penses que... (Elle sourit pendant un millième de seconde. J'aurais préféré la voir verte de peur.) J'essaye d'être franche et honnête avec toi. Tu cherches à faire endosser le meurtre par quelqu'un d'autre. Mais n'oublie pas que Mitch est agoraphobe. A qui vas-tu faire croire que Mitchell Gruen a quitté sa tanière pour se rendre à Long Island afin de tuer ton mari ?

Etait-il possible que Mitch ait tué Richie ? songeai-je. Etait-il possible que sa colère l'ait emporté sur sa phobie ? Ou bien cette phobie n'était-elle en réalité qu'un alibi construit de toutes pièces par un programmeur et un calculateur de génie ?

— Qu'y avait-il entre toi et Richie ?

— Rien. (Elle regarda ma poche puis, plissant les paupières, elle dit :) Fais voir ton pistolet.

— La ferme ! ripostai-je d'une voix ferme de prof qui expédie un élève chez le proviseur. (Jane verdit.) Soit dit en passant, ça n'est pas un pistolet mais un revolver. Maintenant, parle-moi de toi et de Richie.

— Il m'a libérée de mes obligations.

— Il t'a foutue dehors ?

— Oui.

— Quand ça ?

— Juste après Labor Day. Mais qu'est-ce que ça peut te faire ?

— Ça me fait que je suis en train d'essayer de reconstituer la vie de Richie.

Sans doute y avait-il une note d'hystérie dans ma voix, car Jane baissa la tête, pour ne pas avoir à regarder une folle dans les yeux. Sauf qu'un de ses pendants d'oreilles en améthyste se prit dans les mailles de son châle en mohair et qu'elle fut obligée de me regarder en face pour se dégager.

— Je ne l'ai pas tué, dis-je. Je veux savoir qui est l'assassin.

— Et moi je n'ai rien à voir avec tout cela.

Elle jeta un coup d'œil à sa montre et se mit à taper du pied. Pour une nana qui se croit menacée d'un revolver, Jane Berger était plutôt décontractée.

— Je n'ai jamais dit que c'était toi. Dis-moi simplement pourquoi il t'a mise à la porte.

— Parce qu'en six mois de temps, je ne lui avais, paraît-il, obtenu qu'une seule interview radio et une seule émission de télé. Sauf que c'était sur CBNC. Et que je peux te montrer des piles de coupures de presse et une bonne douzaine de projets qu'il a refusés. Non, s'il l'a fait, c'est à cause d'elle.

— Jessica ?

— Evidemment, pauvre pomme. Je suis la meilleure attachée de presse de tout New York. C'est moi qui ai bâti sa réputation. Il ne te l'a jamais dit ?

— Il m'a toujours dit que tu étais sensationnelle. Que grâce à toi il avait obtenu une excellente interview dans *Fortune.*

Elle hocha la tête, d'un air entendu.

— Mais c'est elle qui voulait avoir son nom dans les journaux. (Jane rejeta son châle d'un geste rageur, révélant une chemise paysanne comme aucune paysanne n'a jamais pu s'en payer, même après toute une vie de labeur.) Il lui fallait Liz Smith, à tout prix, disait-elle. Mais c'est Liz Smith qui ne voulait pas d'elle. Et puis elle voulait sa photo dans *Town and Country*, par-dessus le marché ! Je suis attachée de presse, pas magicienne. Qu'est-ce qu'elle s'imaginait ? Que d'un coup de baguette magique j'allais faire d'elle une célébrité ? Qu'est-ce qu'elle a donc fait de si extraordinaire pour avoir son portrait dans la presse ? (Jane regarda sa montre.) J'ai un déjeuner important, fit-elle avec impertinence.

— Continue, suggérai-je.

Elle se mit à peigner la frange de son châle avec les doigts.

— Eh bien, il est évident que Jessica a travaillé Rick au corps pendant tout le week-end de Labor Day, car le mardi matin, dès son arrivée, il m'a appelée pour m'annoncer que j'étais virée. Par téléphone !

Elle saisit une poignée de franges qu'elle tira si fort que celle-ci faillit lui rester dans la main.

— Après quoi tu as essayé de raccrocher les wagons, mais en vain. Il ne te rappelait jamais.

— Que cherches-tu à insinuer ? (Elle délaissa le châle, et se mit à ôter les poils de mohair qui lui étaient restés collés dans la main.) Que je l'ai tué ? Ce ne sont pas les attachées de presse qui tuent, voyons, ce sont les épouses, c'est bien connu.

Elle commençait à se sentir un peu trop à l'aise. Je fis tourner le bâton de rouge dans ma poche.

— Parle-moi de Jessica.

— Que veux-tu que je te dise ? Que c'est une garce et une manipulatrice ? D'accord. C'est une garce et une manipulatrice.

— Qui a fait du bon boulot, tout de même, non ?

— Jusqu'ici oui. Elle a trouvé de nouveaux marchés pour Data. Ça, c'était très fort. Elle a senti qu'ici les affaires stagnaient en raison de la crise économique.

— Ici ?

— Aux Etats-Unis, expliqua-t-elle avec une pointe d'irritation dans la voix. Elle a donné une dimension internationale à la compagnie.

— Et Rick était d'accord ?

— Bien sûr qu'il était d'accord. Même si au début cela supposait des investissements, c'était une bonne chose pour la firme. Et même s'il n'avait pas été d'accord, il aurait fini par céder, parce qu'elle le voulait. (Jane battait la mesure en silence d'un pied nerveux.) Rick était à ses genoux.

Soudain, j'étais incapable d'avaler ma salive.

— Et elle, elle ne l'était pas ?

— Non.

— Et comment était-elle ?

— Blasée, répondit Jane qui, dans le genre blasé, n'était pas mal non plus.

— Je ne te crois pas, la défiai-je.

— Je t'en prie !

— Comment le sais-tu ?

— Je suis une femme. Je sais reconnaître une bonne femme qui fait du chiqué, et crois-moi, cette salope avait beau faire son numéro à la Nancy Reagan — en plongeant ses yeux dans les siens jusqu'à en loucher —, c'était une... (Jane s'arrêta tout net et se mordilla pensivement la lèvre.) Tu veux savoir pourquoi ? Rick était le contraire d'un mec ennuyeux. Seulement il n'était pas assez important pour elle. Une fois les premiers feux de la passion apaisés, lorsqu'elle a su qu'il allait te quitter, elle a voulu autre chose. Quelque chose de plus grand, de plus beau.

— Mais elle n'avait pas l'intention de se tirer, si ? demandai-je.

— Disons qu'elle ne l'a pas crié sur tous les toits.

— Que veux-tu dire ?

Jane considéra un moment ma question tout en examinant un accroc minuscule sur son collant. Ce n'était pas le genre de nana à perdre son temps. Finalement, elle dit :

— Jessica ne faisait pas de gros efforts pour dissimuler son ennui. Ça se voyait déjà quand il m'a virée, à la fin de l'été. Alors aujourd'hui cela doit sauter aux yeux.

Jane était-elle sincère, ou était-elle en train de me baratiner pour se débarrasser de moi ? Elle était sincère, pensai-je. Si elle avait cherché à me faire plaisir, elle m'aurait dit que Richie s'était lassé de Jessica.

J'essayai d'imaginer un moyen de sortir de chez Jessica, sans avoir à la ligoter, à la bâillonner et à arracher le fil du téléphone. Puis je me rappelai comment je m'étais fait virer de chez Jessica par son papa gâteau.

— Au fait, dis-je. Tu connais les parents de Jessica ?

— Pourquoi connaîtrais-je les parents de Jessica ? Ecoute, il faut que j'appelle le bureau pour savoir s'il y a eu des coups de fil.

— Non.

Mais qu'allais-je faire de Jane Berger ? L'assommer avec une lampe — une colonne corinthienne coiffée d'un chapeau chinois — et prendre la fuite, ajoutant une inculpation pour coups et blessures volontaires à la liste de mes méfaits ? L'idée de lui marteler la tête jusqu'à ce que le mot « Plouc » disparaisse à jamais de sa mémoire était trop tentante. Mais, alors que je me délectais d'une telle pensée, Jane bondit hors de son fauteuil et s'empara du téléphone. Elle appuya sur une touche en hurlant :

— Au secours !

— Arrête ! hurlai-je à mon tour, en faisant tourner mon bâton de rouge tout en sachant que c'était peine perdue.

— Au secours !

Quel coffre, nom d'une pipe !

Je déguerpis sans demander mon reste. Surtout pas l'ascenseur, songeai-je instantanément. Jane n'avait enfoncé qu'une seule touche, peut-être un signal d'alarme relié directement au poste de police. Non, impossible, elle ne s'était pas identifiée. C'était plutôt la sonnette du concierge. Une lumière s'était mise à clignoter sur son tableau de bord, le type avait décroché, entendu ses cris. Et maintenant il se tenait à l'extérieur de l'ascenseur, prêt à me cueillir.

La sortie de secours ! Je me précipitai dans l'escalier et montai quatre à quatre deux étages. Puis je m'arrêtai, haletante, et jetai un coup d'œil à ma montre. Bon : il faudrait bien cinq minutes avant que les flics ne rappliquent. Mais le concierge ? Allait-il les attendre ? M'avait-il remarquée lorsque j'étais entrée dans l'immeuble avec elle ? Pouvait-il m'identifier ? Ou bien allait-il voler sans attendre au secours de cette pauvre demoiselle Berger ?

Trois minutes. Je dévalai l'escalier jusqu'au rez-de-chaussée, puis, prenant une longue inspiration, je déboulai dans le hall de l'immeuble en hurlant. Le concierge était campé devant la porte de l'ascenseur, mains sur les hanches, prêt à intervenir.

— Hep, vous ! me lança-t-il. (Quelle voix pour un si petit homme !) Halte-là !

— Je vous en supplie, implorai-je. C'est affreux, il y a une femme qui appelle à l'aide !

— Ah ! (Je devais vraiment avoir l'air paniquée. C'était le

cas, du reste.) Ce n'est pas grave, ma petite dame. La police arrive.

Je posai une main sur mon cœur.

— Dieu soit loué !

Il sourit. Après lui avoir dit au revoir, je sortis de l'immeuble sans me presser. Puis, une fois tourné le coin de la rue, je détalai comme une folle.

11

Cap à l'ouest ! Je tournai le dos à Central Park, espérant me fondre dans la foule. Manque de bol, un mardi à deux heures de l'après-midi, il n'y avait en tout et pour tout qu'un couple d'octogénaires poussant un caddy et une classe de fillettes sous la garde d'une bonne sœur. Je ralentis un peu le pas, histoire d'économiser ce qu'il me restait de déodorant.

Quelqu'un donna un coup de sifflet. En brave banlieusarde que j'étais, j'associai aussitôt le coup de sifflet à un cours de gym. Je jetai un coup d'œil par-dessus mon épaule, persuadée d'apercevoir le visage apoplectique d'un prof de gym en train de semoncer ses ouailles. Au lieu de cela, j'aperçus le concierge de Jane qui arrivait en courant — ou qui essayait tout au moins — en criant : « Arrêtez-vous, au nom de la loi ! » Avec le peu de souffle qui lui restait, le pauvre homme soufflait dans son sifflet pour appeler les flics à la rescousse.

En l'apercevant, je réalisai brusquement que j'avais laissé mon sac à main chez Jane. Soudain prise de panique, je rentrai en collision avec une boîte à ordures apparemment destinée à recevoir tous les excréments de la gent canine de l'Upper West Side. Entre-temps, le concierge avait changé de registre et s'était mis à crier quelque chose du style « Assassin ! ». Quelques centaines de mètres à peine nous séparaient à présent.

Et la distance allait diminuant. Je l'entendais distinctement. Il criait : « A l'assassin ! » Ma collision avec le container à ordures m'avait momentanément sonnée, mais je continuai d'avancer, en prenant l'air le plus dégagé — ou le moins criminel — possible.

La voix du portier commençait à se perdre dans la distance. Je ne pris pas le temps de me retourner, mais je sus que j'étais en train de le semer. J'entendais toujours ses vociférations, mais sa voix était de plus en plus faible et enrouée : « Ass... » Mon Dieu, implorai-je, faites que le cœur du vieux ne lâche pas, sans quoi on va encore dire que c'est de ma faute.

Et qu'allais-je faire, maintenant, sans mon sac ? Tout ce que je possédais était à l'intérieur. Pas question d'aller frapper chez Jane pour le lui demander. Je continuai d'avancer, traversai Columbus Avenue, gagnant peu à peu de la vitesse. Je tournai dans la Quatre-Vingt-Neuvième Rue, dépassai les immeubles décrépits, puis les immeubles ravalés aux balcons desquels fleurissaient les derniers chrysanthèmes de l'année. Avec une grâce dont je ne me serais jamais crue capable, je contournai allègrement sacs poubelles et bicyclettes amarrées aux réverbères. Et, pendant quelques secondes, mue par une agilité enivrante, je me mis à courir pour le simple plaisir de courir.

Naturellement, juste au moment où je me sentais des ailes de marathonienne, la réalité reprit le dessus. Une voiture de police s'arrêta sur le bas-côté dans un miaulement de freins.

— Madame ! lança une voix de basse profonde, celle d'un flic hyper-baraqué. Vous avez un problème ?

— Comment ?

— Je dis : « Vous avez un problème ? »

Il fallait à tout prix que je me débarrasse des flics. A tout moment le petit vieux allait resurgir.

— Mon sac à main ! haletai-je. Un type... (Je posai une main sur mon cœur qui battait la chamade, et de l'autre je pointai en direction de Central Park.) J'ai toutes mes affaires à l'intérieur !

Le flic regarda son collègue. Le collègue m'examina de la tête aux pieds en plissant les paupières. Ce n'étaient pas mes formes de femme mûre qu'il reluquait — même si j'en connais qui n'auraient pas craché dessus. Non, tout en mâchonnant son pouce, le flic songeait : cette tête-là me dit quelque chose.

Tout à coup, sans que les deux flics échangent un seul mot, l'armoire à glace ouvrit la portière arrière et ordonna :

— Montez !

L'arrière de la bagnole était séparé de l'avant par un grillage : un fourgon cellulaire.

— Allons, pressons, m'intima le flic.

Dans les romans noirs, il arrive que les personnages soient paralysés par la terreur. C'était exactement mon cas.

— Bah, moi je m'en fiche, râla le flic. (Je le regardai sans comprendre.) Mais si vous vous grouillez, nous avons peut-être une chance de rattraper le type.

Ma gorge se serra, mes yeux s'embuèrent.

— Merci, dis-je, tellement soulagée que j'en aurais pleuré et je montai dans la voiture.

Le flic prit mon émoi pour de la gratitude.

— Nous sommes là pour ça, ma p'tite dame.

Puis ils démarrèrent en trombe.

Si je n'avais pas été au bord de la crise de nerfs, je crois bien que cette course poursuite en bagnole de flics au son strident de la sirène eût été pour moi un moment de joie ineffable. Sauf que j'étais dans mes petits souliers. Il me fallait jouer les bourgeoises outragées et reconnaissantes, alors que je venais d'échapper in extremis au concierge de Jane Berger, sans parler de mon évasion du *Havre des Mouettes*. Oh, et puis flûte ! Au point où j'en étais, avec Richie qui m'avait plaquée et que j'avais retrouvé raide mort, un traumatisme de plus ou de moins !

Cela dit, il fallait se rendre à l'évidence. Le pot aux roses risquait d'être découvert à tout moment : un bulletin d'information et une description détaillée de la psychopathe en cavale avaient certainement été diffusés. Les deux flics n'avaient pas fait le rapprochement, pas encore, tout au moins. A tout moment, la radio allait crachoter une description précise de mon pantalon et de mon pull grâce au témoignage de Jane Berger.

Le flic taillé en armoire à glace se tourna vers moi. Il avait une mâchoire protubérante et un crâne en gousse d'ail qui allait en rétrécissant dangereusement vers le haut avant de disparaître sous sa casquette.

— A quoi il ressemble ?

— C'est un Blanc, dis-je. Habillé tout en noir. (Je sais que ça fait un peu mélo, mais tout en disant cela, j'eus une vision de Laurence Olivier dans *Hamlet*.) La trentaine environ, ajoutai-je. Avec une frange.

Nous dépassâmes un Blanc habillé tout en noir, mais il ressemblait davantage à une montgolfière qu'à Laurence Olivier. Si bien que mon « non » leur parut convaincant.

— Je ne le vois nulle part, dis-je, espérant ainsi mettre un terme à mon supplice.

— Ouvrez l'œil, dit le gros. Ne vous découragez pas.

Sur quoi son collègue ajouta :

— Nous allons faire le tour du parc.

Si la ville était plate et grise, Central Park, en revanche, était bien en trois dimensions. Et ces couleurs ! Un frais gazon d'un vert ondoyant de terrain de golf, des arbres rouge et or qui se découpaient comme des flammes sur un ciel céruléen. C'était peut-être la dernière fois que je contemplais un paysage d'une telle beauté. A tout moment la radio allait me dénoncer : recherchée pour meurtre. Peut-être armée et dangereuse. Et ils me conduiraient tout droit au gnouf dans mon panier à salade.

— Vous êtes vraiment très serviables, balbutiai-je. Vraiment, je ne sais comment vous remercier. Mais j'ai rendez-vous chez le médecin et je vais être en retard. (Je baissai le ton pour ajouter d'une voix pathétique :) un spécialiste.

— Pas de problème, ma p'tite dame, dit l'armoire à glace.

Ils me déposèrent même sur la Cinquième Avenue, là où je leur dis que se trouvait mon médecin. Lorsqu'ils me demandèrent mon nom je faillis leur répondre Moll Flanders, mais je me ravisai. Avec ma veine, je risquais de tomber sur un flic qui était en train de rédiger sa thèse de doctorat sur Daniel Defoe. Si bien que je leur donnai le nom de jeune fille de ma mère, et l'adresse de l'immeuble de Brooklyn où j'avais grandi. Après quoi, je jurai d'appeler le commissariat dans l'heure suivante pour déposer une plainte en bonne et due forme.

C'est alors que la magie de Brooklyn opéra. Lorsque je descendis de voiture, King Kong en fit autant, puis il fouilla dans sa poche de pantalon, et sortit un ticket de métro qu'il me tendit.

— Tenez, Pearl, dit-il. Pour rentrer à Ocean Avenue.

Mais je n'avais nulle part où aller. L'après-midi semblait se perdre dans l'infini. Je commençai à marcher, les yeux baissés sur les fissures du trottoir pour dissimuler mon visage, comme une promeneuse perdue dans ses pensées. Il était déjà quatre heures, j'avais une faim de loup. Je me serais damnée pour un hamburger. Un sandwich au pastrami. Un riz cantonais. Une bonne soupe à l'oignon gratinée. Je passai devant les marchands ambulants, littéralement fascinée par les piles de bretzels parsemés de grains de sel.

Et le froid qui se mettait de la partie. Je fourrai mes mains dans mes poches de pantalon, où mes doigts se mirent à chercher en vain quelque pièce oubliée, un chewing-gum.

Lorsque après avoir marché pendant trois kilomètres, je me laissai tomber dans un fauteuil de la salle de lecture de la bibliothèque de New York, mes jambes ne me portaient plus. J'étais comme quelqu'un qui essaye de marcher après une longue maladie.

L'odeur acidulée et bienfaisante de la bibliothèque me requinqua un peu. Je n'étais pas restée les deux pieds dans le même sabot lorsque Richie et Mitch avaient fondé Data Associates. J'étais devenue une bonne, pour ne pas dire une excellente documentaliste. Et j'avais du pain sur la planche. J'expliquai au bibliothécaire qu'on m'avait fauché mon portefeuille, avec ma carte de bibliothèque et tous mes autres papiers. Trois quarts d'heure plus tard, le bibliothécaire, qui portait un tatouage avec « Dieu vous bénisse » sur la main, reparut avec le *Who's Who des femmes américaines*, le *Who's Who de l'Industrie et de la Finance*, ainsi que l'*Annuaire des cadres*.

Et maintenant, voyons un peu qui était Jessica Stevenson ? Les révélations du *Who's Who* n'étaient pas franchement fracassantes. « Née à Dayton, Ohio. Parents : Arthur et Penelope (Winterburger) Quigley. » Quigley ? Cela signifiait-il qu'il y avait eu un Mr Stevenson ? Une hypothèse d'autant plus intéressante que juste avant son entrée à Data Associates, au cours d'un dîner avec Richie et moi, elle nous avait dit qu'elle regrettait de ne s'être jamais mariée et de ne pas avoir d'enfants. J'avais hoché la tête en m'efforçant de ne pas me sentir visée. Toujours est-il qu'elle nous avait caché son mariage alors que le *Who's Who* en faisait ouvertement état. Si c'était un Mr Stevenson qui avait fait d'elle Mrs Stevenson, pourquoi nous avait-elle menti en déclarant qu'elle ne s'était jamais mariée ?

J'avais perdu mon sac à main et toutes mes affaires — mais fort heureusement je connaissais par cœur le numéro de ma carte de crédit téléphonique. Une fois dans le giron crasseux et douillet de la cabine téléphonique, je luttai contre une irrésistible envie d'appeler Ben et Alex pour entendre leurs voix et les rassurer sur mon sort. De même que je renonçai à appeler Cass, même si j'en mourais d'envie. Tout le monde savait que nous étions amies ; son téléphone avait peut-être été placé sur écoute.

Au lieu de cela, j'appelai tous les Quigley de Dayton. En prenant tout à la fois l'air enjoué et digne de foi, je me présentai comme Mary Quigley d'Orlando, Floride, qui faisait des recherches généalogiques. Manque de bol, je tombai chaque fois sur un répondeur ou sur un Quigley qui n'avait aucun lien de parenté avec Art, Penny ou leur petite Jessica.

Je me changeai alors en Mary Winterburger et appelai l'unique Winterburger de Dayton. Banco ! Une cousine germaine me dit que Penelope et Art étaient décédés, elle d'un cancer, et lui d'un terrible accident causé par un barbecue au propane. Terrible, terrible. J'acquiesçai. Quant à Jessica, elle s'était mariée juste après la fac. Mais elle avait divorcé. Oh, et elle avait eu un gosse. Où était-il ? A New York, très certainement, avec Jess.

J'errai dans la nuit tombante. Un gosse ! Cette découverte me mit du baume au cœur pendant un petit moment. Qu'aurait dit Richie, s'il l'avait appris ? Espèce de sale menteuse ! aurait-il rugi. Quand je pense que j'ai laissé ma chère Rosie pour toi. Peut-être même l'aurait-il menacée de renvoi. Etait-il possible qu'elle l'ait tué pour l'empêcher de ruiner sa carrière ?

A mesure que le jour déclinait, mes pensées réconfortantes s'estompaient sous l'effet du froid. Un vent glacé me projetait de la poussière et des vieux journaux à la figure. Vous parlez d'un automne pourri. De temps à autre, je trouvais refuge dans le hall d'entrée d'un immeuble de bureaux où j'étudiais la liste des sièges sociaux. Mais craignant d'attirer sur moi l'attention des vigiles, je regagnais peu après la rue glacée et reprenais ma marche forcée.

Je mourais de soif. Et j'avais surtout très faim. Dans le crépuscule, Lexington Avenue n'était plus qu'une enfilade de restaurants et de drugstores avec des piles flamboyantes de Kit Kat en vitrine. Je passai devant une épicerie dont l'étalage ployait sous une montagne de pommes bien astiquées. Sans doute, le patron, un petit Coréen en tablier blanc, avait-il senti ma détresse, car il se campa bras croisés devant son étalage et n'en bougea pas jusqu'à ce que j'aie dépassé sa boutique.

Il était presque sept heures. Epuisée et complètement frigorifiée, je décidai de prendre le bus et de payer avec le ticket que m'avait laissé le flic, histoire de souffler un peu et de me réchauffer. Je descendis au terminus, Greenwich Village, et me mis à errer dans Washington Square. La nuit était tombée. Hormis un dealer avec des dreadlocks[1] qui lui arrivaient aux épaules et quelques paumés dans mon genre, l'endroit était désert. Une femme vêtue d'un blouson déchiré

1. Petites nattes « rasta » à la manière de Bob Marley.

et d'un béret de laine était assise sur un banc. Les bras passés autour de ses jambes repliées pour se protéger du froid, elle se berçait en chantant d'une voix presque inaudible. Elle devait avoir mon âge. J'entendis un bruit de pas derrière moi. Un type s'approcha. Son haleine effleura mon oreille lorsqu'il me chuchota : « J'ai ce qu'il te faut, poupée. »

Je détalai sans demander mon reste, mais mes pieds avaient tellement gonflé dans mes bottines que chaque pas était un véritable supplice. S'habitue-t-on jamais à la misère, songeai-je, ou est-ce impossible ? Je manquai me faire piétiner au passage par une armada de yuppies qui sortaient du bureau, puis par une légion d'étudiants en jeans et en sac à dos qui se rendaient au cours du soir. Je n'avais pas la force de riposter. Reprends-toi, me tançai-je. Tu n'as encore rien vu. Mais je n'étais nullement préparée à la misère. Je menais depuis trop longtemps une vie paisible de riche propriétaire. J'étais assaillie par les odeurs de nourriture et d'égouts, je sursautais au moindre coup de klaxon, la foule me terrorisait.

A huit heures vingt précises, alors que j'étais en train de regarder la trotteuse de ma montre, histoire de tuer le temps, un éclair rouge vif attira brusquement mon regard. C'était un sac Burger King gros comme ça entre les griffes d'une fille en sweatshirt NYU. La fille était tombée en arrêt devant la vitrine d'une librairie de science-fiction où se dressait une pile d'*Atlantis 2000* dans un décor qui ressemblait à la maquette d'un lotissement de pavillons entouré de poissons. La fille devait avoir près de dix-huit ans, les cheveux raides, et la grâce exquise des danseuses classiques. J'avais envie de lui demander si elle comptait faire le grand écart après s'être envoyé un double cheeseburger au bacon.

Je jure devant Dieu que je n'ai rien prémédité. D'ailleurs, si j'avais eu la moindre idée de ce que j'allais faire, j'aurais poussé de hauts cris. Mais je n'ai pas réfléchi une seconde : je lui ai arraché le sac des mains et je suis partie en courant.

Etrangement, ou peut-être pas si étrangement que ça, le « Village » étant un quartier où les asociaux ne manquent pas, la jeune femme ne s'élança pas à ma poursuite. Elle poussa un cri — disons, un gros cri de surprise — mais lorsque je regardai par-dessus mon épaule, je ne la vis pas se précipiter sur le téléphone pour appeler les flics. Ce qui, à Long Island, eût été considéré comme un crime majeur — vol de hamburger à l'arraché — n'était, somme toute, à Manhattan, qu'une vulgaire nuisance.

Je serrai le sac tout chaud contre ma poitrine, la bonne odeur de bœuf aux oignons me réchauffait l'âme. Je mis quelques pâtés de maisons entre moi et la scène du crime, puis, m'asseyant sur le pare-chocs d'un vieux tacot tout bariolé, je dévorai mon dîner.

Quelque part entre les frites et le fameux « apple-pie » (tandis que, dans un accès de culpabilité, j'imaginais le petit ami de la danseuse en train de lui flanquer une raclée pour avoir égaré son dîner), l'image du sweatshirt NYU me revint à l'esprit. Cette image m'évoqua soudain un visage : celui de l'unique personne que je connaissais à NYU, cette vieille canaille de Danny Reese.

Danny, le bassiste de l'orchestre d'Alex au lycée, était allé à l'université de New York. Une fois, j'avais entendu Alex raconter à Ben que Danny avait monté une affaire juteuse qui consistait à fournir de faux papiers d'identité à ses camarades de classe. Les mineurs étaient prêts à tout pour pouvoir se soûler dans des bars et vomir tripes et boyaux comme des grands. Ce nouveau business n'était au fond que la suite logique du trafic de marijuana auquel il se livrait dans les vestiaires du lycée de Shorehaven.

Cette fripouille de Danny Reese était née sous une bonne étoile : aucune arrestation, aucune condamnation. Mais ce n'était pas qu'une question de chance. Le gosse était malin comme un singe et beau comme un dieu, de plus, il avait un charme fou. Imaginez un Elvis Presley intelligent et originaire du comté de Nassau, et vous avez le portrait craché de Danny Reese. Cela dit, derrière son esprit retors et son sourire facile, Danny cachait un cœur d'or. Certes, ce n'était pas un ange, mais un brave gosse, tout de même. Et avec une bouche pulpeuse à souhait, avec ça. Et c'est pourquoi, en dépit de toutes ses frasques et de ses escapades nocturnes avec Alex, j'avais toujours eu un faible pour lui.

Toujours est-il qu'en dernière année, en dépit de tous les mots d'excuse qu'il avait pu fournir (y compris un certificat médical bidon admirablement contrefait), Danny, qui n'avait fourni aucun travail trimestriel, était sur le point de se voir refuser l'accès à la classe d'Introduction au théâtre de Cass. Je décidai de les prendre entre quat-z-yeux, lui et Alex, un soir après leur répétition. Sous le prétexte fallacieux de m'aider à réaménager la véranda, je me lançai dans un monologue critique sur *la Ménagerie de verre*. Alex trouva ma dissertation parfaitement indigeste, mais voyant que ses coups d'œil en biais restaient sans effet, il finit par décrocher. Danny, en revanche, avait parfaitement compris ma manœuvre. Il ne perdit pas une miette de ce que je racontai. Deux jours plus tard, il décrocha un A à l'examen final, ce qui fit remonter sa moyenne et lui permit de passer dans la classe supérieure — au grand dam de Cass. J'avais voulu lui donner une seconde chance. Mais la vérité, c'est qu'en l'aidant à monter dans la classe supérieure je lui avais surtout donné la possibilité d'élargir son champ d'activités extra-scolaires.

Ce ne fut pas sans mal, mais je parvins à arracher l'adresse de Danny aux renseignements téléphoniques de Manhattan. Le temps d'arriver chez lui, une petite rue déserte en bordure de l'Hudson River, il était presque minuit. L'immeuble était un cube d'un étage. Une pancarte pas franchement discrète, « Dawn L. Iannucci, Esthéticienne/ Epilation électrique », se balançait au-dessus d'une boutique désaffectée qui occupait tout le rez-de-chaussée. Un chat efflanqué passa en courant à côté de moi. A la poursuite de quelque chose que je préférais ne pas voir.

Je savais que pour Alex, midi et minuit, c'était kif-kif. De même que je savais qu'Alex et Danny avaient fait la nouba ensemble, si bien que je n'eus aucun scrupule à réveiller Danny — même si j'avais par ailleurs pas mal de réserves concernant le gosse lui-même. Adorable ? Ouais. Terriblement retors aussi. Toujours est-il, et tout amateur de roman policier vous le dira, qu'une criminelle en cavale ne peut pas se montrer trop difficile en matière de fréquentations. Si bien que je décidai de sonner — sauf qu'il n'y avait pas de sonnette. Je frappai, de plus en plus fort. Pas de réponse. Il y avait pourtant de la lumière au premier. Je fis donc ce qu'on faisait tous à Brooklyn pour attirer l'attention de quelqu'un. Je gueulai : « Danny ! » à pleins poumons.

Juste au moment où quelqu'un criait « La ferme ! » dans l'immeuble voisin, une fenêtre s'ouvrit au premier et Danny parut, torse nu, son épaisse crinière noire devant les yeux. Il n'avait pas l'air enchanté d'avoir de la visite. Il souleva la fenêtre d'un poil et se pencha au-dehors pour voir qui le demandait.

— Danny, dis-je, en m'approchant d'un réverbère. C'est moi.

Aucune réaction, pas de réponse. Etant donné ma situation, je ne pouvais pas me permettre de beugler mon nom en pleine rue. Je criai :

— La mère d'Alex.

La fenêtre se referma dans un claquement. Deux secondes plus tard, Danny arrivait en courant pour m'ouvrir la porte.

— Je suis navrée de te tomber dessus à une heure pareille, dis-je d'une voix éraillée, mais c'est un peu compliqué à expliquer par téléphone.

Il me saisit par la manche et me tira à l'intérieur. Puis il m'indiqua un escalier au fond du couloir.

— Hum, dis-je. Tu es peut-être au courant de... ?

Danny hocha la tête. Il avait retrouvé tout son calme et se peignait nonchalamment les cheveux avec les doigts, comme un chanteur de rock qui fait la pause entre deux chansons. A l'école, déjà, il était beau gosse, bien qu'un peu gringalet. Mais il s'était remplumé depuis, et bien qu'à peine plus grand que moi, son corps viril, avec ses épaules larges, formait un triangle parfait.

— Vous êtes passée au journal de onze heures, dit-il. Ils ont montré une vidéo de vous en classe de découverte. Vous plaisantiez avec Mrs Higbee et Mr Perez, et puis vous avez fait coucou à la caméra.

— Je ne veux surtout pas t'attirer d'ennuis, dis-je en avalant ma salive. Mais je n'ai nulle part où aller.

— Venez, montez.

Il ne me dit pas « Après vous », ce dont je me félicitai car j'avais les pieds tellement enflés et douloureux que je dus me tenir à la rampe, comme une vieille femme. De plus, je me dis : mieux vaut que ce soit moi qui regarde le petit cul de Danny Reese moulé dans son jean délavé que lui qui regarde le gros mien dans mon pantalon en tweed.

Il referma la porte blindée derrière nous : trois verrous, une chaîne de sûreté, plus une barre métallique. Danny avait beaucoup de choses à protéger — certes, pas le vieux canapé défoncé emballé dans un vieux drap jaune et bleu sur lequel il me dit de m'asseoir. Mais que de trésors électroniques ! Une télé à écran géant, deux magnétoscopes, une montagne d'appareils stéréo, des enceintes grosses comme des menhirs.

— Mrs Meyers, dit-il, lentement, en énonçant distinctement chaque syllabe.

Ce doit être la dernière mode en matière de salutations, songeai-je.

— Danny.

— J'imagine qu'il vaut mieux ne pas vous demander comment ça va ? observa-t-il.

Trop cool pour attendre ma réponse, il disparut dans la pièce voisine et reparut en boutonnant les poignets d'une chemise de soie noire. Il s'appuya contre le montant de la porte, croisa les bras et me regarda droit dans les yeux. Le devant de sa chemise n'était pas boutonné, autres temps, autres mœurs.

Il demanda :

— Que puis-je faire pour vous ?

— Rien. (Je posai mes mains sur mes genoux en essayant de me redresser. Pas moyen.) Je n'aurais pas dû venir ici. Je suis navrée. Je te demande juste de m'accorder une minute ou deux. (En deux bonds il était à mes côtés. Je pouvais à peine parler.) Je suis si fatiguée que je suis incapable de penser. J'ai vu une fille en sweatshirt NYU et j'ai pensé à toi. Je me suis dit que tu étais la seule personne qui ne me balancerait pas aux flics.

— Mrs Meyers.

— Quoi donc ?

— C'est un mauvais calcul.

— Pourquoi cela ?

— Parce que vous êtes recherchée par la police. Vous devriez vous dire : la petite amie de Mr Meyers — ou sa boîte — offre peut-être une très grosse récompense à qui mettra les flics sur ma piste. Vous devriez vous dire : pour toucher le paquet, Danny Reese n'hésiterait pas à vendre le fauteuil roulant sur lequel sa grand-mère est assise.

Il posa les pieds sur la table basse, une corbeille à papiers retournée. Il portait des santiags. Des santiags haut de gamme, en peau de crocodile.

— Je ne te crois pas capable de faire une chose pareille.

Le Danny Reese que je connaissais était une fripouille, certes, mais pas une ordure.

— Vraiment ?

— La vérité, c'est que tu te fiches de savoir si j'ai tué mon mari ou non, même si je te donne ma parole que je ne l'ai pas fait. Je me suis dit que j'allais te demander de l'aide parce qu'Alex et toi étiez de bons amis autrefois. Et parce que tu m'aimes bien. Et parce que tu aimes bien...

Je n'osais pas finir ma phrase.

— J'aime bien quoi ? Allons, dites-le.

— Tu aimes bien jouer les mauvais garçons.

Il appuya la tête contre le dossier du canapé. Un petit sourire joua un instant sur ses lèvres, puis disparut.

— Je vais vous aider, dit-il.
— Je ne veux surtout pas faire de paternalisme, mais il faut que tu saches que... (J'hésitai.) Que tu pourrais t'attirer de gros ennuis. J'imagine que tu le sais, d'ailleurs.
— Naturellement. Recel de criminel.
— Serais-tu devenu amateur de littérature policière, Danny ?
— Non, Mrs Meyers, pas vraiment. Disons plutôt que (il me décocha un sourire à faire fondre un glaçon) je suis amateur de conseils juridiques. Mon avocat dit que je suis un criminel. Mais un criminel avisé. Et prudent. Un criminel qui ne se fait jamais prendre.
— Certes, mais je ne suis pas accusée d'avoir écoulé du shit dans les vestiaires du lycée.
Danny était beaucoup trop cool pour montrer sa stupéfaction, mais je voyais bien qu'intérieurement il était comme deux ronds de flan.
— Je suis une prof consciencieuse. Je connais mes élèves et je n'ai pas mes yeux dans mes poches. Je suis au courant pour le shit. Et pour les cachets aussi. Et si on m'avait dit que tu vendais de la coke, ça ne m'aurait pas surprise plus que ça.
— Je ne vends plus de shit.
— Tant mieux !
— Je suis dans les faux papiers maintenant. Pas les passeports ni les trucs comme ça — trop dangereux, à moins d'avoir des fournisseurs super bien équipés. Cela dit, je connais un type qui...
— Je ne veux pas de faux passeport. Je ne veux pas de faux billets. Tu ne crois tout de même pas que j'aurais le *chutzpah* [1] d'essayer de me faire passer pour une gamine de vingt ans avec un de tes permis de conduire bidons !
Avec une grâce de félin, il ôta ses pieds de la corbeille à papiers.
— Je ne veux pas être impoli ni rien, mais que voulez-vous au juste ?
— Un endroit où dormir.
— Bah, s'il n'y a que ça.
— Je voudrais aussi que tu essayes de contacter Alex pour lui dire que tout va bien et pour savoir ce qui se passe là-bas. Mais notre ligne est certainement placée sur écoute.
— Ne vous inquiétez pas.
— Non ! N'appelle pas à la maison.

1. Le culot, en yiddish dans le texte. *(N.d.T.)*

— Minute, me coupa-t-il. Vous ne croyez tout de même pas que je vais appeler Alex pour lui dire : « Il paraît qu'une certaine Mrs M. est en bonne santé et qu'elle a passé la nuit à Greenwich Village. » Non. Je vais appeler Alex, lui dire que je suis désolé pour son paternel. Ensuite on va parler du concert de Seattle. Je vais évoquer le bon vieux temps, quand il était chanteur et moi batteur...

— Mais tu étais bassiste.

— Vous, moi et lui le savons. Mais les flics, eux, ne le savent pas. Et si Alex n'a pas le QI d'une sardine, il pigera tout de suite qu'il doit me rappeler d'une cabine.

Il se leva et arrangea soigneusement le bas de son jean en le faisant passer par-dessus ses santiags, puis il alla dans sa chambre et en revint avec un oreiller et un édredon qui avaient sans doute été blancs à l'origine.

— Si vous voulez passer la nuit debout parce que vous avez peur que je vous balance aux flics, libre à vous. Mais je vous conseille de dormir un peu. (Puis il ajouta, froidement :) Vous avez une de ces gueules !

J'étais trop épuisée pour me récrier à la vue du rouge à lèvres et des taches douteuses qui maculaient l'oreiller. Mon Alex, à côté de Danny Reese, c'était monsieur Propre. Je manquai me couper le menton sur un compact coincé entre deux coussins du canapé. Nul doute que la plaie se serait infectée au milieu de toutes ces miettes, cette poussière, cette crasse et ce qui ressemblait à un saupoudrage aléatoire de litière pour perroquet. Et le plancher ! A la faible lumière du réverbère, je devinai sans peine un carton tout gras ayant servi d'emballage à une pizza, des Kleenex usagés, des feuilles de classeur éparpillées, des canettes de bière, une bouteille de vin — et de la boue.

De la boue. Tandis que je sombrais peu à peu dans le sommeil, je revis les traces de boue sur le plancher de la cuisine du *Havre des Mouettes*. Des traces qui allaient depuis la porte jusqu'aux chaussures de Richie. Ses chaussures ou sa chaussure ? Je revoyais les semelles de ses luxueuses baskets dont les sillons parfaits semblaient avoir été creusés par une machine agricole ultra-sophistiquée. Les sillons de la chaussure gauche étaient pleins de boue. Mais il n'y en avait pratiquement pas sur la semelle de droite. Etait-ce parce que toute la boue du soulier droit était tombée sur le plancher ? Où parce qu'il avait mis le pied gauche dans une flaque de boue en sortant de voiture ?

Je me tournai sur le dos. Il faut que je lave mes sous-vêtements, songeai-je. Mais j'étais trop fatiguée pour me relever. Et puis l'idée de marcher pieds nus au milieu des détritus me dégoûtait.

La boue, songeai-je. Revenons à la boue. Les traces de pneus dans la boue. Richie s'était garé de façon à ne pas avoir à marcher dans la boue. Il avait posé le pied... je serrai très fort les paupières pour me concentrer. Il avait posé le pied sur un petit tas de feuilles mortes. Et sèches. Elles l'étaient forcément puisqu'il n'avait pas plu depuis trois jours. Il avait fait un pas. Puis un autre, et il était sur la route. Alors comment se faisait-il que ses — ou sa ? — baskets étaient pleines de boue ?

Pourquoi les flics ne s'étaient-ils pas posé la question ? Avaient-ils prélevé des échantillons et comparé la boue des semelles de Richie et la boue qui se trouvait à la cuisine ? Sans doute. Et à la boue du parking ? Sans doute. Et c'était bien la même.

Ils avaient relevé les empreintes laissées par les pneus — pas par les semelles. Il n'y avait aucune trace de pas à côté de la voiture de Richie.

Mais alors, qui avait laissé les traces de boue dans la cuisine ?

La personne qui était venue avec Richie, ou qui l'avait suivi.

Cette même personne qui, voyant les traces de boue qu'elle avait laissées derrière elle, et aucune trace de boue sur les semelles de Richie, s'était dit qu'il fallait en mettre.

De cette façon, Richie avait l'air d'être venu seul — de cette façon, il n'y avait plus qu'un suspect possible, la seule personne qui se trouvait alors au *Havre des Mouettes.*

Cette nuit-là, le suspect dormit sur ses deux oreilles.

12

La salle de bains de Danny Reese était à peu près aussi immaculée que son living-room, mais à huit heures et demie du matin, je décidai qu'il était un peu tôt pour faire la fine bouche. Je pris une douche. Et même si la tentation était grande, je me jurai de ne pas inspecter l'état de la baignoire ou l'intérieur du rideau de douche. J'étais en train de me sécher avec l'unique objet en tissu éponge que j'avais pu trouver, un gant de toilette, lorsque Danny me cria à travers la porte :

— Donnez-moi vos affaires.

— Quoi ?

— Je descends acheter du café. En passant, je laisserai mes affaires et les vôtres chez le blanchisseur chinois.

— Mon pantalon et mon pull doivent être nettoyés à sec, dis-je.

— C'est comme vous voudrez, mais ça va prendre toute la journée.

Juste au moment où j'étais en train de me dire que Danny était peut-être en train d'essayer de me doubler, il ajouta :

— Je parie que vous êtes en train de vous dire que je cherche à vous doubler. Que je vais vous laisser là à poil pendant que je vais vous dénoncer aux flics. (Puis il ajouta :) Ouvrez. J'ai quelque chose pour vous.

J'entrebâillai la porte d'un poil. Une main me tendit un pantalon de velours et un pull chenille. Tous deux impeccablement repassés et fleurant bon l'adoucissant.

— Je n'ai pas écouté les nouvelles, dis-je. C'est vrai qu'il y a une récompense ?

— Ils l'ont annoncé à la radio. Cinquante mille dollars de récompense à qui aidera la police à retrouver l'assassin.

— Cinquante mille dollars !

Impossible de fermer la braguette. Cela dit, considérant que le cul de Danny était à peu près aussi gros que mes deux poings réunis, c'était déjà beau de pouvoir remonter la fermeture Eclair aux deux tiers.

— C'est la boîte de Mr Meyers qui finance l'opération.

Je passai le pull de Danny. Même avant d'avoir des gosses, je n'ai jamais milité en faveur de l'abolition du soutien-gorge. Ça n'était pas à quarante-sept ans que j'allais revoir mes positions. Cependant, je n'avais guère le choix. Je fis donc blouser le pull, puis j'arrondis les épaules façon Quasimodo pour dissimuler un tant soit peu mes seins. Après quoi, je rejetai la tête en arrière avec un geste désinvolte, et ouvris tout grand la porte de la salle de bains.

— Je ne vais pas vous balancer aux flics, m'informa-t-il. Vous n'êtes pas forcée de me croire.

Il prit mes affaires sales sans jeter un seul coup d'œil du côté de mes seins, ce qui, sans être un affront majeur, n'en était pas moins une égratignure à mon amour-propre.

— Je te crois, dis-je. (Et voilà où j'en étais. Ma vie était entre les mains d'un ex-drogué de vingt et un ans, complètement amoral et vêtu d'un jean noir moulant et d'une chemise noire boutonnée jusqu'en haut. J'étais totalement incapable de décider si c'était une bonne chose ou si, au contraire, c'était une connerie monumentale.) Pendant que tu y es, en passant à la blanchisserie... ajoutai-je en lui tendant l'édredon qui se trouvait sur le canapé.

— Mrs Meyers.

Sa voix était glaciale.

— Je sais. Je ne suis pas ta mère. Mais cet édredon est sale.

— C'est mon édredon, Mrs Meyers.

— Je le sais. Simplement, si je devais à nouveau passer la nuit chez toi, j'aimerais mieux qu'il soit un peu plus propre. Tu peux m'appeler Rosie.

Lorsqu'il fut parti — avec l'édredon —, j'appelai le lycée. Comme je l'avais espéré, ce fut Carla qui me répondit. Carla, la secrétaire du bureau principal, et l'individu le plus égocentrique de toute la Côte Est. A quoi bon mettre un gant de toilette sur le combiné pour dissimuler ma voix ? Du moment que mon coup de fil ne la concernait pas, elle, son fiancé, ou la voiture de son fiancé, Carla se fichait éperdument de savoir qui j'étais ou ce que je voulais. Je dis que j'étais la secrétaire du Dr Goldberg et que je confirmais le rendez-vous de Cass pour samedi, treize heures trente. Le message en soi était parfaitement ridicule. Mais, comme convenu, Cass saurait qu'elle devrait attendre mon coup de fil à l'extérieur de la cafétéria samedi à treize heures trente.

L'espace d'une demi-seconde, j'hésitai à appeler Stephanie. J'avais hâte de savoir si elle avait réussi à me trouver un avocat exerçant dans le comté de Nassau, mais bien qu'étant sûre à quatre-vingt-dix-huit pour cent qu'elle ne me balancerait pas aux flics, je préférais ne pas prendre de risque, fût-il de deux pour cent. De plus, le premier type qu'elle m'avait recommandé, ce Forrest Newel, était une telle nullité que je commençais à douter sérieusement de son jugement. D'un autre côté, je ne connaissais pas un seul avocat spécialisé dans les affaires criminelles et j'avais besoin d'un coup de main.

Un quart d'heure plus tard, Danny était de retour avec deux gobelets de café.

— Toujours là, dit-il froidement, les yeux à demi fermés, dans un attitude étudiée, sexy et nonchalante, d'acteur de série B pour minettes attardées.

— Tu pensais que j'avais pris la poudre d'escampette ?

— Il y a des gens qui ne m'auraient pas fait confiance.

— Danny. Arrête, tu veux ? Je te connais depuis des années.

Il sourit de toutes ses dents. La vache ! Quel sourire !

— A plus forte raison.

— Possible, mais j'ai encore une chose à te demander.

— Oh... Quoi donc ?

— Connaîtrais-tu un avocat spécialisé dans les affaires criminelles ?

— Ça dépend où.

Il ôta le couvercle de son gobelet de café et déchira deux sachets de sucre avec les dents.

— A Long Island.

— Oh. (Il mâchonna un moment la touilleuse en plastique, l'air absorbé.) Vincent Carosella, annonça-t-il enfin. Ça ne vous dit rien ? Il est assez réputé. (Le nom me disait vaguement quelque chose. Sans doute l'avais-je entendu à la télé, au cours d'une de ces émissions sur les crimes en série perpétrés à Long Island. Quoi qu'il en soit, ça avait l'air plus sérieux que le vieux tocard avec sa chaîne de montre.) Aucun de mes potes n'a jamais eu affaire à lui, vu qu'il ne traite pas les affaires de drogue. Mais pour les cas (Danny hésita une fraction de seconde) lourds (il approcha le bout des doigts de ses lèvres et y déposa un baiser sonore), Vinnie est un mec comme ça.

Puis il ressortit pour appeler Alex — et un vieux client à qui il voulait refourguer une carte d'identité trafiquée et un permis de conduire du New Jersey.

Lorsque j'appelai à son bureau, quelques minutes après neuf heures, Vinnie Carosella s'y trouvait déjà. Nous commençâmes par les préliminaires. Son curriculum : Adelphi College et l'école de droit de Saint John, et il avait été adjoint du procureur général des affaires criminelles du comté de Nassau. Ses prix : après un petit moment de réflexion, il m'annonça trois cents dollars de l'heure. Il ne me demanda pas si j'avais tué Richie.

— Rosie, dit-il. Je dois être honnête avec vous. Une tentative de fuite, ça n'est jamais bon.

— Vinnie, dites-moi. Si je me rends, y a-t-il une chance pour que les flics continuent à rechercher l'assassin ?

— Pas vraiment.

Quelle voix il avait, ce type ! Une voix profonde, ardente, une voix à arracher des larmes aux jurés. Sa voix remuait des souvenirs. Je me souvins soudain de l'avoir vu à la télé. Il se tenait sur les marches de je ne sais quel tribunal et disait à un journaliste que si le jury ne prononçait pas l'acquittement, comme il l'espérait, sa foi en la justice américaine serait à jamais ébranlée. Il avait la cinquantaine bien sonnée, une mise impeccable.

— N'oubliez pas une chose, Rosie : plus vous mettrez de temps à vous rendre et plus il me sera difficile de convaincre le jury de votre innocence. Compris ?

— Compris.

— Maintenant, dites-moi tout.

C'est ce que je fis. Il m'assura que dès qu'il aurait reçu un acompte, il engagerait un détective pour examiner le passé de Jessica, et en particulier pour élucider cette histoire d'enfant — ou d'amant — qu'elle avait cachée à Richie. Quant à la boue et aux traces de pneus, il ne pourrait pas se procurer les résultats du labo avant que j'aie été inculpée. Tout au moins, ajouta-t-il, pas de façon régulière. Néanmoins, il allait en toucher un mot à un ami à lui, détective à Mineola, pour voir s'il ne pouvait pas lui fournir un compte rendu ou deux.

— Qui sait ? dis-je. Peut-être allez-vous trouver quelque chose qui va m'innocenter.

— Cela arrive, parfois, acquiesça poliment Vinnie. Voulez-vous me donner un numéro où je puisse vous joindre ?

— Je ne préfère pas. Non pas que je ne vous fasse pas confiance. Mais j'ignore moi-même où je serai demain.

— Dans ce cas, appelez-moi tous les jours à cette heure-ci. Ou plus tôt. J'arrive au bureau à sept heures et demie. Et j'y suis jusqu'à dix heures du soir. N'hésitez pas à me déranger. Je n'ai pas de vie de famille.

Une demi-heure s'était écoulée et Danny n'était toujours pas de retour. Peut-être était-il allé me dénoncer aux flics ? A moins qu'il ne soit tombé en admiration devant le cycle de rinçage. Dans un cas comme dans l'autre, j'avais du temps à perdre. Je me faufilai dans sa chambre à coucher pour voir si je ne pouvais pas glaner un complément d'information concernant mon chevalier servant. Certes, le lit n'était pas fait, mais contrairement au living-room, la chambre ne présentait pas les conditions requises pour recevoir un plan d'aide aux sinistrés. Ses livres de fac étaient empilés à même le plancher, si soigneusement qu'il était évident qu'il n'y avait pas touché depuis des mois, voire des années. Aucune trace de ce qu'il pouvait bien aimer lire, pas même des bouquins pour les gosses de son âge, rien sur le sport, pas une seule biographie de rock star. Et naturellement, rien qui ressemble de près ou de loin à un roman. Sa guitare basse, noire et blanche, était posée sur un ampli Marshall de la taille d'un bulldozer; quelques numéros de *Joueur de basse* et un recueil de chansons des Hot Chili Peppers étaient éparpillés à côté. Les magazines n'avaient pas l'air trop vieux, mais lorsque je passai le doigt sur la guitare, une épaisse couche de poussière urbaine y resta collée. Je trouvai quelques traces du passage d'une femelle : un peigne en écaille de tortue sous le radiateur, et, tout au fond de l'armoire, un minuscule string blanc.

Cela dit, le reste de la penderie était nickel. Danny tenait à ses fringues. Ça crevait les yeux. Et il en avait un fameux paquet, le bougre. La gamme de couleurs allait du gris anthracite au noir d'ébène. Plutôt limitée. A l'exception de deux paires de jeans.

Mais je ne trouvai pas un seul échantillon de sa marchandise : pas le moindre permis de conduire volé, pas la moindre carte d'identité suspecte. Les seules drogues que je trouvai étaient en vente libre dans les pharmacies — sauf que s'il lui fallait effectivement autant de Valium et d'Halcion pour s'endormir, c'est qu'il était bon pour l'HP. Je prélevai quelques Valium dans le flacon. Cela dit, pour quelqu'un qui a une épée de Damoclès de cinquante mille dollars au-dessus de la tête, j'étais plutôt relaxe. Et pourquoi pas, au fond ? Si Danny ne me trahissait pas, j'étais dans d'excellentes mains. C'était un criminel averti. Les flics pouvaient faire irruption chez lui avec tous les mandats de perquisition voulus, ils ne trouveraient jamais rien. Cependant, je fis une découverte dans un de ses pantalons soigneusement accroché à un cintre. De l'argent de poche. Quelque chose me disait que ces soixante-trois dollars-là avaient été oubliés depuis belle lurette. J'avais honte, je me sentais horriblement coupable, et même passablement angoissée par mon audace, mais pas suffisamment pour laisser passer l'occasion : je pris l'argent.

J'appelai Data Associates. Comme je ne pouvais pas appeler le bureau de Richie, car sa secrétaire m'aurait reconnue, je demandai Jessica. Je dis à sa secrétaire, Helen — ou cette fille fumait trop ou bien c'était un travelo —, que j'étais en train d'écrire un article pour le *Hartford Courant* et que je voulais vérifier quelques points de détail. Etait-il vrai que Mrs Stevenson avait donné le feu vert pour la récompense de cinquante mille dollars ? Oui, c'était vrai. Et quel poste occupait-elle exactement à Data Associates ? Présidente. Présidente ? Oui, enfin, officieusement, dit la secrétaire. Depuis hier après-midi.

Je revis Gevinski en train de me soutenir que Jessica n'avait aucune raison de tuer son fiancé plein aux as. Ah, non ? Sauf que maintenant que Richie était mort, elle se retrouvait à la tête d'une multinationale — avec les émoluments que cela suppose et un pourcentage sur le chiffre d'affaires. C'était elle, Madame Pleine aux As, à présent. Et son nouveau titre de P-DG allait lui ouvrir tout grand les portes de la réussite. Vous voyez bien, inspecteur, qu'elle avait un mobile.

En parlant de mobile, qui était donc ce papa gâteau ? S'il ne s'agissait pas de son père, mais d'un prétendant plus riche, plus puissant et — mais là, j'ai un doute — plus affriolant sexuellement que Richie, ne serait-ce pas une deuxième bonne raison d'essayer mes couteaux de cuisine ? Ecoutez ça : elle tue Richie et prend de l'avancement avec, en prime, un amant tout neuf et plus important, sinon plus performant sexuellement. Bon, oublions « amant », disons plutôt un mari. Mr et Mrs Papa-Gâteau. Et le plus beau dans tout ça, c'est que Jessica savait qu'elle pouvait s'en tirer indemne. Richie mort, c'était pour elle l'entrée assurée au Club des Jeunes Présidentes — et pour moi l'entrée assurée au pénitencier de Bedford Hill.

Les secrétaires de P-DG sont payées pour ne pas divulguer les secrets du patron. Quand bien même Helen aurait haï Jessica, elle ne l'aurait pas trahie. Cependant, il me vint une autre idée : que se passerait-il avec une ex-secrétaire de Jessica ? Richie avait viré Frances Gundersen six mois avant de me virer moi-même. Peut-être que Frances, elle, accepterait de parler.

Frances avait cinquante-trois ans lorsque Richie lui avait soldé son compte et qu'il l'avait remplacée par une dénommée Daphne. La Daphne en question avait un physique de Daphne : gracile avec de grands yeux étonnés, et un accent d'outre-Atlantique. Le renvoi de Frances aurait dû me mettre la puce à l'oreille quant à la méga-trahison qui allait suivre. Mais je ne m'étais doutée de rien. Richie était mon mari, et même s'il arrive à un mari de rester discret sur ce qu'il a flambé au casino de Porto Rico pendant les vacances familiales, au nom même de la paix des ménages, une épouse se doit de penser que son mariage est basé sur la confiance réciproque. Autrement dit, je n'étais peut-être pas entièrement dupe lorsqu'il m'avait annoncé que Frances perdait complètement la boule — comme certaines femmes au moment de la ménopause — et qu'il n'avait d'autre choix que de la fiche à la porte.

Je me souvins qu'elle habitait Sunset Park, un quartier de Brooklyn que je connaissais mal et peuplé pour l'essentiel de familles scandinaves. Dieu, implorai-je, indignement, faites que la bonne femme n'ait pas réussi à se recaser et qu'elle soit à la maison.

Dieu m'exauça ! Elle répondit au téléphone comme lorsqu'elle travaillait pour Richie. « Al-lô-ô ! » Sa voix remontait toujours sur la troisième syllabe. Je raccrochai aussitôt et laissai un petit mot avec « je reviens » sur le téléphone de Danny. Au lieu de la classique mais introuvable paire de lunettes noires, je me dissimulai tant bien que mal sous la visière d'une casquette de base-ball en vinyle noir, hideuse et inconfortable. Je sortis dans la rue et restai pas loin de trois minutes sur le trottoir, complètement paralysée. Métro ? Non, il y avait trop de gens qui avaient regardé les infos de onze heures. Taxi ? Je ne disposais en tout et pour tout que de soixante-trois dollars ; plus question de jeter l'argent par les fenêtres. Métro ?

Taxi ? Taxi ? Métro ? La vue de deux flics en uniforme qui arrivaient d'un pas nonchalant dans ma direction me remit aussitôt les idées en place. « Taxi ! » Et j'étais en route pour Brooklyn.

Je ne m'attarderai pas sur le temps qu'il fallut au chauffeur de taxi pour trouver Sunset Park, ni sur les vingt-sept dollars et quarante cents qu'il m'en coûta. La petite maison de Frances, une parmi toute une rangée de maisons en brique identiques, devait dater de la fin des années trente, époque de la sortie du film *Le Magicien d'Oz*. D'ailleurs, la rue entière avec ses érables miniatures et ses minuscules pelouses avait des allures de pays de lutins, même si, Dieu m'est témoin, Frances n'avait rien d'un lutin.

Lorsqu'elle ouvrit la porte, je dus lever la tête pour la regarder. Elle me dominait d'une bonne tête. Jadis, Frances avait un teint rayonnant et un corps ferme de championne de patin à roulettes, mais depuis que Richie l'avait fichue dehors, elle s'était comme qui dirait un tantinet fripée. A ma vue, elle eut un haut-le-corps de surprise.

— Désolée de vous tomber dessus à l'improviste, Frances.

Elle avait son look de secrétaire de toujours, avec sa jupe de flanelle grise, son chemisier empesé, et sa petite faveur nouée autour du cou. Un patron invisible aurait pu lui dire : « J'ai une lettre à vous dicter, Miss Gundersen », sauf que lorsque je regardai ses jambes, je vis qu'elle n'avait pas de bas. Elle portait des ballerines de satin rose avec de tout petits nœuds. Je remerciai le ciel — bien qu'un peu tristement — de m'avoir exaucée.

— Je ne vais pas vous faire de mal, dis-je. Je ne suis pas armée. Je ne suis pas dangereuse.

— Ah, laissez-moi rigoler ! répliqua Frances avec un rictus. (Elle avait du rouge à lèvres sur les dents : toujours cet abominable rose Malabar. Mais aujourd'hui le rose vif s'insinuait dans les plis minuscules qui rayonnaient autour de sa bouche, la faisant paraître floue.) Vous avez poignardé votre mari à mort, et vous me dites que vous n'êtes pas dangereuse ?

— Ce n'est pas moi.

Au lieu de se mettre à hurler « Police ! » ou de me claquer la porte au nez, Frances se recula d'un pas et se colla contre le mur afin de me laisser passer. Comme elle ne pouvait pas me précéder dans le minuscule couloir, je passai directement au salon où je pris un siège sans attendre d'y être invitée.

Frances me suivit et s'assit en face de moi, l'air pincé. Ses mains reposaient sur ses genoux, mais elle croisait et décroisait si fréquemment les jambes que sa jupe remontait sur ses robustes cuisses.

La petite maison était une surprise plutôt agréable, avec ses meubles scandinaves de bois clair et ses tableaux représentant des fjords au lever du jour et des paysages fleuris. De beaux tableaux, au demeurant.

— Je suis bien contente de vous avoir trouvée, dis-je.

— J'ai beaucoup de temps libre depuis l'année dernière, vous savez, dit-elle avant de me lancer un regard plein de défi qui voulait dire : je n'ai pas peur de vous regarder droit dans les yeux. Ne me racontez pas de bobards. Il vous a larguée pour une autre fille et vous l'avez tué. Point final.

— Pourriez-vous échanger ce point final contre un point d'interrogation, Frances ?

— Non. Mais vous savez quoi ? Je vous dis bravo. (Elle se leva et me serra la main.) Si seulement j'avais eu le cran de le faire moi-même. (Elle redressa un cadre qui était de guingois.) Tout marchait comme sur des roulettes. Et du jour au lendemain... vlan, il m'a flanquée à la porte. Je n'étais plus qu'une serpillière. (Elle fit brusquement volte-face. Son visage diaphane était rouge de colère.) Kaput ! A la rue, comme un chien.

Frances avait été belle fille, jadis, et gaie comme un pinson. Richie disait toujours qu'il l'imaginait avec un chignon de tresses en train de chanter la tyrolienne. Les grandes blondes comme Frances ont la réputation d'être gaies et généreuses, et pendant quelques minutes sa façade enjouée avait dissimulé l'ampleur de son amertume. Mais à présent, elle se tenait poings serrés sur les hanches.

— Un couteau en plein cœur, glapit-elle. De vous à moi, il ne l'a pas volé, le salopard.

— Je croyais... Il m'a dit qu'il avait été généreux avec vous.

— Oh, de l'argent, ça oui, il m'en a donné. Pour se donner bonne conscience. Mais que vais-je faire jusqu'à la fin de mes jours ? Vous, vous êtes professeur, vous vous dites qu'un boulot de secrétaire, ça n'est rien, n'empêche que c'était mon métier. Et que je l'aimais. Et que toutes mes amies sont secrétaires. Et voilà que du jour au lendemain je me retrouve sur la touche. Je réponds à des annonces, mais personne ne veut de moi parce que c'est la crise — et que je suis trop vieille. Qui voudrait s'embarrasser d'une vieille femme ?

— Vous n'êtes pas vieille.

— Oh, arrêtez vos simagrées. Je suis vieille. Vous êtes vieille. S'il ne voulait plus de moi, il aurait pu me nommer dans un autre service. Ou me trouver une place chez un de ses clients. Comment peut-on dire à quelqu'un : « Vous n'êtes rien » après tant d'années ?

— Je ne sais pas, répondis-je. Mais apparemment, ça ne l'a pas traumatisé. Parce qu'il a fait exactement la même chose avec moi. (Frances croisa les bras et les jambes, puis se mit à se balancer d'avant en arrière, comme pour apaiser la douleur qui la rongeait intérieurement.) Dites-vous bien qu'il s'agit d'un réflexe chez lui. Et s'il lui avait fait la même chose à elle, à Jessica ? Je sais, vous croyez que je l'ai tué, mais n'avez-vous jamais songé que quelqu'un cherchait à me faire porter le chapeau ? Jessica, par exemple ? Peut-être l'a-t-il balancée, elle aussi ? Et qu'elle a cherché à se venger ?

Frances se redressa et partit d'un autre petit rire sec, en rejetant la tête en arrière et en faisant : « Oh ! » Elle dit :

— La balancer ? Mais il était à genoux devant elle !

— Comment pouvez-vous en être aussi sûre ?

— Comment ? Parce que Data Associates, c'était toute ma vie. Je suis restée en contact avec toutes les copines. Oui, enfin, les secrétaires. Laurie, Claire, Helen et les deux Mary.

Toutes les secrétaires de direction de Data Associates ! Une véritable mine de renseignements !

— Je vous en prie. J'ai besoin de votre aide pour retrouver l'assassin. Si vous aviez réellement cru que j'étais l'assassin, vous ne m'auriez pas laissée entrer.

— Vous lui avez réglé son compte. Mais ça ne fait pas de vous une maniaque pour autant. Vous n'allez pas me tuer.

— Vous me connaissez depuis un bout de temps. Réfléchissez un peu : croyez-vous sincèrement que j'aurais assassiné Richie d'une manière aussi stupide ?

Elle hésita.

— Je ne pense pas que vous l'ayez prémédité. Je crois que vous avez agi sous l'effet de la colère.

— Cependant, au fond de vous-même, vous pensez qu'il y a une chance, même infinitésimale, pour que je ne l'aie pas fait. J'en suis sûre. (La vérité, c'est que je n'étais sûre de rien, cependant je poursuivis.) Accordez-moi au moins le bénéfice du doute, Frances. Et répondez à mes questions, s'il vous plaît.

Elle prit le temps d'arranger ses poignets de chemisier. Elle avait l'air très absorbée et contente d'elle. Pourquoi semblait-elle se délecter à ce point de ma détresse ? Que lui avais-je fait ? D'accord, j'étais la femme du patron, mais j'avais toujours été correcte avec elle. Et même chaleureuse, en dépit du fait que Frances elle-même était aussi chaleureuse qu'un glaçon. A moins qu'à mon corps défendant je ne l'aie un jour blessée avec une remarque condescendante qu'elle ne m'avait jamais pardonnée ?

— J'ai besoin de votre aide, implorai-je.

Pas de réponse. Elle releva la tête, et me contempla en silence pour faire durer le plaisir. J'avais besoin d'elle, je poussai un petit geignement en me tordant légèrement sur mon siège. Je la suppliai du regard.

— Allez-y, finit-elle par dire, tout en faisant craquer ses phalanges pour passer le temps. Posez vos questions.

— Parlez-moi de Jessica.

— Ce n'est pas une question. Je croyais que vous étiez prof d'anglais.

— Bien, je recommence. Jessica s'est auto-proclamée présidente par intérim. Pensez-vous qu'il s'agisse d'un pur hasard, engendré par la disparition subite de Richie ? Ou bien qu'elle caressait depuis toujours l'ambition de prendre sa place ?

— La réponse, proclama-t-elle avec l'impétuosité d'une animatrice de jeu télévisé, est qu'elle caressait depuis toujours l'ambition de prendre sa place ! (Je n'irai pas jusqu'à dire que la fougue soudaine de Frances avait quelque chose de malsain, mais sa frénésie avait tout de même quelque chose de dérangeant.) Une manipulatrice-née ! (Elle rit trop longtemps et trop fort.) Suivez mon regard !

Elle rejeta la tête en arrière et se mit à rire en direction du plafond. J'aurais voulu fuir, mais je restai assise — et essayai une technique de pédagogue. Je baissai le ton, jusqu'à ce que ma voix devienne à peine audible, l'obligeant ainsi à se taire et à m'écouter attentivement. Une technique qui avait presque toujours pour effet de transformer les fortes têtes en personnes civilisées.

— Comment vous et vos amies avez deviné les intentions de Jessica ? murmurai-je.

— Comment ? (Je répétai ma question.) Nous prenons des notes pendant les réunions, me répondit-elle avec un grand sérieux. Nous tapons le courrier. Nous prenons les coups de fil. Nous connaissons les patrons.

— Comment étaient ses relations de travail avec mon mari ?

— Votre mari avait un bagout du tonnerre, et c'était un homme d'expérience. Toutefois, pour être parfaitement honnête, ça n'était pas un homme d'affaires exceptionnel. Il était trop frileux pour ça. Mais dès le premier jour elle s'est mise à le pousser, beaucoup plus loin qu'il ne l'aurait souhaité.

— Jusqu'où, par exemple ?

— Jusqu'à virer Mr Gruen. Jusqu'à travailler avec l'étranger. Vous l'ignorez peut-être, mais c'était une idée qui terrorisait votre ex. Elle avait convoqué un bataillon d'experts pour le convaincre que s'il ne s'implantait pas en Europe et en Extrême-Orient, quelqu'un d'autre le ferait à sa place.

— C'était il y a deux ans. Mais récemment ? Lui a-t-elle fait des suggestions avec lesquelles il n'était pas d'accord ?

— Comme émettre des actions dans le public, vous voulez dire ?

D'accord, je reconnais qu'en affaires je ne suis pas un aigle, mais pas besoin d'être un génie de la finance pour savoir que ce genre de transaction coûte la peau des fesses. De plus, je savais que l'idée l'avait toujours rebuté. Il avait beau être un manipulateur-né, il savait qu'il n'avait ni l'étoffe ni le cynisme nécessaires pour réussir à Wall Street. En outre, il savait que du jour où il émettrait des actions, Data Associates cesserait de lui appartenir en propre. Avec des milliers, voire des millions, d'actions en train de se balader dans la nature, il risquait de se faire croquer par un requin de Wall Street à la première occasion — ou même par un initié aux dents longues. Etrangement, la seule personne de son entourage qui semblait avoir ce genre de profil était Jessica Stevenson.

— Avait-il réellement l'intention d'émettre des actions ?

C'était difficile à croire. Je l'avais toujours entendu repousser cette idée chaque fois qu'un expert-comptable ou un juriste abordait le sujet.

— D'après Helen et Mary, ils attendaient que le divorce soit prononcé. Pour que vous ne puissiez pas intervenir.

— Nom de Dieu, fis-je.

— Je ne vous le fais pas dire. (Nous nous tûmes pendant une minute. Sa colère semblait s'être apaisée.) Vous voulez un café ?

Nous allâmes à la cuisine. L'endroit était petit, certes, mais esthétiquement parfait, avec ses placards de bois blond et ses grands carreaux de faïence blanche dont certains étaient décorés d'oiseaux peints. Tandis que le café était en train de se faire, elle me demanda si j'avais faim. « Un peu », dis-je.

J'avalai coup sur coup deux sandwichs à la mortadelle, plus une énorme part de gâteau au fromage blanc encore congelé, que Frances m'offrit avec une relative cordialité. Curieusement, alors que dans cette course contre la mort mon corps aurait dû me réclamer vitamines et reconstituants, il semblait se désintéresser totalement des glucides lents au profit de nourritures pouvant engendrer maladies de cœur et flatulences. Entre deux bouchées de sandwich, je dis :

— A vous entendre parler, on a l'impression que Richie était plus amoureux de Jessica qu'elle ne l'était de lui.

— Sans blague ?

— Si mes renseignements sont exacts, on l'aurait vue en compagnie d'un homme d'un certain âge. Un homme qui pourrait être son père, pour tout dire. Sauf que son père est mort. Et si mes renseignements sont exacts, elle et lui seraient amants.

— Nicholas Hickson, dit-elle d'une voix blasée, comme s'il s'agissait d'une évidence.

— En êtes-vous sûre ?

— C'est Helen Woolley qui me l'a dit. C'est tout dire. (Helen était la secrétaire de Jessica.) Helen est loin d'être idiote, vous savez.

— Je n'en doute pas. Mais ce nom de Hickson me dit quelque chose. Qui est-ce ?

— Rien de moins que le P-DG de Metropolitan Securities.

Même une cloche de mon espèce ne pouvait ignorer qu'il s'agissait de la deuxième ou la troisième plus grosse maison de courtage dans le monde.

— Comment avez-vous découvert sa relation avec Jessica ? demandai-je en repensant au vieux bonhomme dans le peignoir de bain de Richie.

— Ils déjeunaient souvent ensemble, et jusque très tard, toujours d'après Helen. Vraiment très tard. Jusqu'à cinq heures. Sans doute pour discuter de l'émission des actions de Data via la Metropolitan. Et puis il y avait des voyages à Londres, et à Washington.

— Elle le faisait ouvertement ?

Frances émit un petit *tss* de dégoût.

— Bien sûr que non ! Mais Helen était copine avec la secrétaire de Hickson. Vous voulez un dessin ? Mêmes itinéraires. Ils descendaient dans des hôtels différents, mais si vous vous imaginez qu'il descendait au Four Seasons de Washington alors qu'elle avait réservé une chambre double au Madison, vous êtes complètement...

Sans doute cherchait-elle un synonyme pour « idiote ».

— A côté de la plaque. Non, je ne suis pas à côté de la plaque. Pensez-vous que Richie ait eu vent de leur relation ?

— Je l'ignore. Jessica a plus de cervelle que les deux bonshommes réunis. Mais il n'était pas idiot non plus.

Non, il n'était pas idiot. Et sans doute avait-il compris que Jessica lui cachait quelque chose, car au cours des dernières semaines de sa vie, il avait ordonné à son avocat de changer radicalement d'attitude. L'âpre bataille que nous nous menions pour savoir à qui reviendraient les chenets avait cessé. L'harmonie, sinon la bonne volonté, prédominait, ainsi que la volonté d'en finir le plus vite possible avec cet abominable divorce qui nous pesait tant — ainsi qu'aux garçons.

Toutefois, je connaissais mon mari. Il tenait à ses chenets. Pensez ce que vous voudrez, mais c'est précisément pour cela que je les voulais. J'avais compris que la bonne volonté affichée par Richie ne signifiait nullement qu'il était devenu conciliant. Non, simplement il avait hâte que le divorce soit prononcé afin de pouvoir épouser Jessica. J'avais dit à Honi, mon avocate, qu'à mon avis Jessica était enceinte. Elle m'avait répondu : « Ces vieux croûtons qui se remarient avec des jeunettes, ils s'imaginent que faire des bébés les rend éternels. Mais quand l'enfant paraît, ah ! Ils prennent dix ans d'un coup. »

Cependant, d'après ce que Frances venait de me dire, ça n'était pas parce que Jessica était enceinte que Richie était si pressé. C'est parce qu'il avait peur que Nicholas Hickson ne lui coupe l'herbe sous le pied.

Frances se lécha le doigt et se mit à ramasser les miettes de gâteau qui restaient sur le plat. Elle demanda le plus naturellement du monde :

— Mais si elle s'apprêtait à quitter votre mari pour ce type, pourquoi l'aurait-elle assassiné ? C'est absurde.

— Cela dépend. Peut-être Richie avait-il cherché à l'en empêcher, ou voulait-il la forcer à l'épouser contre son gré ?

Elle émit un petit reniflement dédaigneux.

— La forcer à l'épouser. En la menaçant avec un pistolet ?

— Non, en la faisant chanter...

— Vous croyez qu'il était amoureux au point de la forcer à l'épouser ?

— Ce n'est pas impossible. (Cette remarque ne me valut

rien de plus qu'un autre reniflement.) Cette fille était tout ce qu'il avait toujours voulu. Une femme brillante, ambitieuse, élégante, sophistiquée. (Frances hocha la tête. Elle connaissait Richie.) Il était fou d'elle — et peut-être bien depuis le premier jour. (Je marquai une pause.) Vous étiez là le jour où elle a commencé à travailler chez Data ?

— Oui.

— Croyez-vous qu'ils étaient déjà amants ? (Elle semblait mal à l'aise, mais elle secoua la tête. Non. Définitivement.) En êtes-vous sûre ? (Hochement de tête. Je franchis le pas.) Pensez-vous qu'il ait eu des liaisons avec d'autres femmes, avant Jessica ?

Le ricanement de Frances était trop cruel. Un simple oui aurait suffi. Sans doute, s'en aperçut-elle, car elle balbutia un : « Désolée. »

— Savez-vous avec qui ?

Frances regarda au loin, quelque part entre le mitigeur et un chardonneret peint sur un carreau. Ses lèvres pincées étaient rose vif tandis qu'elle réfléchissait. Soudain, d'une voix plutôt discrète pour quelqu'un comme elle, elle déclara :

— Il y a une chose qui m'a toujours intriguée. Cette Mandy. Vous connaissiez Mandy, n'est-ce pas ?

— Mandy ? Non. Pourquoi ?

— Juste avant de me licencier, il recevait des tas de coups de fil de cette Mandy.

Mandy ?

— Il y avait bien une Mandy dans la classe de mon fils Ben, en terminale. Et la seule autre Mandy dont j'aie jamais entendu parler est avocate. Elle fait du jogging avec une voisine à moi. Mais je ne l'ai jamais rencontrée ; elles courent ensemble le soir, après le bureau.

Etait-il possible que Richie ait rencontré cette femme au bal de l'école ? Ou au cours d'un tournoi de tennis ? L'avait-elle abordé un jour, dans la grand-rue de Shorehaven, pour lui vendre un billet de tombola « Gardez votre ville propre » ?

— Comment s'appelle cette voisine ?

J'avais oublié que depuis près de quinze ans qu'elle était secrétaire de Richie, Frances connaissait tout de sa vie privée.

— Stephanie Tillotson.

— Ah, la femme du Dr Tillotson ? (Je hochai la tête.) Vous savez, susurra Frances, que c'est comme ça qu'il a rencontré Jessica Stevenson.

— Comment ? Qui a rencontré Jessica ? demandai-je.

— Votre mari. Le Dr Tillotson est passé au bureau un jour, avec elle. Et ils sont allés déjeuner ensemble tous les trois.

Je me redressai d'un bond. J'avais l'estomac trop plein, mais mon inconfort ne provenait pas seulement des milliers de calories que je venais d'ingurgiter sous la forme de graisses saturées. Je revis soudain Jessica. Son petit nez bien droit. Etait-il dû à Carter ?

— Etait-ce pour parler affaires que le Dr Tillotson l'avait amenée au bureau ?

— Je l'ignore, ils ne m'ont pas proposé de me joindre à eux.

— Lui et mon mari se téléphonaient souvent ?

— Non. Tous les trente-six du mois. Ça n'était pas comme Mrs Driscoll. Elle lui téléphonait tous les après-midi — quand c'était elle qui appelait. Car il m'arrivait de le trouver pendu au téléphone avec elle dès que je prenais mon service. (Elle secoua la tête.) Que pouvait-il bien y avoir entre ces deux-là ?

— Des histoires de fesses, suggérai-je.

— Impossible ! (Elle marqua une pause.) Ça m'étonnerait, tout au moins.

— Moi aussi. Vous me croirez si vous voulez, mais Richie assurait drôlement.

Elle savait que je voulais parler du plumard. Son visage rosit. Au même instant, je réalisai que pendant toutes ces années, elle avait peut-être fantasmé sur lui. Si cela ne suffisait pas à expliquer son ressentiment, cela en expliquait tout au moins la profondeur.

— Et de quoi parlaient-ils donc, lui et Joan Driscoll, quand vous arriviez le matin ?

— Toujours des potins. Comme deux vieilles rombières dans un salon de thé. Eux, ils parlaient de gens dans le vent, de soirées qui avaient les honneurs de la presse. (Elle se mordilla légèrement les lèvres.) Elle me traitait comme de la merde. Quand elle appelait, elle disait : « Mr Meyers ! » Jamais un bonjour ni un s'il vous plaît. La vieille salope !

J'avais du mal à imaginer Tom en train de caresser des côtes saillantes, ou des implants de silicone, ou même de se frotter à un pelvis osseux.

— Cette garce n'avait rien à faire de la journée. Elle passait son temps à lui envoyer des petits cadeaux. Ou à lui laisser des messages pour dire où acheter des richelieux pleine peau absolument « parfaits » ! Ou bien des stylos art déco terriblement choux ! Comme si des stylos pouvaient être choux.

— Vous pensez qu'il s'agissait de simple bavardage ? Ou qu'ils étaient très proches ?

— Je pense qu'il lui racontait tout. Et vous savez quoi ? Elle prenait son pied à l'entendre raconter sa vie, et il prenait son pied à la lui raconter.

— Non, Richie n'était pas comme ça.

— Il avait changé, non ? Laissez-moi vous dire une chose : il était devenu quelqu'un d'autre. Je le sais parce que je le voyais. Croyez-moi. Je parie qu'elle était au courant, pour cette Mandy. Et pour Jessica, évidemment. Vous voulez vraiment savoir qui étaient les maîtresses de Mr Richard Meyers ? Alors ne vous adressez pas à moi. Allez plutôt trouver Mrs Thomas Driscoll.

13

Le miroir de l'armoire à pharmacie était recouvert de buée. Danny cracha sur un morceau de papier hygiénique et l'essuya. Un geste galant. Cela dit, je me serais volontiers passée de sa compagnie pendant que je me maquillais.

— Alex va bien, dit-il d'une voix rassurante, en s'adossant à la porte de la salle de bains. Ne vous tracassez pas pour lui. Songez plutôt à vous.

J'inspectai mon visage dans la glace. Etonnant : on ne pouvait pas dire que la vie m'avait épargnée ces derniers temps, pourtant cela faisait une éternité que je n'avais pas eu aussi bonne mine.

J'extirpai une palette d'ombres à paupières de sa prison de plastique après lui avoir livré la bataille de rigueur. Dans un accès de galanterie, Danny était passé chez son meilleur fournisseur afin de me façonner une nouvelle identité : une carte American Express et un permis de conduire du Minnesota au nom de Christine Peterson, me déclarant âgée de quarante et un ans. Il me dit de ne pas m'inquiéter. Il s'agissait de vrais papiers, absolument indétectables. Il avait aussi fait main basse sur tous les cosmétiques de la pharmacie du coin. Je me contemplai un instant dans la glace. Voulais-je réellement me tracer un arc-en-ciel vert et jaune autour de l'œil ? Je reposai l'ombre à paupières. Trop mauvais goût. Mais qu'importait le bon goût à présent ? Loin de l'école, loin de Long Island, je pouvais devenir qui je voulais. Pourquoi pas des cils indigo et des sourcils épilés terre de sienne, avec des pommettes vermillon et des lèvres carmin. Voilà qui marquerait un tournant dans ma vie.

— Alex t'a-t-il parlé de Ben ?

— Ben va bien. Il va rester chez vous pendant quelques jours encore, avec Alex. Sa petite amie est rentrée je ne sais plus où.

— A Philadelphie. Alex avait l'air calme ?

— Vous voulez dire, si on tient compte du fait que son père a été assassiné et que sa mère est recherchée par la police ?

— Oui.

— Oui, il m'a semblé plutôt calme.

— Tu veux dire raide défoncé ?

— Il avait peut-être pris un petit quelque chose pour se calmer. Mais ne vous en faites pas pour vos gosses, Rosie. Ce sont des hommes. Ils ne vont pas s'effondrer. Et Alex ne va pas se foutre en l'air à cause de la came. Bon, c'est vrai qu'ils sont un peu inquiets. Reconnaissez qu'on le serait à moins. Tout au moins savent-ils qu'on ne va pas vous repêcher dans la baie de Long Island. Les flics ont dit à Ben que vous étiez cachée à New York.

Finalement, j'optai pour de l'ombre à paupières brun foncé.

Les flics croient que je suis à New York, mais ça ne va pas durer éternellement, songeai-je tout haut. Mon carnet d'adresses se trouvait dans mon sac à main. Il contient des quantités d'adresses de gens qui n'habitent pas New York. Mes cousins de Los Angeles, la mère d'un copain de fac de Ben à Salt Lake City, tous les clients de Richie à qui j'envoyais des cadeaux. Les flics vont sans doute penser que j'ai quitté la ville.

— Pas si vous continuez vos visites surprises chez tous les gens qui figurent sur votre calepin.

— Ah oui, c'est vrai.

Comme toujours, j'ôtai presque toute l'ombre à paupières que je venais d'appliquer. Danny ne me quittait pas des yeux, apparemment fasciné. Personne ne m'avait jamais regardée avec autant d'insistance. En vingt-cinq ans de vie commune, Richie avait dû me croiser des milliers de fois dans la salle de bains : il ne s'était jamais arrêté pour me regarder me maquiller. Il n'avait pas l'air de trouver cela particulièrement intéressant.

— Rosie ?

— Hmm ?

— Vous voulez un flingue ?

Le pinceau d'eye-liner me tomba des mains, laissant une trace brun foncé dans le lavabo.

— Non mais, ça va pas la tête ?

— Je demandais ça à tout hasard.

— Je suis prof d'anglais, nom d'un chien.

Danny sourit. Le gosse avait de belles dents. Et le reste n'était pas mal non plus. Je ramassai mon pinceau et m'approchai du miroir, afin de tirer un trait bien droit le long de mes cils, et aussi pour évincer Danny de ma vision périphérique. Je ne voulais pas qu'il devine mon trouble et qu'il s'imagine qu'il me faisait de l'effet, une pensée bien trop humiliante pour qu'on s'y attarde.

Danny me mettait mal à l'aise. Je ne comprenais pas pourquoi il me dévisageait ainsi. Etait-ce de la gentillesse ? Ou de la cruauté : jouait-il les séducteurs pour pouvoir ensuite se gausser lorsque sa vieille prof tournerait vers lui des yeux de merlan frit ? Ou simplement de la cupidité : il ne voulait pas quitter des yeux sa récompense de cinquante mille dollars ? Eh, à moins que ce ne soit tout bêtement parce que je lui avais tapé dans l'œil. Ou par sympathie pour un autre hors-la-loi.

— Non, mais tu me vois avec un flingue ! Si les profs d'anglais étaient armés, mon pauvre Danny, il y a belle lurette que tu te serais fait descendre.

Après le festin de mortadelle et de gâteau au fromage que je m'étais envoyé chez Frances, je contemplai, bras croisés, le déjeuner de Danny — une barquette de macaronis au fromage passée au micro-ondes, le tout arrosé de bière. Maintenant, c'était à mon tour de l'observer. Tous ses gestes étaient élégants, que ce soit pour ouvrir une canette de bière avec le pouce ou pour étirer les jambes. Il ne s'asseyait pas jambes en l'air, comme un don juan de sous-préfecture. Non, sans risquer la moindre hernie discale, il restait tranquillement assis tout en faisant légèrement basculer son bassin en avant, créant ainsi un effet d'optique affriolant au niveau du pubis — ou était-ce une ombre ? En un mot comme en mille, Danny Reese était séduisant.

Il entama sa seconde bière et dit :

— Et vous ne vous êtes jamais doutée qu'il vous trompait ?

— Non.

Danny n'avait pas l'air d'y croire.

— Baratin.

— Ecoute, toutes les femmes sont confrontées tôt ou tard à ce genre de problèmes. Un mari qui travaille tard le soir et qui n'est pas là quand tu l'appelles au bureau. Ou bien un mari phallo comme c'est pas permis qui devient féministe du jour au lendemain : « Comme les femmes sont intelligentes ! » Et ça te met hors de toi, parce que cela fait vingt-cinq ans que toi et ton QI de cent quarante-cinq vivez avec lui. Alors oui, c'est vrai qu'il m'est arrivé de flairer quelque chose — et si la femme n'est pas une dégonflée, elle se force à le fliquer. Et tu sais quoi ?

— Quoi ?

— Les maris qui veulent se faire prendre se font prendre. Ils laissent traîner des pochettes d'allumettes à l'effigie d'obscurs motels dans leurs poches de pantalon et te demandent de les porter chez le teinturier. Mais les hommes comme Richie s'en sortent toujours indemnes. Ils ne gardent pas la note du restaurant quand ils font un dîner aux chandelles. Ils ne reçoivent pas de coups de fil suspects à la maison. Ils te font l'amour, bien, très bien même, passionnément, et suffisamment souvent pour te réduire la cervelle en compote. Et toi tu te dis : « Quel mari formidable ! » Et tu te mets à culpabiliser parce que tu l'as soupçonné.

— Et vous, vous est-il arrivé de le tromper ?

— Jamais.

— Allez, Rosie.

Je n'arrivais pas à y croire. J'étais dans l'appartement de Danny Reese, dans les fringues de Danny Reese, en train d'avoir ce genre de discussion avec Danny Reese.

— Je ne dirai pas que je n'ai pas été tentée une fois ou deux.

Il souleva un sourcil égrillard à la façon de Groucho Marx.

— Bon, d'accord, admis-je. Une fois, j'étais à deux doigts de craquer.

Il se croisa les mains derrière la tête.

— Et alors ?

— Rien. L'homme s'est conduit en parfait gentleman.

— Vous avez été déçue ?

— Oui, mais soulagée — enfin, je le crois. Il s'agissait d'un vieux copain de lycée. Il s'appelait Tom.

Sans doute espérais-je au fond de moi que Danny allait essayer d'en savoir un peu plus sur Tom Driscoll. Mais il dit :

— Je ne parle pas des vioques. Est-ce qu'il y a jamais eu un élève qui vous ait branchée ?

— Pas vraiment. (Danny n'avait pas l'air convaincu.) Je ne nie pas qu'il m'arrive d'admirer une tête bien faite ou un beau corps à l'occasion. (Cela arrivait à tout le monde, du reste.

Un semestre, je me souviens, Cass — oui, Cass ! — s'était découvert un intérêt soudain pour l'équipe de natation. Elle m'avait même obligée à l'accompagner à la piscine.) Tu voudrais que je te dise que toutes tes profs ont eu le béguin pour toi ?

— Ouais. (Il me regarda droit dans les yeux.) Et vous en particulier.

J'esquivai son regard.

— Ça ne se passe pas comme ça. Et puis, d'ailleurs, c'est ridicule.

— Pourquoi ?

— Parce que ce genre de liaison est immorale. (Sans doute que pour quelqu'un comme Danny, tout argument fondé sur la morale était incompréhensible, cependant je me sentais obligée de le souligner.) Je ne dis pas que nous ne sommes pas tentées de temps à autre, mais nous autres femmes... attendons autre chose que ce que les garçons de ton âge peuvent nous donner.

— Comme quoi ?

— Comme la force, par exemple. (Danny remonta sa manche de chemise et fit jouer ses biceps. Ouah ! Mais je dis :) Non, tu sais très bien de quoi je veux parler. Et puis nous sommes à la recherche de vrais sentiments, pas de fixations adolescentes. Et puis d'amour aussi.

— Vous aimiez sincèrement votre mari ?

— Bien sûr. (Mon amour pour Richie avait été l'unique certitude de ma vie.) Oui, je veux dire... c'est très compliqué. Lorsque quelqu'un vous trahit, comme il l'a fait, on se sent blessé... non, ça n'est pas le mot qui convient. On est tellement blessé qu'on est presque mort. Et on réalise à quel point on l'a aimé, sinon comment aurait-il le pouvoir de vous infliger une telle souffrance ?

Danny saisit sa bière et se mit à écraser une à une les gouttelettes de condensation avec le pouce. Il dit :

— J'ai entendu comme un « mais » dans ce que vous disiez. Vous l'aimiez, et peut-être l'aimez-vous encore... mais.

— Non, je n'ai pas dit « mais ». (Je me levai. Il était temps de se remettre au boulot. Danny laissa la barquette et les canettes de bière vides sur le plancher.) Bon, dis-je, en me dirigeant vers la porte, en admettant que j'aie dit « mais ». Quand l'homme que l'on a épousé se trouve être radicalement différent de ce que l'on imaginait, on se met à réexaminer toute sa vie. Au cours des semaines qui ont précédé son assassinat, j'ai commencé à m'interroger. Et je me suis demandé : Qui ai-je aimé ? Richie Meyers ou un personnage qui portait ce nom, inventé de toutes pièces par moi-même ?

Nous arrivâmes sans encombre à la bibliothèque, sur la Quatrième Rue. Je faillis me trouver mal à la vue d'un employé des Postes dans Christopher Street et Danny me menaça de m'administrer une piqûre d'héroïne si je n'arrêtais pas de sursauter chaque fois que j'apercevais un uniforme. Ce n'était qu'un facteur occupé à ôter un caillou de sa chaussure. Je n'avais fait qu'attirer l'attention sur moi. Danny me força à me retourner. L'employé des Postes commençait à me regarder d'un drôle d'air.

Une fois à l'intérieur de la bibliothèque, nous nous installâmes dans un petit salon de lecture à l'écart de la salle principale. Nous prîmes un fauteuil pour deux, puis, assis tête contre tête, nous commençâmes à feuilleter une pile de *Who's Who*. Danny eut l'air impressionné lorsque je lui indiquai l'entrée consacrée à Papa-Gâteau, alias Nicholas Hickson. Comment ne pas l'être ? P-DG de Metropolitan Securities, diplômé de Bowdoin, sept fois docteur honoris causa, de Brown, entre autres. Membre bienfaiteur du Sloan-Kettering Hospital et du musée d'Art moderne ; chevalier de l'Ordre du mérite italien ; membre du Conseil des relations extérieures ; plus une rubrique qui aurait achevé Richie si le couteau ne l'avait déjà fait : la liste impressionnante des clubs prestigieux dont Hickson faisait partie.

— On ne peut pas dire que ce soit Monsieur Tout le Monde, s'exclama Danny en posant le *Who's Who* sur ses genoux sans me quitter des yeux, tandis qu'il arrachait, mine de rien, la page consacrée à Papa-Gâteau.

— Non, arrête !

— Arrête quoi ?

— Tu es en train de mutiler un livre !

— Relaxe, Max. J'emprunte une page, c'est tout. Maintenant, écoutez-moi bien : votre mari était peut-être considéré comme un grand manitou dans certains cercles, mais comparé à ce Hickson, c'était un débutant. Vous pigez ? Ce type, c'est une grosse légume.

— Oui, mais la grosse légume est mariée, remarquai-je. Regarde. Marié à Abigail Wright, le 8 juin 1957. Encore que, pour Jessica, ça ne change strictement rien.

— Vous croyez qu'elle voulait mettre le grappin sur ce

Hickson ? Il est encore plus vioque que votre mari, dit-il en pressant sa cuisse contre la mienne.

— Imagine une seconde que tu es Jessica, répliquai-je, en éloignant ma jambe, et que tu ne penses qu'au fric, au pouvoir et au prestige, choisirais-tu Richie Meyers de Rego Park, du Queens, ou Nicholas Charles Bromley Hickson de Manhattan ?

— Il faut que nous trouvions ce qu'il y avait entre elle et Hickson, dit Danny. Ce type est un monument. Jessica n'était-elle pour lui qu'un coup en passant — ou plus ?

— Moi, je dirais plus. Si tu avais vu comment il la protégeait l'autre jour.

— Votre opinion ne compte pas, Rosie. Vous perdez complètement la boule lorsqu'il s'agit de Jessica.

— Je ne perds pas la boule, dis-je en refermant le livre sur Hickson pour ouvrir le *Who's Who des médecins* et l'*Annuaire des médecins américains* à la page Tillotson. C'est mon voisin.

— Le mari de la super-nana ? Je l'ai aperçue une fois en venant répéter chez vous. Elle était à la cuisine, avec vous. Une belle gueule. Et un beau corps. Mais quel glaçon !

— Richie disait la même chose. Mais c'est son mari qui a présenté Jessica à Richie. Reste une énigme, cependant : comment Carter a-t-il fait la connaissance de Jessica ?

— Il lui a peut-être refait la gueule.

— Peut-être. Mais tous les nez de Carter sont légèrement retroussés. Et sa conception du menton féminin c'est un ovale parfait. Et pour autant que je puisse en juger, il n'y a rien chez Jessica qui porte le label Tillotson.

Nous passâmes en revue toutes les hypothèses concernant Carter et Jessica, après quoi, Danny qui ne raffolait pas de ce genre de spéculation, annonça : « Allez, on met les bouts, Rosie. »

Il m'aida à me relever, avant de m'entraîner hors de la salle de lecture, vers une cabine téléphonique. Naturellement, il ne perdit pas de temps à fouiller ses poches à la recherche de monnaie, il composa directement un numéro de carte de crédit téléphonique, qui n'était sans doute pas le sien, et appela le cabinet de Carter. Non, le docteur n'était pas au cabinet. Il était à la clinique ? Oui, lui fut-il répondu.

— J'appelle du club de l'université, dit Danny en donnant à sa voix les inflexions ad hoc. Miss Jessica Stevenson a déposé une demande d'adhésion. Elle s'est recommandée du Dr Tillotson. Non, naturellement, vous ne pouvez pas vous engager pour lui. Mais la connaît-il, au moins ? Excellent. Je rappellerai dans la semaine. Je vous remercie... Oh, à propos, dit-il, soudain, est-ce une de ses patientes ? Ah, parfait ! (Et il ajouta :) Merci infiniment.

— Merci infiniment ? Tu n'as pas l'impression d'en faire un peu trop ?

— Ecoutez, Rosie, la nana est persuadée qu'elle a le doyen au bout du fil, et quand je lui dis « merci infiniment », elle prend un pied pas possible — et elle le mérite bien, car elle m'a dit que Jessica n'était pas une patiente. Et qu'elle était certaine que le Dr Tillotson donnerait son aval, parce que — accrochez-vous — ils étaient très amis.

Je serrai la main de Danny en signe de gratitude. Il me répondit en effleurant mes lèvres d'un petit baiser rapide. Ses lèvres étaient chaudes. Sans doute n'était-ce là qu'un baiser comme ceux que les gosses de la fac échangent à tout propos. L'espace d'un instant, j'éprouvai une flambée de désir. Les lèvres d'un homme ne m'avaient pas effleurée depuis le mois de juin.

Afin de cacher mon trouble, je composai aussitôt le numéro de téléphone du bureau de Hickson. Inspirée par Danny, et pour lui montrer que je savais y faire, moi aussi, je demandai à parler à la secrétaire personnelle de Hickson, et me présentai comme Mary Wollstonecraft, de la Maison Blanche. Danny me décocha un sourire radieux. La secrétaire demanda : « Que puis-je faire pour vous ? » Je lui expliquai que j'étais en train de dresser une liste de convives. Et bien que la question fût quelque peu embarrassante, par les temps qui couraient, j'étais malheureusement obligée de la poser : Y avait-il une Mrs Hickson ? « Non, me répondit-elle dans un murmure. C'est-à-dire qu'il y en a une, mais ils sont séparés légalement. » Je lui dis que j'ignorais encore si Mr Hickson était invité seul, mais au cas où, et si elle n'y voyait pas d'inconvénient, afin de faciliter la tâche des services secrets, pouvait-elle... « Jessica Stevenson, répondit la secrétaire sans la moindre hésitation. Elle est présidente de Data Associates. Voulez-vous son adresse ? »

Bien que la bibliothèque fût relativement calme, elle était malgré tout un peu trop fréquentée pour songer à s'y éterniser. De plus, il était presque treize heures trente, heure à laquelle j'avais convenu d'appeler Cass. Nous nous hâtâmes donc vers le QG de Danny, qui se trouvait être un tabouret de moleskine orange au bar d'un petit restaurant chinois de Bleecker Street. L'endroit était désert. Les rideaux tirés devant la devanture.

Tout en lisant une bonne douzaine de messages griffonnés au dos de petits papillons roses vantant les spécialités de la maison, Danny buvait une bière en picorant des olives dans un récipient en métal posé sur le bar. Je m'assis sur le tabouret qui se trouvait à côté de la caisse et appelai Cass au lycée.

— Tu es vivante ! s'exclama-t-elle.

— Et je vais bien, aussi. Sauf quand je m'imagine avec un plateau d'alu, en train de faire la queue au self de la prison.

— Allons, ce n'est peut-être pas aussi terrible que cela. Tu pourrais créer un atelier de lecture qui aurait un succès fou. Et ta vie pourrait faire l'objet d'un reportage télévisé.

— Tu as raison, on ne voit jamais assez le bon côté des choses.

— Rosie, j'ai hâte que tu en finisses avec cette histoire sordide, pour que nous reprenions nos bonnes vieilles habitudes.

— Et moi donc ! Au fait, qui me remplace ?

— Une très jeune lectrice qui m'a tout l'air d'avoir découvert David Copperfield par le biais des dessins animés du samedi matin. (Cass marqua une pause. Je me mis à faire des trous dans une rondelle d'orange avec un parasol miniature pour ne pas éclater en sanglots. Elle me manquait terriblement.) As-tu la moindre idée de quand tu seras de retour parmi nous ?

— Non.

— Ah.

— Mais j'ai déjà quelques pistes.

— Je suis tout ouïe.

— Quand Jessica est entrée à Data c'était l'*enfant terrible* [1] de la finance, tu te souviens ? Elle avait fait quelques suggestions géniales à Richie, et celui-ci lui avait offert un pont d'or, un salaire gros comme ça, plus une commission, pour qu'elle accepte de rentrer à Data. Sauf que, quand elle est entrée à Data, il ne faisait pas encore partie des avantages en nature.

— Comment le sais-tu ?

— Par une fille qui travaillait là-bas et qui connaissait bien Richie. Bref, toujours est-il que Jessica est entrée à Data et qu'elle y a chamboulé pas mal de choses. Elle a commencé par gagner la confiance de Richie. Puis son amour.

Cass soupira.

1. En français dans le texte. *(N.d.T.)*

— Si seulement Dieu avait créé une alternative intéressante aux mâles. Ils ne nous surprendront donc jamais ?

— A propos de mâle, écoute un peu celle-là : Jessica avait un autre amant. (Je lui offris un synopsis de la vie de Nicholas Hickson.) Tu ne crois pas qu'elle aurait lâché Richie pour un type comme ça ?

— Indiscutablement.

Je mâchonnai le cure-dents qui servait de manche au petit parasol.

— Essayons d'y voir clair. Jessica cherche un moyen de rompre, mais Richie a compris qu'il y a anguille sous roche.

— Comment peux-tu en être sûre ?

— Parce que du jour au lendemain, après des mois de chamailleries entre lui et moi, il a subitement baissé les bras. Autrement dit, il m'a accordé tout ce que j'exigeais. Et même mieux : tout ce que mon avocate exigeait.

— N'était-ce pas plutôt parce que tu cherchais à faire pression sur lui par tous les moyens ?

— Non, et tu le sais très bien. Au contraire, c'est moi qui rappelais Honi à la raison. J'espérais encore que Richie changerait d'avis, et puis je ne voulais pas avoir l'air bassement matérialiste. En réalité, je voulais qu'il m'admire. Non mais, tu vois un peu à quoi j'en étais réduite ?

— Oui. Autrement dit, la pression exercée sur Richie venait de Jessica et non pas de toi.

— Exactement.

Le patron du resto, un type coiffé à la Rudolph Valentino, s'approcha du bar avec un bol plein de nouilles sautées qu'il posa devant Danny avec un petit salut militaire. Danny lui rendit son salut, puis le patron regagna ce qui, selon toute vraisemblance, devait être la cuisine.

— Le compte à rebours avait commencé pour Richie, continuai-je. Jessica s'apprêtait à choisir entre lui et Nicholas Hickson — sauf qu'il n'y avait pas de doute possible quant au prétendant qu'elle allait choisir. Il y a une chose qui m'échappe, cependant. Pourquoi Jessica n'a-t-elle pas tout simplement quitté Richie ?

— Parce que Richie Meyers n'était pas l'unique raison de son indécision, dit Cass, d'un ton songeur. Sa carrière était dans la balance.

— Sa carrière ? Tu plaisantes. Elle se fait virer ? Et après ? Elle entre à Metropolitan Securities et...

— Ma chère, ce Mr Hickson n'est pas, passe-moi l'expression, un nouveau riche qui roule des mécaniques comme ton défunt mari. Mr Hickson est, avant tout, un homme du monde. Il sait garder la tête froide. Il est peut-être fou de Jessica, mais il sait qu'il n'a pas intérêt à se mettre ses collègues et ses associés à dos en offrant à sa dulcinée — et future épouse — un poste à un demi-million de dollars. Jessica n'est pas dupe. D'autre part, elle a parfaitement compris que le poste qu'elle occupe à Data est unique.

— Comment cela, unique ? demandai-je.

Danny fit glisser le bol de nouilles dans ma direction. Elles avaient l'air trop croustillantes pour être mangées au téléphone.

— Elle travaille avec un P-DG intelligent, certes, mais pas rompu aux tactiques du marketing international. Elle peut lui faire faire ses quatre volontés. Et Richie a besoin d'elle. Pas seulement du point de vue affectif. Ils ont transformé l'entreprise ensemble et, sans elle, il serait incapable de s'en sortir.

Danny sortit une enveloppe en papier kraft de derrière le bar et en vida le contenu devant lui : des permis de conduire de Rhode Island. Il examina chacun d'eux à la lumière d'un néon publicitaire. La plupart retournèrent aussitôt dans l'enveloppe. Quelques rares élus regagnèrent le tiroir-caisse, sous le tiroir à billets.

— Il faut regarder leurs relations de travail du point de vue de Jessica, continua Cass. Les hommes qui sont disposés à déléguer autant de pouvoir à une femme se comptent sur les doigts de la main. Y a-t-il une autre boîte qui lui aurait donné la possibilité d'exercer pleinement ses talents ? La fille se retrouvait à la croisée des chemins. (C'était un vrai plaisir d'entendre Cass à nouveau, et une aide inestimable. Danny, qui cligna de l'œil lorsque je me tournai vers lui, était malin. Mais Cassandra Higbee était intelligente.) Ecoute-moi, Rosie. Jessica était obligée de choisir entre deux choses : la vie dont elle rêvait depuis toujours, une vie aux côtés de Mr Hickson — des montagnes de fric, une position sociale — et sa vie professionnelle.

— Et s'envoyer en l'air avec Richie ? dis-je.

— Je crois que ses talents d'amant comptaient beaucoup plus pour toi que pour elle. Peut-être fait-elle partie de cette minorité de femmes qui ont pour principe de ne prendre que des amants exceptionnels et qui, étrangement, mettent dans le mille à chaque fois. Elles m'épatent et je les envie. Mais, en ce qui concerne Jessica, je crois plutôt que ce qui l'excite, c'est le vieux nabab avec tout son pognon et son pouvoir. Cependant, tu sembles avoir omis une question fondamentale.

— Laquelle ?

— Que faisait Richie chez toi le soir du meurtre ? Es-tu plus avancée à présent que tu ne l'étais quand tu as descendu l'échelle ?

Une pensée qui me fit frémir d'horreur.

— Je sais maintenant que sa visite à la maison n'avait aucun rapport avec moi. S'il y avait bien une chose dont il ne voulait plus entendre parler, c'était moi. Non, il est revenu à la maison parce qu'il était pressé de l'épouser. Mais qu'avait-il laissé de si important à la maison ?

— Certainement pas son frac de marié, dit Cass, qui avait vu les piles de costards qu'il avait laissées derrière lui. De l'argent liquide ?

— Ça m'étonnerait. Il n'avait jamais besoin d'argent liquide dans son boulot.

— Quoi alors ? Des papiers ?

— Non. J'ai fouillé partout pour essayer de découvrir ce qu'il était venu chercher. Je n'ai rien trouvé. Il ne rapportait jamais grand-chose à la maison, et en partant il avait pris soin d'emporter tout ce dont il avait besoin.

— Comment le sais-tu ?

— Je l'ai regardé faire ses valises. Je l'ai suivi de pièce en pièce, en sanglotant, en implorant. Mon Dieu, j'étais une vraie loque.

— Rose, écoute-moi. Tu n'as jamais été une loque. Ton mari s'est conduit comme un mufle.

— Merci.

— De rien. Maintenant, essaye de te rappeler : tu le suivais de pièce en pièce, en l'implorant, dis-tu ? Est-il possible que tu l'aies troublé au point de lui faire oublier quelque chose ?

— Comme quoi ?

— Une chose dont tu aurais pu te servir contre lui au moment du divorce ? Ou quelque chose de dangereux, ou qui aurait pu le compromettre professionnellement ?

— Je pense que mes sanglots lui tapaient sur les nerfs. Car il a ramassé ses affaires à toute allure, et en un clin d'œil il était à la porte.

Y avait-il une chose qui m'avait échappé lorsque j'avais fouillé la maison ? Une chose qu'il avait dissimulée ? Une chose capitale puisqu'il était revenu la chercher. Bon, c'est vrai que, sexuellement, Richie était plutôt quelqu'un d'audacieux. Et qu'en affaires il lui arrivait de se montrer téméraire. Mais il avait commencé dans la vie comme simple prof de maths, pas comme second à bord d'un torpilleur. Il n'était pas fou au point de s'introduire dans la maison par effraction.

Je jetai un coup d'œil à ma montre. Cass avait déjà perdu cinq minutes de cours.

— Ecoute, dis-je, je sais que tes élèves meurent d'envie de discuter *Go Down, Moses* avec toi, mais je te demande de m'accorder encore deux petites minutes.

— Tout le temps que tu voudras.

— Devine qui a présenté Jessica à Richie ?

— Vais-je tomber à la renverse ?

— Oui. Carter.

— Quoi ? demanda-t-elle, complètement abasourdie. Carter Tillotson ? Mais comment l'a-t-il rencontrée ?

— Certainement pas en lui greffant des faux nichons. D'ailleurs, je sais qu'elle n'a jamais été sa patiente.

— Comment peux-tu en être certaine ?

— Fais-moi confiance. Pour ce qui est de mener l'enquête, je m'y connais. La question est donc : est-il possible que Carter ait eu une...

— Mais comment l'a-t-il rencontrée ?

— Tout l'Upper East Side, ou presque, s'est fait refaire le portrait chez lui. Il est invité à tous les cocktails. Tu sais comme moi que Stephanie est toujours en train de rouspéter parce qu'il se gave d'amuse-gueule et qu'il dédaigne ensuite ses cailles farcies en rentrant à la maison pour le dîner. La question est, Carter a-t-il eu une liaison avec Jessica ?

— Qu'est-ce qui l'en aurait empêché ?

— Notre amie Stephanie. Son épouse. C'est un homme marié.

— Taratata. Tu crois qu'il passe trois ou quatre soirées par semaine à retrousser des nez ?

— Peut-être reçoit-il des patients jusqu'à une heure avancée.

— Sans aucun doute, acquiesça Cass. Mais est-ce que Stephanie te fait l'effet d'une femme de médecin épanouie ?

— Cass, Stephanie est le genre de nana à passer une demi-journée dans les bois à ramasser des pommes de pin pour les peindre en doré et en faire des décorations de Noël. Comment veux-tu que je dise si elle est heureuse ou non ?

— Oui, je sais. Stephanie n'est plus la même depuis — voyons voir — un an environ. Elle affiche un enthousiasme débordant, ce qui, chez une Anglo-Saxonne blanche et protestante est toujours un signe de grave dépression. Réfléchis un peu.

Je réfléchis. Depuis l'année dernière Stephanie déployait effectivement une activité à vous donner le tournis — toujours à s'occuper de ses pots de fleurs, à décorer des gâteaux, à faire du ski de fond. Ces derniers mois, c'était même devenu carrément délirant. Elle se levait à cinq heures du matin pour aller cueillir des fleurs ou faire de la pâte à pain avant de courir avec nous. Puis, trois ou quatre fois par semaine, les soirs où Carter ne rentrait pas du boulot avant onze heures, et après une journée menée tambour battant, elle partait encore faire un jogging de huit kilomètres avec sa copine Mandy. Elle avait ralenti un peu le rythme, ces derniers mois. Forcément, pas une personne au monde, fût-elle Stephanie, n'aurait pu tenir un rythme pareil. Mais cette activité débordante lui servait-elle à oublier le mal qui la rongeait intérieurement ?

— Et elle et Carter ? demanda Cass. Tu les as vus ensemble. Avaient-ils l'air en mauvais termes ?

— C'est difficile à dire. Ils m'ont toujours fait l'effet de personnages à la Noel Coward — superficiels, et sans esprit, par-dessus le marché. Ils sont beaux, ne font jamais de gaffe, mais ils ont l'air totalement dénués de sentiments. Et ne viens pas me dire que c'est parce qu'ils sont anglo-saxons.

— Si, c'est précisément parce qu'ils sont anglo-saxons...

— Je t'en prie. Shakespeare était anglo-saxon. Non, Stephanie et Carter ont l'air dénués de sentiments, parce qu'il leur manque quelque chose, à l'un et à l'autre. Mais la question est : y a-t-il de l'eau dans le gaz entre eux ?

— Je crois que je vais inviter Stephanie à prendre le thé, dit Cass. Peut-être allons-nous échanger quelques confidences sur nos maris respectifs.

— Parfait. (Oubliant les nouilles croustillantes, je passai la main sous le comptoir pour prendre une rondelle d'orange, puis, me ravisant, deux cerises au marasquin.) Autre chose, dis-je à Cass. Carter a téléphoné à Richie le jour du meurtre. Peut-être s'agit-il d'une pure coïncidence, mais je me demande s'ils ne magouillaient pas quelque chose tous les deux. Ou tous les trois, si l'on rajoute Jessica à l'équation. Je voudrais en avoir le cœur net. (La cerise devait avoir dépassé d'un an la date limite de consommation, mais étant trop loin des serviettes en papier, je ne pus la recracher.) Au fait, ajoutai-je, tu as vu mes gosses ?

— Naturellement. Ils sont venus dîner à la maison avant-hier. Ils ont mangé de bon appétit et ont pris volontiers part à la conversation. Ils n'ont ni craché ni bavé. Et ils ont dit merci en s'en allant. Je te félicite, tu les as bien élevés.

— Cass.

— Quoi donc ?

— Arrête de plaisanter. Je sais que quelque chose ne va pas.

— En effet, dit-elle tout bas. (Mon estomac se mit en boule.) Il semblerait que ton bourreau, l'inspecteur Gevinski, ait échafaudé une nouvelle théorie.

— Ah, oui, laquelle ?

— Que ta participation dans toute cette affaire — tes empreintes sur le couteau, ta fuite — soit une façon de détourner l'attention du véritable coupable.

— Et qui est-il ?

— Alexandre, dit Cass dans un murmure.

— Quoi ?

Sans doute avais-je crié, car Danny se tourna brusquement vers moi.

— Gevinski savait qu'il y avait de l'eau dans le gaz entre Alex et son père. De plus, Alex a un passé de larcins, d'ivrognerie, de drogue, de problèmes psychologiques.

— A t'entendre, c'est un vrai psychopathe ! Mais c'est faux. Ce n'est qu'un gosse de riche pourri-gâté.

— Apparemment, l'inspecteur aurait recueilli plusieurs témoignages comme quoi Alex était fou de rage lorsque Richie t'a plaquée. De plus...

— Ne tourne pas autour du pot, Cass.

— Lorsque Richie lui a coupé les vivres, Alex aurait bouffé de la vache enragée. La vie d'une future star du rock n'est pas toujours semée de roses. Selon l'inspecteur Gevinski, Alex craignait que Jessica ne fasse main basse sur l'argent de Richie et que la période de vaches maigres, qu'il avait crue provisoire, ne se prolonge indéfiniment — en particulier, si elle et Richie décidaient d'avoir un enfant.

— Mais Alex était dans le New Hampshire quand c'est arrivé.

— C'est ce que dit Alex. Mais l'inspecteur prétend qu'il était à New York. Alex a reconnu qu'il était seul, en train de composer une nouvelle chanson, la nuit du meurtre. De plus, il a reconnu ne pas avoir pris la navette Boston-New York comme il l'avait dit la première fois. Il a avoué être rentré en stop et t'avoir demandé de lui rembourser son billet d'avion. Il ne se souvient de rien, si ce n'est que le type qui l'a pris en stop était un barbu et qu'il conduisait une voiture de sport. Autrement dit, il n'existe aucune preuve tangible de ce qu'Alex ait été dans le New Hampshire au moment de l'assassinat.

Un fils pouvait-il tuer son père pour de l'argent ? Dans la vie comme dans les romans, ce genre de trucs existait. Je le savais.

Mais mon Alex n'était pas un assassin !

14

— Laisse-moi passer, nom de Dieu ! criai-je à Danny qui bloquait la porte. J'ai dit, laisse-moi passer !

— Du calme, fit Danny, d'une voix si calme que j'eus envie de me mettre à hurler.

Le patron du restaurant arriva en courant.

— Du calme, répéta-t-il, sur un ton nettement moins conciliant, et avec un accent à couper au couteau.

— Mêlez-vous de vos affaires, tous les deux ! beuglai-je.

Il ne fallut pas plus d'un quart de seconde à Danny pour envoyer un signal secret à son comparse de la confrérie des faussaires. Le type bondit en arrière et verrouilla la porte, puis il empocha la clef et s'en retourna à la cuisine, non sans me balancer un petit « ha ! » triomphant au passage.

— Vous ne retournerez pas à Long Island, me dit Danny.

— Si. Dis-lui d'ouvrir la porte. Tout de suite.

D'accord, j'étais en train de me comporter en maîtresse d'école. N'empêche qu'il n'était pas obligé de me dire : « Ferme-la, Rosie. »

— Ferme-la toi-même, petit con. Tu ne crois tout de même pas que je vais laisser condamner mon fils pour un meurtre qu'il n'a pas commis.

— Calmez-vous une minute... (Il me saisit par le poignet. Je le repoussai.) Bon, une demi-minute alors. Ne voyez-vous pas qu'il s'agit d'un piège. Et moi qui vous croyais intelligente.

— Mais je le suis.

— Non, parce que vous êtes tombée à pieds joints dans le piège que ce tocard de Gevinski vous a tendu. Vous voulez vous rendre. Réfléchissez un peu.

Une main entre mes omoplates, il m'entraîna loin de la

porte, vers le fond du restaurant, en direction d'une grande table ronde derrière laquelle se trouvait un paravent noir orné d'arbres, de montagnes, d'oiseaux, de cerfs, de vieux sages chinois. Un univers kitch et paisible à souhait.

— Asseyez-vous, m'ordonna-t-il. Ecoutez-moi : Gevinski n'a pas le commencement du début d'une preuve contre Alex.

— Alex a menti en disant qu'il était venu de Boston en avion.

— Et alors ! s'écria Danny. Ça n'est tout de même pas une raison pour l'envoyer à la chaise électrique. (J'esquissai un demi-sourire.) Laissez-moi vous expliquer ce qui s'est probablement passé. Outre que Gevinski a vraisemblablement mis votre téléphone sur écoute, il a filé le train à Alex et Ben en espérant que ceux-ci le mèneraient jusqu'à vous. Manque de bol, ça ne marche pas. Mais lorsque les garçons sont invités chez Mrs Higbee, une petite lumière jaillit dans sa cervelle de moineau : elle et vous êtes copines comme cul et chemise. (Sur la nappe, une tache de sauce de soja formait une fleur de lys ou une étoile de mer amputée.) Alors il se rend chez elle sous prétexte de l'interroger, et au cours de la conversation il laisse entendre qu'il soupçonne Alex d'être le vrai meurtrier. Il sait que c'est la meilleure façon de vous faire sortir de votre tanière. Il est sûr que vous allez sauter dans le premier train pour Shorehaven et le supplier de vous arrêter. (Je ne me serais sans doute pas rendu compte que je me rongeais les ongles si Danny ne m'avait ôté la main de la bouche.) Essayez de voir les choses autrement. Alex a un peu flirtaillé avec la drogue et fauché dans les magasins quand on était au bahut. Des trucs de gosse. N'empêche qu'il s'est déjà frotté aux flics. Ne croyez-vous pas qu'il l'aurait senti si Gevinski avait cherché à le faire plonger ? Ne croyez-vous pas qu'il m'en aurait touché un mot au téléphone ?

— Si Gevinski était suffisamment malin, non.

— Malin ? Un type qui cherche à vous épingler, c'est quoi pour vous ? Un génie de l'enquête policière, ou une grosse faignasse de poulet qui n'a pas envie de se bouger le cul ?

Juste avant la tombée de la nuit, tandis que les premiers clients se présentaient à la porte, le proprio nous renvoya avec un gueuleton chinois dans un sac plastique. Dans la rue, Danny me prit la main. Je me laissai faire. Nous passâmes de vieux immeubles, une librairie, une boutique qui vendait des disques d'occasion. Les passants me regardaient comme le font les passants, mais personne ne roula de grands yeux, et personne ne s'écria : « Aha ! » en me montrant du doigt. Nous fîmes une halte chez le teinturier et à la laverie. « Une Prof en Cavale Suspectée du Meurtre de Son Mari », semblait être le gros titre de la veille.

Nous marchâmes dans la brise obstinée en direction des quais. Les gens du quartier — familles italiennes, gosses de la fac, poètes, artistes, profs, homos, lesbiennes —, personne ne remarqua cette femme de quarante-sept ans qui marchait main dans la main avec un gosse de vingt-deux ans. Une femme d'un certaine âge, en jean et en bras de chemise était assise en haut d'un perron avec son cocker. Le chien nous salua, mais la femme, occupée à gratter de la fiente de pigeon sur la dernière marche, ne nous remarqua même pas. Le Village m'enveloppait tout entière, sa simplicité, son urbanité, sa diversité, sa tolérance, sa crasse, son élégance, son originalité, sa sérénité. Shorehaven, à côté, semblait anormalement beau, une pâle matérialisation du rêve de l'ère Eisenhower.

De retour chez Danny, je mis les brioches à la vapeur et le poulet général Tso au frigo. Et pendant les deux heures qui suivirent, Danny et moi essayâmes de dresser la liste de tous les gens que connaissait Richie en les classant par ordre d'importance. Puis nous discutâmes de la meilleure façon de les approcher sans attirer l'attention des indésirables : les flics.

On était au petit poil. Danny mit le dîner à réchauffer au micro-ondes pendant que je lavais deux assiettes d'une propreté douteuse qu'il me jura avoir lavées. Puis j'étendis l'édredon propre à terre, devant le canapé, et dressai le couvert dessus. J'étais retournée à la cuisine, dans l'espoir d'y trouver quelque chose ressemblant à des verres à vin, lorsque Danny s'approcha soudain de moi par-derrière. Il me souleva les cheveux et m'embrassa dans la nuque. Ça n'était pas un petit baiser volé ; c'était un baiser qui n'en finissait pas. Je sentis fondre ma moelle épinière. Au bout d'un moment, je réussis à dire :

— Arrête.

— Pourquoi ?

Je sentais son haleine dans mon cou.

— Je ne sais pas. Parce que je ne comprends pas ce que tu veux.

— C'est toi que je veux.

Il est très difficile de dire non à un jeune et bel étalon aux yeux verts qui, avec une lenteur exquise, fait errer sa langue au creux de votre nuque, puis autour de votre cou pour remonter ensuite vers l'oreille tandis que votre corps tout entier — à l'exception d'un ou deux neurones incorruptibles — s'écrie : « Super ! Extra ! Encore ! » Et plus difficile encore lorsque ses bras vous encerclent et qu'il presse son corps tout entier contre le vôtre.

J'essayai de me calmer. Je me dis que cette attirance n'avait pas tant à voir avec ma sensualité débordante qu'avec le fait que le môme était légèrement perturbé du côté de l'œdipe. Et lorsque ses mains se glissèrent entre mes jambes, je me dis : « Voilà un geste parfaitement indécent. »

Mais rien n'y fit. Je me tournai vers lui et, passant mes bras autour de lui, je posai les mains sur ses petites fesses bien fermes. Super. Je songeai soudain qu'il devait avoir une vie sexuelle plutôt bien remplie. Je pensai à toutes les jeunes femmes — et peut-être les jeunes hommes — qui passaient chercher de faux papiers et qui se retrouvaient entre les draps pas très propres de Danny. D'un autre côté, je me rappelai qu'en fouillant sa chambre j'avais trouvé une boîte de préservatifs dans son tiroir à chaussettes. Je l'embrassai une fois encore. Puis je me payai le luxe de caresser la bosse majestueuse qui saillait sous l'étoffe de son jean noir.

Nous nous dirigeâmes vers le lit en laissant derrière nous une traînée de chemises et de pantalons. La monogamie a ses limites, certes, mais avec un partenaire aussi ardent et inventif que Richie, qui m'avait initiée aux plaisirs de l'amour non seulement dans les limites rassurantes du lit conjugal, mais aussi sur l'herbe, au cours d'un pique-nique au lac Saranac, dans un motel douteux en bordure de l'autoroute où les films cochons *et* le petit déjeuner continental étaient offerts gracieusement par la direction, dans le tunnel du Queens au cours d'un embouteillage particulièrement féroce, je n'étais pas seulement dégourdie. J'étais accomplie. Après tant d'années, j'en savais plus qu'il n'était nécessaire pour donner des secousses à ce gosse. Quant à Danny, il déployait une telle fougue qu'il était difficile de ne pas prendre un pied d'acier avec lui.

— Rosie !

— Danny.

— C'était génial ! dit-il un peu plus tard. Le nec plus ultra !

— Attends, tu n'as encore rien vu.

Et il ne perdit rien pour attendre.

Lorsque le dernier gâteau aux amandes fut avalé, je décidai d'appeler chez Jo'lap, qui figurait en première place sur ma liste, pour voir si elle était à la maison — et si Tom y était lui aussi.

— Il est presque toujours en déplacement, dis-je. Pour des réunions de conseil d'administration, ou pour visiter de nouvelles boîtes. Il y a de fortes chances pour qu'elle soit seule.

— Mais il y a de fortes chances pour qu'elle reconnaisse ta voix. Et puis réfléchis, Rosie. Elle était très amie avec Mr Meyers. Les flics l'ont peut-être mise en garde contre toi et tes visites surprises. Laisse-moi faire.

Danny saisit le téléphone et dit :

— C'est le genre parvenue qui ne se sent plus pisser, n'est-ce pas ? (J'acquiesçai d'un signe de tête.) Mrs Driscoll, je vous prie. Oh, c'est son mari ? dit Danny. (Tom avait décroché. Je sentis mes joues s'enflammer.) Park Avenue Wines, à l'appareil. C'est presque l'heure de la fermeture, mais la caisse de champagne que Mrs Driscoll nous a commandée vient d'arriver à l'instant. Puis-je la faire livrer demain ? (Il couvrit le combiné avec la main et me souffla :) Elle est en cure.

Je pensai si vite que je n'eus même pas le temps d'avoir une bouffée de chaleur.

— Demande-lui le nom du portier, lui murmurai-je à l'oreille, et dis que tu vas livrer.

— Je vais passer un coup de fil au concierge avant de lui envoyer le livreur, Mr Driscoll. Comme cela, Mrs Driscoll aura son champagne en rentrant à la maison. Merci. Avez-vous un numéro où je puisse joindre le concierge ? Et son nom ?

Lorsqu'il eut raccroché, je dis :

— Je n'arrive pas à croire qu'il t'ait donné tous ces renseignements.

— Et pourquoi pas ? Primo, je suis hyper-balèze quand il s'agit de bluffer. C'est mon prof de philo qui me l'a dit un jour que je le baratinais pour qu'il me dispense de lui rendre une exégèse de Socrate. C'est le secret de ma réussite — excepté dans le domaine de la philo. Et deuzio, Driscoll avait l'air dans le colletar. De deux choses l'une, ou bien il était en train de baiser ou bien je l'ai réveillé.

Tu l'as réveillé, songeai-je en moi-même. Et pour me conforter dans mon hypothèse, j'imaginai Tom assoupi, une mèche de cheveux bruns mêlés de fils d'argent sur son oreiller.

Soudain, je me sentis si faible que j'en aurais presque pleuré, sauf que je n'avais même plus la force de verser une seule larme. Je pris Danny par la main, et lui dis que je préférais ne pas avoir de visite surprise au cours de la nuit. Cela dit, je voyais bien que je l'avais mis KO, car il ne se récria pas.

Je dormis mieux que je ne l'avais fait depuis la nuit du meurtre, en grande partie parce qu'il était de plus en plus improbable que Danny me dénonce aux flics. Il m'aimait bien, assurément, mais ça n'était pas cela qui me rassurait. Ce qui me rassurait, c'était de voir qu'il s'était pris à notre petit jeu de piste et qu'il ne semblait nullement disposé à abandonner la partie.

Je fis un cauchemar et me réveillai le cœur battant aux alentours de six heures. Mais j'étais incapable de me souvenir de ce qui m'avait causé un tel émoi.

J'avais l'impression d'être au bout du rouleau. J'avais besoin d'aide. A sept heures et demie, j'appelai mon avocat, Vinnie Carosella. Nous convînmes de nous rencontrer à Washington Square en fin d'après-midi. A dix heures, dix heures et demie, puis à onze heures j'appelai chez les Driscoll pour m'assurer que Tom n'y était pas. Puis je téléphonai au concierge. Mon Dieu, faites que ça marche, priai-je intérieurement.

— John, dis-je, Mrs Driscoll à l'appareil, en imitant de mon mieux la voix dédaigneuse et éraillée de Jo'lap. Je vous appelle d'Arizona où je suis en cure.

— Oui, Mrs Driscoll.

En plein dans le mille ! J'adressai un V de la victoire à Danny qui, croyant qu'il s'agissait d'un signe Peace and Love baba-cool, me rendit mon salut.

— Mon amie, Mrs Peterson prend l'avion aujourd'hui pour venir me rejoindre, expliquai-je au portier. Je lui ai demandé de passer prendre quelques affaires pour moi à la maison. Vous lui donnerez la clef.

— Bien, Mrs Driscoll.

Il y avait un risque cependant, songeai-je, tout en émergeant du métro au coin de la Cinquième Avenue et de la Soixantième Rue au milieu de passants qui semblaient tout droit sortis de *Vogue*. Peut-être que Tom n'était nullement en train de dormir ou de s'envoyer en l'air lorsque Danny l'avait appelé, et qu'il avait flairé la supercherie. Imaginez qu'en me présentant devant l'immeuble, je me retrouve nez à nez avec une cinquantaine de flics ?

Mais John me tendit la clef sans même me jeter un regard. Lorsque je lui dis que j'ignorais où Mrs Driscoll gardait ses affaires et que cela risquait de prendre un certain temps, il se contenta de hausser les épaules. « Peut-être la femme de ménage pourra-t-elle m'aiguiller. Elle est là-haut ? », demandai-je d'un air blasé. Le concierge secoua la tête et m'escorta jusqu'à l'ascenseur.

Le garçon d'ascenseur, un type nettement plus jovial, me gratifia d'un clin d'œil et d'un sourire amical. Lorsqu'il fut redescendu, j'enfilai les gants de Danny que j'avais cachés sous ma ceinture.

L'appartement était glacé, et je sentis soudain la transpiration me dégouliner de chaque côté de la figure. Je m'essuyai le front. Malgré l'épaisseur du gant de laine, je sentis le battement beaucoup trop rapide de ma tempe.

Il me fallut une minute d'Inspirez (« Je suis... »), Expirez (« ... calme »), avant de pouvoir commencer à fouiller l'appartement. Celui-ci occupait tout un étage. J'étais déjà venue deux fois avec Richie, et je me souvenais que dans cet appartement, conçu davantage pour être photographié que pour être habité, régnait une atmosphère chichiteuse à l'européenne. Aussi riche et conformiste qu'il fût devenu, je ne comprenais pas comment le Tom Driscoll que j'avais connu pouvait accepter de vivre dans un endroit comme celui-là. Le parquet était recouvert de sisal, ce machin raide et rugueux qu'on utilise pour faire les gants de crin et sur lequel pas un être humain ne voudrait s'aventurer pieds nus. Aux fenêtres, les stores à lamelles plongeaient l'immense salon dans une lumière jaune crépusculaire. Jo'lap avait rempli la pièce d'une quantité invraisemblable de meubles plus coûteux les uns que les autres.

Depuis la dernière fois où nous étions venus, Jo'lap semblait avoir dévalisé toutes les salles des ventes des environs. Outre sa collection d'étuis à cigarettes en argent et de bustes en marbre de compositeurs chauves, elle avait encore entassé des masses d'objets inutiles. Plumes d'oie. Encriers. Boules — de marbre, de cristal, de métal, de bois — trônant sur des piédestaux de bois. Minuscules pots de fleurs en porcelaine contenant des spécimens admirables, semblables à ceux que Stephanie et ses copines cultivaient ; fioles de verres miniatures où trempaient des orchidées.

Je commençai par fouiller la chambre à coucher. Ou plutôt, la penderie. Pure curiosité de ma part, néanmoins, je fus stupéfaite de voir la quantité de vêtements, fourrures, sacs à main, souliers, ceintures, foulards entassés les uns sur les autres dans un placard de la taille d'un studio. Trois jupes grises, dont deux portaient encore une étiquette, jonchaient le sol, ainsi qu'une chemise de soie ivoire sur un cintre de pressing.

Je ne fus pas outre mesure surprise par les tentures de soie de la chambre à coucher. Le lit, une énorme chose en fer forgé recouverte d'oreillers de dentelle, était entouré d'une moustiquaire suffisamment grande pour protéger tout l'hémisphère sud de la malaria. Sur la table de chevet juponnée était posé un petit plateau d'argent avec de la crème pour le corps, les mains, le cou et les yeux. Pas un livre en vue. Pas la moindre trace d'une présence masculine.

Pour la bonne et simple raison que la présence masculine avait sa propre chambre à coucher tout au bout du couloir. J'y passai quelques instants, pour m'assurer que Tom dormait bien dans un lit d'ébène à baldaquin et qu'il était en train de lire un bouquin épais comme ça sur la déréglementation des lignes aériennes dans les années quatre-vingts et, après un rapide coup d'œil dans les tiroirs de sa commode, que quelque part entre l'année du bac et le jour d'aujourd'hui il avait abandonné le port du slip au profit de celui des caleçons.

Il n'y avait pas de chambre d'enfant, pour la bonne raison que Jo'lap et Tom n'en avaient pas. Jo'lap avait, une fois, confié à Richie que Tom était stérile, et que lorsqu'ils s'en étaient aperçus, après avoir passé l'un et l'autre tous les tests nécessaires, ils avaient découvert qu'ils n'en voulaient plus.

Jo'lap gérait son existence depuis un bureau que Louis XIV lui-même aurait jugé trop chargé. Les tiroirs étaient remplis à ras bords d'invitations à des dîners ou à des galas de bienfaisance. Il y avait quelques Post-it çà et là : Dartmouth 25/04, Cancer 11/10. J'eus un petit pincement au cœur en reconnaissant l'écriture de Tom. Je la connaissais par cœur. Mais je ne l'avais pas revue depuis l'époque où nous échangions nos cahiers de latin. Cela dit, pas moyen de mettre la main sur un calepin. Sans doute était-il en cure avec Jo'lap.

Toujours est-il que l'intégrale de la vie mondaine de Jo'lap était là, intacte, comme si celle-ci avait envisagé de léguer l'histoire de sa vie à la Smithsonian. Derrière un petit canapé, se trouvait une table dorée encombrée de grandes boîtes — en ivoire, en nacre, en bois, en lapis-lazuli, en malachite —, une pour chaque année depuis 1983, remplies de pages de calepin, d'invitations, de notes, ainsi que de quelques articles de journaux jaunis dans lesquels son nom apparaissait.

Je jetai un coup d'œil à ma montre, puis un autre. Cinq

minutes seulement s'étaient écoulées. J'ôtai le tiroir du bas et le posai sur mes genoux. Banco ! Une petite note de Jessica, daté du 14 mai. Un mois avant que Richie ne m'annonce qu'il me quittait.

« Joan chérie, comment pourrais-je te remercier ? Ton dîner était fabuleux, et toi aussi. Je ne sais comment te dire combien ton soutien nous est précieux en ces moments difficiles. Du fond du cœur. Jessica. » Richie ne prenait jamais de risques. Il ne m'aurait jamais trompée ouvertement. Si Jo'lap organisait des petits dîners clandestins pour le couple de tourtereaux, cela voulait dire que Richie avait en elle une confiance aveugle.

Je gardai le mot à la main tandis que j'examinais les photos qui trônaient sur le bureau dans des cadres dignes des toiles du Caravage. Comme je m'y attendais, il s'agissait de photos prises au cours de soirées mondaines. Des femmes en robe du soir à qui leur coiffure monumentale au-dessus de leur corps famélique donnait des allures d'extra-terrestres. Mais il y en avait aussi de Jo'lap et Tom à skis, souriant de toutes leurs dents devant l'objectif. J'y regardai de plus près pour voir si c'était du chiqué, mais la photo était légèrement floue. Il y en avait une de Jo'lap avec trois de ses copines, efflanquées comme elle, en robe décolletée sur fond de palmiers, prise à Palm Beach ou à Marrakech, je n'aurais su dire. Une autre photo de Jo'lap avec une femme âgée, sa mère ou une copine, liftée elle aussi par Carter, et donc avec la même gueule. Il y avait des photos de l'été dernier : Jo'lap et Richie à une soirée sur une terrasse donnant sur la mer. Jo'lap en compagnie de Richie et de Jessica, dans un port de plaisance — on apercevait les voiliers en deuxième plan, et Jessica portait un short.

Sept minutes. Je remis la note de Jessica dans le tiroir. J'avais la bouche si sèche que j'étais incapable d'avaler. Que se passerait-il si Jo-lap appelait Tom et qu'il lui disait : « Au fait, ta caisse de champagne arrive aujourd'hui ? » Ou bien s'il décidait de repasser à la maison ce midi, pour changer de caleçon.

Je feuilletai rapidement les feuilles de calepin agrafées ensemble. Un bon nombre de « Appeler Untel », avec le code téléphonique de Long Island, mais la plupart étaient sans doute des gens qui vivaient à Hampton. Il y avait un numéro de Shorehaven, noté au mercredi suivant Labor Day. Je n'eus même pas besoin de regarder le nom : Tillotson. Cela dit, étant donné le nombre de fois où elle était passée sur le billard (y compris la dernière en date, pour se faire greffer les roploplos comac qu'elle arborait le jour des funérailles de Richie), cette note n'avait rien de surprenant.

D'après le calendrier, Jo'lap déjeunait avec Richie au moins une fois tous les quinze jours ou toutes les trois semaines. Il y avait même des dîners : « Rick, Côte Basque, 20 h », en janvier. Et « Rick, etc., chez Bouley » en février. Je n'avais pas mis une seule fois les pieds au restaurant français en janvier. Et je n'étais pas le « et caetera » de février, non plus.

Mais, attendez voir : le jour où Richie m'avait annoncé qu'il me quittait, il m'avait tout avoué sur sa liaison avec Jessica. « Et cetera » ne pouvait donc pas être Jessica Stevenson. Car Richie et Jessica n'étaient tombés amoureux — profondément, éperdument amoureux, comme il me l'avait dit, espérant, à tort, calmer mes supplications hystériques — que deux mois avant qu'il décide de me quitter. C'était arrivé au cours d'un séminaire de réflexion organisé par Data Associates dans la région de Santa Fé. « Je t'ai demandé de m'accompagner, m'avait-il dit, me montrant ainsi qu'il m'avait donné ma chance, mais tu as refusé sous prétexte que tu ne pouvais pas abandonner tes cours. Tu te souviens ? »

Douze minutes. J'empochai les feuillets. Puis, pour faire bonne mesure, je chipai les quatre années précédentes de la vie de Jo'lap que je fourrai dans un sac en lézard que je trouvai dans sa penderie. Mission accomplie ! Je claquai la porte derrière moi, ôtai les gants de Danny Reese et pris l'ascenseur jusqu'au rez-de-chaussée où je tendis un billet de vingt dollars au concierge.

— Merci, John.

Il eut l'air très étonné.

Mais il le fut bien plus encore, lorsque, une minute plus tard, je l'appelai d'une cabine téléphonique de Madison Avenue.

— Ici la femme qui vous a donné vingt dollars, dis-je.

— Quoi ?

— Ecoutez-moi bien. Mrs Driscoll ne vous a jamais téléphoné pour vous demander de me faire entrer chez elle. C'est moi qui vous ai appelé en imitant sa voix.

— Hein ?

— « John, Mrs Driscoll à l'appareil. »

— Oh, nom de Dieu !

— Je n'ai fait que jeter un petit coup d'œil à l'appartement. Je n'ai rien pris, alors pas besoin d'aller crier sur tous les toits que vous m'avez ouvert la porte. Ça risquerait de vous coûter cher, et ça m'ennuierait beaucoup. A bon entendeur, salut.

Que m'avait rapporté cette expédition, sinon deux ou trois choses sur la vie futile d'une arriviste forcenée ? Comme j'enviais à Jo'lap son lit plus blanc que neige. Je brûlais de remonter là-haut, de m'endormir entre ses draps parfumés. Non, à dire vrai, ce que j'enviais surtout à Jo'lap, c'était son mari. Je n'arrivais pas à croire que le vrai Tom Driscoll, celui que j'avais connu il y a trente ans, était mort, et que son corps sans âme errait aujourd'hui en boxer short dans une chambre solitaire.

Sur le chemin du retour, je me laissai bercer par les hoquets rassurants du métro que j'avais pris toute mon enfance.

Jessica avait Nicholas Hickson pour la réconforter, et avant lui, Richie, et peut-être même Carter. Je fermai les yeux. Richie, quel amant, nom d'un chien ! Quelle élégance, quelle imagination et quelle audace. Et Jessica lui avait mis le grappin dessus. Mais pas seulement Jessica : je me souvins du petit ricanement de Frances Gundersen. Dire que je ne m'étais jamais doutée de rien. Rien de vraiment sérieux, s'entend. Qui diable était l'« et caetera » du calepin de Jo'lap ? Etait-ce Mandy, la copine de Stephanie ? Il y a pléthore de nanas bécébégé à Manhattan, mais non, il lui en fallait une de Shorehaven ! Y en avait-il eu d'autres ? Et quand bien même il y en aurait eu, comment pouvais-je le savoir ?

— Frances t'a dit que Richie avait eu une autre femme dans sa vie avant Jessica ? ricana Mitchell Gruen qui, en dépit du fait qu'il était midi passé, avait le cheveu en bataille de quelqu'un qui sort du lit.

Il portait un jogging délavé et passablement rétréci, dont j'avais de bonnes raisons de croire qu'il lui servait de pyjama.

— Tu ne penses pas que Frances l'aurait su ? demandai-je.

Mitch traversa mollement la pièce en direction de sa cuisine expérimentale. Il posa un bol rouge sur le comptoir en Formica rouge et le remplit de Lucky Charms. Il renifla ensuite un carton de lait, se ravisa, et se mit à piocher directement dans les céréales avec les doigts.

— Tu veux un dessin ? C'était Frances.

— Quoi, Frances ?

— L'autre femme, avant Jessica.

— Arrête ton char !

Ma réaction sembla le vexer.

— Richie est sorti avec Frances pendant des années.

Brusquement, je me sentis incapable de riposter. Tout au fond de moi, je savais qu'il disait la vérité.

— Frances était superbe, dit-il.

— Non, ce n'est pas vrai, rétorquai-je.

Si, par miracle, Richie était revenu à la vie à cet instant, je n'aurais pas hésité à lui planter un couteau en pleine poitrine.

— Mais si, elle était très belle — au début, tout au moins. Une grande belle fille. C'est Richie qui l'a mise dans ses meubles, tu sais, comme les femmes entretenues.

— Il te l'a dit ?

— Non, mais, tu rêves ? Bien sûr que non. C'est elle qui me l'a dit. Mais Frances vivait sur un petit nuage. Et ce qui devait arriver arriva. Pour leur cinquième anniversaire « d'adultère », sais-tu ce qu'il lui a offert ? Il a remboursé intégralement le crédit qu'elle avait contracté sur sa maison de Brooklyn. Naturellement, elle s'attendait à autre chose, comme une bague de fiançailles. Elle est arrivée au bureau en larmes, en me suppliant d'aller lui parler.

— Tu l'as fait ?

— Bien sûr que non ! Je ne me mêle pas de ce genre de choses. J'avais déjà bien assez de problèmes avec Richie.

J'hésitais entre vomir ou éclater en sanglots. Rien n'arriva. J'essayai de retracer mentalement le parcours adultérin de Richie. D'abord Frances, pendant des années.

— Quand a-t-il rompu avec elle ? demandai-je. Quand Jessica est entrée à Data ?

— Non. Frances et Richie sortaient encore ensemble lorsque Richie m'a viré.

En admettant que Richie ait rompu avec Frances au moment où il l'avait virée (hypothèse somme toute vraisemblable), il avait peut-être décidé de faire une petite pause. A moins qu'il n'y ait eu une autre femme entre Frances et Jessica.

Curieusement, c'est précisément à cette époque que Richie s'était mis à rentrer de bonne heure à la maison. Un peu comme au début de notre mariage. Nous avions retrouvé une vraie vie de famille. Pendant quelques mois il avait cessé de m'appeler pour me dire qu'il avait pris une chambre en ville, parce que trop fatigué pour reprendre la route. Au lieu de rentrer en se traînant sur le coup d'une heure du matin, il était à la maison à neuf ou dix heures. Et nous passions la soirée sur le canapé de son bureau, lui avec sa tête sur mes genoux, à regarder la télé ou à bavarder. « Regarde-nous. Un vieux couple », m'avait-il dit une fois. Entre Frances et Jessica.

Mais y avait-il eu une autre femme, à l'époque ? Cela expliquerait pourquoi Richie avait balancé Frances. Car, contrairement à moi, qui m'investissais totalement dans mon boulot de prof et ma vie à Shorehaven, il ne lui était pas possible de la tenir à l'écart de ses vilains secrets. Frances avait été virée parce qu'elle était trop proche. Impossible pour Richie d'entretenir une liaison avec une autre femme sous le nez de sa secrétaire. De plus, il faut reconnaître que pour un mari adultère et plutôt porté sur la chose, Richie savait rester relativement monogame. Avant Jessica, lui et moi avions des relations sexuelles plus que satisfaisantes. Et même après, du reste, il ne m'avait jamais vraiment déçue. La nuit de nos noces d'argent, par exemple, nous avions commencé au lit, puis nous avions continué sur un fauteuil avant de finir sur le tapis. Sincèrement, s'il avait donné à Frances le dixième de ce qu'il me donnait à moi, je ne vois vraiment pas comment il aurait pu avoir une troisième femme dans sa vie sans risquer l'infarctus du myocarde. Sans doute s'était-il débarrassé de Frances avant — si toutefois c'était le cas — de prendre cette mystérieuse maîtresse.

Qui diable était cette Mandy ?

Je repensai à ce qu'il avait donné à Frances. Une maison. De beaux meubles, et, bien sûr, les superbes toiles qui ornaient ses murs. Quelque chose me disait qu'il s'agissait de toiles de maître, et question peinture je me trompais rarement. Frances n'était de toute façon pas le genre de femme à porter des rubis ou des visons.

Peut-être que le nom de Mandy était une pure coïncidence. Mais peut-être que la Mandy dont Frances avait parlé était l'avocate qui faisait du jogging, et qu'elle travaillait plus ou moins directement pour Data Associates.

— Bon, du balai maintenant ! s'écria Mitch. J'ai du boulot.

— Sors le mémo de Jessica pour moi. Et je te promets que je m'en vais.

— Ah, non, tu m'as déjà fait le coup la dernière fois, Rosie !

— Et tu l'as fait, Mitch. Et tu sais pourquoi ? Parce qu'au fond tu meurs d'envie de me donner un coup de main.

— Ça m'étonnerait, grommela-t-il.

Cependant il se dirigea vers un de ses petits ordinateurs et, moins d'une minute après, il demanda :

— Que veux-tu savoir au juste ?

— Où était Jessica le jour du meurtre ?

Il enfonça quelques touches, puis fit descendre le curseur le long de la colonne.

— Le matin, elle a passé des tas de coups de fil depuis son bureau. Tu veux savoir qui elle a appelé ?

— Plus tard.

— A onze heures trente, elle a eu une réunion dans son bureau avec une dénommée Liz, l'avocat-conseil.

— Et puis ?

— A midi et demie. Il y a écrit « Manucure ». Et après ça, une réunion à Metropolitan Securities à quatorze heures.

— Avec Nicholas Hickson ?

Mitch fit pivoter son siège dans ma direction, il était fumasse :

— Si tu le savais, ça n'était pas la peine de me déranger !

15

Vinnie Carosella avait des yeux bruns pensifs.

— Je parie que vous n'avez pas de quoi me verser un acompte, dit-il, tandis que je m'asseyais à côté de lui sur un banc de Washington Square.

— Bonjour, Vinnie, répondis-je.

— Ravi de vous voir.

— Comment savez-vous que je n'ai pas d'argent ?

— J'ai appris par un ami flic que vous aviez oublié votre sac à main chez l'ex-chargée des relations publiques de votre mari. J'imagine que vous êtes partie précipitamment.

— Sans doute.

— Bah, ce sont des choses qui arrivent. Et puis j'ai un autre copain, qui travaille chez le procureur, et qui m'a dit que vos biens avaient été mis sous scellés.

Vinnie Carosella portait des richelieux noirs à pompons superbement astiqués. Il était tel que je me souvenais de l'avoir vu à la télé. Ses lunettes lui donnaient un air intello. Il était plus près de la soixantaine que de la cinquantaine, mais sans la moindre ride, pas même une ride d'expression : le rêve de tous les dermatos. Seules ses oreilles, de grandes feuilles de chou toutes fripées qui semblaient lui avoir été léguées par Lyndon Johnson, détonnaient avec sa face de bébé Cadum.

— Il y a un petit problème, dit-il. Je ne peux demander à ce que les scellés soit levés, tant que vous ne vous serez pas rendue à la police. Acceptez-vous de vous rendre ?

— Pas encore.

— Je savais que vous me diriez cela, dit Vinnie. (Des patineurs en « Rollerblades » passaient devant nous comme des flèches, au son d'une musique qu'eux seuls pouvaient entendre.) Vous savez que je ne devrais même pas être ici, compte tenu du fait que vous êtes en cavale ? On pourrait m'accuser de recel de malfaiteur. Enfin, il arrive que même un vieux singe comme moi soit curieux. Je voulais vous rencontrer. Motus.

— Motus et bouche cousue, acquiesçai-je. Mais si vous saviez que je n'avais pas l'argent, pourquoi êtes-vous venu ?

— C'était plus fort que moi. Votre histoire m'a plu. Elle m'intrigue. Je ne peux pas résister quand une histoire me plaît.

— Et vous y croyez au moins ?

— Pas encore. (Sans doute vit-il ma tête s'allonger, car il ajouta :) Mais elle n'est pas dénuée d'un certain charme. Sans quoi je n'aurais pas pris le risque de vous rencontrer.

— Tout cette confiance alors que vous n'allez pas toucher un sou.

— Oh, il y a tout de même de l'argent à la clé. Tôt ou tard, je me ferai payer. Par vous ou par l'un de vos gosses. Pouvez-vous essayer de les contacter ? (J'acquiesçai d'un signe de tête.) Pour leur signaler que je suis votre avocat et que je me sentirais plus à l'aise si j'avais un acompte de dix mille dollars. (Il me tapota la main.) Ne vous vexez pas, Rosie. Dans ce genre d'affaires, on se fait toujours payer rubis sur l'ongle.

— Je ne me vexe pas.

Un peu plus loin dans l'allée, une bonne douzaine de chiens et leurs maîtres étaient en train de s'ébattre gaiement derrière une barrière délimitant l'aire de promenade réservée aux chiens. Juste avant que Richie ne se fasse assassiner, j'avais songé à racheter un chien.

J'avais besoin de normalité. Je voulais un chien. Et un slip et un soutien-gorge de rechange, pour ne pas avoir à les laver tous les soirs et à les remettre encore humides le lendemain matin. Et mes élèves. Et du temps pour lire. Mais je voulais surtout un chien qui m'accueille en aboyant gaiement, le soir, quand je rentrais du lycée.

Je détournai les yeux d'un basset particulièrement craquant. Vinnie était en train de me regarder.

— Surprenant, dit-il. J'ai vu votre photo dans le journal et à la télé, mais jusqu'à ce que vous vous soyez assise à côté de moi, je ne vous aurais pas reconnue. Vous êtes vraiment balèze.

Je remontai les manches du pull noir de Danny.

— Je suis invisible. Personne ne remarque une femme de mon âge.

— Oh, ne dites pas cela. Vous êtes très bien. Beaucoup mieux que sur les photos. (Un compliment d'autant plus touchant qu'il m'était offert comme une simple constatation et non comme un compliment. Il fouilla dans la poche intérieure de son manteau en poil de chameau et en sortit trois ou quatre feuillets qui ressemblaient à un rapport officiel. Il me les tendit.) Tenez, le rapport d'autopsie. C'est un copain qui travaille à la morgue qui me l'a fourni.

Je commençai à lire. « Cause du décès : hémorragie par blessure à l'arme blanche au niveau de l'aorte abdominale. » Je me forçai à lire mais, à la page suivante, la narration au présent de l'indicatif était insoutenable : « Le défunt est admis en salle d'autopsie dans une bâche à cadavre. La sonde nasogastrique est en place, quatre électrodes ECG ont été posées au niveau de la poitrine, des drains bilatéraux.... »

Je rendis le rapport à Vinnie.

— Je ne peux pas. Pouvez-vous me faire un résumé ?

— Du beau boulot. Oh, pardon, ça n'est pas ce que je voulais dire. Le médecin légiste dit ce que disent généralement les médecins légistes : s'il n'était pas mort, il serait en pleine forme. Un seul coup de couteau, mais en plein dans le mille.

— A-t-on le moindre indice quant au sexe du meurtrier ?

— Non. Le couteau était très tranchant, et le coup a été porté de haut en bas avec une certaine force. La blessure est nette. Désolé. J'aimerais pouvoir vous en dire plus.

Je lui parlai de Jessica et de Nicholas Hickson. A son avis, la boîte de Hickson se proposait de servir d'intermédiaire pour l'introduction en bourse de Data Associates. Jessica et Nicholas avaient-ils l'intention de passer outre les consignes de la COB et de faire racheter la majorité des parts par des sociétés écrans, afin de rafler tous les sièges du conseil d'administration et de virer Richie une fois pour toutes ? C'était peu vraisemblable, mais si c'était le cas, Jessica avait d'autant moins de raisons d'assassiner Richie qu'il lui suffisait de lui donner son congé pour se débarrasser de lui.

— Avez-vous réussi à vous procurer le rapport du labo de chimie légale ? demandai-je.

— Pas encore. Ils n'ont pas encore tous les résultats, et ce ne sera pas facile de se les procurer par des voies détournées. Mais je m'en occupe. Tôt ou tard, je mettrai la main dessus. Ne vous impatientez pas trop.

— Je revois Richie mort, je ne peux pas m'en empêcher et...

— Vous avez tort, m'interrompit-il. Vous vous faites du mal.

— Vinnie, il le faut. Je ne peux m'empêcher de penser que j'ai vu quelque chose que la police n'a pas vu.

— C'est possible. (Il croisa les jambes, puis les bras et, s'adossant confortablement, il releva légèrement la tête comme quelqu'un qui prend l'air sur la jetée de Coney Island par une belle matinée de juillet.) Je vous écoute.

— Il y avait de la boue sur les semelles de Richie, en particulier sur celle de gauche. Et il y avait une traînée de boue irrégulière qui allait de la porte de la cuisine jusqu'à sa chaussure. Vous me suivez ?

— Je vous suis, Rosie.

— Le lendemain matin, je suis allée chez mes voisins.

— Pourquoi avez-vous quitté la maison ?

— J'avais besoin d'air. Et de réconfort. Ma voisine n'est pas quelqu'un de démonstratif ni de particulièrement affectueux, mais elle... disons qu'elle a du bon sens et que c'est quelqu'un de solide. Et sur qui on peut compter. Toujours est-il que, chemin faisant, je suis passée devant la voiture de Richie. Maintenant, écoutez bien : la voiture était relativement bien dissimulée, derrière une rangée d'arbres. Pourtant, si quelqu'un était passé par là en voiture en pleine nuit, il aurait remarqué le réflecteur sur le pare-chocs arrière. De la façon dont elle était garée, il n'était pas possible d'apercevoir la voiture elle-même. Mais la portière du conducteur n'était qu'à quelques pas de la route.

Vinnie posa les deux pieds fermement à terre.

— Continuez.

— Primo, il n'avait pas plu depuis plusieurs jours, ce qui veut dire que même si Richie avait fait quelques pas dans les bois — pour se soulager ou autre —, ses semelles n'auraient jamais ramassé une telle quantité de boue. Le seul endroit où la terre est humide, c'est à l'intérieur du bois, là où le feuillage est trop épais pour laisser passer les rayons du soleil. Et en admettant qu'il y ait eu de la boue sur ses semelles, comment expliquez-vous qu'il n'y ait eu aucune trace de boue sur la route entre la voiture et la maison ? Je n'en ai pas aperçu une seule, et je vous garantis que j'ai inspecté l'endroit de fond en comble. Comment expliquez-vous que la boue n'apparaisse qu'à l'intérieur de la maison ?

Il dit lentement.

— Je n'en sais rien.

— De plus, il n'y avait de boue que sur la semelle, le reste de la chaussure était propre.

— Que voulez-vous dire ?

— Je veux dire qu'il y a de fortes chances pour que Richie ne soit pas allé dans les bois, mais qu'il ait fait ce qu'aurait fait n'importe qui : il serait descendu de voiture, aurait fait quelques pas sur le tapis de feuilles mortes, après quoi il aurait remonté la route, puis l'allée qui mène jusqu'à la maison. Vinnie, il est évident qu'il est passé par la route. Tout d'abord parce que dans cette partie ultra-chic de Shorehaven les réverbères n'existent pas, c'est trop vulgaire. Le seul éclairage de nuit, c'est le clair de lune — ou la lampe de poche. Au fait, avez-vous eu la liste définitive des effets personnels de Richie ? Je ne me souviens pas y avoir vu de lampe de poche.

— Non, il n'y en avait pas. Des vêtements, des clés, une montre, un portefeuille avec cartes de crédit et argent liquide. Grosso modo, ce que les flics vous ont dit.

— D'accord. Revenons à nos moutons. Richie remonte l'allée — de gravier, pas de terre battue —, passe devant la porte principale, contourne la maison jusqu'à la porte de la cuisine. Il ne serait pas entré par l'entrée principale, celle-ci était trop près de notre — de ma chambre à coucher. Il est donc passé par la cuisine. Il a neutralisé le signal d'alarme. Puis il est entré.

— Il avait la clé ?

— Je n'ai jamais fait changer le verrou, admis-je.

— Dans l'espoir qu'il reviendrait un jour ?

— Oui. (J'étais tellement soulagée de voir qu'il me comprenait.) Mon avocate avait insisté pour que je change le signal d'alarme, mais je ne l'ai pas fait. Elle n'a jamais mentionné les verrous. Sans doute pensait-elle que j'avais eu le bon sens de les changer. Erreur. J'étais une véritable loque, l'été dernier. Et même après, il fallait que je me force pour sortir du lit et aller donner mes cours. Alors, vous pensez, les verrous...

— Et qu'en est-il des lumières à l'extérieur de la maison ? Pensez-vous qu'il y aurait vu suffisamment pour passer à travers bois ?

— Non, j'éteins toujours les lumières extérieures avant d'aller me coucher. Et puis Vinnie, vous oubliez une chose : je suis restée seule avec le corps pendant cinq, dix minutes, je ne sais pas exactement, jusqu'à ce que la police arrive. Ne croyez-vous pas que je l'aurais vu à ses vêtements, s'il était passé par les bois ? Mais il n'avait aucune raison de le faire ; il savait qu'en passant par l'allée il n'y avait aucun risque pour que je le voie. Il savait aussi une chose que même le plus malin des cambrioleurs n'aurait pas pu deviner : notre système d'alarme n'était pas équipé d'un détecteur de mouvement. Vous savez, ces trucs qui se mettent à sonner dès que quelqu'un remonte l'allée ? Nous en avions installé un, mais avec les gosses et le chien, sans parler des ratons laveurs, il se mettait en marche à tout bout de champ.

— Admettons, mais si ce n'était pas Richie qui avait rapporté lui-même la boue à l'intérieur en passant par les bois, comment se fait-il qu'il en avait sur ses semelles ?

— Avant de vous répondre, je voudrais que vous répondiez à ceci : si c'était moi qui l'avais tué, pourquoi y aurait-il eu de la boue à la cuisine ? (Il se massa pensivement le menton.) Je vais vous dire ce que j'en pense. Quelqu'un était avec Richie, ou, et c'est le plus probable, quelqu'un l'a suivi jusqu'à la maison. Ou bien ce quelqu'un est passé par les bois, comme je l'ai fait moi-même le jour où j'ai pris la fuite, ou bien ce quelqu'un le guettait depuis l'autre côté de la pelouse, tapi derrière un arbre, et les pieds dans la gadoue, quand il est entré dans la maison.

— Mais vous disiez que toutes les lumières de la maison étaient éteintes. Et qu'il a fallu que vous allumiez pour vous rendre à la cuisine.

— C'est exact. Mais Richie avait probablement allumé la lumière. Etant donné qu'il n'avait pas de lampe de poche. D'accord ? De plus, il fallait bien qu'il y voie clair pour trouver ce qu'il était venu chercher. De même que l'assassin avait besoin d'y voir clair pour s'emparer du couteau — et poignarder Richie. Il n'y a eu qu'un seul coup de couteau, n'est-ce pas ? Un seul, mais en plein dans le mille.

— Continuez, dit Vinnie.

— Revenons-en à la boue. En admettant que ce soit l'assassin qui l'ait rapportée à l'intérieur. Après le meurtre, il ou elle — disons il pour simplifier les choses — remarque qu'il a laissé des traces de boue sur le plancher. Horreur ! Cependant il garde son sang-froid, il est bien trop malin pour commettre une bévue aussi énorme que de balayer la cuisine. Il sait que les flics vont retrouver des traces, de toute façon, et que cela va aiguiser leurs soupçons. Alors il ressort de la maison, va chercher de la boue — sans doute du côté de la voiture — et la tartine lui-même sur les semelles de Richie, en ayant soin d'éparpiller les traces de boue qui portent l'empreinte de ses chaussures à lui. De cette façon, on a l'impression que Richie est le seul à avoir rapporté de la boue à l'intérieur. Et si Richie était venu tout seul, qui aurait pu le tuer ? La seule personne qui se trouve à l'intérieur de la maison, c'est-à-dire moi.

— Mais qui pourrait vous en vouloir au point de vous faire endosser le crime ?

— Vous plaisantez ? Croyez-vous qu'un individu capable de tuer son prochain s'embarrasse de ce genre de scrupules ? Non, il est bien trop content de savoir qu'il y a un gogo à demeure qui va écoper à sa place.

— Avez-vous la moindre idée du sexe de l'assassin ?

— Si seulement je le savais. Richie n'était pas aussi apprécié des hommes qu'il l'était des femmes. Il n'avait pas de vrais copains. C'était un bon père, mais il ne se délectait pas pour autant de la compagnie de ses fils. Quelque chose me dit que c'est une femme qui a fait le coup. Cela dit, Richie avait peut-être fait quelque chose soit dans le boulot, soit à une femme, qu'un homme n'avait pas du tout apprécié.

— Vous auriez des noms ? A part la petite amie, je veux dire.

Je secouai la tête. Dans l'allée réservée aux chiens, le basset et son maître, un grand gosse taillé comme une armoire à glace qui aurait pu être la version asiatique de Ben, montaient et descendaient l'allée au pas de course. La petite saucisse prenait un tel plaisir à courir en compagnie de son maître qu'elle n'arrêtait pas de lui sauter après pour lui manifester sa joie.

— Vous savez, Rosie, dit Vinnie tout bas, n'importe quelle femme dans votre situation — une femme seule dans une grande maison — aurait paniqué si elle avait cru entendre un cambrioleur.

— Qu'essayez-vous de me dire ?

— Vous le savez très bien.

— Que je devrais plaider coupable ? Votre Honneur, j'ai entendu un homme à la cuisine, mais je n'ai pas appelé la police ni déclenché la sonnette d'alarme. Non, je suis descendue à la cuisine, et je n'ai pas reconnu l'homme avec qui je vivais depuis vingt-cinq ans. Je l'ai pris pour un rôdeur, alors je l'ai regardé droit dans les yeux et je lui ai tranché l'aorte d'un coup de couteau, d'un seul.

— Je veux simplement dire qu'il est presque trop tard pour essayer de négocier une libération sous caution. Ecoutez, voilà la situation telle que je la vois : les flics sont furieux parce que vous leur avez filé entre les doigts, et quand je dis furieux, c'est un euphémisme. Jusqu'ici vous avez eu de la chance. Et vous vous êtes plutôt bien débrouillée. A tel point que vous avez l'impression d'être devenue invisible. Mais c'est un leurre. Certes, vous êtes intelligente et — jusqu'ici tout au moins — vous avez eu de la veine. S'ils arrivent à vous épingler avant que j'aie réussi à négocier un arrangement avec le procureur, je vous garantis qu'ils ne vous feront pas de cadeau.

Je lui tapotai la main.

— Quoi qu'il arrive, vous ferez le maximum pour moi, n'est-ce pas, Vinnie ?

— Oui, Rosie, dit-il, l'air soudain grave. Je vous le promets.

Je regardai Vinnie monter dans un taxi, puis je retournai m'asseoir et contemplai les chiens pendant un petit moment. Aucun n'avait l'exubérance et la joie de vivre du basset. La lumière du jour commençait à décliner. Les gens de mon âge se hâtaient vers leurs maisons. Les gosses qui rentraient de la fac ou du lycée ralentissaient le pas. Les couples s'enlaçaient, chacun savourant la chaleur de l'autre dans la fraîcheur grandissante du soir.

Une demi-heure plus tard, j'étais de retour chez Danny. Il était étendu sur le sofa, en train d'écouter un CD que je n'aurais pas aimé, même si je l'avais voulu du fond cœur. Je lui envoyai un baiser de loin. Il tendit la main vers moi, dans un geste paresseux et sensuel. Il fallait que je débarrasse le plancher avant qu'il cesse de voir en moi une maîtresse, et qu'il se souvienne que j'avais été la marraine de son équipe de scouts.

J'allai à la salle de bains et échangeai son pull noir contre mon pull gris et mon cardigan. Lorsque j'en ressortis, la musique s'était arrêtée. Il était debout et m'attendait.

— Où vas-tu, Rosie ?

— J'ai des gens à voir.

Il demeura un instant sans bouger. Puis il passa ses bras autour de moi et appuya sa tête contre la mienne.

— Laisse-moi venir avec toi, implora-t-il.

— Non, c'est impossible.

— Ne le prends pas mal, mais si tu y vas toute seule, tu

vas te faire pincer. Si l'ancienne secrétaire de ton mari avait prévenu les flics...

— Je ne crois pas qu'elle l'ait fait.

— C'est précisément pour ça que tu vas te faire pincer, Rosie. Si elle l'a fait, les flics vont poster des hommes à tous les endroits où tu as des chances de te pointer. Et tu vas te faire coffrer en moins de deux.

Je lui passai une main dans les cheveux. Ils étaient soyeux, comme ceux d'un enfant.

— Je ne vais pas là où ils croient que je vais aller.

— Où vas-tu ?

— J'ai un plan.

— Laisse-moi t'aider.

— Tu l'as déjà fait.

— Alors pourquoi me rejettes-tu ? Allez, Rosie. On s'est bien marrés jusque-là. Non ?

Avant d'échanger un dernier baiser, Danny me proposa de l'argent. Je déclinai son offre. En revanche, j'acceptai la clé de son appartement, même si au fond de moi je savais que je ne reviendrais jamais. Lorsque je me dégageai de son étreinte, il dit :

— Si je savais que tu l'avais tué, je me sentirais infiniment mieux. Je me dirais : elle a des couilles, cette nana, elle s'en sortira toute seule. Mais les choses étant ce qu'elles sont, je t'avoue que je me fais du mouron.

— Ne t'en fais pas pour moi. Je saurai me débrouiller.

En réalité, j'étais morte de trouille, mais je lui décochai un beau grand sourire, puis je l'embrassai une dernière fois, pour me porter chance.

Pour les opérations sérieuses, Carter Tillotson officiait au New York Hospital, à quelques pas seulement de son cabinet, mais pour les poches sous les yeux, la cellulite, et autres petites marques vexatoires de la condition humaine, il opérait dans son cabinet. L'endroit idéal : il lui fallait quarante minutes pour se rendre de sa propriété de Shorehaven au garage d'East End Avenue où il garait sa Mercedes, après quoi il prenait un petit café sur le pouce, se lavait rapidement les mains, et hop ! il avait le temps de remodeler un ou deux mentons ou de transformer une bouche mince comme un trait d'union en deux lèvres pulpeuses à souhait avant de se rendre à huit heures trente au chevet de ses malades à l'hôpital. La seule ombre au tableau de cette vie idyllique était *la Pointe d'Émeraude* qui, pour être l'un des fleurons architecturaux de la côte nord de Long Island, n'en était pas moins un énorme gouffre dans lequel disparaissaient toutes ses économies. Il n'en voyait jamais le bout. Si bien qu'il opérait à la chaîne, et recevait des patients jusqu'à vingt-deux heures ou vingt-deux heures trente cinq jours par semaine. Tout au moins, c'est ce qu'il disait à Stephanie. Je voulais en avoir le cœur net.

C'est pourquoi, trois heures avant l'heure probable de la fermeture de son cabinet, je me postai à l'extérieur du garage le plus proche de son cabinet, et attendis que le gardien quitte sa guérite de verre pour (Mon Dieu, faites que je sois exaucée !) se livrer à ce que le *Livre Guinness des Records* qualifierait de miction la plus longue du monde. Le cœur battant et la bouche sèche, je dévalai à fond de train la rampe vertigineuse du garage, puis j'allai m'accroupir derrière une énorme Cadillac. Personne en vue, parfait. Sauf que le garage regorgeait littéralement de Mercedes. Il y en avait suffisamment pour ouvrir une succursale. Par bonheur, quelque vingt minutes plus tard, je repérai une Mercedes bleue ornée d'un caducée, à l'étage inférieur. Avais-je trouvé mon homme ?

Dieu merci, elle n'était pas fermée à clé. Je m'aplatis sur le plancher, derrière le siège du conducteur. J'avais la bouche la plus sèche de toute l'Amérique. Et la gorge en carton, à tel point que j'en avais des visions de Coca Light avec des montagnes de glace et une rondelle de citron. La soif était intolérable, mais je ne vous raconte pas le mal de dos. J'ai déjà eu des lombalgies dans ma vie, bien sûr, mais là, j'étais servie. Je pestai intérieurement en songeant à tous les films policiers que j'avais vus et dans lesquels le héros agile et frais comme un gardon bondit de derrière le siège du conducteur pour le menacer d'un revolver. Lorsque l'employé du garage vint chercher la Mercedes et qu'il remonta la rampe à toute blinde, je dus me mordre les lèvres pour ne pas hurler de douleur à chaque secousse. Heureusement, le type ne me remarqua pas.

Dieu, implorai-je, tandis qu'il s'arrêtait dans un crissement de pneus juste en dessous d'un réverbère, faites que Carter ne me voie pas. Et faites que ce soit bien sa Mercedes. Faites que je ne sois pas en route pour Ardsley avec un oto-rhino.

L'employé descendit de voiture. « Voilà, doc », dit-il, puis plus rien. Je m'aplatis comme une crêpe sur le plancher. J'avais de la poussière plein le nez, et des petits morceaux de gravier m'éraflaient la joue. L'employé était-il en train de faire signe à Carter ? Il y a quelqu'un dans votre voiture ! Vite, appelez les flics ! Je m'imaginais déjà un flic me braquant un flingue sur la nuque, quand un homme monta à la place du conducteur et claqua la portière. Je relevai la tête. Blond, le cheveu court, le look républicain. Carter !

Je sortis mon arme. Un petit flingue en fer-blanc que j'avais dégoté dans un magasin de jouets décrépit de Greenwich Village, parmi un lot de pistolets en plastique orange et mauve. Mais mon dos était si raide et si douloureux, que je ne parvins pas à me relever avant que Carter se soit engagé sur la voie express de Triborough Bridge. Je pressai le canon contre sa tempe.

— Ne t'arrête pas, Carter.

La Mercedes fit une embardée. Nous nous mîmes à crier tandis que la voiture affolée partait à fond de train dans le sens inverse du trafic, puis — aaaah ! — en direction de l'East River. Mais un chirurgien doit savoir faire preuve d'un certain sang-froid, et quelques secondes plus tard, nous reprenions le droit chemin dans un concert de coups de klaxon hystériques. Sans cesser de menacer Carter de mon pistolet, je passai sur le siège avant.

— Tu sors à la prochaine bretelle, ordonnai-je tout en arrachant le combiné de son téléphone de voiture, avant de le jeter par la fenêtre.

— Non, mais ça va pas ? hurla-t-il.

— Par ici la sortie, dis-je en pressant mon arme contre sa tempe, sans exagérer, des fois qu'il sentirait que c'était du fer-blanc et pas de l'acier.

— Ici ?

— Oui.

— Mais c'est Harlem, balbutia Carter.

— Je sais.

Nous sortîmes à la Cent Seizième Rue et nous garâmes quelques mètres plus loin. Je lui ordonnai d'éteindre les phares et de couper le contact.

— J'espère que tu sais que...

— Je ne vais pas l'emporter au paradis, dis-je, finissant sa phrase. Peut-être pas. Mais en attendant, si tu veux sauver ta peau, je te conseille de répondre à mes questions et à ne pas chercher à me baratiner. Sinon — je reculai légèrement le pistolet — je ne sais pas si je suis capable de te tuer, Carter. Mais je n'hésiterai pas à te bousiller la main.

Il ne bougea pas d'un poil. Il resta assis, bien droit, les yeux rivés sur le cyclomoteur enchaîné à une bouche d'incendie qui était garé devant nous.

— Tu es prêt ?

— Oui.

— C'est toi qui as présenté Jessica à Richie ? (Il hocha la tête.) Raconte-moi comment ça s'est passé.

— Raconter quoi ? C'était une amie. Une connaissance, disons. Elle était conseil en investissement. Je l'avais rencontrée dans un cocktail, chez un de mes meilleurs patients. Dans la conversation j'ai dit que j'avais un voisin qui avait fait fortune du jour au lendemain. Elle avait entendu parler de Data Associates et m'a demandé de lui présenter Richie. Alors je l'ai fait. C'est tout.

— Non, ce n'est pas tout ! hurlai-je. (Il eut un petit haut-le-corps. L'idée que cette virago déchaînée puisse bousiller ses doigts de magicien le terrorisait, visiblement.) Calme-toi, Carter, dis-je d'une voix beaucoup plus suave. Je veux la vérité, c'est tout.

— D'accord.

— Toi et Jessica étiez amants ? (Il secoua la tête avec véhémence, les épaules de plus en plus tendues, mais ne répondit rien.) Carter ?

— Oui.

— Etiez-vous toujours amants lorsque tu l'as présentée à Richie ?

— Oui.

— Pourquoi la lui as-tu présentée ?

— Pour les affaires, je te l'ai dit.

— Richie savait-il que vous étiez amants ?

Il détourna les yeux et se mit à regarder droit devant lui.

— Je l'ignore.

— La vérité, aboyai-je.

— Je crois. Je veux dire, je n'allais tout de même pas lui dire : « Je te présente Jessica, ma maîtresse. » Mais il s'en doutait certainement. Ce n'était pas un gamin.

— Savais-tu qu'il me trompait ?

— Oui, je crois.

— Qu'est-ce que ça veut dire ?

— Je n'en sais rien. Disons que je le supposais. La façon qu'il avait de parler des femmes. Toujours à l'affût de leurs réactions. Il était très sensible au..., comment dirais-je, au physique.

— Aux nichons et aux culs, c'est ça ?

— Non, il était plus raffiné que ça.

Sans doute, à en juger par les nichons microscopiques de Jessica.

— Jessica avait-elle été mariée ?

— Deux fois.

— Deux fois !

— La première fois, avec un prof de fac, juste après avoir terminé ses études. Et la deuxième avec un avocat. Mais ni l'un ni l'autre de ses mariages n'a duré. Elle s'était mariée uniquement pour faire plaisir à ses parents.

— Des enfants ? (Carter avala bruyamment sa salive.) Réponds !

— Elle n'en a jamais parlé. Je l'ai appris par hasard un soir où nous étions rentrés chez elle et qu'elle avait écouté ses messages téléphoniques. Il y en avait un de son ex-mari : elle était en retard de quatre mois pour la pension alimentaire.

— Etait-ce l'avocat ?

— Non, le prof. Un prof d'histoire. Le gamin vivait avec lui et sa deuxième femme. Jessica a toujours dit qu'elle l'avait eu beaucoup trop jeune. Et qu'elle n'aurait jamais dû l'abandonner. Et qu'elle le regrettait beaucoup.

Je dois reconnaître qu'il n'y avait pas la moindre trace d'ironie dans sa voix. Il avait l'air très convaincu. Et pourquoi ne le serait-il pas ? Il était toujours amoureux d'elle, ça crevait les yeux.

— Vous vous voyez toujours, toi et elle ?

— En amis.

— Souvent ?

— Une ou deux fois par mois.

— Qui appelle qui ?

— C'est moi qui l'appelle, avoua-t-il, mal à l'aise. Mais ça n'est pas ce que tu crois. Nous sommes amis. A cause de mon emploi du temps... c'est plus simple si je l'appelle.

— Et Stephanie, elle est au courant pour Jessica ?

— Non ! (Il avait presque hurlé.) Et ne t'avise pas de... (Ses yeux rencontrèrent le pistolet.) Stephanie traverse une période difficile en ce moment. Je t'en prie ne.... brise pas notre couple. (Sa voix monta d'un cran.) Elle est tellement sensible. Et puis avec le meurtre... Fiche-lui la paix !

De profil, le bas de son visage avait la découpe d'une balle de coton. Il aurait dû songer à se refaire le menton.

— Puisque tu connaissais le goût de Richie pour les femmes, pourquoi lui as-tu présenté Jessica ?

— C'était pour les affaires. Et puis ça ne m'a jamais effleuré. Elle était très au-dessus de la moyenne. Elle l'aurait plutôt effrayé. A l'époque, il aimait surtout les secrétaires.

— Je croyais que tu ne savais pas avec certitude qu'il avait des maîtresses. (Il se contenta de hausser les épaules.) Etais-tu au courant pour Mandy ? (Il secoua la tête.) Il s'agit peut-être de la Mandy qui est amie avec Stephanie. Une avocate. Elle habite à Shorehaven. Il leur arrive de faire du jogging ensemble, le soir. (Il secoua la tête avec davantage de conviction.) Sais-tu à quoi elle ressemble ?

— Stephanie m'a présenté tellement de copines à elle. Je ne sais plus à quoi elle ressemble.

— Est-ce que c'est Richie qui t'a fauché Jessica ?

— Non. (Ses mains se crispèrent sur le volant.) Simplement nous nous sommes perdus de vue peu à peu.

— Tu veux dire qu'elle t'a laissé tomber comme une vieille chaussette quand elle a rencontré quelqu'un d'autre.

— Oui.

— Avant de se mettre avec Richie ?

Il mourait d'envie de me mettre son poing dans la figure, mais il dit :

— Oui.

— Qui ça ?

— Un homme âgé.

— Nicholas Hickson ?

Les bras lui en tombèrent.

— Oui.

— Et pourquoi est-ce que ça n'a pas marché entre eux ?

— Parce qu'il ne se décidait pas à laisser sa femme.

— Alors elle a tenté sa chance avec Richie. Parle-moi de leurs relations.

— Je n'ai rien à en dire. Ils sont tombés amoureux, mais il y avait des problèmes.

— Comme quoi ?

— Jessica avait le sentiment que Richie essayait de la rouler. Elle n'aimait pas ça. La bague qu'il lui avait offerte l'avait déçue.

— Un diam gros comme le rocher de Gibraltar !

— Oui, mais de qualité inférieure.

— Je vois.

Carter n'avait pas l'air de trouver que je me conduisais comme j'aurais dû le faire.

— Ce n'était pas seulement la bague. C'était surtout que Richie n'avait pas l'air content de se remarier.

— Alors elle est retournée dans les bras de Hickson ?

— Non. C'est Hickson qui est revenu vers elle. Il lui a dit qu'il était prêt à divorcer.

— Et qu'a dit Jessica ?

— Elle était embarrassée. Elle s'était engagée.

— Mais ?

— Ton mari n'arrivait pas à se décider, dit-il avec feu. Et puis il n'y avait pas que la bague. Il y avait aussi la toile. (Je revis soudain les tableaux sur les murs de Frances, et le gribouillage dans l'appartement de Jessica.) Mais il y avait un problème avec la toile.

— Lequel ?

— Je ne sais pas. (Je me mis à décrire un cercle avec le pistolet de façon à ce qu'il l'aperçoive du coin de l'œil. Il l'aperçut.) Il l'avait payée par chèque, dit-il soudain.

— Et alors ?

— Au début Jessica l'avait adorée. Puis, par la suite, elle l'a trouvée trop petite. Richie la lui avait cédée en bonne et due forme. Mais lorsqu'elle avait voulu la revendre, la personne avait exigé une preuve d'achat. Malheureusement, la toile avait été payée par chèque sur un compte joint.

— Le mien et celui de Richie ? murmurai-je. (Carter hocha la tête.) Il achetait des toiles pour nous, continuai-je. Pour la maison, mais aussi pour faire des placements. Il m'avait assuré que certaines toiles étaient trop avant-gardistes pour s'accorder avec *le Havre des Mouettes*. Je lui avais dit : « Laisse-moi au moins y jeter un coup d'œil. » Il avait répondu que les toiles modernes étaient en sûreté à l'hôtel des ventes, dans un coffre-fort spécial. Qu'il serait heureux d'organiser une petite visite là-bas. Et ça m'était sorti de la tête. J'étais tellement occupée à être riche. Nous... enfin, moi, j'achetais tellement de trucs, qui n'avaient aucune valeur.

— Hmmm, dit Carter, que mes méditations sur la réussite sociale ne semblaient pas intéresser plus que ça, tout absorbé qu'il était par le pistolet argenté que je tenais à un centimètre de sa tempe.

— Carter.

— Oui ?

— Pourquoi as-tu appelé Richie le jour du meurtre ?

— Quoi ?

— Tu m'as parfaitement entendue.

— Oh, j'avais oublié. Son menton. C'était son menton. Il m'avait appelé deux jours plus tôt pour me demander de lui refaire le menton. Il était pressé. Mon carnet de rendez-vous était plein à craquer, mais je m'étais arrangé pour le prendre le soir-même. Je lui avais dit que je ne pouvais pas lui donner de date ferme avant de l'avoir examiné. Il ne m'a jamais rappelé.

— Pourquoi Richie était-il revenu à la maison ?

Sa mâchoire allait d'avant en arrière comme s'il était en train de mâcher un chewing-gum tout neuf.

— Je sais que tu le sais. Je sais que tu n'as pas pu t'empêcher d'appeler Jessica après le meurtre. Pour rien au monde, tu n'aurais raté une occasion de lui parler. Et puis tu étais le trait d'union entre elle et Richie. Il vous arrivait de parler de lui, elle et toi. Il n'y avait aucune raison pour qu'elle ne se confie pas à toi. Bien au contraire. (Pas de réponse.) Carter...

Je fis jouer le cran de sûreté de mon joujou. Pour moi, c'était parfaitement grotesque, mais Carter, lui, était dans ses petits souliers.

— Il avait besoin de la facture. Elle était à son nom, mais le chèque provenait de votre compte joint.

— Pourquoi en avait-il besoin ?

— A ton avis ? glapit-il. Réfléchis un peu. Tu n'avais jamais vu la facture. Tu ne connaissais même pas le nom du peintre.

— Qui était-ce ?

— Cy Twombly.

— Combien est-ce qu'il l'avait payée ?

— Trois millions, dit-il, blasé.

— Quoi !

— Tu savais qu'il achetait des toiles pour faire des placements.

— Oui, mais trois millions ! C'est de la folie !

— Toujours est-il que Jessica en était folle. Et elle savait qu'il ne la lui refuserait pas. Et puis s'il arrivait à récupérer la facture à ton insu, ce serait toujours ça de moins à déclarer lors du partage des biens au moment du divorce. (Il me regarda. Son regard se figea soudain.) Elle l'a supplié de ne pas y aller. De ne pas entrer dans la maison par effraction.

— Il n'est pas entré par effraction. Il est entré par la porte.

— Elle l'a supplié, imploré. C'était un très gros risque. Qu'aurais-tu fait si tu l'avais surpris ?

— Je me serais jetée à son cou et je l'aurais embrassé. Non, je vais te dire, moi, pourquoi Jessica avait peur qu'il y aille : parce qu'elle ne voulait pas qu'il accède à ses désirs. Elle cherchait une excuse pour pouvoir le larguer afin d'épouser

Hickson. Mais en attendant, elle jouait le jeu parce qu'elle ne voulait pas perdre son boulot à Data. Et ça, même pour elle, c'était une gageure. (Je serrai le pistolet si fort, que je crois bien que si ç'avait été un vrai, Carter serait tombé raide mort.) La salope ! Qu'elle crève !

Carter réagit comme si je m'apprêtais à lui faire la peau. Et je ne jurerais pas que je ne l'aurais pas fait.

— Je t'en supplie, laisse-moi partir, implora-t-il avec une toute petite voix. Ecoute, elle était sincèrement désolée de toute cette histoire. Et tu sais quoi ? Elle m'a même dit qu'elle espérait qu'il retournerait vivre avec toi.

Un frisson glacé me parcourut tout le corps.

— Il en avait parlé ? De revenir à la maison ?

— Bien sûr que non, rétorqua Carter. Pourquoi l'aurait-il fait ? Jessica était toute sa vie.

16

Le teint naturellement pâle de Carter blêmit encore lorsque je lui ordonnai de me conduire jusqu'à la Cent Vingt-Cinquième Rue, l'artère principale de Harlem. A peine étais-je descendue de voiture qu'il démarra sur les chapeaux de roues, comme s'il avait été poursuivi par un bataillon de Black Panthers armés jusqu'aux dents.

A dire vrai, Harlem était plutôt calme. Cinq ou six types de l'âge d'Alex qui n'avaient pas l'air d'avoir bu du Perrier sortirent nonchalamment d'un bar. Ils me jetèrent un coup d'œil en biais. J'avoue que je n'en menais pas large, mais les types disparurent presque aussitôt dans la nuit sans me laisser le temps de battre mon propre record d'anxiété. Ce n'est que lorsque le premier chauffeur de taxi à qui j'avais fait signe accéléra que je réalisai pourquoi les gosses avaient pris la tangente : j'avais toujours mon flingue à la main. Je le glissai dans mon soutien-gorge, pas hyper-élégant, mais le taxi suivant s'arrêta.

Je brouillai les pistes en passant par la Quarante-Deuxième Rue. Si Carter prévenait les flics, ceux-ci lanceraient probablement un avis de recherche auprès de la compagnie de taxis. Y a-t-il un taxi qui ait pris une femme blanche à Harlem aux environs de vingt-deux heures trente ? Où se rendait-elle ? Parfait : qu'ils aillent donc passer Times Square au peigne fin, ça les occuperait.

Je longeai trois pâtés de maison interminables au pas de course, évitant au passage des groupes d'hommes à l'air plus que douteux et des prostituées en perruques volumineuses et en mini-jupes de cuir. Les péripatéticiennes me reluquaient avec dédain, m'interpellant au passage, « Alors poulette »,

« Hep, la rombière, tu cherches un Jules ? ». Mieux valait ne pas m'engouffrer dans les couloirs obscurs du métro, de crainte d'y croiser d'autres de leurs collègues, moins conciliantes. Je poursuivis ma route sur plusieurs centaines de mètres, et fis une halte devant un théâtre, un environnement plus rassurant pour une banlieusarde de mon espèce. Il me restait dix dollars, je hélai un autre taxi et lui dis de me conduire au centre ville.

L'idée de passer la nuit à Central Park ne m'enchantait guère. Je grelottais déjà de froid et de pitié pour tous les sans-abri pour qui ceci était sans doute une nuit plutôt douce, et pour moi-même. N'empêche qu'il me fallait garder bon pied bon œil. Je me tapis dans l'ombre, en m'adossant au mur qui séparait le parc de la Cinquième Avenue. Le froid glacé des pavés transperçait la fine semelle de mes bottines. Un vent aigre agitait les branches et soulevait les feuilles mortes. Je n'arrêtais pas de me retourner vers le parc désert, des fois qu'un revenant tenterait d'escalader le mur de pierre afin de me surprendre. J'avais beau me dire que j'avais plus à craindre de la police que des morts-vivants, je n'arrivais pas à me décider à entrer dans le parc.

De l'autre côté de la rue, un taxi ou une limousine s'arrêtait de temps à autre devant l'immeuble de Tom Driscoll. Le portier de nuit s'élançait au-devant des hommes en smoking et des femmes en fourreau qui abritaient leur décolleté plongeant sous une cape de zibeline ou de chinchilla. Les maris saisissaient leurs femmes par le bras pour les entraîner vers le hall bien chauffé de l'immeuble. J'enfonçai mes mains dans mes poches. La clé de Danny était toute chaude.

Une à une, les lumières de la Cinquième Avenue et de Central Park West, de l'autre côté du parc, s'éteignirent. Il devait être onze heures passées, mais il faisait trop noir et je ne pouvais pas voir ma montre. J'étais transie, et exténuée. Comment avais-je pu oublier que l'automne était un avant-goût de l'hiver ? Et pourquoi n'avais-je pas songé à m'équiper en conséquence ? Moi qui, vingt ans durant, n'avais cessé de seriner : « Prenez vos manteaux ! » aux garçons. Je me mis à avoir des visions de manches longues et de capuche bien fermée et bien chaude. Je claquais des dents sans pouvoir m'arrêter.

J'essayai une technique de yoga apprise dans une cassette vidéo que j'avais louée après le départ de Richie, lorsque j'avais décidé de faire des exercices de relaxation plutôt que de me suicider. Je m'imaginais sur une plage de sable fin des

Caraïbes, le chaud soleil dardant ses rayons sur moi. Oui ! L'espace d'une seconde j'eus l'impression d'être à la plage. De l'autre côté de la Cinquième Avenue, les immeubles faisaient partie d'un autre monde, lointain et froid. J'étais tellement exaltée que c'est à peine si je remarquai la Lincoln conduite par un chauffeur qui s'arrêta de l'autre côté de la rue. Mais le portier s'élança soudain à sa rencontre, et se mit pratiquement à genoux devant Tom Driscoll qui descendait de voiture.

Ceci ne faisait nullement partie de mes plans. Même si j'étais en train de monter la garde, sans trop y croire, persuadée que Tom était déjà au lit, et qu'il s'était endormi au beau milieu d'un paragraphe sur la déréglementation des lignes aériennes. Je voulais être là dès le lever du jour, afin de le surprendre lorsqu'il mettrait le nez dehors.

Il n'y avait pas une minute à perdre. Je m'approchai de la chaussée et, m'efforçant de combiner le volume de Brooklyn et le raffinement de Manhattan, je criai : « Tom ! » Il continua d'avancer en direction du hall d'entrée. « Tom ! » Il se retourna. Je lui fis signe de la main. Le portier tourna la tête. Tom me rendit un petit salut distrait : probablement une voisine en train de promener son chien. Sauf que je n'avais pas de chien. « Tom » ! Il avait compris. Mais il ne réagit pas, sans doute était-il en train de se demander ce qu'il allait faire. J'avais si froid aux pieds que j'en aurais pleuré.

Tout à coup, il tendit son attaché-case au portier, frappa un petit coup sur l'aile de la Lincoln, et le chauffeur disparut. Après quoi, il se fraya un chemin entre les voitures qui remontaient l'avenue. Il fut à mes côtés en un clin d'œil.

— Comment vas-tu ? me demanda-t-il.

— Pas trop mal pour une femme soupçonnée de meurtre et qui a très envie d'aller aux toilettes.

Il ne me proposa pas de monter pour utiliser ses commodités en marbre.

— Que veux-tu ?

C'était vraiment devenu un aristocrate. Il ne portait pas de manteau : pour quoi faire quand on a une voiture bien chauffée et des domestiques aux petits soins pour vous ?

— Tom, je sais que ce n'est pas sympa de te tomber sur le paletot comme ça, à l'improviste, mais je n'avais pas le choix. J'ai besoin d'aide.

— Désolé, dit-il sèchement, comme pour décourager les avances d'un mendiant. Je ne peux rien pour toi.

— Je voudrais juste te poser quelques questions. Rien de plus. Et te demander de poser certaines questions à ta femme.

— Certainement pas.

Avec le portier qui avait les yeux rivés sur nous, ce n'était pas le moment de brandir le pistolet que je tenais caché dans mon soutien-gorge. En revanche, puisque les seules armes dont je disposais étaient factices, pourquoi ne pas essayer le chantage ?

— Tu sais, il y a un an, environ, avant que les choses ne se gâtent entre nous, Richie m'a confié qu'il faisait des recherches sur une compagnie que tu souhaitais racheter. (Tom attendait.) Il a découvert certaines choses te concernant qui n'auraient sans doute pas plu à la COB... (Les coins de sa bouche retombèrent.) Désolée, dis-je, mais je n'ai vraiment pas le choix.

— Tu n'as pas le choix, et tu te comportes comme une idiote.

— Comment cela ?

— Tu n'as pas la moindre preuve contre moi.

— Fais gaffe, Tom, ne me pousse pas.

— Très bien, que sais-tu ?

— Il faudrait que je sois idiote pour te le dire.

— Je n'ai rien à me reprocher. J'ai la conscience tranquille.

— Vraiment ?

Je ne voulais pas avoir l'air d'être en possession d'un secret inavouable.

— Tu te souviens de ce qu'on disait à Brooklyn ? Oh, mais bien sûr que tu t'en souviens. Toi surtout.

— Qu'est-ce qu'on disait ?

— Rosie, quand tu mens, ton nez s'allonge.

Il tourna les talons et repartit en direction de la chaussée.

Je le rattrapai par le pan de sa veste.

— Que dois-je faire pour que tu acceptes de m'aider ? implorai-je. Fondre en larmes ?

— Non.

— Tant mieux, parce que je ne le ferai pas.

— Lâche mon veston, veux-tu ?

Je m'exécutai.

— Bonne qualité.

— Merci.

— Excuse-moi, Tom.

Il avait l'air d'hésiter. Je me retins pour ne pas lui balancer une vacherie à la figure. Finalement, il dit :

— Viens, je te paye un café.

Lorsque le flot de gratitude se fut quelque peu estompé, je réalisai que son invitation n'était nullement motivée par la courtoisie ou la gentillesse, ni même par la pitié. Il cherchait à gagner du temps pour pouvoir me balancer aux flics.

— S'il y a encore un restaurant d'ouvert, tu pourrais peut-être m'inviter à dîner, dis-je.

Ma proposition n'eut pas l'air de l'enchanter, toutefois il ne dit pas non. Mes pieds étaient un peu moins engourdis, mais j'avais tellement froid que chaque pas me faisait souffrir. Il dit :

— Tu n'aurais pas dû essayer de me faire chanter. C'est indigne de toi.

— Je le sais. Et je te prie de m'excuser.

— Bon.

Nous retombâmes tous deux dans le silence inconfortable des personnes qui se sont déjà vues à poil. Cette fois où je l'avais invité au restaurant, nous avions passé le déjeuner à nous faire des politesses et à lire et relire attentivement la carte. Au fil des ans nous avions appris à échanger des banalités, et puis nous étions protégés par nos conjoints respectifs et par les collègues. Je ne m'étais d'ailleurs jamais approchée de lui. La dernière fois que je l'avais touché, nous avions à peine dix-huit ans, lui et moi. Il avait pris trois ou quatre centimètres depuis, et il était si devenu si grand que j'étais obligée de renverser la tête en arrière pour pouvoir le regarder en face.

— Pourquoi marches-tu de cette façon bizarre ? finit-il par dire.

— Parce que je ne sens plus mes pieds. Mais ne t'en fais pas pour eux. Es-tu d'accord pour m'aider ?

Peut-être qu'au fil des ans Tom avait échangé son cœur contre un bloc de glace, mais je savais, en revanche, qu'il était incapable de mentir. Il n'allait pas me dire : « Mais oui, bien sûr » s'il s'apprêtait à transmettre un signal en morse au premier passant venu pour lui dire d'appeler le 911.

— Pourquoi t'aiderais-je ?

— Parce que nous sommes de vieux amis ? (Il se raidit soudain un peu plus.) Parce que je n'ai pas tué Richie. (Ses sourcils se soulevèrent d'une fraction de millimètre. De toute évidence, il s'agissait là d'une éventualité qui ne l'avait jamais effleuré.) Parce que je ne mérite pas de passer le reste de ma vie en prison pour un crime que je n'ai pas commis. Il faut que je retrouve l'assassin, coûte que coûte.

— Rosie, je t'en prie, ne fais pas une chose pareille.

— Je n'ai pas le choix, Tom.

— Que pourrais-je te dire ? C'était surtout un ami de ma femme. Pour ma part, je n'avais que des relations de travail avec lui. De plus, je ne traitais pour ainsi dire jamais directement avec lui. C'était toujours par secrétaires interposées.

— Je sais que Joan — je me gardai bien de l'appeler Jo'lap — voyait souvent Richie et Jessica Stevenson à l'époque où lui et moi étions encore un couple heureux.

— Et alors ? dit-il sèchement.

— Je sais aussi que Joan et Richie étaient très proches, comme ils le disaient eux-mêmes. Mais entre sa rencontre avec Jessica et une liaison antérieure qu'il avait eue avec sa secrétaire, j'ai découvert une zone d'ombre dans la vie de Richie. Je voudrais savoir ce qui s'est passé. Je ne peux pas me satisfaire de zones d'ombre. Je voudrais savoir la chose suivante : Joan serait-elle au courant d'une liaison que Richie aurait eue avec une autre femme, avant Jessica ? (Il ne répondit pas.) Tom, je ne suis pas maso. Je ne suis pas le genre de nana qui prend son pied à se faire raconter les fredaines de son mari. Simplement, j'essaye de remplir les zones d'ombre parce qu'il me faut une théorie solide et cohérente à offrir à la police. Je suis en train d'essayer de sauver ma peau.

— Tu ne penses pas que c'est précisément le boulot de la police ?

Nous attendîmes que le feu passe au rouge. Je respirai bruyamment, j'étais en nage.

— Ils ont déjà une théorie toute prête et qui a l'air de tout à fait leur convenir : pour eux, je suis coupable, point final. Comme ça, ils n'ont pas besoin d'aller chercher plus loin.

Tom prit une longue inspiration avant de déclarer très lentement :

— Joan et moi avons dîné avec lui et une autre femme — avant Jessica. J'étais horriblement mal à l'aise. Je n'arrivais pas à croire qu'il était assez vulgaire, et assez bête — du point de vue professionnel — pour oser s'afficher avec...

— Une femme avec qui il baisait, suggérai-je.

— Sa maîtresse. (C'est vrai que Tom avait étudié chez les curés.) Et je ne comprends pas comment Joan a pu accepter de dîner avec eux si elle était au courant. Elle a ses défauts, j'en conviens, mais ce n'est pas une entremetteuse.

— Et la femme, qui était-ce ?

— Je ne sais plus.

Il ne baratinait pas, j'en étais sûre. Je le connaissais bien.

— Y a-t-il certains détails dont tu te souviendrais ?

Il réfléchit un moment en se massant le front.

— Jolie. Bien habillée, sans extravagance cependant.

Tom ne se souvenait pas de ce qu'elle faisait, ni d'où elle venait. A dire vrai, il ne se souvenait pas de grand-chose. Il était tellement contrarié qu'il ne s'était pas joint à la conversation.

— Te souviens-tu quand vous avez dîné ensemble ? demandai-je.

— L'hiver dernier. En février, je crois. Ou en mars.

— As-tu eu l'impression qu'il s'agissait d'une relation essentiellement sexuelle ou qu'il y avait autre chose ?

Il contempla un moment le ciel sans étoiles.

— Je ne sais pas en ce qui le concerne lui. Mais elle avait l'air assez amoureuse. (Il se massa à nouveau le front.) Je dirais même qu'elle était très amoureuse. Et excitée par le côté illicite de la chose. J'imagine qu'elle était mariée.

— Amoureuse comment ? Entichée ou vraiment amoureuse ?

— Je l'ignore.

— Mais si tu devais te prononcer ?

— Je dirais amoureuse.

— Et lui, il avait l'air amoureux ? N'aie pas peur de me blesser.

— Je ne saurais le dire. Il était distant, indéchiffrable. Comme quelqu'un qui ne veut pas se trahir. Enfin, je dirais qu'il n'était pas amoureux, simplement très attiré.

Tom semblait avoir un restaurant en tête, mais me voyant trébucher sur mes pieds engourdis, il m'entraîna à l'intérieur d'un boui-boui italien amélioré de Madison Avenue.

Tout à coup, je me souvins d'un certain jour, le lendemain de son admission à Dartmouth. Nous avions séché les cours pour fêter la chose. Après avoir passé toute la matinée et l'après-midi à faire l'amour dans la salle des compteurs électriques et dans le local à vélos, au sous-sol de l'immeuble, nous avions une faim de loup. Il m'avait invitée à dîner. « Boulettes de viande, et spaghettis », avait-il annoncé, grand seigneur. Mais, sachant qu'il était raide comme un passe-lacet, j'avais renoncé aux boulettes.

Cette fois, le garçon, un homme âgé, veste rouge impeccable, petite moustache blanche, s'empressa de me présenter une chaise. Sans que j'aie besoin de dire quoi que ce soit, Tom secoua la tête et lui indiqua la chaise opposée, celle qui tournait le dos à la salle. Contournant aussitôt la table, le garçon s'exécuta. Puis Tom commanda une bouteille de Barolo et ordonna qu'on apporte les menus sur-le-champ.

— Il faut que j'aille aux toilettes, dis-je.

— Bien, dit Tom.

— Comment ça, bien ? Crois-tu toujours en Dieu ?

— Quoi ?

— Réponds-moi.

— Je pense, oui.

— Bon. Dans ce cas, tu vas faire le serment de ne pas appeler la police ni personne pendant que je suis aux toilettes. Oh, et puis au cas où tu déciderais subitement que tu ne veux plus m'aider, sois gentil de laisser suffisamment d'argent pour que je puisse payer mon dîner.

Il se mit à rire, mais je ne me sentais vraiment pas capable d'en faire autant, alors il se fit une petite croix sur le cœur.

— J'espère que tu te rends compte qu'il s'agit de complicité d'évasion ?

— Quand un homme vient de conclure un marché avec toi, Rosie, ne lui dis pas qu'il est en train de se faire avoir jusqu'au trognon.

Lorsque je revins des toilettes, l'atmosphère était beaucoup plus détendue. Certes, Tom n'était pas l'Irlandais bon vivant, chaleureux et charmeur que j'avais connu à Brooklyn. Il était arrivé là où il avait toujours rêvé d'arriver, mais son air pincé, ses lèvres blêmes, son regard éteint et son austère costume bleu marine en disaient long sur ce qu'il avait enduré pour y arriver.

— Notre amitié est un de mes meilleurs souvenirs, lança Tom.

— Pour moi aussi. On a bien rigolé. (Il hocha la tête sans me regarder. Sans doute « rigolé » était-il mal choisi. Je parie qu'il n'aurait pas été mécontent de publier notre histoire, à condition toutefois d'en ôter toutes les scènes osées.) Et aujourd'hui, Tom ? Comment va la vie ?

— Ça, c'est une question de femme à une autre femme.

— Les hommes se fichent-ils du bonheur ?

— Non, mais c'est un sujet qui leur tient moins à cœur. (Il fit signe au garçon qui vint prendre la commande. Puis il ajouta :) Je ne suis pas à plaindre.

— Tant mieux. Pouvons-nous parler des relations de ta femme et de mon époux, à présent ?

— Que veux-tu savoir ?

— Tout.

Il soupira, comme un homme pour qui faire la conversation consiste à discuter des intérêts de la Bundesbank.

— Il voulait — comment dire ? — devenir quelqu'un de sophistiqué. Elle lui servait de mentor.

— Mais pourquoi ?

Il tourna les yeux vers le garçon, celui-ci arriva en courant.

— Je l'ignore. Disons que c'était le syndrome de Pygmalion.

— Elle était Pygmalion et lui Galatée ?

— En quelque sorte.

— Sauf que dans le mythe originel, ils se marient.

— Eh bien, disons qu'elle le trouvait attirant.

— Tu veux dire sexuellement ?

— Probablement.

— Tu penses qu'ils...

— Non.

— Et pourquoi pas ?

— C'est l'homme qui invite la fille à danser.

— La femme, murmurai-je, malgré moi.

Et le fait est que je n'imaginais pas du tout Richie en train d'inviter Jo'lap à danser. Ce n'était pas tant une femme qu'une tartine de maquillage surmontée d'un chignon si parfait qu'on l'aurait dit moulé dans du plastique. En dépit de ses nouveaux roberts en ballons de rugby, il n'y avait pas un gramme de sensualité chez cette femme. Elle s'était réduite à sa plus simple expression : une tête sur un ensemble Chanel.

— Rick, Richie, ou je ne sais comment il se faisait appeler, continua Tom, aimait les femmes jeunes, à en juger par Jessica.

— A qui le dis-tu ! A l'exception de sa secrétaire, même si elle était plutôt gironde autrefois, une vraie pin up des Jeunesses hitlériennes.

Je songeai à Jo'lap, dont les bras étaient si décharnés qu'on devinait l'interstice entre le radius et le cubitus sous la peau cuite et recuite par le soleil.

— Non, je ne pense pas qu'il ait jamais été attiré sexuellement par Joan. Il n'y avait rien de plus que de l'amitié. (Tom se tortilla sur sa chaise. Il examina le contenu de la corbeille à pain. Soudain, ses yeux rencontrèrent les miens.) Ils avaient besoin l'un de l'autre. Je crois qu'il prenait son pied à lui raconter ses histoires. Et je pense qu'elle était fascinée, pas seulement par ses prouesses de chat de gouttière, mais aussi par la façon qu'il avait de tricher, et de mener deux vies parallèles. Elle prenait son pied à le voir avec différentes femmes. Ses conquêtes. Toi.

J'attirai à moi la corbeille à pain et méditai un instant en silence, incapable de choisir entre un gressin et un petit pain.

— J'imagine ce que tout ceci doit avoir de pénible pour toi, ajouta-t-il.

— Je suis dans une situation extrêmement difficile. Je suis capable de tout entendre.

Le garçon revint avec deux bols pleins d'un épais minestrone dont la vapeur me réchauffa les joues. L'arôme appétissant me fit monter les larmes au yeux. Je racontai à Tom comment la faim avait eu raison de mon honnêteté et de ma peur, et comment j'avais arraché un sac de Burger King des mains d'une jeune fille de Greenwich Village. Il regardait fixement sa soupe. Lorsqu'il releva la tête, ses yeux à lui aussi étaient embués. Après quoi, il me jeta un regard exaspéré. Lorsque le garçon qui était revenu en hâte avec un bol de parmesan vit les larmes dans nos yeux, il s'arrêta net et fit demi-tour. Tom ne le remarqua même pas. Il était perdu dans ses pensées.

Je profitai de ce moment de silence pour commencer à manger ma soupe, la plus délicieuse que j'aie jamais goûtée, bien chaude, savoureuse. Chaque carotte, chaque haricot, chaque tomate, chaque épice avait un goût exquis. Elle était plus délectable encore que la soupe de poulet de ma propre mère, plus réconfortante que la meilleure bisque ou le meilleur consommé que Richie m'ait jamais emmené manger dans un restaurant français.

Mais je commençais à craindre que Tom ne me file entre les doigts. Regrettait-il d'avoir accepté de m'aider ?

— Tu ne me dois rien, dis-je.

Ma voix le fit sursauter. Il lâcha sa cuillère qui retomba dans la soupe, éclaboussant de rouge le plastron immaculé d'une chemise digne du bon Dieu en personne.

— Que dis-tu ?

— Je dis que tu ne me dois rien du tout. Nous avons été très amis, et nous nous sommes bien amusés. Mais nous ne nous sommes jamais juré amour éternel et fidélité. Tu sais que je suis dans de sales draps, ce n'est pas une raison pour t'y mettre toi aussi.

Il retourna dans ses pensées. Le garçon revint et, voyant

qu'il n'avait pas touché sa soupe, tourna les talons. D'un petit geste du poignet, Tom lui fit signe de débarrasser.

Il ne toucha pour ainsi dire pas à ses linguini, mais son silence, et Dieu sait s'il était pesant, ne m'empêcha nullement d'avaler les miens jusqu'au dernier. Franchement, mieux valait qu'il ne remarque pas que j'avais assez d'appétit pour dévorer un cheval. Sa femme était si maigre, si mondaine. Lorsqu'ils avaient fait connaissance, elle avait confié à Richie qu'elle avait été boulimique pendant quatorze ans, et qu'en dehors de son psychiatre, Richie était la seule personne à qui elle s'était jamais confiée. Je me demandai si Tom était au courant, ou s'il était assez naïf, ou indifférent, pour mettre sa minceur sur le compte d'un métabolisme exceptionnel ou d'un self-control remarquable.

Il leva la main et fit un geste au garçon qui revint aussitôt avec l'addition. Tom y jeta un coup d'œil rapide et sortit une carte de crédit. Dès que le garçon eut tourné le dos, il dit :

— Tu m'as demandé si j'étais heureux ? (Je hochai la tête.) J'aime ce que je fais. Je fais redémarrer des sociétés. Je crée des emplois, et il se renversa dans son fauteuil en soupirant, visiblement exténué par une journée de galérien.

Mais je ne voulais pas laisser mourir la conversation.

— Tes parents sont toujours en vie ? demandai-je.

Mis à part les cheveux blancs, Tom aurait pu être le clone de son père : le même visage mince avec la même mâchoire carrée, et les mêmes yeux bruns. Mais son père était beaucoup plus jovial que Tom. Il était chauffeur-livreur chez un brasseur, c'était un joyeux drille, chaleureux et démonstratif. Mr Driscoll m'accueillait toujours avec un « Voilà Rosa la rose, la plus belle des fleurs ! » en me passant une main dans les cheveux. Il va sans dire qu'il ignorait que Tom et moi nous exercions au Kamasoutra sur le toit de l'immeuble, étendus sur un drap que nous avions fauché sur une corde à linge, alors que nous étions censés échanger des leçons de latin contre des cours de physique.

— Il a été licencié à cinquante-huit ans. Il n'a jamais pu retrouver de boulot. Ça l'a complètement démoli. Deux ans plus tard, il était mort.

— Je suis désolée. Et ta mère ?

Je la connaissais à peine. C'était une petite femme replète qui lisait quatre à cinq journaux par jour. Lorsqu'elle n'était pas en train de lire ou de faire le ménage, elle mettait son chapeau et filait à la messe.

— Elle va bien. Elle habite avec ma sœur Cathy à Garden City. (Il hésita.) A l'enterrement, ta mère m'a semblé un peu... bizarre.

— Elle fait de la démence sénile. Je suis absolument désolée pour tout ce qu'elle a raconté.

— Il n'y a pas de mal, murmura Tom.

Le garçon revint et Tom signa la note.

— Merci, monsieur, dit le garçon en manifestant un certain enthousiasme pour indiquer qu'il était content, sans plus, du pourboire.

— Et puis j'aime gagner de l'argent, aussi, dit Tom en se levant.

— Bien, dis-je.

Tandis que nous approchions de la sortie, son front se plissa soudain. Il parla si vite que je faillis presque ne pas l'entendre.

— J'ai connu six mois de bonheur avec ma femme.

Désorienté, il regarda de côté, puis derrière lui, à la recherche du ventriloque qui avait prononcé ces mots.

— Lesquels ? demandai-je tout bas.

— Les six premiers. (Il passa un doigt dans son col de chemise, pour le desserrer un peu.) Puis elle est descendue à Palm Beach, voir une amie d'enfance. Lorsque je suis rentré du boulot un soir tard, aux environs de onze heures, j'ai trouvé ses valises dans le couloir.

— Et alors ?

— J'ai eu la nausée.

Dehors, la température était encore tombée. Nous frissonnâmes, assaillis par l'air glacé.

— Qu'est-ce qui s'est passé ? demandai-je.

— J'ai soudain réalisé que nous nous étions mariés uniquement parce que nous pensions l'un et l'autre que le moment était venu de nous marier. Je pense que je lui ai plu parce que son paternel lui avait dit que j'étais un battant. Il était avocat dans une boîte que j'avais rachetée quand je travaillais encore à la banque. Ce n'était pas un avocat génial, il ne roulait pas sur l'or, mais il avait de bons diplômes et présentait bien. Pour moi, ce type avait de la classe. Deux ans plus tard, il me présentait à Joan. J'avais déjà plein de fric à l'époque, à ne plus savoir qu'en faire.

— Mais elle, si.

— Alors je les ai accueillis à bras ouverts. Il y avait une chose dont j'étais certain : je ne voulais pas passer le restant de ma vie à aller aux soirées dansantes du country club. Je voulais autre chose. (Tom croisa les bras et glissa ses mains sous ses aisselles.) Et Joan était parfaite. Elle était l'anti-Brooklyn par excellence. Elle était élégante et beaucoup trop ambitieuse pour aller s'enterrer dans un endroit comme New Canaan. De plus, elle était drôle et délicieusement persifleuse. Sans compter qu'elle avait des tas de relations. Si bien que j'ai fini par me dire que c'était la femme qu'il me fallait. Je ne voulais qu'une chose à l'époque : que nous soyons toujours moi en smoking, et elle en robe du soir, et avec d'autres gens : nous ne regardions jamais la télé ensemble, nous ne taillions jamais un arbre, nous n'emmenions jamais les gosses à l'église, le genre de vie qu'avaient menée mes parents. Joan avait étudié à Spence, à Holyoke, elle avait passé ses étés en Provence. Elle avait grandi dans un autre monde — là où je voulais être, précisément.

Il s'approcha de la chaussée pour voir s'il apercevait un taxi.

— Tu n'as jamais songé à divorcer ?

— Si, mais cela va à l'encontre de mes principes, de mon éducation. Alors je me suis toujours efforcé de voir le bon côté des choses. Je me suis dit que ça s'arrangerait lorsque nous aurions trouvé un objectif commun autre que mon argent. Comme des gosses, par exemple. Mais cela ne s'est jamais fait, et nous sommes restés ensemble malgré tout.

— Pourquoi ?

— Pourquoi pas ? J'ai fini par me dire que c'était aussi bien ainsi. Et c'est toujours vrai, du reste. Je mène une vie indépendante. Je suis toujours parti à droite et à gauche, mais j'ai une femme quand j'en ai besoin.

Tom héla un taxi. Il ouvrit la portière pour moi.

— Nous pourrions retourner chez moi, dit-il. (Je secouai la tête.) Tu n'as pas à t'en faire, m'assura-t-il. Joan n'est pas à New York.

— Mais tu n'as pas peur qu'on nous voie ensemble ? demandai-je. (L'espace d'un instant, le visage de Tom devint totalement inexpressif, presque hagard.) Je suis une femme. Que va penser le portier ? Ou les voisins ?

— Oh.

Il avait l'air de tomber des nues. Il n'avait nullement songé à une nuit de concupiscence et de volupté. Tom était-il devenu si chaste en vieillissant qu'il avait totalement coupé les ponts avec le jeune étalon en érection permanente que j'avais connu à Flatbush.

Le chauffeur du taxi baissa la vitre et grommela avec un accent comme je n'en avais encore jamais entendu :

— Alors, c'est pour aujourd'hui ou c'est pour demain ?

— A Broadway, dit Tom, en passant par le parc, puis il me poussa à l'intérieur du taxi, comme un gros paquet récalcitrant.

— Où nous emmènes-tu ? murmurai-je, tandis que le chauffeur se faufilait dans le flot du trafic sans se soucier des autres voitures.

— Je n'en sais rien. Nous trouverons bien quelque chose. Et puis tu n'es pas obligée de chuchoter. (Tom frappa à la vitre en Plexiglas qui nous séparait du chauffeur :) Combien de temps pour aller à Broadway ? demanda-t-il en haussant le ton.

— Quoi ? gueula le chauffeur.

Filtrée par la paroi en Plexi, sa réponse nous parvint comme un gargouillis.

— Rien, s'écria Tom avant de se laisser retomber sur la banquette, en ayant soin de laisser suffisamment d'espace entre nous pour loger une baleine. Maintenant, raconte-moi tout, dit-il doucement. Si tu veux que je t'aide, il faut me faire confiance. Je veux connaître tous les détails.

Je commençai par le lendemain de mes noces d'argent. Puis je lui racontai tout ce qui s'était passé depuis la mort de Richie — sans lui donner le nom de Danny, cependant, ni préciser qu'il s'agissait d'un ami d'Alex qui était tout le temps fourré à la maison lorsqu'ils allaient au lycée ensemble. Je lui dis simplement qu'il s'agissait d'un de mes anciens élèves. Et je terminai en lui racontant ce que Carter Tillotson m'avait avoué après que je l'eus menacé d'un pistolet. Je lui aurais volontiers offert de jeter un coup d'œil à mon arme, mais il n'était visiblement pas d'humeur à explorer mon soutien-gorge.

Tom ne ferma pas les yeux et ne pinça pas les lèvres en signe de méditation profonde. En fait, il avait l'air parfaitement normal, comme s'il ne m'avait pas écoutée — sauf que j'avais parlé pendant cinq minutes. Pour passer le temps, je lorgnai les mèches argentées qui ponctuaient ses cheveux bruns. Il finit par me regarder et s'éclaircit la voix.

— As-tu une idée de qui aurait pu faire le coup ? demandai-je.

— Tu plaisantes ? Nous n'en sommes pas là, loin s'en faut. Il te faut davantage d'informations, retracer les liens entre les personnes. Tu n'en es qu'au comment.

— Et qu'en est-il du pourquoi ?

— Le pourquoi ? répéta-t-il, comme s'il s'agissait d'une information que je ne pourrais vraisemblablement pas obtenir avant la moitié du XXIe siècle.

— Bon, oublions le pourquoi.

— Maintenant, dis-moi. Etait-il possible d'apercevoir la voiture de Rick là où elle était garée ?

— La voiture elle-même, non. Mais une personne arrivant par la route en voiture, ou à pied avec une lampe de poche, aurait aperçu le réflecteur sur le côté de la voiture.

— Donc, si le type l'avait aperçu, pourquoi se serait-il...

— Ou elle.

— Non, Rosie ! C'est trop tôt. Pourquoi se serait-il donné la peine de se garer de l'autre côté de la voiture de Rick ? Au lieu de s'arrêter sur le bas-côté pour se rendre à pied jusqu'à la voiture ?

— Parce qu'il ou elle ne voulait pas être vu ?

— Bon. Pour toi, c'est elle, grommela-t-il. (Je ne dis rien, réalisant soudain qu'il valait mieux ne pas le pousser à bout.) Et pour moi, c'est il, d'accord ?

— D'accord, acquiesçai-je.

— Revenons-en aux traces de pneus à côté de la voiture de Rick. Le commissaire Gevinski prétend que se sont celles d'une patrouille de police, dit Tom. Mais cela n'a aucun sens.

— Pourquoi cela ?

— Parce que les flics se seraient arrêtés sur le bas-côté.

— Mais c'est vrai !

J'étais époustouflée par la pertinence de sa remarque. Et furieuse de ne pas y avoir songé moi-même.

— Très bien, dit-il, avec une voix d'homme d'affaires. Venons-en aux traces de boue. Il y avait de la boue sur les semelles de Rick et sur le sol de la cuisine. C'est bien cela ?

— Exact.

— Y avait-il des traces de pas ?

— Non, juste des traces de boue.

— En toute logique, des chaussures de sport devraient laisser des empreintes, n'est-ce pas ?

Je hochai la tête.

— Je pense que celui qui a fait le coup a éparpillé les empreintes parce qu'elles ne correspondaient pas à celles de Richie.

— Et tu n'as pas retrouvé de boue ailleurs dans la maison ?

— Non, pas une miette.

— Dans ce cas, il y a deux possibilités. Ou bien Rick n'a

pas pu aller plus loin que la cuisine, ou bien il l'a fait : auquel cas la boue qui se trouvait sur ses semelles y a été placée ultérieurement.

— Mais s'il s'en retournait à la cuisine, comment se fait-il qu'on n'ait retrouvé aucun papier sur lui ?

— Parce que l'assassin les lui a pris...

— Bon Dieu ! Mais c'est évident !

— ... Ou parce que Rick n'a pas trouvé ce qu'il était venu chercher. Maintenant, qu'en est-il de l'extérieur de la maison ?

— Que veux-tu dire ?

— Tu n'habites pas dans une cahute au milieu des bois. Il y a des escaliers, des allées. Y avait-il des traces de boue à l'extérieur ?

— Non. Attends, laisse-moi réfléchir. (J'essayai de revoir les marches qui menaient à la cuisine. Impossible. Je réalisai soudain que je n'avais pas regardé les marches, ni le soir-même ni le lendemain.) Je ne me souviens pas être sortie de la cuisine ou être allée vers la porte lorsque j'ai trouvé Richie. Et quand les flics sont arrivés, je les ai fait entrer par devant, si bien que... je n'ai pas remarqué s'il y avait des traces à l'extérieur. Mais la police me l'aurait dit.

— Tu plaisantes ? s'exclama Tom. Tu es le suspect numéro un. A mon avis, s'il y avait eu des traces de pas à l'extérieur, les flics ne se seraient pas empressés de te désigner comme coupable. Cela étant dit, s'il y avait des traces de boue à l'intérieur, il y en avait forcément dans l'allée qui mène à la maison. L'assassin a certainement éparpillé les traces à l'extérieur, afin de faire croire aux flics que c'étaient celles de Rick.

— Ou bien les flics n'y ont vu que du feu, et le vent les a emportées.

— Possible, murmura Tom en retombant dans un silence songeur.

Lorsqu'il redescendit sur terre, il me demanda ce que je comptais faire. Je lui dis qu'il me fallait interroger Jessica, Joan, Stephanie. Et Madeline Berkowitz aussi. Peut-être était-elle au courant des ragots qui couraient en ville, au sujet de Mandy, de Carter ou de Richie.

Nous étions arrivés au centre ville, nous dépassâmes le World Trade Center, et Tom régla le taxi.

Nous marchâmes sur trois ou quatre cents mètres. L'endroit était trop désert pour être véritablement inquiétant. Nous entrâmes dans le premier bar encore ouvert qui se trouvait sur notre chemin, le Big Bob, un ancien bar à bières — tout sombre, avec un bar en bois sculpté et des vieux dessous de verres pourris — reconverti en café des Sports pour yuppies alcooliques, dans lequel on avait installé quatre écrans de télévision. Les derniers clients étaient agglutinés autour du bar, pour regarder ce qui ressemblait à un match de foot sur une télé qui présentait le monde en vert pomme. Nous nous assîmes tout au fond du bar, si loin que nous étions presque invisibles. Tom commanda un brandy. Je commandai un whisky soda, parce que je me sentais comme Barbara Stanwyck, solide certes, mais sensuelle.

Tom ne remarqua rien.

— Nous pouvons rester ici jusqu'à la fermeture. Ensuite nous changerons de crémerie.

— Pour aller où ? demandai-je.

— Nous verrons bien. En attendant, revenons-en à nos moutons. Moi, je peux interroger Joan. Simplement, tu me diras précisément ce que tu veux savoir.

— Merci.

Il hocha la tête.

— Mais tu ne dois pas approcher Jessica. C'est trop dangereux. Elle sait que tu es en cavale. Et je suis certain qu'elle a la trouille. Même si elle n'a pas demandé la protection de la police, elle a certainement engagé un garde du corps. Laisse-moi m'en occuper. En ce qui concerne tes deux amies de Long Island... (J'avais toujours pensé que Tom était remarquablement intelligent ; sa capacité à assimiler et à analyser autant d'informations en aussi peu de temps avait de quoi impressionner.) Je te conseille d'attendre un peu. D'abord parce que tu dois profiter de ton séjour à New York pour élucider le plus d'énigmes possible. Ensuite, parce que tu habites dans un tout petit patelin. Tu enseignes au lycée du coin ; tout le monde te connaît. Lorsque tu retourneras là-bas, il faudra le faire sur la pointe des pieds, et prendre les gens par surprise. Mais j'oubliais, ajouta-t-il, que tu étais passée maître en la matière.

Nous quittâmes le bar un quart d'heure plus tard, juste après le dernier yuppie, après quoi nous prîmes la direction du ferry de Staten Island, au sud. J'étais obligée de trotter à ses côtés pour ne pas me laisser distancer. Il faisait de telles enjambées.

Une image me revint brusquement en mémoire, comme un flash : Tom et moi à dix-huit ans. Nous étions devant la cage aux singes du zoo de Prospect Park. Et moi je trottais à ses côtés pour ne pas me laisser distancer. Les gorilles et les chimpanzés criaient à tue-tête comme s'ils avaient été en train d'auditionner pour Tarzan, lorsque, de but en blanc et le plus naturellement du monde, Tom m'annonça qu'il avait invité une autre fille, élève à Notre-Dame-de-Tous-les-Saints, au bal de la fac. « La meilleure copine de la copine de mon copain Bobby », expliqua-t-il, sans ralentir le pas.

Comment peux-tu me faire une chose pareille ? avais-je songé en moi-même. Il n'y a pas que le sexe entre nous, Tom. Si nous vivions ensemble dans une mansarde de Greenwich Village, les voisins nous considéreraient comme un vrai couple. Notre relation n'est pas uniquement physique. Nous sommes de vrais amants. Nous parlons ensemble. J'ai lu les essais de saint Thomas d'Aquin sur l'existence de Dieu parce que tu m'avais dit qu'ils étaient harmonieux. Harmonieux : j'adorais ce mot. Et toi, tu as lu *La Tempête* parce que je te l'avais conseillé. Et tes remarques étaient incroyablement pertinentes.

Mais à l'époque, la seule chose que j'avais réussi à lui demander, c'était le nom de la fille. Peggy, m'avait-il répondu, avec sa désinvolture habituelle. Puis il avait ajouté : « Eh, Rosie, si on se payait une glace au chocolat, toi et moi ? » J'avais secoué la tête.

Tom demanda :

— Es-tu sûre de vouloir rester à New York ?

Trente ans plus tard, j'étais tellement furieuse que c'est à peine si j'arrivai à articuler.

— Ai-je seulement le choix ?

— Mais oui. Tu peux aller partout où tu n'as pas besoin d'un passeport.

— Mais qu'est-ce que tu racontes ?

— Je peux t'emmener n'importe où en jet privé. Personne ne te remarquera. Je veillerai à ce que tu sois installée convenablement et à ce que tu aies tout ce qu'il te faut. Ce sera un secret entre toi et moi. Et tu pourras refaire ta vie.

J'aurais dû verser des larmes de reconnaissance ou rester bouche bée. Mais je dis :

— Pourquoi ne m'as-tu pas emmenée au bal de la fac ?

— Rosie !

— Oui, pourquoi ?

Il me tapota l'épaule de l'index.

— Ne change pas de conversation, tu veux ?

Nous restâmes un instant silencieux, à côté d'une station de taxis déserte. Je n'avais pas la moindre idée d'un endroit où aller.

Au bout d'une dizaine de minutes, je dis :
— Ta proposition... me va droit au cœur. Je me suis conduite comme une ingrate, je te demande pardon.
— Ça ne fait rien, marmonna-t-il.
— C'est la proposition la plus généreuse qu'on m'ait jamais faite.
— Tu veux que je m'en occupe ? demanda-t-il tout en scrutant l'horizon à la recherche d'un taxi.
— Mais comment veux-tu que je refasse ma vie ? J'ai des enfants. Je ne peux tout de même pas renoncer à mes deux fils.

Nous retombâmes à nouveau dans le silence. Le vent du large était glacé, pénétrant et humide. Je l'imaginai en train de me prendre dans ses bras et de m'attirer à lui pour me tenir chaud, lorsqu'il fourra ses mains dans ses poches. Je dis soudain :
— Tu as déjà pris suffisamment de risques. Tu ne peux pas fiche ta vie en l'air pour moi.
— J'ai quarante-sept ans, dit-il.
— Je sais. Moi aussi.
— Et je n'ai pas d'enfants. Je n'ai jamais pris de risques qu'avec l'argent, et l'argent continue tout de même d'affluer parce que jusqu'ici j'ai toujours gagné tous mes paris. C'est drôle : les gens me voient comme un joueur, alors qu'en réalité je suis quelqu'un d'extrêmement prudent.
— Alors pourquoi prendre de tels risques subitement ?

Tom hésitait, les mots sortaient un à un, comme s'ils devaient passer à la caisse avant de sortir.
— Parce que je voudrais savoir si je suis capable de faire une bonne action, pour voir si je peux ressembler, même de très loin, à l'homme que j'ai toujours rêvé d'être.
— Et qui est cet homme ?
— Un homme qui a des couilles.

Lorsqu'un taxi s'approcha enfin, Tom lui dit de nous conduire au meilleur motel de l'aéroport de La Guardia. Je secouai vigoureusement la tête.
— Du calme, dit Tom. En tout bien tout honneur.

Il n'y avait plus de chambres communicantes à l'Highlander. Et la suite nuptiale offrait un lit double surmonté d'un dais orné d'un miroir. Tom prit ce que le concierge de l'hôtel appelait la suite présidentielle sous le nom de Mr et Mrs Smith et régla en espèces. Le concierge ne sembla s'étonner ni du nom bidon ni du fait que nous n'avions pas de bagages.

Tout ce qu'il y aurait pu y avoir comme attirance sexuelle entre un homme et une femme — ex-amants — qui pénètrent dans une chambre d'hôtel s'était dissipé avant même d'avoir existé. Nous n'avions pas sitôt franchi le seuil de la chambre que Tom se précipita vers le téléphone. Il chaussa une paire de lunettes à monture d'écaille, et appela son bureau pour interroger son répondeur.

— Fais une liste des questions que tu veux que je pose à Joan, me dit-il.

Le combiné coincé entre le menton et l'épaule, il enfonçait les touches d'un petit agenda électronique. J'avais terminé avant lui. Le répondeur n'en finissait pas de dévider ses messages.

Si la suite présidentielle n'avait pas été dépoussiérée depuis un certain temps, le salon n'en demeurait pas moins plaisant avec son mobilier sobre mais imposant en PVC massif, certes, qui n'était pas sans rappeler la Maison Blanche. Le canapé vert d'eau, avec ses pieds cambrés en pattes d'oiseau, était si moelleux que je m'obligeai à garder les pieds par terre pour ne pas succomber à la tentation du sommeil.

Tom ôta sa veste et l'accrocha sur le dos de sa chaise.

— Joan et moi ne sommes pas le genre de couple à rester des heures au téléphone. Il va falloir que je lui raconte un bobard pour lui tirer les vers du nez.

— J'aimerais bien écouter la conversation depuis l'autre poste, dis-je.

— J'aimerais mieux pas.

Vous parlez d'un euphémisme.

— Mais tu risques de passer à côté d'un détail important, expliquai-je. (Tom secoua la tête tout en cherchant le numéro de Jo'lap sur son agenda électronique. Je poursuivis :) Quelle importance ? Demain tu partiras de ton côté et moi du mien, les chances pour que je vous rencontre jamais, toi ou elle, sont pratiquement nulles — surtout si je me retrouve à la chaîne de montage du pénitencier, en train de visser des plaques minéralogiques. Je veux simplement entendre ses réponses.

Il jeta un coup d'œil à mon questionnaire.

— Bon, si tu y tiens absolument... (Il composa le numéro.) Mrs Driscoll, je vous prie. Je me fiche du règlement. Je suis son mari. Passez-la-moi. (Il couvrit le combiné avec la main.) File dans une des chambres. Vite. (Je n'eus pas le temps de décrocher avant que Jo'lap ne prenne la ligne, mais elle était trop groggy pour s'en apercevoir.) Joan, dit Tom. C'est moi, désolé de te réveiller, mais il y a une chose que je voulais te demander.

— A quel sujet ?

J'entendis le cliquetis d'un interrupteur, suivi du sifflement d'un briquet à gaz. J'ôtai mes bottes et m'allongeai sur le lit.

— A propos de Data Associates, dit Tom. Tu sais, si j'ai gardé le contact avec eux, c'est uniquement parce que Rick et toi étiez de bons amis...

— J'ignorais que tu n'étais pas content de leurs services, glapit-elle.

— Eh bien, maintenant tu le sais.

Il parlait d'une voix atone, désabusée, mais surtout glaciale. Tout au long de notre vie de couple, et bien avant Jessica, il nous était arrivé de nous engueuler, Richie et moi. Je veux parler de grosses bagarres. Il me hurlait des insanités à la figure et me claquait la porte au nez dix fois de suite. Et moi je lui disais d'aller se faire voir, au moins aussi souvent. Je me souviens même de lui avoir jeté un soufflé au Grand Marnier à la tête, une fois. Mon seul regret était qu'il eût réussi à l'éviter. Il nous arrivait de ne pas nous adresser la parole pendant des jours. Mais il ne m'avait jamais traitée avec une telle froideur : Tom et Jo'lap se conduisaient comme deux employés d'une énorme corporation qui sont obligés de se supporter et de travailler côte à côte pendant des années alors qu'ils se vouent une haine sans bornes. Contrairement à Richie, cependant, qui me disait froidement d'aller me faire foutre ou de crever, Tom restait poli avec sa femme.

Jo'lap exhala ce qui ressemblait à une bouffée de cigarette interminable.

— Continue, dit-elle.

— Penses-tu que cette Jessica Stevenson sera plus capable que lui de faire tourner la boîte ?

Si je n'avais pas eu les pieds en compote et une vague lueur d'espoir pour me tenir éveillée, je crois que je n'aurais pas pu garder les yeux ouverts.

— Jessica est censée être un petit génie, rétorqua Jo'lap. Rick ne jurait que par elle. D'après lui, c'était elle, et elle seule, qui avait fait d'une entreprise ordinaire une société d'envergure internationale.

— Il couchait avec elle. Il n'allait tout de même pas dire qu'elle était nulle.

— Je te signale à toutes fins utiles qu'il ne couchait pas avec elle depuis très longtemps. Lorsqu'il est tombé fou amoureux d'elle, cela s'est fait pratiquement du jour au lendemain. Et deux mois plus tard, il disait bye bye à la petite *Hausfrau* [1].

S'il me restait un fond de compassion pour ce tas d'os et ses roberts en silicone, ses pommettes en plastique et sa manie de se fourrer les doigts au fond de la gorge, je peux vous dire que, cette fois, il avait définitivement disparu.

— Autrement dit, Rick et Jessica entretenaient de bonnes relations de travail avant de tomber amoureux ?

— Absolument.

— Etait-il entendu qu'au cas où il lui arriverait quelque chose elle reprendrait la suite ?

— Je n'en ai pas la moindre idée, dit Jo'lap avec ce qui ressemblait vaguement à un ricanement.

Quelle touchante attention de la part de Rick, de se faire saigner à blanc pour céder la place à Jessica.

— Je croyais que tu l'aimais bien.

— Elle est divine.

— Tu es jalouse, dit-il, comme une simple constatation.

— Ne sois pas idiot, Tom. Rick était un ami. La vérité, c'est qu'elle le trompait et qu'il en avait le cœur brisé. (La voix de Joan se fit mystérieuse.) Tu veux savoir avec qui ?

— Dis toujours.

— Avec Nicky Hickson.

— Cette espèce de snob indécrottable.

— N'empêche qu'il a beaucoup de charme et beaucoup plus de fric que toi. Il est riche depuis quatre générations, lui. Rick avait hâte de divorcer pour pouvoir épouser Jessica. Il était sûr qu'en hâtant les choses il finirait par gagner.

— Pourquoi est-il retourné chez sa femme ?

— Tu ne le croiras jamais. Pour récupérer la facture d'un Twombly qu'il avait acheté et offert à Jessica. Elle voulait le revendre. Elle le trouvait « ennuyeux ». Non mais, je rêve ! Le pire, c'est qu'il lui avait coûté dans les trois millions.

— Savait-elle qu'il allait récupérer la facture chez sa femme ?

— Evidemment. Elle n'attendait qu'une chose : qu'il récupère la facture pour pouvoir revendre le tableau. Après quoi elle lui aurait donné son congé, sauf que quand je l'ai dit à Rick, il m'en a voulu à mort. Il était fou de cette fille. Et persuadé qu'en faisant ses quatre volontés il arriverait à la garder.

— Et de l'autre, il en était fou aussi ?

---

1. En allemand dans le texte. *(N.d.T.)*

— Mais mon cher, complètement, totalement. Même si ça n'a pas duré. (La voix atone de Jo'lap prit soudain une inflexion érotique.) Et avant elle, il s'était farci la secrétaire, Brunehilde ou je ne sais trop quoi — au bureau, à l'extérieur —, tout en continuant de sauter sa bonne femme à la maison. Mais lorsque la mémère a commencé à la ramener (elle prit soudain l'accent de Brooklyn « Rich-iiie, tooooout cet argent. C'est la fin des hhharicots ! »...), il s'est accordé un divorce spirituel. Pendant un moment, il a réellement cru qu'il était amoureux de Brunehilde, mais Dieu merci, j'ai réussi à l'en dissuader ! Je lui ai dit : « Non mais, franchement, tu te vois allant au bal des Petits Lits blancs avec elle ? »

— Qui était la fille qu'il avait amenée à dîner, un soir ?

Jo'lap émit un son abominable, à mi-chemin entre le reniflement et le rire.

— Tu veux dire le soir où tu m'as annoncé que tu allais faire des coupes sombres dans mon budget vestimentaire ?

— Oui.

— Vraiment, Tom, tu te prends tellement au sérieux, parfois. On aurait dit Dieu le père. Thomas, la main du Seigneur.

Il lui en coûtait de parler avec elle, et de savoir que j'étais sur l'autre ligne. Pour la première fois, sa voix devint désagréable.

— Qui était-ce ?

— Tu as passé une soirée entière avec elle et tu ne te souviens même plus d'elle ?

— Non, glapit-il.

— Mais enfin ! C'était la première vraie histoire d'amour de Rick. Non, enfin, ce n'était pas vraiment de l'amour, mais tu conviendras qu'elle était acceptable. Plus qu'acceptable, à dire vrai, mais chiante à mourir. Tu ne te souviens pas ?

— Non.

— C'était pour Rick un moyen de s'évader de ce mariage sclérosant. En fin de compte, tout ceci n'était qu'une répétition générale en attendant Jessica. Il adorait les protestantes de bonne famille... toi aussi, du reste. Tu te souviens ?

— Comment s'appelait-elle déjà ?

— Pourquoi est-ce si important, tout à coup ? dit Jo'lap sur un ton encore plus glacial que celui de Tom. Aurais-tu l'intention de lui envoyer un billet doux, *mon ange* ? De la baiser, peut-être ?

— Non.

— Est-il possible d'être aussi mufle ! Comment est-il possible que tu ne te souviennes pas ? Nous ne dînons pourtant pas ensemble tous les jours, chéri !

— Comment s'appelait-elle, Joan ?

Les Driscoll avaient beau être pris dans les mailles d'une haine réciproque, ils n'en formaient pas moins un couple comme les autres. Elle avait flairé quelque chose.

— Pourquoi t'intéresses-tu tant à elle ? (Il ne répondit pas.) Qu'est-ce que cela signifie ? Quel rapport cela a-t-il avec Jessica ? vitupéra Jo'lap.

Laisse tomber, songeai-je. Elle va t'arracher les yeux. Il entendit mon message.

— C'était histoire de dire quelque chose, rien de plus.

— Ah ! Quel honneur insigne ! Un brin de conversation maritale. La prochaine fois, tu vas me demander de coucher avec toi !

Il lui raccrocha au nez. Elle fit de même.

Sans doute Tom avait-il senti que je n'avais aucune envie de me retrouver face à face avec lui en un moment pareil, car il m'appela depuis la pièce voisine :

— Rosie ! Viens là.

Que pouvais-je lui dire ? Désolée, je ne pensais pas que vous alliez vous entre-déchirer au téléphone. Ou bien, mon mari était un vrai fils de pute ! Il entretenait trois maîtresses, tout en continuant à faire des millions. Et il rentrait à la maison pour me donner du bon temps à moi aussi, avec une technique que Masters et Johnson auraient bien fait de mettre à leur programme.

Lorsque Richie m'avait quittée, j'avais passé des mois à pester, et à pleurer, mais surtout à me gaver — de glaces Häagen-Dazs aux pépites de chocolat — tout en me demandant : Qu'ai-je fait qui lui ait déplu ? Aurais-je dû renoncer à mon boulot de prof pour venir m'installer à New York, comme il me l'avait demandé ? Me fourrer les doigts au fond de la gorge pour pouvoir rentrer dans un petit trente-six ? Me faire des mèches ? Réaliser qu'il étouffait à mes côtés et lui proposer un mariage libre ?

N'avais-je donc rien compris au film ? Chaque année, des milliers de femmes abandonnées, spoliées de leur dignité et de leurs cartes de crédit, erraient comme des âmes en peine dans les supermarchés. Des millions de femmes ménauposées, privées de la chaleur d'un mari, n'avaient pour seul réconfort que la poignée de main compatissante des autres divorcées de leur groupe de soutien. Elles avaient perdu toutes leurs illusions sur l'amour romantique. Seul leur restait l'espoir de voir naître un jour des petits-enfants qui leur feraient de gros câlins. Comment n'avais-je pas songé que cela pouvait m'arriver à moi aussi ?

— Rosie ! appela Tom. (J'entrai d'un pas décidé dans le salon présidentiel. Il se tenait à côté de la porte, veste enfilée, cravate nouée, portefeuille sorti, en train de compter ses sous. La mâchoire serrée. Peut-être était-ce mon imagination, mais il me sembla l'entendre grincer des dents.) Je m'en vais, dit-il.

— Pourquoi ?

— Je n'ai pas beaucoup d'argent sur moi, dit-il. Cent vingt dollars en tout. Mais si tu passes au bureau demain matin, je laisserai une enveloppe à la réception. A quel nom dois-je la libeller ?

— Je ne veux pas de ton argent. (Il ne pouvait pas me regarder. Au lieu de cela il regardait fixement la poignée de la porte, comme si ç'avait été l'objet le plus désirable de la terre.) C'est de ton aide dont j'ai besoin, Tom.

— Je ne puis rien faire de plus pour toi, dit-il à la poignée.

— Ne crois-tu pas que j'avais deviné que ton mariage était un échec ? Crois-tu vraiment que je sois surprise d'apprendre que tu ne couches pas avec ta femme ? Et ne crois-tu pas que j'aie d'autres chats à fouetter ? (Il finit tout de même par se retourner. Il n'était pas beau, mais son visage mince et anguleux avait du caractère et révélait une certaine profondeur et une certaine tristesse.) Oui, enfin, ce n'est pas tout à fait exact, je ne me fiche pas complètement de tes problèmes. Il m'arrive même de prier le ciel pour que Joan soit l'assassin, qu'elle ait assassiné Richie parce qu'elle était folle de jalousie à cause de Jessica. Et que je sois à jamais blanchie et que je puisse à nouveau vaquer à mes occupations.

— Et moi ?

— Tu pourrais finir tes jours dans un monastère.

Il eut un petit rire.

— C'est une idée.

— Ou repartir de zéro. Tu as quelqu'un d'autre ? demandai-je. (Je lui avais posé la question de la façon la plus détachée qui soit. Il secoua la tête. Je lui demandai alors, stupéfaite de ma propre audace :) Et le sexe ?

— Je travaille, finit-il par dire.

Sans doute me félicitai-je inconsciemment de ce qu'il ne

m'ait pas répondu : « Je couche avec des garçons. » Ou pire : « J'ai une maîtresse de vingt-quatre ans qui a un doctorat en économie. »

Tom jeta un petit coup d'œil à sa montre.

— Nom d'un chien, il est tard.

— Je n'ai jamais été aussi fatiguée, dis-je. Il faut absolument que je dorme un peu. Je t'en prie..., reste, ne serait-ce que pour m'aider à interroger Jessica. Tu sais bien que sans toi je ne pourrai jamais le faire. (Je fis une pause.) Tu seras encore là demain matin ?

— Oui, répondit-il, puis il tourna les talons et se dirigea vers la deuxième chambre à coucher, après quoi il ferma la porte derrière lui.

Je regagnai la chambre qui était dorénavant la mienne et m'effondrai sur le lit où je sombrai aussitôt dans un sommeil de plomb. Trois heures à peine s'étaient écoulées lorsqu'une chasse d'eau à l'étage supérieur et un vrombissement de tuyauterie me réveillèrent en sursaut, si confuse que, l'espace d'un instant, je crus que j'étais en train de faire une crise cardiaque. Mon cœur était encore en train de battre la chamade lorsque j'allumai la lumière. Je me pelotonnai à nouveau sous l'édredon bien chaud, mais en vain.

Il n'y a rien de plus terrible pour une fille que de rencontrer un garçon épatant, parce qu'il devient alors le modèle qu'aucun autre homme ne pourra jamais égaler. Même après avoir épousé Richie, j'ai regretté Tom. Et ça n'était pas que sur le plan sexuel. De ce côté-là, Richie me satisfaisait plus que pleinement. Non, ce qui me manquait, c'était ce mélange de sérénité et de joie que j'éprouvais entre les bras de Tom lorsque nous avions fait l'amour. Lui et moi étions des bavards impénitents, à l'époque. Nous nous abreuvions mutuellement de nos idées sur l'art, la vie ou la politique, et nous nous posions suffisamment de questions pour écrire une biographie l'un sur l'autre.

Mais après la conversation et l'amour, venait l'apaisement. Pour moi, ces moments étaient « sublimes ». La tête posée sur son épaule qui exhalait un mélange doux-amer de transpiration et d'after-shave, je me repaissais de silence.

Toutes les femmes ont eu un homme qu'elles n'ont pas su retenir. Mais Tom Driscoll, quel homme ! Et quelle souffrance de perdre quelqu'un de cette qualité. Et quel choc de réaliser qu'on ne s'en remettra jamais.

Je traversai le salon en direction de sa chambre à coucher, puis m'arrêtai net, effrayée à l'idée qu'il ait pu s'enfermer à clef. Si je faisais tourner la poignée, il comprendrait tout de suite que j'avais envie de lui. Il ferait semblant de dormir.

Cependant, s'il y avait une chose que j'avais apprise, la semaine passée, c'est que j'avais du cran. Que dis-je, du cran ? Du courage, ouais. Si ç'avait été hier soir qu'il m'avait annoncé qu'il emmenait Peggy au bal, je lui aurais dit : « Quoi ? Tu emmènes une pucelle de Notre-Dame-de-Tous-les-Saints ? Parce que tu n'oses pas dire : Je vous présente Rosie Bernstein, ma fiancée du lycée de Madison. Nom d'une pipe, Tom ! Je te croyais plus courageux que ça ! » Et sans chercher à savoir s'il me suivrait ou non, j'aurais eu le courage de tourner les talons et de le planter là.

Tom dormait si profondément qu'il ne m'entendit pas jusqu'à ce que je me cogne le genou dans la table de nuit.

— Rosie ?

— C'est moi, dis-je. (D'abord, les mauvaises nouvelles : je m'étais amoché le genou. Et puis les bonnes : il faisait si noir qu'il ne pouvait pas voir les ravages du temps et de deux grossesses sur ma personne. J'avançai à tâtons et me glissai sous les couvertures à côté de lui sans lui laisser le temps de trouver une façon polie de me renvoyer dans ma chambre.) Tu te souviens ?

— Je me souviens, dit-il.

Il m'attira tout contre lui. Nos corps se touchaient, nos nez se frôlaient, puis nos bouches se joignirent. Son baiser me semblait si familier. D'abord une douce pression, puis une exploration intime, de plus en plus intime. C'était comme si notre dernier baiser datait d'hier.

— J'ai un peu perdu la main, dit-il tout doucement.

— Si tu savais comme je m'en fiche.

Il passa une main entre mes épaules, et l'autre sous mon bassin et m'attira à lui. Je frottai avec délectation ma joue contre sa barbe naissante.

— J'ai pensé à toi si souvent, Rosie.

— Moi aussi, Tom.

Nos gestes n'étaient pas aussi précis qu'autrefois. Ni aussi gracieux. Et le fait est que Tom avait sacrément perdu la main. Mais nous nous aimâmes comme nous ne nous étions jamais aimés. Puis nous nous prélassâmes jusqu'au petit matin, jusqu'à ce que le jour se lève dans la suite présidentielle, et nous trouve dans les bras l'un de l'autre, dans un silence parfait, dans un bonheur absolu.

17

— Mais je vous assure, ça ne m'a nullement dérangée de passer vous voir au bureau ! dit Jessica en croisant les jambes. Nous ne nous connaissons pas vraiment. Voilà l'occasion de discuter avec vous.

Depuis le cabinet de toilette privé du bureau de Tom, j'apercevais la chaussette et le soulier gauche de celui-ci, ainsi qu'une petite fraction de son bureau, et, assise dans un fauteuil placé à un endroit stratégique, Jessica dans sa totalité. Loin de l'enlaidir, son tailleur bleu marine, du même bleu exactement que le costume de Tom, lui allait à ravir.

— Si j'ai eu un petit moment d'hésitation, c'est parce que j'avais convoqué une réunion du personnel à neuf heures. Mais je vous ai senti tellement tendu, au téléphone, que j'ai préféré annuler.

Elle se tenait droite, mais sans raideur. Son visage était sérieux mais avenant, comme il convient lorsqu'on s'adresse à un très gros client. Seules ses mains crispées sur les bras du fauteuil trahissaient quelque nervosité. Car Jessica n'était pas née de la dernière pluie : le coup de fil comminatoire de Tom Driscoll, qui l'avait tirée du lit à sept heures pour la convoquer à son bureau à neuf heures tapantes, n'augurait rien de bon. Le silence de Tom la mettait mal à l'aise, ses doigts se mirent à pianoter légèrement deux fois de suite, puis elle s'arrêta. Je remarquai au passage que l'énorme, mais néanmoins imparfait, diamant Meyers n'était plus à son doigt.

— Cela fait des années que je suis client de Data Associates, dit enfin Tom.

Jessica acquiesça d'un petit signe de tête. La lampe de bronze répandait sa lumière sur ses bas soyeux, depuis la pointe de ses escarpins à talons aiguilles jusqu'à l'ourlet de sa jupe courte mais stricte. La jambe du dessus, qui décrivait de temps à autre une ellipse érotique, se décroisa et vint s'aligner exactement avec sa compagne.

— J'espère qu'il s'agit d'une coopération fructueuse pour tous les deux, répondit-elle.

A voir la façon dont Jessica se servait de son corps, vous auriez dit qu'elle avait passé deux années entières à étudier Lauren Bacall dans *Key Largo*, au lieu de bûcher la finance. Mais si vous voulez mon avis, je dirai que l'aspect érotique — les jeux de jambes, la démarche langoureuse, les lèvres humides et perpétuellement entrouvertes — ne comptait que pour cinquante pour cent dans son succès auprès d'hommes comme Carter, Richie ou Nicholas Hickson. Le reste, elle le devait à son cerveau froid et calculateur, si semblable à celui de ses conquêtes que lorsqu'ils couchaient avec elle, ils avaient l'impression de faire l'amour avec leur double.

— Fructueux pour vous, dit Tom, mais pas pour moi. (Elle ouvrit la bouche pour exprimer sa stupeur, mais Tom coupa net.) J'ai toujours traité directement avec Rick, mais il me semble que je vous dois une explication quant à la raison pour laquelle j'entends me passer de vos services.

— Je vous demande pardon ?

C'est ce qu'il me sembla avoir entendu, tout au moins, car sa voix était presque inaudible.

— Vos recherches sur Star Microelectronics sont un vrai travail de débutant, quant à vos prétendues études approfondies sur les donneurs d'ordre de Vancouver Associates, c'est carrément n'importe quoi.

Faisant l'impossible, Jessica se redressa encore un peu plus.

— Je ne peux accepter cela.

— Ce qui prouve que j'ai raison, dit Tom.

— Comment cela ?

— Cela montre que vous n'êtes pas plus capable que votre fiancé de faire marcher un institut de recherches.

Si j'avais été dans les escarpins de Jessica, je crois bien que j'aurais fondu en larmes. Mais là, je lui tirai mon chapeau. Elle croisa à nouveau les jambes, puis, se penchant en avant, elle dit :

— Je ne suis pas d'accord. J'en suis parfaitement capable, au contraire. Cependant, il faut que vous sachiez une chose : Rick considérait la recherche comme son domaine réservé. Et de vous à moi, son système de contrôle laissait beaucoup à désirer.

— Votre secteur, c'est la finance, n'est-ce pas ? Comment espérez-vous contrôler le travail de plusieurs centaines de documentalistes ?

— En créant une vice-présidence chargée exclusivement du contrôle de la qualité. En sélectionnant un rapport au hasard chaque jour et en le faisant réviser par deux personnes compétentes : un de nos meilleurs chercheurs et moi-même. Et je vous garantis que...

Tom l'interrompit.

— Vous ne pouvez rien me garantir du tout.

— Donnez-moi deux mois, implora Jessica. (Silence de Tom. Elle ajouta :) Je vous en prie.

— Pas à ce prix-là, c'est exclu.

Elle n'hésita pas une seconde.

— Je vous fais un abattement de vingt-cinq pour cent sur la facturation des deux mois à venir. Et de dix pour cent après la période probatoire. (Elle inspira profondément et lança :) Et je gèle mes tarifs pour les deux années à venir.

Tom rit.

— Vous aviez déjà tout préparé en arrivant ici.

Avec une ombre de sourire, elle dit :

— Bien, je vois que nous parlons le même langage. J'ai senti que vous aviez l'air contrarié, alors j'ai préféré prendre les devants.

Sans doute Tom lui avait-il souri ou donné quelque signe d'encouragement, car Jessica se renversa confortablement dans son fauteuil. Sa jambe recommença à se balancer doucement.

Elle était vraisemblablement très forte en affaires, mais pour ce qui était de la séduction, elle était imbattable. Elle déballait tout l'arsenal des minauderies de l'ère pré-féministe — sourire énigmatique, moue adolescente, massage de nuque ou de mollet façon call-girl — que pas une femme libérée n'aurait osé déployer en réunion d'affaires. Inconvenant, déplacé. Désarmant, efficace. Si à cet instant précis, Tom, hypnotisé, avait pris Jessica dans ses bras, appelé les flics pour qu'ils me collent au gnouf, signifié son congé à Jo'lap, et retenu une suite au Ritz pour passer un petit week-end en tête à tête avec Jessica, je n'aurais pas été franchement surprise.

— C'est une offre intéressante, dit-il. Je vais y réfléchir.

— Merci.

Je rongeais mon frein dans mon water-closet de P-DG en

céramique grise, orné d'une vue du mont Blanc, tandis que Jessica s'en donnait à cœur joie.

— Je n'ai pas l'habitude de mâcher mes mots quand je parle affaires, dit Tom. Il m'arrive d'être un peu cassant. Vous voudrez bien m'en excuser : j'aurais dû vous demander comment vous alliez. J'imagine que vous passez un moment difficile.

Jessica se mordilla le gras du pouce.

— Très éprouvant, dit-elle en se mordillant un peu plus le pouce. Non seulement la mort de Rick, mais le fait qu'il ait été assassiné.

— Et vous avez vu qui est suspecté ? dit Tom.

— Comment ont-ils pu la laisser s'échapper ? s'indigna-t-elle. Ils voulaient l'arrêter après les funérailles, mais par égard pour ses fils, ils ont préféré attendre le lendemain. Et vous voyez le résultat !

— C'est terrible, dit Tom. Toujours pas de nouvelles ? Remarquez que, s'ils l'avaient retrouvée, ils l'auraient certainement annoncé à la radio ce matin.

— Ils n'arrivent pas à lui mettre la main dessus, ce qui montre leur incapacité. Elle n'est pas idiote, même si ça n'est pas une lumière. Vous me direz que ça ne l'a pas empêchée de ruser pour s'introduire chez moi.

— Vous plaisantez ?

— Non. Elle s'est fait passer pour la sœur de Rick auprès de mon imbécile de concierge qui l'a laissée monter.

— Elle vous a menacée ?

— Menacée ? Elle m'a frappée, oui !

— Non ! Elle vous a frappée ? (J'avais dit à Tom que je l'avais giflée. Mais, à l'entendre, on aurait dit que je l'avais laissée inanimée sur le carreau.) Vous avez demandé la protection de la police ?

— Pensez-vous, ils sont trop nuls. J'ai engagé un garde du corps.

— Vous avez bien fait. (Impossible de savourer pleinement ce petit tête-à-tête de magnats de la finance, Tom n'arrêtait pas de poser des questions.) L'a-t-on aperçue récemment ?

La sécurité de Jessica avait l'air de le préoccuper davantage que l'affaire elle-même. C'est l'impression qu'il donnait tout au moins. Si seulement j'avais pu voir son visage.

— Oui. Elle était armée.

— Non !

— Si ! Elle a menacé notre ex-attachée de presse. La femme

n'a pas vu l'arme de ses yeux, alors naturellement nos brillants officiers de police ne l'ont pas prise au sérieux. Mais figurez-vous qu'elle a fait une autre apparition surprise dans la voiture d'un de ses voisins — un vieil ami à moi, soit dit en passant, c'est lui qui m'a présentée à Rick. Elle a surgi de derrière son siège en brandissant un pistolet !

— Je n'arrive pas à le croire. Je la connais depuis des années. Nous avons grandi ensemble.

— Ah, mais oui, bien sûr. C'est elle qui est venue vous relancer pour Data Associates.

J'avais envie de hurler : « Elle » ne l'a pas « relancé ». C'est grâce à son intelligence et sa délicatesse — et deux couches de mascara — qu'elle a réussi à convaincre Tom Driscoll de devenir client de Data Associates.

— C'était une fille absolument charmante, songea-t-il tout haut. Je ne la crois pas capable d'une telle violence. Elle aura perdu la tête.

— Vous croyez réellement que Rick a cherché à s'introduire par effraction chez elle ?

— Que voulez-vous dire ?

— A mon avis, c'est elle qui l'a attiré là-bas sous un prétexte fallacieux pour pouvoir lui régler son compte.

— Vous voulez dire que la Rosie Bernstein que j'ai connue aurait prémédité de toutes pièces un meurtre de sang-froid ?

Tom semblait trouver la chose amusante. Pas Jessica.

— Absolument. (Sa voix se fit soudain sensuelle. Sa main se lança dans une exploration lascive de sa cheville.) Ecoutez, il l'a quittée pour moi. C'était une femme flétrie, sans avenir.

— Les maris passent leur temps à tromper leurs femmes, mais ce n'est pas pour autant qu'elles deviennent des assassins, protesta Tom.

— Elle a complètement perdu la boule... (Elle inspira lentement, presque à contrecœur.) Quand elle a compris que Rick ne la désirait plus. D'abord il y a eu sa secrétaire. Leur liaison a duré des années. Elle ne pouvait pas l'ignorer. Tout le monde était au courant à Data : c'est qu'il ne devait pas faire beaucoup d'efforts pour la lui cacher. Puis il y a eu une femme de Long Island. Ne me dites pas qu'elle n'était pas au courant pour celle-là non plus. Vous savez ce que je crois ? Je crois que derrière cette façade de bonhomie et de simplicité se cachait une femme qui était en train de sombrer tout doucement dans la folie. Sans doute avait-elle prémédité la chose depuis des années. Et puis, brusquement, il y a eu la goutte d'eau qui fait déborder le vase.

— Balivernes, dit Tom. Vous n'êtes pas une goutte d'eau.

Il avait dans la voix des inflexions de mâle en rut. Jessica rit doucement, en signe d'appréciation. Dire que c'était moi qui avais ravivé son intérêt pour le sexe et que c'était Jessica qui raflait tous les bénéfices. Là, franchement, c'était le bouquet !

— Bon, acquiesça Jessica, avec modestie. Admettons que je sois un peu plus qu'une goutte d'eau. La différence, c'est que Rick était amoureux de moi. Les autres étaient juste... Je disais toujours à Rick en plaisantant : « Du jour où tu as eu de l'argent plein les poches, tes pantalons ont commencé à te démanger. »

Tous deux ricanèrent, simultanément et avec délectation.

— Savez-vous pourquoi il était retourné chez elle, ou comment elle avait réussi à l'attirer là-bas ? demanda Tom d'un ton dégagé.

— Non. C'est d'ailleurs ce qui me porte à croire qu'elle l'a manipulé. Et elle a dû se montrer très persuasive, car il n'aurait jamais remis les pieds là-bas de son plein gré. (Elle sourit.) Vous vous souvenez comment Rick et votre femme avaient surnommé la maison ? Le Manoir de la Grosse Galette.

— Charmant.

Jessica sentit que l'atmosphère s'était brusquement refroidie.

— Je trouvais cela un peu excessif moi aussi. Mais le fait est que Rick avait cette maison en horreur.

Tom était soudain redevenu sincère.

— Dites-moi si je deviens trop personnel. (Jessica hocha la tête, bien qu'à la façon dont elle le reluquait, il était clair qu'il ne pouvait rien y avoir de trop personnel entre eux.) Comment une femme de votre classe pouvait-elle se contenter d'un homme comme lui ? Vous n'aviez pas peur qu'il continue à papillonner ?

— Pas vraiment. C'était la première fois qu'il avait affaire à une femme de tête. (Sans doute Tom venait-il de lui décocher une œillade assassine ou un sourire engageant, car Jessica cessa de se masser la cheville et commença — avec un certain degré de subtilité qui ne rendait la chose que plus troublante — à se masser le majeur et l'index. Elle y mettait une telle ardeur que je m'attendais à les voir éjaculer.) Je l'aimais. Mais j'ai beaucoup réfléchi ces derniers temps.

— A quoi donc ?

— L'aimais-je vraiment ? Ou bien était-ce simplement sa... comment dire ? Vitalité ? Non, sa virilité. (Incroyable ! Elle avait dit cela en se passant la langue sur les lèvres !) De ce point de vue là, c'était un phénomène, vraiment.

De même que l'était sans doute Tom Driscoll, et ce petit hommage aux prouesses de Richie était censé mettre l'cau à la bouche de Tom : seule une sacrée nana pouvait exalter tout le potentiel d'un quinquagénaire. Il était clair que Nicholas Hickson avait, momentanément tout au moins, cessé d'exister pour elle. Jessica l'avait conquis dès l'instant où il avait accepté de quitter sa femme. A présent, elle se concentrait sur Tom. Certes, comme l'avait fait remarquer sa femme, il n'était pas, comme Hickson, riche depuis quatre générations, mais il était riche tout de même. Et plus jeune aussi, et infiniment plus séduisant que Papa-Gâteau. Sans compter qu'il était marié. Jessica pourrait une fois encore s'adonner à l'un de ses passe-temps favoris : briser les couples.

— Vous savez que ma femme était très attirée par Rick, dit Tom, visiblement irrité par la chose.

— Je le sais, dit Jessica d'une voix consolatrice. Mais il n'y a jamais rien eu entre eux.

— Je le sais, dit-il froidement. Mais Rick était un tombeur. Même s'il n'avait pas le physique de l'emploi.

Jessica le regarda dans les yeux.

— Rick donnait aux femmes ce que la plupart des hommes ne leur donnent pas. Et je ne parle pas simplement de ses prouesses sexuelles. Rick n'était pas un don juan, et certainement pas un satyre. Mais, lorsqu'il courtisait une femme, la vie de celle-ci s'ouvrait soudain comme une fleur. Tout devenait attrayant. Vivant. Il était très attentionné. En revanche, quand il s'en lassait, elle cessait totalement d'exister pour lui. Et même s'il ne s'agissait que d'un simple flirt, le perdre était insupportable. Alors, imaginez ce que ça donnait dans le cas d'une véritable histoire d'amour. Croyez-moi : il pouvait rendre une femme folle.

— C'est une théorie intéressante.

— C'est plus qu'une théorie. Lorsqu'il a quitté sa femme pour venir vivre avec moi, j'ai commencé à recevoir des coups de fil de menace.

— De la part de Rosie ?

— Non, je ne crois pas. La personne déguisait sa voix, mais ça ne lui ressemblait vraiment pas. De plus, un des coups de fil m'est arrivé un soir où elle et Rick étaient ensemble chez l'avocat. Lorsqu'il est rentré, je lui ai demandé s'ils avaient passé toute la soirée chez l'avocat, et il m'a dit oui. Je me souviens qu'il avait ri : elle n'aurait pas raté une seule seconde de sa compagnie. C'est triste.

— Les coups de fil venaient toujours de la même femme ? (Jessica hocha la tête.) Elle vous menaçait ?

— Elle a menacé de couper certaines parties de mon corps si je ne cessais pas de voir Rick.

Tu parles : une paire de ciseaux à ongles aurait suffi. Mais Tom avait l'air effaré.

— Doux Jésus ! s'exclama-t-il.

— Quand je vous disais qu'il pouvait rendre une femme folle.

— Mais pas vous, observa Tom.

Sans doute s'était-il levé, car Jessica abandonna brusquement son siège.

— Non, dit-elle doucement. Pas moi. (Tom alla jusqu'à elle.) Il en faudrait beaucoup plus pour me rendre folle, ajouta-t-elle.

— J'en suis convaincu, répondit-il. (Il lui serra la main.) Au fait, dit-il, j'accepte votre proposition. Nous en reparlerons dans deux mois. (Sa voix descendit soudain dans un registre plus voluptueux, et il ajouta :) Après la période probatoire.

— Certainement, murmura-t-elle tandis qu'il la raccompagnait jusqu'à la porte.

J'émergeai aussitôt de ma cachette, m'attendant à voir revenir un Tom en nage, la langue pendante et le sexe au garde-à-vous. Mais il était aussi compassé qu'à l'ordinaire.

— Tu sais ce qu'aurait dit ma vieille Irlandaise de mère ?

— Non, qu'aurait-elle dit ?

— Cette fille est une dévergondée, une dévergondée. (Il sourit.) Quelle femme, cette Jessica !

— Tenté ?

— On est humain. (Il passa un bras autour de moi et m'embrassa sur le dessus de la tête. Puis il ajouta :) Je me pose des questions sur cette fille.

Je l'embrassai pendant une bonne minute, puis je me laissai tomber sur ce qui était probablement le plus grand canapé panoramique du monde. Celui-ci était du même gris inoffensif que celui de la moquette et des chaises pliantes rayées gris et bordeaux. Le bureau tout entier, y compris les meubles laqués bordeaux, n'avait de toute évidence pas été conçu par le même individu que celui qui avait décoré l'appartement euro-chic des Driscoll. Ici, on reconnaissait la griffe d'un fabricant de meubles de bureau sans imagination et limité dans ses choix par des directives formelles : moderne mais pas trop, et pas de dépassement de budget. Tom vint s'asseoir à côté de moi, et nous posâmes nos pieds sur la table basse, bordeaux, elle aussi.

— Tu crois que c'est elle qui a fait le coup ? demandai-je.

— Difficile à dire. Il y a tout de même une chose qui me chiffonne. Puisque les flics sont sûrs que c'est toi, pourquoi a-t-elle besoin d'élaborer une théorie selon laquelle tu aurais fait le coup, et avec préméditation par-dessus le marché ? Selon elle, quiconque ayant succombé au charme de Rick aurait pu faire le coup dans un moment de folie — et tu étais la plus folle de toutes parce que tu étais celle qui avait passé le plus de temps avec lui. (Il prit ma main entre les siennes.) Mais qu'avait-il de plus que moi, ce Richie ? Il était monté comme un taureau ou quoi ?

— Non. C'était un amant exceptionnel : inventif, sans inhibitions. Mais nous étions mariés depuis vingt-cinq ans. Quand il m'a quittée, ça n'est pas parce que j'avais perdu mon étalon que j'ai craqué — même si je reconnais que comme étalon, il se posait là. Non, c'est tout ce gâchis. Ma famille éclatée. Mon compagnon parti. Lorsque la personne à qui tu tiens le plus au monde te dit : « Bon, salut, j'ai assez donné », c'est terriblement douloureux.

— Il était bargeot, Rosie.

Vraiment ? J'avais envie de lui demander : « Et toi qui m'as balancée du jour au lendemain pour cette sainte nitouche de Peggy ? » Mais je ne dis rien. Pas plus que je ne lui fis remarquer que lorsqu'il était revenu passer Thanksgiving à Brooklyn, durant sa première année à Dartmouth, il n'avait pas appelé. J'avais attendu, attendu, et puis j'avais fini par craquer et je l'avais appelé le samedi soir. Il avait eu l'air surpris — non pas que je me sois payé le culot de l'appeler, mais que je sois encore en vie. Il m'avait répondu qu'il aurait bien aimé me revoir mais que, malheureusement, il était pris.

Mais aujourd'hui il était redevenu mon camarade, mon complice, si bien que je lui dis simplement : merci.

— Et maintenant ?

— J'ai besoin de réfléchir une minute.

Je fermai les yeux. Des images désordonnées, des ébauches de phrases et de pensées se bousculaient dans ma tête. Je me rappelai un ou deux détails croustillants de ma nuit avec Tom. Je me demandai si quelqu'un avait songé à rapporter mon paquet de copies sur « la montée chromatique de l'amour dans *Honneur et Préjugés* », ou à remplir la mangeoire du canari. Je repensai à nos parties de tennis à quatre avec Stephanie et Carter, et à la fois où, complètement fascinée par l'énergie déployée par Richie, ses muscles tendus et l'acharnement qu'il mettait à gagner, j'avais laissé passer une balle qui aurait pu nous faire gagner la partie. Fou de rage contre moi, il avait fracassé sa raquette contre le poteau du filet. Je songeai que j'aurais bien aimé me faire faire un lifting.

Mais lorsque je rouvris les yeux, je savais précisément ce qu'il me restait à faire.

— Il faut que je retourne à Shorehaven, Tom. Il faut que je retrouve cette Mandy.

Deux sillons parallèles se creusèrent entre ses yeux.

— Il me semblait que nous avions dit que c'était trop risqué. Tout le monde te connaît là-bas.

— Nous étions convenus que je ferais d'abord tout ce que j'avais à faire ici, à New York, et qu'ensuite je retournerais là-bas.

— Tu vas te faire prendre en moins de deux ! Quelqu'un va alerter les flics, dit-il en décrochant un téléphone imaginaire. Ils vont lancer une armada de flics à tes trousses. Et peut-être même qu'un allumé va te tirer dessus — après quoi, ils raconteront que tu étais armée.

Il commençait à se prendre à sa propre histoire. Il avait les mains moites.

— Mais non, ça n'arrivera pas, dis-je, pour le rassurer.

— Comment peux-tu affirmer une chose pareille ? dit-il en me lâchant la main.

— Bon, disons que c'est peu probable. (Cela dit, je ne bondis pas sur mes pieds. Je ne fis pas un geste. J'avais besoin d'un esprit clair et fort, comme celui de Tom. Et de lui aussi, avec ses mains moites et tout le reste.) Tu en sais autant que moi à présent, dis-je. Ne pourrait-on pas tout récapituler une dernière fois ?

A contrecœur, il dit :

— Bon, si tu veux.

Et il me reprit la main.

— A qui la mort de Richie pouvait-elle profiter ?

— Là, tu songes à un mobile véritable, pas à un crime passionnel, c'est bien cela ?

— Oui.

— Tu es certainement celle à qui le crime profite le plus : tu deviens multimillionnaire, tu prends la tête de Data Associates...

— Mais c'est absurde. Que ferais-je avec une entreprise sur les bras ? demandai-je, ce qui n'était peut-être pas la chose la plus intelligente à dire à quelqu'un qui passait sa vie à racheter des entreprises.

— Tu pourrais faire ce que tu veux, la diriger, la revendre, virer Jessica. N'importe quoi. De plus, du point de vue de la police, tu as un deuxième mobile, et pas des moindres. Tu étais sa femme, et il t'a quittée...

— Allons, dis-le.

Tom s'exécuta :

— Pour une femme plus jeune. Pour eux, c'est un mobile très sérieux.

Et pour la simple et bonne raison que la plupart du temps, c'était effectivement l'un des conjoints qui abattait, empoisonnait, brûlait, étranglait, écrabouillait, ou poignardait l'autre.

— Tu es sûr que je ne l'ai pas fait, Tom ?

— Et toi, es-tu sûre que je ne l'ai pas fait ?

— Evidemment.

— Bien. Maintenant, à part toi, à qui le crime pouvait-il profiter ? (Il répondit lui-même à sa question.) A tes fils. (Je ne dis rien. Mais il connaissait comme moi la réponse. Il poursuivit.) Il y a Jessica. Pour toutes les raisons que tu as énoncées. Et puis va savoir si elle n'a pas fait rajouter une ou deux clauses avantageuses à son futur contrat de mariage. En vue de se retrouver à la tête de la moitié ou presque des parts de la société — même si cette clause ne pouvait devenir effective qu'au bout d'un certain temps de mariage. En revanche, elle est peut-être déjà habilitée à reprendre la direction de Data Associates.

— Oh, mon Dieu !

— Si elle l'a tué, elle a tout soigneusement préparé afin de te faire endosser le crime. Beau boulot. (Tom me prit par le petit doigt.) Nicholas Hickson. Imaginons que Jessica lui ait fait part des intentions de Rick — d'entrer chez toi par effraction pour récupérer la facture.

— Mais pourquoi aurait-il tué Richie ?

— Parce qu'il n'était pas absolument certain que Jessica

allait le quitter ? Ou parce qu'il pensait qu'il lui fallait une petite preuve d'amour pour accepter de devenir sa femme ?

— Crois-tu qu'il aurait été de taille ? Il était grand mais pas vraiment baraqué.

— Avec un couteau bien aiguisé et en visant droit... A moins qu'il n'ait payé quelqu'un pour le faire à sa place. Hickson a beaucoup d'argent et de relations. Il aurait pu se trouver un bon tueur, pas un minable qui se prenne une biture le jour même et qui se vante d'avoir fait le coup. (Tom regardait fixement ma main, comme si la solution avait été écrite là, dans les lignes.) Bon, voilà pour les hypothèses raisonnables. Maintenant, veux-tu que nous jetions un coup d'œil aux hypothèses délirantes ?

— Oui.

— La revanche de l'attachée de presse ! Celle qu'il a virée juste après Labor Day. (Je secouai la tête : peu probable.) Et les deux maîtresses à qui notre don juan a fait perdre la tête ? Ou les maris ou amants des maîtresses ?

— Possible.

— La secrétaire ? Ou bien cette fameuse Mandy ? Quel est son rôle dans tout cela ?

— Je l'ignore, c'est pour cela que je veux retourner là-bas.

Une idée qui le rebutait profondément. Cependant Tom accepta d'en rediscuter.

— Une autre possibilité. Très improbable cependant.

— Dis toujours, je suis preneuse.

Il me décocha un clin d'œil complice avant d'ajouter :

— Carter Tillotson. Lorsque tu lui as demandé pourquoi il avait appelé Rick le dernier jour, et qu'il t'a parlé d'un examen pré-opératoire... as-tu eu l'impression qu'il cherchait à bluffer ?

— Je n'en suis pas sûre. Il avait l'air hésitant, mais peut-être était-il simplement stupéfait d'apprendre que j'étais au courant du coup de fil. De plus, il avait un pistolet sur la tempe, ce qui n'est pas génial pour faire la conversation. (Je me mordillai un instant la lèvre inférieure.) Mais il y a tout de même une chose qui me turlupine. Le soir où Carter s'est présenté à la maison avec Stephanie, soi-disant pour m'exprimer leurs condoléances, il avait son air niais comme à l'ordinaire — bien que les gens ne le trouvent pas niais parce qu'il est grand, beau et docteur en médecine — et puis, brusquement, il est monté sur ses grands chevaux.

— Ah, oui. C'est à ce moment-là qu'il a attrapé sa femme par la manche et qu'il t'a dit d'aller au diable ? (Je hochai la tête.) Une attitude qui n'a rien de surprenant quand on a le sentiment d'avoir affaire à une névropathe sanguinaire. Mais, dans ce cas, pourquoi est-il venu te faire ses condoléances ?

— Pour faire plaisir à Stephanie.

— Alors, pourquoi ne s'est-il pas comporté normalement jusqu'au bout ?

— C'est précisément ce que je ne comprends pas. Il avait l'air de plus en plus mal à l'aise, au point d'en avoir des tics nerveux.

— Essaye de te souvenir. A quel moment exactement a-t-il pris la mouche ?

Je ne savais plus très bien.

— Peut-être au moment où Stephanie m'a proposé de me trouver un avocat.

— Maintenant, écoute-moi bien, Rosie. Je connais le bonhomme. C'est un arriviste qui passe sa vie à faire des ronds de jambe dans les cocktails et les galas de charité. Il veut devenir le numéro un du lifting, le chéri de ses dames, et il commence à se faire un nom. Toutes les amies de ma femme, et toutes celles qui ne sont pas encore ses amies vont chez lui. Quant à ma femme, n'en parlons pas : c'est tout juste si elle n'a pas un compte permanent dans son cabinet. Maintenant, je reconnais que lui et moi n'avons jamais échangé plus de deux mots, mais le type ne m'a jamais fait l'effet d'un excité. Même pas le genre introverti qui explose brutalement.

— Je te l'ai dit. C'est une vraie lavette.

— N'empêche que, depuis ce jour-là, la lavette s'est mise à te prendre sérieusement en grippe. Même si tu ne sais pas pourquoi. Et puis la dernière fois où vous vous êtes vus, je doute fort qu'il se soit dit : « Bon Dieu, cette Rosie, c'est une fille épatante ! » (Tom inspira longuement deux fois de suite. Il préparait ce qu'il allait dire, et il voulait faire mouche.) Je sais que ce n'est pas à moi de te dire ce que tu dois faire, mais du fond du cœur, je te conjure de ne pas t'approcher de ce type. Ou bien il est extrêmement dangereux, ou bien il est persuadé que tu es extrêmement dangereuse. De toute façon, il est sur les dents. Et sa réaction est imprévisible.

— Je sais, dis-je.

Et c'était vrai.

Tom alla à son bureau, décrocha le téléphone et raconta un bobard à sa secrétaire : il était arrivé au bureau à sept heures, avec sa belle-sœur Marge, de Seattle. La femme de Joe. De toute évidence, la secrétaire était au courant de ce qui semblait être les frasques incessantes de Joe Driscoll. « Pouvez-vous nous apporter du café ? dit Tom avant d'ajouter à voix basse : Vous annulerez tous mes rendez-vous de la journée », laissant ainsi entendre que Joe s'était une fois de plus mis dans une panade invraisemblable qui requérait une intervention énergique et immédiate. J'étais peinée d'apprendre que son frère Joe avait mal tourné. Lui si gentil, si rêveur, et qui était arrivé second au tournoi d'orthographe de la ville de New York.

Quelques instants plus tard, la secrétaire, une femme à l'air guindé et pour qui chaque détail semblait avoir son importance, pénétra dans le bureau de Tom. Elle déposa le plateau avec les serviettes immaculées et les tasses en porcelaine et demanda si Mr Driscoll désirait autre chose. Elle me gratifia au passage d'un petit « bonjour » sec, en s'efforçant d'éviter la vue d'une femme au visage vraisemblablement ravagé par les larmes. Parfait : Tom avait réussi à neutraliser la seule personne susceptible de trouver sa venue matinale au bureau — et en compagnie d'une femme mystérieuse — suspecte.

Tom commença à servir le café, tandis que je replongeais dans mes pensées. Dans un sens, je pouvais dire que j'avais bien travaillé. J'avais réussi à obtenir beaucoup plus de renseignements que je ne l'avais espéré au départ. Cependant, au lieu de réduire le champ du problème — « Qui a tué Richie Meyers ? » — je l'avais au contraire considérablement élargi en glanant une foule d'informations qui rendaient les choses infiniment plus complexes et énigmatiques.

— Rosie. (Je sursautai. Perdue dans mes pensées, j'avais oublié qu'il y avait quelqu'un d'autre avec moi dans la pièce.) As-tu jamais reçu de coups de fil anonymes ?

— Comment ?

— Tu te souviens de ce qu'a dit Jessica : elle a reçu des coups de fil de menace.

— Oui, je me souviens. Moi, je n'en ai jamais reçu.

— Lorsqu'il t'a plaquée pour Jessica, il a plaqué une autre femme aussi. Et celle-là, apparemment…, a perdu la boule.

— Et il s'agit certainement de la liaison qu'il a eue avant Jessica, c'est le « bouche-trou ». C'est Mandy !

— Peut-être, dit-il. Mais ne nous emballons pas. Ne va surtout pas te dire : « Ah-ah, je tiens la coupable ! » et abandonner toutes les autres pistes. Il y a la Mandy dont t'a parlé la secrétaire de Rick, mais ce n'est peut-être pas celle de Shorehaven.

— Non, Tom. C'est forcément quelqu'un de Shorehaven. Je vais te dire pourquoi. Richie avait pris l'habitude de rentrer de bonne heure à cette époque-là. Moi, j'étais ravie, tu penses. Je me disais : « Il commence à prendre un peu de distance avec le boulot. Mon vieux Richie m'est revenu. » En réalité, il continuait de me tromper à tour de bras : simplement il avait cessé d'aller aux cocktails et aux dîners.

Tom se massa un instant le front.

— D'accord. Et pourquoi rentrait-il de bonne heure à la maison ? Sûrement pas parce qu'il avait hâte de se mettre les pieds sous la table. Mais parce que la femme en question était mariée. Et qu'elle devait rentrer de bonne heure chez elle, à Shorehaven.

— Qui était-ce donc ? murmurai-je.

— Il faut que nous retournions là-bas si nous voulons le savoir.

Et c'est à ce moment-là que j'ai été obligée d'expliquer à l'homme dont je venais de tomber amoureuse pour la deuxième fois qu'il n'y aurait pas de « nous ».

18

Lorsqu'il était allé à Dartmouth, Tom Driscoll avait appris à mettre de l'eau dans son vin. Au fil des ans, il était devenu tellement réservé que j'avais presque oublié qu'il pouvait être vif comme la poudre. Il me le rappela en frappant un grand coup de poing sur la table.« Ne sois pas stupide ! » aboya-t-il, lorsque je refusai de me laisser accompagner à Shorehaven.

— Si je me fais pincer, tu te fais pincer aussi, déclarai-je d'un ton solennel.

— Et qu'est-ce que tu veux que ça me fiche ? hurla-t-il en donnant un coup de pied dans le canapé. (Il était cramoisi, mais sous la colère je devinais une satisfaction semblable à celle de l'athlète qui vient de battre un record. Tom n'était pas simplement content de retrouver son caractère de cochon, il était fou de joie.) Je dirais même, continua-t-il, que je m'en contrefiche !

— Quand tu te retrouveras à purger cinq à dix ans derrière les barreaux, nous verrons si tu t'en contrefiches !

Il me fallut un petit moment pour retrouver mon calme et lui exposer le plan que j'avais imaginé. Je me rendrais en taxi jusqu'à Great Neck, à environ quinze kilomètres à l'ouest de Shorehaven. Puis, une fois la nuit tombée, je me rendrais à la gare à pied où je prendrais un taxi. « A Shorehaven », dirais-je au chauffeur avec la voix lasse d'une femme qui rentre du boulot.

Tom s'assit sur son bureau, jambes pendantes, pour retrouver son calme.

— Tu as trois ou quatre personnes à interroger, Rosie, dit-il, soudain redevenu parfaitement serein. Tu n'es pas idiote. Fais marcher la cervelle que le bon Dieu t'a donnée. Réfléchis un peu : comment veux-tu t'en sortir toute seule ? (Il avait raison.) Il faut que nous mettions un plan au point pour que je puisse intervenir en cas de besoin. (Je secouai la tête.) Pourquoi es-tu si entêtée, bon Dieu ? s'écria-t-il.

— Je ne suis pas entêtée !

Visiblement, le coup de pied dans le canapé ne lui avait pas suffi, il redonna un coup de pied, dans le bureau, cette fois.

— Toi, quand tu as une idée en tête... ! Te rends-tu compte que les flics sont tout prêts à te cueillir chez tes amis ?

— Pas nécessairement.

— Aurais-tu oublié Carter ? Lui ne t'a sûrement pas oubliée, en tout cas. Et sa femme, crois-tu qu'elle va te recevoir à bras ouverts après que tu as menacé son mari avec un pistolet ?

— C'était un pistolet à bouchons !

— Possible, mais elle ne le sait pas. Et ta copine, la cinglée qui écrit des poèmes ? Tu crois qu'elle va t'offrir un Martini quand tu vas lui tomber sur le paletot à l'improviste ?

Je reconnais que les objections de Tom me mettaient très mal à l'aise. Pire même. Je les avais carrément à zéro. Je ne voulais plus qu'une chose : trouver un chirurgien pas trop regardant qui me refasse un nez à la Elizabeth Taylor, et partir vivre sous les cocotiers.

Tout était allé si vite que je n'avais même pas remarqué que j'avais brûlé toutes mes réserves. J'étais KO. Je ne voulais plus qu'une chose : la paix. L'espace d'un instant, je m'accordai un rêve éveillé : Tom disait bye bye à Jo'lap et à son boulot, et venait passer le restant de ses jours avec moi sur une île déserte, dans une maison surplombant la plage, avec des rideaux de voile blanc soulevés par la brise et une bibliothèque bien garnie.

Le rêve ne dura pas plus d'une seconde. La grande aventure avait duré près de vingt-quatre heures, mais Tom Driscoll avait depuis longtemps cessé d'être un adolescent fougueux et plein d'ardeur. Tom n'était, tout compte fait, qu'un monsieur sérieux qui s'était accordé quelques instants de folie. Et je savais que ce coup de folie ne se prolongerait pas au-delà de minuit.

Enfin, même si j'acceptais sa proposition d'aller m'installer sous les cocotiers avec un nez tout neuf, quel genre de vie serait la mienne ? Comment saurais-je si Ben avait épousé Polaramine et s'ils avaient eu des enfants pleurnichards et allergiques au lait — ou bien s'il avait trouvé une femme charmante et pleine de vie ? Qui me dirait si Alex avait réussi à vivre de sa musique ou s'il avait fini dans la rue — ou dans un costume trois-pièces pour négocier des contrats en or pour des stars du rock'n roll ?

— J'ai soigneusement préparé mon retour à Shorehaven, Tom. Et tu as raison : je vais avoir besoin d'aide en arrivant là-bas. C'est pour cela que je vais appeler Cass.

Cette fois il ne chercha même pas à hausser le ton.

— Rosie, c'est très important. Il faut que tu m'écoutes.

— Je t'écoute.

— Ta copine Cass est quelqu'un de bien. Elle t'a même un peu trop aidée jusqu'ici mais elle n'a plus d'autre solution que de prévenir la police. Peut-être l'a-t-elle déjà fait, pour les avertir que tu l'avais appelée. Va savoir si le téléphone du lycée n'est pas branché sur écoute !

— Je sais que c'est un risque, mais j'ai confiance en elle. Vraiment.

— Dois-je te rappeler que tu faisais aussi confiance à ton mari ?

Je ne saurais dire combien de temps je suis restée paralysée par l'indécision, mais j'ai fini par renoncer à informer Cass de mon intention de rentrer à Shorehaven. Encouragé par ma prudence, Tom accepta d'appeler le lycée en se présentant comme Mr Thomas, l'architecte de Cass, qui voulait repousser leur rendez-vous de samedi, dix heures trente. Pourvu que Cass aille jeter un coup d'œil dans son casier avant dix heures trente, songeai-je.

Tom vint se rasseoir à côté de moi sur le canapé. Nous restâmes un moment sans parler, main dans la main, doigts croisés, en regardant droit devant nous, comme deux adolescents qui regardent un film où quelque chose de terrible est sur le point de se produire.

A dix heures et demie, j'appelai la cabine à l'extérieur de la cafétéria.

— Allô ? répondit Cass comme quelqu'un qui pose une question.

— C'est moi, dis-je.

— Je t'ai reconnue. (Allons, pensai-je, Cass n'est pas une moucharde qui s'apprête à me balancer aux flics. Elle ne cherche pas à me tenir le crachoir sur une ligne piégée pendant qu'ils essayent de me localiser, ni à m'attirer dans un piège.) Tu es toujours là ? demanda Cass.

— Oui, je suis toujours là.

Cass parlait d'une voix aiguë comme quelqu'un qui cherche à refouler ses larmes :

— Rosie, il n'y a pas une heure qui passe sans que je pense à toi. Tu me manques. Je me fais un sang d'encre.

Je tournai le dos à Tom. Je ne voulais pas qu'il me voie. J'avais trop honte d'avoir douté de Cass. Je me rappelai une citation d'un auteur français qui m'avait servi de sujet de dissertation des années auparavant : « Il est plus honteux de douter de ses amis que d'être trahi par eux. »

— Tu me manques aussi, Cass. Tu ne sais pas à quel point.

— Mais si, dit-elle, redevenant soudain un peu elle-même. Maintenant, laisse-moi te dire ce que j'ai appris par Stephanie : pratiquement rien. Une chose est sûre, cependant, elle est très perturbée. Je n'aurais jamais cru son système nerveux suffisamment développé pour la mettre dans un état pareil, et pourtant... J'y suis passée un soir après les cours. Je n'avais pas encore retiré mon manteau qu'elle s'est précipitée avec son bar roulant. Oui, ma chère, Stephanie Tillotson chez qui on ne boit jamais avant dix-sept heures ! J'ai pris un tout petit sherry, et elle s'est servi une double vodka avec des glaçons. Je ne l'avais jamais vue si pâle ! Elle était livide, plus blanche que ses blancs-mangers, plus blanche que...

— Plus blanche que toi. Je sais qu'elle est blanche, nom d'une pipe. Maintenant dis-moi ce qu'elle a dit.

— Qu'elle était très tendue. Pourquoi ? Parce qu'elle a licencié son couple de domestiques et qu'elle ne trouve plus ni gouvernante ni majordome convenables, et toi et moi savons ce qu'elle entend par « convenables ».

— Pas plus foncés que ses blancs-mangers. Et Carter ?

— Oh, Rosie ! Quelle mouche t'a donc piquée ? Le pistolet, c'était un vrai ?

— Bien sûr que non. Que t'a-t-elle dit à ce sujet ?

— Qu'il n'a pas cessé d'avoir la courante depuis ce jour-là.

— Bien fait. T'a-t-elle dit quelque chose au sujet de Carter et de Richie ?

— Qu'ils jouaient au tennis, et qu'ils allaient de temps en temps voir un match de basket ou de hockey ensemble. J'ai essayé de lui tirer les vers du nez au sujet de Carter. Je lui ai dit que Theodore avait été profondément choqué par le meurtre : une mort violente dans une zone résidentielle de cette importance ! Et je lui ai laissé entendre que, depuis, il ne dormait plus sur ses deux oreilles.

— Vraiment ?

— Bien sûr que non. Theodore est un dur à cuire. Rien ne l'atteint. Il dort comme un bébé. En revanche, sais-tu qui ne dort plus ?

— Carter ?

— Stephanie a reconnu qu'il avait beaucoup changé depuis la nuit du meurtre.

— Comment aurait-il pu changer ? rétorquai-je. Carter Tillotson est un être totalement inexistant. Même les fougères de Stephanie sont plus vivaces que lui.

— Sans doute, mais en attendant, elle est convaincue qu'il n'est pas dans son assiette. Elle a essayé de lui faire dire ce qui n'allait pas, mais il lui a répondu qu'il voulait être seul. Et sais-tu ce qu'il a fait depuis ton apparition surprise de l'autre jour ? Il n'a pas quitté son cabinet.

— Ce n'est peut-être pas plus mal, s'il a la courante.

— Sans aucun doute. Mais il est aussi là-bas parce que la police a placé sa voiture sous examen, afin de rechercher des indices, qui pourraient les mener jusqu'à toi et il ne veut pas se servir de la BMW de Stephanie pour des raisons obscures, qui ne sont peut-être pas étrangères à la phallocratie. Toujours est-il qu'elle se retrouve toute seule, sans personne à qui faire des petits plats. Stephanie est au trente-sixième dessous. Elle a refilé la gamine à la gouvernante de sa mère et elle passe ses journées enfermée dans sa serre. Il paraît que c'est son seul réconfort. (Cass inspira longuement :) En réalité, elle me fait de la peine.

— Tu lui as parlé de Jessica ?

— Je lui ai simplement demandé si elle l'avait vue aux obsèques. Elle dit que non, mais qu'elle avait entendu dire que Jessica était en gris — ce qui, d'après elle, est une faute de goût impardonnable. Elle a refusé de parler de Jessica. Avec une telle véhémence que je me suis dit qu'elle était peut-être au courant de la liaison de Carter. Cela dit, je ne peux pas l'affirmer. D'ailleurs, elle était tellement tendue que je ne saurais dire si elle disait la vérité ou non. A mon avis, elle se fait un sang d'encre pour son mari. Chaque fois que je prononçais son nom... je la sentais sur la défensive. Peut-être parce qu'elle est tellement habituée à refouler ses sentiments que le moindre signe d'émotion la terrorise.

Je changeai le téléphone d'oreille.

— Peut-être a-t-elle peur que Carter recommence à faire la cour à Jessica maintenant qu'elle est à nouveau libre ?

Je jetai un petit coup d'œil à Tom par-dessus mon épaule.

Avant d'appeler Cass, je lui avais proposé — échange de bons procédés — d'écouter la conversation. Il avait décliné mon offre. Décidément, Dartmouth avait fait des ravages. Mais maintenant, bien sûr, il ne tenait plus en place, il mourait d'envie de savoir. Il me fit un signe avec les lèvres : « Quoi ? Quoi ? » Je secouai la tête : « Pas maintenant », en agitant une main dans les airs. Notre conversation était beaucoup trop compliquée pour être résumée avec des signes. Avec un petit geste d'excuse je lui tournai le dos.

Au diable les recommandations de Tom. D'accord, je m'étais trompée sur Richie. Et peut-être sur d'autres gens aussi. Mais je devais faire confiance à Cass. Je refusais de vivre dans un monde où il n'était pas possible de compter sur sa meilleure amie.

— Cass, Richie avait une liaison avec une femme de Shorehaven. Il faut que je la retrouve. Il faut que je lui parle. (Il y eut un long silence à l'autre bout de la ligne. De ce côté-ci, Tom qui venait de se resservir une tasse de café reposa la cafetière avec une telle violence que celle-ci se brisa. Le café se mit à dégouliner le long de la table et sur la moquette. Je faillis dire à Cass de ne pas quitter, mais je me rappelai soudain à l'ordre. Ce n'était pas le moment d'interrompre une conversation dont ma vie dépendait peut-être, pour éponger une tache de café sur la moquette.) Tu m'as entendue ? dis-je à Cass.

— Est-ce bien raisonnable ?

— Oui. (Tom regarda le café couler sur la moquette pendant un petit moment, après quoi il se précipita à la salle de bains.) Il faut que je retrouve une certaine Mandy. D'après ce que je sais, c'est la femme avec qui Richie aurait eu une liaison avant Jessica. Je suis à peu près certaine qu'elle vit à Shorehaven.

— Mandy ? répéta Cass, l'air songeur. Il y a bien une Mindy Lowenthal à la bibliothèque municipale.

— Non, non, Mandy. (Tom revint avec une boîte de Kleenex pour éponger le café.) Quelque chose me dit qu'il s'agit de l'avocate qui faisait du jogging avec Stephanie le soir. Tâche de te renseigner auprès de Stephanie, mais reste circonspecte, surtout. Personne ne doit savoir que nous avons des contacts toi et moi. Il faut que les gens croient que j'agis entièrement seule.

— Y a-t-il une seule fois où je n'ai pas été circonspecte ? Je vais parler avec Stephanie, et interroger les gens autour de moi pour savoir s'ils ne connaissent pas une Mandy ou une Amanda.

— Elle doit avoir entre vingt et quarante ans, cela dit, connaissant Richie, il vaut mieux n'exclure personne en dessous de soixante-quinze ans. (Je fermai les yeux pour me concentrer, afin de trouver un bobard. Une seconde plus tard, j'en avais un en béton. Je commençais à bien me débrouiller.) Tu diras à Stephanie que l'inspecteur Gevinski s'est présenté chez toi pour te demander si tu savais où j'étais, et qu'il a reçu un coup de fil. Tu l'as entendu parler de Richie et d'une dénommée Mandy.

— Superbe ! s'exclama Cass, admirative.

— Merci. Tu peux faire ça assez vite ? C'est très important.

— La gorge commence déjà à me piquer et je sens la fièvre qui monte. Je quitte le lycée toutes affaires cessantes. (Depuis des années que Cass était dans l'enseignement, la seule fois où je l'avais vue s'absenter, c'était pour mettre un enfant au monde.) Peux-tu me rappeler aux alentours de six heures, ce soir ? Je devrais avoir du nouveau d'ici là, si toutefois il y en a.

— Peut-être pourrais-je passer, dis-je tout bas.

— Rosie, non ! Tu ne peux pas revenir ici.

— Même pas en prenant des précautions ?

— Tu n'en prendras jamais assez ! Au fait, j'ai vu Alex, ce matin.

— A quelle heure ?

— Quand je suis allée rejoindre Madeline et Stephanie pour la promenade.

— Que faisait-il debout à une heure pareille ?

— Je n'en ai pas la moindre idée. Mais maintenant que je ne suis plus son prof, je le trouve plutôt sympathique. Lui et moi faisons un brin de conversation tous les matins. Il m'a dit que votre maison avait été placée sous surveillance vingt-quatre heures sur vingt-quatre. Et j'ai été impressionnée de voir le nombre anormalement élevé de voitures de police qui quadrillent les environs. N'essaye pas de revenir, c'est trop risqué.

Tom savait que ma décision était prise. Il garda son calme, cependant. Debout à côté de la tache de café, il me prit dans ses bras, la tête posée à l'endroit idéal, entre son épaule et sa poitrine. Il me demanda si ma décision était irrévocable. Je lui dis que oui. Il me dit qu'il allait prier pour moi. Je lui dis que j'allais en avoir besoin. Il me frotta doucement le dos entre les deux omoplates et me dit qu'il avait hâte que tout soit terminé. Je lui dis de ne rien attendre de moi, même pas un petit massage entre les omoplates, car il était marié. Il me dit qu'en cas de pépin je pouvais appeler son numéro privé, nuit et jour, en disant que j'étais sa belle-sœur Marge. Son Alphapage l'avertirait en quelques minutes : et il viendrait me chercher. Puis il ouvrit un de ses placards, fit tourner la serrure d'un petit coffre-fort et sortit une liasse de billets. Il me tendit dix billets de cent dollars. Je lui dis que c'était amplement suffisant et que j'espérais être bientôt en mesure de les lui rendre.

Puis nous passâmes devant le bureau de sa secrétaire et celui de la réceptionniste, avant de longer un long couloir gris jusqu'à l'ascenseur. Lorsque celui-ci arriva, il me dit une dernière fois d'une voix étranglée :

— Rosie, je t'en prie, laisse-moi venir avec toi.

Je ne saurais pas dire si je pleurais ou non. Mais je suis certaine de ne pas avoir perdu pied, en tout cas. Je suis montée dans l'ascenseur, j'ai appuyé sur le « 0 », et je lui ai dit une chose que je n'avais jamais eu le courage de lui dire quand nous étions au lycée. J'attendais qu'il me la dise en premier.

— Eh, Tom.

— Quoi donc ?

— Je t'aime.

Puis la porte se referma sans nous laisser le temps de nous dire adieu.

Presque aussi périlleux que de louer une voiture avec la fausse carte de crédit et le faux permis de conduire de Danny, je décidai de me couper les cheveux. Jusqu'ici, je les portais mi-longs, de façon à pouvoir me faire une petite queue de cheval pour la gymnastique, ou un semblant de chignon pour les soirées mondaines. Mais j'avais acheté une paire de ciseaux et, dans les toilettes d'un magasin de Madison Avenue spécialisé dans les vêtements de sports hideux et exorbitants — des joggings noir et caca d'oie suffisamment criblés d'anneaux, de chaînes et de clous pour satisfaire le plus exigeants des sadomasos —, je taillai à qui mieux mieux dans la masse. Lorsque je m'arrêtai pour me regarder dans la glace, j'aperçus une femme à la coupe artichaut légèrement de guingois.

Après mes cils et mes jambes, j'avais toujours considéré mon front comme l'un de mes principaux atouts. Sans aller jusqu'à dire que c'était un front de statue grecque, il n'en était pas moins noble et intelligent. Maintenant il était caché par une frange.

Je secouai les dernières mèches de cheveux, fourrai le pistolet que j'avais caché dans mon soutien-gorge dans une des poches de mon jogging tout neuf, puis je remontai la capuche verdâtre de mon sweatshirt garni de fermetures Eclair au cou et aux poignets. Il s'agissait de l'article le moins belliqueux de tout le magasin. Une fois à Shorehaven, je pourrais me fondre dans la masse, et même passer pour une nana hyper-branchée — excepté peut-être auprès des branchées authentiques.

J'étudiai un instant mon reflet dans la glace. La verdeur de mon teint était due en partie à la couleur de mon sweatshirt et en partie à ma nervosité, mais si on laissait de côté la verdeur du teint, le résultat était pour le moins exotique : la fille naturelle d'un Sicilien et d'une Iroquoise. Quel faciès ! Je crois que si je n'avais pas été prise de tremblements à la pensée de ce que je m'apprêtais à faire, j'aurais pu rester un bon moment en admiration devant la nouvelle moi-même.

La nouvelle moi-même traversa le pont de la Cinquante-Neuvième Rue en direction du Queens, au volant de la Chevrolet gris métallisé que j'avais louée — le genre de bagnole que conduisent des gros pleins de soupe qui fument des cigares aussi longs que leurs bras. Une fois sur l'autoroute, je me retrouvai prise dans les embouteillages. Fort heureusement, la radio rendait hommage à Bizet et je me mis à chanter *Carmen* pour passer le temps. Lorsque j'atteignis le comté de Nassau, Bizet m'avait mise dans une telle forme que, lorsque j'éteignis la radio, j'entendis mon estomac qui commençait à réclamer.

Je choisis une place à l'abri des regards tout au fond d'une Pizza Hut. J'hésitai à finir la pizza au fromage et poivrons pour six que j'avais commandée, puis je décidai de tenter le coup en me disant qu'il y avait certainement une loi interdisant aux services de police de New York d'arrêter un criminel en cavale tant qu'il n'avait pas terminé sa pizza. Après quoi, je bus deux Coca coup sur coup. Puis je me rendis directement chez Vinnie Carosella qui avait son bureau dans un de ces immeubles des années quatre-vingts en brique et en verre avec vue sur d'autres immeubles rigoureusement identiques.

La réceptionniste, une fille bien charpentée, aux cheveux frisottants, et qu'on imaginait très bien dans le rôle de la grande sœur dans une publicité pour les tampons hygiéniques, ne poussa pas de hauts cris lorsque je lui dis que j'étais une amie de Rose Meyers. Je lui donnai le nom qui figurait sur mon permis de conduire, Christine Peterson. Elle ne se récria pas en entendant mon nom, pas plus qu'elle ne se récria à la vue de mon abominable jogging — et de ma non moins abominable doudoune. J'étais tout excitée : ma frange me rendait méconnaissable ! Elle me conduisit jusqu'au bureau de Vinnie.

— Mr C, s'écria-t-elle. (Il leva le nez d'une pile de dossiers jaunes.) Mrs Peterson, de la part de Mrs Rose Meyers.

Ma frange n'avait pas berné Vinnie.

— Peterson ? dit-il en refermant la porte. Vous auriez pu choisir Russo, ou Garcia, mais Peterson, franchement, c'est un coup à vous faire pincer, Rosie.

Tables, chaises, fauteuils, étagères — pas un seul centimètre carré, excepté le siège sur lequel il était assis, qui ne soit recouvert de dossiers, notes de plaidoirie, enveloppes ou rapports divers recouverts de Post-it. Chaque pile de dossiers était entourée d'un gros élastique afin de limiter les dégâts. Vinnie débarrassa une chaise d'un revers de main, envoyant au tapis une chemise pleine de papiers. Puis il me tint galamment la chaise tandis que je m'asseyais.

— Que puis-je faire pour vous ? demanda-t-il.

— Je suis venue vous verser un acompte. Ça n'est pas grand-chose mais…

— Inutile, me coupa-t-il. La chose est réglée. Un ami à moi, qui travaille dans la police, a fait savoir à vos gosses que vous étiez en bonne santé, et que vous m'aviez choisi pour vous représenter. Ils sont passés me voir il y a deux jours. De braves petits. Hier, l'aîné m'a donné dix mille dollars cash. (Sans me laisser le temps d'en placer une, il ajouta :) Il a vendu sa voiture. Ils vont bien tous les deux. La fac de médecine ne s'est pas offusquée de l'absence de l'aîné. Le plus jeune a dû annuler un concert, mais voyant que votre fils refusait un contrat, le patron du club a cru qu'il était devenu subitement très demandé, et il lui a proposé un nouveau contrat pour Noël. Tout va bien, donc, Rosie. Si ce n'est que je n'ai pas réussi à me procurer les résultats du labo concernant les empreintes de pneus — cela dit, ce n'est pas la fin du monde. J'ai un copain qui m'a fait un topo oralement. (S'approchant d'un fauteuil, Vinnie feuilleta rapidement une pile de dossiers dont il tira un papier jaune.) Les traces de pneus à côté de la voiture de votre mari ? Eh bien, vous n'avez pas rêvé. Il y avait effectivement des traces de Michelin MXV, aussi fraîches que celles de votre mari. (Il parcourut la page en diagonale.) Les pneus de votre mari sont des Pirelli P-zéro.

Je sentis soudain jaillir une lueur d'espoir. J'avais presque peur de demander :

— C'est une bonne nouvelle, Vinnie ?

— Pas mauvaise. Naturellement, ça n'est pas comme si sa petite amie, cette Jessica, prise d'un brusque remords de conscience avait appelé les flics pour leur offrir une confession sur vidéo-cassette, mais disons que cela a son utilité. Cela veut dire qu'il y avait quelqu'un d'autre que lui dans les parages au moment du crime.

— Et cela corrobore en partie ma théorie.

— En toute petite partie seulement. Mais c'est un début.

Sur un coin du bureau, sous un exemplaire ouvert du Code civil, était posé un bocal de la taille d'une bonbonne à whisky rempli à ras bords de Mars, Nuts, Lion et autres M&Ms. Otant le Code civil qui se trouvait dessus, Vinnie plongea la main dans le bocal et m'en offrit une pleine poignée comme à une gamine qui a bien travaillé à l'école. Je refusai d'un geste, il posa les friandises sur son bureau et commença à éplucher un Lion avec la minutie et la lenteur d'un amant expérimenté, puis se le fourra tout entier dans la bouche.

— Quel genre de voitures sont équipées de pneus Michelin ? demandai-je.

— J'étais sûr que vous alliez me poser la question. La réponse est : les bonnes voitures. Les Saab, les BMW, les Volvo, les Mercedes.

Je remarquai un grain de beauté à côté de sa bouche.

— J'ai une Saab, dis-je. Deux de mes amies — Cass et Stephanie — ont des BMW. Le mari de Stephanie a une Mercedes. Madeline a une Volvo. Ce sont des marques tellement courantes. (Pour une raison sans doute immorale, les habitants de Shorehaven préféraient les marques aryennes. Il devait y avoir quelque chose comme cinq mille pneus Michelin MXV qui sillonnaient les routes du comté chaque jour.) Il y a une femme nommée Mandy aussi. Dieu seul sait ce qu'elle conduit, peut-être un tricycle. Mais je parie qu'il est équipé en Michelin MXV.

— Quel rapport avec tout ceci ? demanda Vinnie.

Il n'arrêtait pas de me poser des questions et il me fallut un certain temps pour le mettre au courant de mes dernières découvertes, depuis notre rencontre de Washington Square qui me semblait avoir eu lieu des années auparavant. Des années ?

Non, depuis la mort de Richie... qui ne remontait qu'à la semaine dernière.

— Voyons un peu, dit Vinnie. Cette Madame Michelin — nous dirons Madame pour simplifier les choses — est dans sa voiture, elle suit votre mari, ou bien elle se trouve là par hasard. Toujours est-il qu'elle aperçoit sa voiture. Elle s'approche et va se garer de l'autre côté de la voiture de votre mari, soit pour s'assurer qu'il s'agit bien de la sienne, soit pour se cacher parce qu'elle l'a vu descendre de voiture et se diriger vers la maison.

— Elle s'est garée à la limite des arbres, lui rappelai-je. Peut-être a-t-elle de la boue sur ses semelles parce que la terre est plus humide à cet endroit. Vous vous souvenez des traces de boue sur le sol de la cuisine ?

— Personne n'aurait pu rapporter une telle quantité de boue à l'intérieur. Certainement pas en passant par la route, comme l'a fait votre mari, dit Vinnie, l'air songeur en se massant la racine du nez. Bon, admettons que je sois le procureur. Vous savez comment je réagis ? J'appelle le type du labo à la barre des témoins, et je lui demande si la terre était plus humide du côté des autres empreintes de pneus. Le type dit non. J'en conclus que la boue a été rapportée à la cuisine par votre mari.

— Mais il n'y a pas d'empreinte à côté de la voiture ! Il n'y avait aucune trace de boue.

— Non, mais il y avait de la boue sur ses semelles, et du point de vue du procureur, cela suffit. Rien ne prouve qu'il y ait eu une tierce personne.

— Peut-il l'affirmer de façon aussi catégorique ?

— Nous pouvons toujours essayer de semer le doute dans les esprits. En disant que les types du labo se sont occupés en priorité de la voiture de votre mari. Et qu'ils n'ont pas étudié les autres empreintes ou le terrain avec la même minutie. Cela peut aider — un peu.

Je me penchai légèrement en avant.

— Que dites-vous de cela ? Il ou elle — le meurtrier — réside à Shorehaven, dans la partie résidentielle qui plus est, ou bien, autre possibilité, il est un habitué de la maison ou de celle des Tillotson et connaît par conséquent l'endroit où Richie à garé sa voiture. Où va-t-il se cacher ? S'il ne veut pas être vu depuis la route, il peut passer à travers bois, sur une toute petite distance, et ressortir de l'autre côté, sur le sentier qui mène au court de tennis des Tillotson. Mais n'oublions pas que nous sommes à la mi-octobre et qu'il fait nuit noire. Je n'imagine pas le meurtrier remontant un petit sentier escarpé pour se cacher sur le court de tennis, en attendant que Richie retourne à sa voiture. De plus, le bois est tellement épais à cet endroit que le meurtrier risquerait de ne pas l'apercevoir quand il retournerait à la voiture.

— Simple curiosité, peut-on voir votre maison depuis le court de tennis ? Une personne se trouvant là-bas aurait-elle pu apercevoir votre mari sur la route, ou même à l'intérieur, dans la cuisine ?

— Non, à moins d'avoir des jumelles. Attendez, il y a une deuxième possibilité si vous ne voulez pas être vu. Oublions le court de tennis. Vous vous êtes garé de telle façon que la voiture de Richie vous bloque le passage, d'accord ? De deux choses l'une, ou bien vous l'avez suivie, ou bien vous l'avez aperçue là par hasard et vous voulez savoir si Richie se trouve à l'intérieur. Il n'y est pas, mais vous devinez sans peine où il se rend. Néanmoins, vous ne voulez pas être vu. Et si vous ne le suiviez pas, vous ne voulez pas prendre le risque de longer la route, puis l'allée qui mène chez nous, de peur de vous retrouver nez à nez avec moi, d'accord ? Ou avec Richie : vous ignorez s'il est seul.

— D'accord, acquiesça Vinnie.

— Que faites-vous si vous voulez voir Richie sans être vu, de lui ou de quelqu'un d'autre ?

— Vous coupez à travers bois, dit Vinnie. Mais vous dites vous-même que c'est une vraie jungle.

— Oui, mais il y a moyen de la traverser. La preuve, je l'ai bien fait. J'avais de la gadoue plein les bottes et il y avait des lianes épaisses comme des cordes de pendu qui me barraient la route. J'étais couverte d'épines et j'avais des brindilles dans les cheveux. Personne n'aurait l'idée de traverser un endroit pareil en pleine nuit. Mais moi je savais où j'allais, et j'ai réussi. Savez-vous pourquoi ?

— Pourquoi ?

— Parce que c'était la guerre, Vinnie, et que je n'avais pas le choix.

Vinnie Carosella acquiesça.

— Et le meurtrier non plus.

Je me renversai dans mon fauteuil et contemplai un moment la bouche en chocolat de Vinnie, et ses yeux chocolat. Il me décocha un sourire chocolaté.

— Vinnie, ne me dites pas...

— Si, Rosie. Vous m'avez convaincu. Vous n'y êtes pour rien. Cette nuit-là, quelqu'un s'est introduit dans votre cuisine avec l'intention de tuer. Vous êtes innocente. Et dans le pétrin.

— Merci.

Je me levai pour partir.

— Ou alors, ajouta-t-il, vous êtes la plus fieffée menteuse qu'il m'ait jamais été donné de rencontrer. En tout cas... (Vinnie ôta un chapeau imaginaire qu'il fit tournoyer dans les airs avant de le poser contre son cœur.) Je suis à votre service, Miss Rosie. Je vais commencer par aller trouver le procureur. Et essayer de le convaincre d'appeler votre ami Gevinski. Pour parler pneus. Pour évoquer les autres possibilités, comme de couper à travers bois, par exemple, et de patauger dans la boue. Pour parler de semelles qui auraient dû théoriquement laisser des empreintes mais qui ne l'ont pas fait. Bref, pour énumérer tous les indices qui ont été laissés de côté parce que les flics avaient décidé à l'avance que vous étiez coupable. Et savez-vous ce que vous allez faire pendant ce temps là ?

— Quoi donc ?

— Rester tranquille !

Compte là-dessus, Vinnie !

19

Vêtu d'une robe d'intérieur à revers de satin, Theodore Tuttle Higbee bourra sa pipe et tira une bouffée. Après quoi, l'homme satisfait se renversa dans son fauteuil et, armé d'un crayon rouge, retourna aux épreuves de son magazine inepte, *Standards.* A ses pieds, chaussé de pantoufles de velours rouge ornées d'écussons dorés, était couché le meilleur ami de l'homme, Ronnie, son colley.

Je priai le ciel pour que Ronnie ne me trahisse pas. Le chien, dont le tempérament n'était pas sans rappeler celui du président du même nom, releva la tête en remuant frénétiquement la queue juste au moment où je m'accroupis sous la fenêtre. Ah ! Quelqu'un pour me gratter la tête. Une seconde plus tard, oubliant la cause de son euphorie, le chien bâilla et reprit sa sieste.

Me faufilant tant bien que mal entre la haie de genévriers et le ranch des Higbee, j'essayai de localiser la fenêtre du bureau de Cass. Celle-ci peut-être ? Je devinai une vague silhouette à travers les rideaux tirés : Cass assise à son bureau ? Une grosse lampe ? J'attendis, puis me relevai tout en récitant « *Mais ton été éternel ne fanera jamais* », Shakespeare sonnet 18, lorsque la silhouette changea de position. Je lançai un petit caillou contre la vitre. Ping ! Pas de réaction. Si Cass était plongée dans un roman, c'était un boulet de canon qu'il fallait lui lancer. En revanche, si elle était en train de se prélasser dans son bain et que la silhouette soit celle de sa femme de ménage, j'étais dans la merde — plus belle que la merde de chien dans laquelle j'avais marché quelques instants plus tôt. Mon cœur battait à tout rompre. J'avais garé la voiture à l'endroit le plus discret que j'avais pu trouver — à cinq cents mètres environ, tout au bout d'une allée privative sinueuse et bordée d'arbres, chez des voisins qui passaient les trois quarts de l'année en Floride. Pas bête, mais ça ne m'empêchait pas de me ronger les sangs. Comment ferais-je pour prendre la fuite en cas de besoin ?

Et s'il n'y avait que ça ! Imaginez que je sois passée à côté d'un détail, d'un indice minuscule qui se mettrait à grossir, grossir et qui finirait par me mettre dedans ? Ou que le danger soit imminent — Cass elle-même ? Mais je m'exhortai au calme : ne te mets pas la rate au court-bouillon. Tu peux compter sur Cassandra Higbee comme sur toi-même. Elle ne te balancera pas aux flics. Je lançai un deuxième caillou, puis un autre. La silhouette remua ! Une main, comme au ralenti, écarta le rideau. Avant même d'apercevoir son visage par le rideau entrebâillé, j'aperçus son cardigan en mohair rouge, celui qu'elle mettait toujours pour lire, avec ses grandes poches bien profondes pour les lunettes et les bonbons.

Cass savait que c'était moi, bien que je fusse encore accroupie sous la fenêtre. Elle me fit un geste du pouce pour m'indiquer la direction à prendre. Un instant plus tard, la porte du garage s'ouvrit et je me faufilai à l'intérieur, entre sa BMW et la Porsche de Theodore. Cass me serra dans ses bras. Puis elle se recula et eut un haut-le-corps en apercevant ma coiffure.

— Ma parole, on dirait Zelda Fitzgerald !

— Merci.

— Non, non. Je veux dire après son séjour en hôpital psychiatrique.

Du haut de ses un mètre soixante-trois et demi, elle m'inspecta des pieds à la tête et dit :

— Mais ta coiffure est une splendeur à côté de cet accoutrement.

— Je ne crois pas que le moment soit bien choisi pour parler chiffons.

— Comme c'est dommage. Dans ce cas, laisse-moi te raconter ce que j'ai appris concernant Mandy/Amanda.

Si Cass avait l'esprit vif, le reste de sa personne, en revanche, était d'une lenteur de limace et ne se remuait qu'en cas d'absolue nécessité. Elle ne faisait de la marche à pied que contrainte et forcée par moi-même, Theodore et son médecin. Elle n'était pas du genre à rester debout si elle pouvait s'asseoir, c'est pourquoi elle ouvrit la portière de sa voiture. Je montai côté passager et nous prîmes place sur les sièges de cuir glacés.

— Avant de quitter le lycée, dit-elle, j'ai parlé avec Faith et Vivian, les orientatrices. Elles se souvenaient de deux Mandy. (Elle tâta ses poches à la recherche d'un formulaire d'orientation pédagogique. Elle jeta un coup d'œil à ses notes.) Une certaine Mandy Daley qui a passé son bac il y a deux ans. Elle est entrée à Oberlin depuis. Elle jouait du violoncelle à l'époque. Apparemment, elle continue dans l'Ohio. La deuxième est plus âgée, vingt-cinq ans environ. Elle s'appelle Mandy Springer...

— Le nom me dit quelque chose. Je suis pratiquement certaine qu'elle était dans la classe de Ben.

— Je l'ai eue en cours de littérature. D'après les archives du lycée, elle aurait vaguement envisagé de faire l'école dentaire mais n'a pas donné suite. En tout cas, elle n'est inscrite dans aucune fac. Personne n'a son adresse. Il n'y a pas de Springer dans l'annuaire du téléphone. Et pour autant que je me souvienne, la fille était assez quelconque, complexée et mauvaise élève. J'imagine mal Richie avec ce genre de fille, pas toi ?

— Moi, je ne m'étonne plus de rien. Cela dit... quelque chose me dit que ces Mandy-là ne me mèneront nulle part. Ou bien serais-je en train de commettre une erreur monumentale ?

— Je n'en ai pas la moindre idée, Rosie.

Cass tourna la tête vers la porte de communication du garage et de la cuisine. Je m'exhortai au calme : elle n'avait sûrement pas donné l'alerte. Simplement, elle était un peu nerveuse : imaginez que Theodore décide brusquement de descendre au garage pour faire joujou avec ses ressorts de soupape.

— Il y a d'autres Mandy ? demandai-je.

Elle posa ses notes sur le tableau de bord.

— Aucune...

— Aucune ?

— Tu me laisses finir, s'il te plaît ? Merci. J'ai appelé des tas de gens. C'est très curieux : la plupart des gens sont convaincus de connaître une Amanda. Mais quand on leur demande qui c'est, ils sont incapables de donner un nom. J'ai trouvé une (elle reprit ses notes) Amanda Huber, soixante ans environ, qui travaille à la teinturerie de Shorehaven ; une Amanda Chase, soixante-dix-sept ans, un pilier de l'atelier d'écriture du club du troisième âge ; une Amanda Conti, treize ans, championne de saut en longueur du lycée. Aucune avocate de ce nom. Et pas d'autre Mandy — jusqu'à ce que j'arrive enfin à joindre Stephanie au téléphone, il y a une heure environ.

— Où était-elle donc ?

— A un concours floral patronné par son club de jardinage et dont le thème était un centre de table composé de houx, de fleurs et de légumes. Elle a dit que le concours était « génial », mais bon, pour elle, tout est « génial ».

— Ou « beurk ».

— C'est vrai.

Cass, qui n'avait pas coutume de gaspiller une calorie de plus que nécessaire, commençait à s'agiter. Elle se mit à tripoter les clignotants et les essuie-glace, à ôter un grain de poussière imaginaire de la bouche d'aération, à astiquer la radio avec le revers de sa manche.

— Qui est Mandy ? demandai-je.

Elle enfonça un petit bouton qui remit le compteur kilométrique à zéro.

— Mandy Anderson. (Elle n'eut pas besoin de consulter ses notes.) C'est une avocate spécialisée dans les dépôts de bilan, une fille de l'âge de Stephanie. Elles se sont rencontrées lorsque Stephanie travaillait chez Johnston, Plumley et Whitbred.

— Mandy travaille toujours là-bas ?

— Je n'ai pas demandé. Probablement. Mais lorsque Stephanie a quitté la boîte, elles n'ont plus trouvé le temps de se voir. C'est pourquoi elles se sont mises à courir ensemble le soir.

— Elles se sont vues récemment ?

— Non. Le dépôt de bilan est une branche en pleine expansion. Mandy travaille le soir jusqu'à onze heures, minuit. Stephanie dit que la fille est « hyper-stressée ». Cela fait des lustres qu'elle ne l'a pas vue.

— Où habite-t-elle ?

— Ici, en ville.

— Je le sais bien. Mais où ?

— Désolée, dit Cass. Je n'ai pas demandé.

Elle avait les yeux rivés sur le rétroviseur comme si celui-ci reflétait une vue splendide.

— Cass, insistai-je.

— Elle dit que Mandy est une fille adorable. Mandy est brillante. Mandy est diplômée en droit des affaires.

— Belle ?

— Pas d'après Stephanie, dit Cass. C'est plutôt curieux du reste.

— Oui, c'est curieux, acquiesçai-je. Stephanie est toujours en train de dire que tout le monde est beau.

— C'est la rançon de la beauté. Elle se sent obligée de se répandre en compliments sur tout le monde y compris les laiderons. Elle se dit qu'ainsi les gens penseront qu'elle est gentille et modeste. Non mais, tu imagines, te sentir obligée de prouver sans cesse aux autres que tu ne te fiches pas de leur gueule quand ils ont le dos tourné ?

— Autrement dit, cette Mandy Anderson, c'est la fée Carabosse, dis-je.

— Ou bien quelqu'un que Stephanie n'aime pas. Ce qui l'autorise à se montrer difficile ou médisante, comme nous. Elle a bien le droit de ne pas l'aimer, après tout. Qui pourrait aimer quelqu'un qui fait huit kilomètres à pied tous les soirs ?

— Stephanie fait de la course à pied tous les soirs, mais nous l'aimons bien, dis-je.

Cass fit une petite moue mi-figue mi-raisin.

— Oui.

— Bon.

Quelque chose commençait à se faire jour dans ma mémoire. Au sujet de cette Mandy. J'ouvris la fermeture Eclair des deux poches de ma doudoune et fourrai mes mains à l'intérieur.

— Mandy Anderson, songeai-je à voix haute.

— Au fait ! dit Cass, j'allais oublier. Il y a dix-sept Anderson dans l'annuaire téléphonique de Shorehaven. Ils se reproduisent comme des lapins, ces gens-là. Je les ai tous appelés.

— Et alors ?

— Pas une seule Mandy. Elle est peut-être sur la liste rouge. A moins qu'Anderson ne soit son nom de jeune fille. Elle est peut-être Miss Anderson pour les chefs d'entreprises en faillite, et Mrs J. Harcourt pour les autres. Comment savoir ?

— Nous le saurons (je sortis de la voiture) lorsque j'aurai parlé avec Stephanie.

Cass bondit à son tour hors de la voiture.

— Tu ne peux pas aller là-bas ! s'écria-t-elle. Ça doit grouiller de flics autour de chez toi et de chez elle.

La porte du garage s'ouvrit. Au-delà des néons, la nuit noire.

— Je suis venue jusqu'ici, ça n'est pas maintenant que je vais renoncer.

— Mais, Rosie, tu n'as pas peur ?

— Bien sûr que si. Je n'ai pas cessé une minute d'avoir peur depuis que j'ai trébuché sur le cadavre de mon mari.

J'ai les *kishkes* qui font des nœuds depuis ce jour là. Mais quand on prend des risques, il faut accepter d'avoir les *kishkes* en pelote.

Cass se prit le menton entre les mains pour méditer ce que je venais de dire.

— Je comprends, tu as pris des risques en venant ici.

J'aurais pu lui répondre par un non catégorique. Au lieu de cela, je dis :

— Un petit peu.

— Tu as bien fait, même si dans l'immédiat tu n'en es pas certaine. Ecoute-moi, Rosie. Cette nuit s'annonce périlleuse. Tu vas sûrement avoir besoin d'aide.

— J'aimerais autant que possible te tenir à l'écart de tout ceci. (Nous nous approchâmes de la porte ouverte.) Je ne sais pas si je pourrai te téléphoner. Comment te joindre ?

— Tu sais où se trouve l'escalier qui mène à la cave ? Je vais laisser la porte ouverte, et je dirai à Theodore... Ah ! Je vais lui dire que j'ai des règles douloureuses. Il sera plein de sollicitude, comme toujours : la simple évocation de ce qu'il appelle les « problèmes féminins » le fait fuir à toutes jambes, ce crétin. Il sera ravi de me ficher la paix.

— Tu l'aimes, Cass. C'est ça ton secret. Sinon pourquoi resterais-tu avec lui ?

— Balivernes.

— Mais tu ne peux pas t'empêcher de le traiter de crétin.

— Parce que c'en est un. Je suis sûre qu'il trouverait tout naturel que je sacrifie un troupeau de chèvres à une déesse de la menstruation une fois par mois. Il ne s'étonnera pas de me voir agir bizarrement. Je descendrai à la cave tout les quarts d'heure jusqu'à ce qu'il aille se coucher. Après quoi, j'irai t'attendre en bas aussi longtemps qu'il le faudra.

Je ne connais rien de plus obscur ni de plus dangereux qu'un quartier résidentiel où les rues ne sont pas éclairées. Les gosses qui veulent prendre des raccourcis en coupant par le jardin des voisins se retrouvent au fond de piscines de marbre noir invisibles. Les conducteurs imprudents se font piéger par des fissures de la taille de crevasses qui se sont creusées dans le revêtement tape-à-l'œil de la chaussée. Même les cambrioleurs n'osent pas s'aventurer dans ces parages, de peur de trébucher sur un cerisier foudroyé et d'atterrir au fond d'un bassin d'épuration — où leurs cris n'arriveraient pas jusqu'aux oreilles des buveurs de chardonnay dont la maison se trouve à des centaines de mètres, ou à celles des policiers qui patrouillent fréquemment dans le secteur. Je tournai dans Hill Road, qui menait jusqu'à la maison des Tillotson, non sans faucher au passage une boîte aux lettres en forme de maillet.

Je tournai la tête du côté du *Havre des Mouettes*. Dans une des chambres, la lampe répandait une belle lumière dorée. Si j'avais été dans un film, un violon aurait joué « Fais du feu dans la cheminée, je reviens chez nous » sur la bande son. Mais ce n'était pas le moment de faire du sentiment. Si je commençais à m'imaginer en train de caresser la joue rugueuse de mes garçons, ou de partager un bol de pop-corn avec eux devant un bon feu, j'étais fichue, je ne passerais pas la nuit.

Lorsque j'atteignis le bout de l'allée qui menait chez Stephanie, le vent tomba et une chouette se tut suffisamment longtemps pour que les vociférations de flics qui s'interpellaient au *Havre des Mouettes* arrivent jusqu'à moi : « Eh ! Jim ? C'est toi ? » « Ferme-la, nom de Dieu ! » Je me réfugiai derrière une haie de conifères et examinai un moment le devant et un des côtés de la maison. La maison n'avait pas l'air surveillée. Pas de bruit de pas, pas de torches électriques balayant la pelouse. La façade illuminée par des projecteurs avait l'air fausse, comme le décor clinquant d'une superproduction hollywoodienne. Mais soudain une bonne odeur de tarte aux pommes arriva jusqu'à mes narines et le manoir de Stephanie retrouva ses trois dimensions.

Seul le rez-de-chaussée était éclairé. Traversant la haie de sapins, je pénétrai dans un bosquet de bouleaux rachitiques qui ne cachaient presque rien. A mesure que j'approchais de la maison, la serre de Stephanie se faisait plus distincte. Comment ne pas la voir, du reste ? Elle était éclairée comme la salle de bal d'un conte de fées. Les vitres scintillaient comme du diamant, et les spots de culture dispensaient une lumière irisée féerique. Vêtue de sa salopette en jean, Stephanie était en train de débarrasser une motte de terre de sa barbe de racines.

Je m'approchai encore un peu, dépassai les jardinières pleines de plantations d'automne : choux verts et pourpres, chrysanthèmes violets. La première chose que je me dis, c'est : une femme qui passe sa vie à planter, cuisiner, broder, tisser, lire, écouter de l'opéra, inviter les marmots du voisinage à faire de la peinture aux doigts et militer pour la protection des nappes phréatiques est forcément quelqu'un de bien. Elle va me croire. Elle va m'aider.

D'un autre côté, j'avais kidnappé son mari et l'avais menacé d'un revolver. Peut-être n'allait-elle pas me sauter au cou lorsque je lui demanderais de me donner un coup de main en ce moment crucial.

J'approchai à quatre pattes de la porte de la serre. Le gazon était sec et raide, mais l'allée, aplanie par des centaines d'allées et venues, était bien lisse. Je me relevai un peu de façon à atteindre la poignée de la porte. Un seul cliquetis suffit. Stephanie sursauta comme si le signal d'alarme s'était enclenché. Je m'aplatis aussitôt par terre, perpendiculairement à l'allée, la tête à quelques mètres de la porte.

J'entendis les sabots de Stephanie qui se rapprochaient. Je relevai la tête d'un poil, la porte s'ouvrit. Elle regarda autour d'elle, puis à terre, mais pas assez loin pour m'apercevoir. « Rosie », murmura-t-elle dans la nuit. La lumière crue des projecteurs ne révélait pas un seul défaut sur son visage de porcelaine à l'ovale parfait. Son visage n'était pas seulement beau, il était doux aussi. Et si je ne me trompais pas, elle était plus inquiète pour moi que pour elle même. « Ouh, ouh. » Il y avait de la tension dans sa voix. « Rosie, c'est toi ? »

D'un autre côté, si elle avait pensé que je pouvais l'attaquer, elle avait tout un arsenal d'outils de jardinage dans ses poches de salopette. Moi, je n'avais que le pistolet à bouchon dont je m'étais servie pour intimider son mari.

Je me redressai en position accroupie, prête à lui sauter au cou. Ah, l'effet de surprise ! Malheureusement, à quarante-sept ans, lorsqu'on a passé l'année à être prof de littérature, un bond spectaculaire pour passer de la position accroupie à la position debout relève de l'utopie. Le temps que je pose mes mains sur mes genoux pour essayer de me relever, Stephanie était déjà à mes côtés — et m'aidait à me mettre debout.

— Tu vas bien ? demanda-t-elle.

Elle mesurait un mètre soixante-quinze, c'était une athlète. Un plantoir aiguisé comme un rasoir émergeait de la poche frontale de sa salopette, directement pointé sur ma gorge.

— Ça va, dis-je, en reculant.

— Qu'y a-t-il ?

— Rien. Simplement je préfère ne pas rester dans la lumière, si ça ne t'ennuie pas. Sans quoi les flics vont me repérer à des kilomètres.

D'une main, j'époussetai mon jogging. De l'autre, je m'assurai que mon pistolet était bien dans ma poche.

— Viens, allons à l'intérieur. Je suis en train de préparer un dartois aux pommes. Un feuilleté aux pommes et à la compote...

— Mais enfin, Stephanie !

Elle se frappa soudain le front.

— Oh, excuse-moi. Où avais-je la tête ? Tu dois être morte de froid. Ne parlons plus du dartois. Que dirais-tu d'un armagnac ? Viens, entre.

J'avais l'air malin dans mon jogging, avec ma doudoune, mes gants, mes grosses chaussettes de laine et mes baskets toutes neuves. Elle ne portait que sa salopette et un sous-pull en coton.

— Que puis-je faire pour toi ?

— Je vais bien. Seulement, je n'ai pas beaucoup de temps. (Je jetai un coup d'œil furtif à l'intérieur. S'il y avait des flics dans la maison, ils n'avaient sûrement pas suspendu des guirlandes en papier crépon et des ballons multicolores pour me recevoir. Ils étaient cachés. Mais Stephanie n'avait pas regardé une seule fois de ce côté-là, comme elle aurait pu le faire s'il y avait eu des flics, pas plus qu'elle n'avait poussé des cris d'orfraie en me voyant, comme l'héroïne ligotée aux rails du chemin de fer.) Je préfère rester ici, dis-je.

— D'accord. Laisse-moi seulement passer une veste. (Elle sentit ma réticence sans que j'aie le temps de la formuler.) Ecoute, Rosie, je comprends que tu sois hyper-angoissée. Mais ma veste est pendue au vieux magnolia dans la serre. Tu la vois ? Il me faut une minute pour aller la chercher. (Voyant mon hésitation, elle croisa les bras et dit :) Ça ne fait rien. Je n'en mourrai pas.

— Stephanie, je suis vraiment désolée pour Carter.

Elle hocha la tête mais détourna les yeux. Et le fait est que ça ne doit pas être facile de trouver quelque chose à dire de socialement acceptable à une amie qui vous fait des excuses parce qu'elle a menacé votre mari avec un flingue.

— J'imagine que tu étais complètement affolée, finit-elle par dire.

— Oui.

Sa magnanimité fit bientôt place aux remontrances — mais mettez-vous à sa place.

— Où diable t'es-tu procuré une arme ?

— Auprès d'un de mes anciens élèves qui a mal tourné, mentis-je.

Stephanie me dominait d'une bonne demi-tête. Elle me regardait de haut, l'image même de la sévérité.

— As-tu seulement idée du nombre de morts accidentelles dues à la manipulation d'armes à feu ?

— Ecoute, pour ce qui est de la mort, j'ai déjà donné. Sauf que ça n'était pas une arme à feu et que ça n'était pas un accident.

Stephanie frissonna des pieds à la tête.

— C'est toi qui l'as tué, Rosie ? demanda-t-elle d'une voix ténue que le vent emporta.

— Non !

Calme-toi, songeai-je. Elle est terrorisée. Tu ne veux pas qu'elle parte en courant ou qu'elle alerte les flics. Tu as besoin d'elle.

C'est ce que tu crois tout au moins. Et si Jessica avait menti ? Si c'était elle qui l'avait tué et qu'elle avait monté un bateau à Tom ? Et si je faisais fausse route et que la réponse se trouve à New York ?

— As-tu la moindre idée de qui a fait le coup ?

Stephanie avait l'air affolée.

— Parle-moi de Mandy, ton amie.

— Mais pourquoi est-ce que tout le monde s'intéresse à Mandy ? demanda Stephanie.

Elle grelottait toujours. Elle avait les bras croisés et les serraient si fort que son plantoir sortait de plus en plus de sa poche, menaçant de tomber à terre.

— Qui ça, tout le monde ?

— Toi et Cass. Que veux-tu savoir exactement ?

— Richie a eu une liaison avec elle juste avant de rencontrer Jessica.

— Quoi ? Avec Mandy ? Je ne te crois pas.

— Mandy Anderson, dis-je.

— C'est bien son nom, mais... Non, Rosie, c'est impossible. D'abord elle est moche. Et sans charme. Elle est bien foutue, mais ses dents du bas sont toutes de travers, et ses pores — beurk — tout dilatés. Quant à son nez, je n'en parle même pas. Carter dit qu'à chaque fois qu'elle ouvre la bouche on dirait qu'elle va se mettre à grogner. (Elle était sur le point de s'esclaffer à cet échantillon d'humour rhino-plastique mais s'arrêta net en voyant l'expression sur mon visage.) Excuse-moi pour cette remarque stupide. Je suis vraiment navrée pour tout ce que tu as enduré. Tu sais, sur les grilles d'évaluation du stress qui vont de un à dix ? je suis sûre que toi...

— Moi je pulvériserais le record, coupai-je net. Comment est-elle cette Mandy ?

— Elle est très gentille. Je l'aime beaucoup. Et intelligente. Elle vient de s'associer avec le patron de son cabinet — et elle commence à se faire sa propre clientèle. C'est formidable de voir une femme qui réussit.

— T'a-t-elle jamais parlé de Richie ?

— Non. Bien sûr que non. Je ne vois pas comment elle l'aurait rencontré. Je veux dire, elle passe sa vie à travailler. Le droit, c'est toute sa vie. Elle ne sort pour ainsi dire jamais.

— Elle travaille dans la boîte où tu travaillais ?

— Non.

— Où ça ?

— Dans une grosse boîte de Wall Street.

— Laquelle ?

— Kendrick, McDonald.

— Elle est mariée ?

— Rosie, je n'ai jamais été très proche de Richie. Quand tu m'as dit qu'il te quittait pour quelqu'un d'autre, je t'avoue que les bras m'en sont tombés. Mais je le connaissais tout de même suffisamment pour te dire que c'est impossible, qu'il n'aurait jamais...

— Stephanie, Richard Meyers était un homme surprenant. Mais je t'en prie, réponds à mes questions. (Elle hocha la tête en signe d'assentiment.) Mandy est-elle mariée, oui ou non ?

— Elle vient d'épouser un spécialiste en droit des sociétés.

— Comment s'appelle-t-il ?

— Jim. Je ne le connais pour ainsi dire pas. Je veux dire qu'à l'époque où je voyais Mandy, c'était à l'Association des Femmes du Barreau ou quand nous faisions du jogging. (Le vent jouait dans les cheveux de Stephanie. Elle se passa une main dans les cheveux, et tout rentra dans l'ordre, naturellement. La perfection. Elle était si parfaite qu'on l'aurait dite moulée dans du plastique et non pas faite en chair et en os.) Jim est beaucoup plus beau qu'elle, ajouta-t-elle.

— Des enfants ?

— Pas encore. Elle a trente-deux ans. Elle voulait attendre de s'associer à son patron avant de faire des enfants. Mais étant donné la tournure que prennent les choses, je doute qu'elle veuille s'embarrasser d'un bébé aussi vite.

— Où habite-t-elle ?

Stephanie inspira profondément.

— Attends voir. (J'attendis. Pourquoi lui fallait-il autant de temps ? Allons.) Nous nous rencontrions toujours là-bas. J'essaye de me souvenir. Ah, oui, quelque part du côté de Shorehaven Acres, dans Crabapple Road.

— Tu connais le numéro de la rue ?

Elle secoua la tête.

— C'est vers le milieu de la rue. En venant d'ici, ce doit être le deuxième pâté de maisons, la troisième ou la quatrième maison sur la gauche, mais je ne le jurerais pas. (Elle me saisit soudain par le bras.) Rosie, je t'en prie, ne fais pas de folie.

— Je ne fais jamais rien qui ne soit absolument nécessaire. Dis-moi comment Carter a rencontré Jessica Stevenson ?

— Quoi ? dit Stephanie prise au dépourvu par le changement brusque de conversation et le nom de son mari. (Sa tête se balançait de droite et de gauche, comme si elle avait cherché quelqu'un qui ait la réponse.) Rosie, je te jure que, quand Richie t'a quittée et que tu m'as parlé de Jessica, je te jure que — elle leva la main droite — j'ignorais que Carter la connaissait. Il faut que tu me croies. (Ce n'était pas le cas, mais d'un autre côté, je n'étais pas certaine qu'elle mentait.) Elle travaillait dans la même banque qu'un type à qui Carter avait refait les paupières et le menton. Bref, elle et Carter se sont rencontrés à une soirée que ce type donnait. Elle lui a parlé de son travail qui consistait à trouver des capitaux pour les PME afin de les aider à se développer. Et comme cela concernait directement Richie, Carter a décidé de les présenter l'un à l'autre.

— Carter était son ami ?

— Non ! (Jamais Stephanie ne s'était montrée aussi catégorique dans une réponse.) Absolument pas. (J'en déduisis qu'elle était au courant pour Carter et Jessica.) Il ne la voyait, chez Data Associates, que lorsque Richie et lui se rencontraient au bureau, avant d'aller à un match ou autre.

Je ne voulais pas la blesser en l'obligeant à m'avouer que Carter avait eu une liaison avec Jessica. Je cherchai un moment comment tourner la chose.

— Carter était-il contrarié en apprenant la liaison de Richie et de Jessica ?

— Oui, un peu. Enfin, beaucoup. Il était contrarié pour toi, contrarié de voir que Richie te quittait.

— Qu'a-t-il dit à ce sujet ?

— Rien. Enfin, je veux dire, tu connais ce vieux Carter, il n'est pas très bavard. (Elle avait l'air soudain détendue, presque joviale.) Il a dû dire « c'est moche », ou quelque chose de ce genre. (Brusquement, elle me saisit par mon blouson et dit :) Allons, Rosie, viens à l'intérieur ! Mon dartois va brûler. (La saisissant par le poignet, je la repoussai.) Excuse-moi, dit-elle. Je ne voulais pas t'offenser. Je voudrais t'aider, mais il fait si froid dehors. Ça doit être terrible pour toi. Et puis...

— Et puis ?

— Et puis j'ai peur que tu te fasses pincer. (Ses yeux lumineux devinrent soudain plus lumineux.) J'ai une idée ! Tu vas prendre l'appartement de Gunnar et de Inger, à l'entresol, derrière la salle de jeu d'Astor. C'est la cachette idéale. Carter ne sera pas de retour avant onze heures, et, si tu viens maintenant, il ne devinera jamais que tu es là ! C'est très mignon, tu verras. J'ai tout retapissé en bleu. Tu pourras te reposer pendant que je prépare le dîner et ensuite on réfléchira.

Elle me tendit à nouveau la main, sans chercher à m'agripper, cette fois, simplement pour m'implorer. Mais j'avais trop à faire, et avec la pizza aux trois fromages et poivrons qui m'était restée sur l'estomac, je n'avais aucune envie de me faire dorloter par Stephanie qui, un sourire d'encouragement sur ses lèvres pulpeuses, attendrait que je me répande en compliments sur son dartois. De plus, sa proposition ne me disait rien qui vaille. Je ne la croyais pas capable de garder un secret.

— Rosie, dit-elle, en tendant l'autre main vers moi, viens, laisse-moi m'occuper de toi.

Un geste magnanime.

— D'accord, finis-je par dire. Va chercher ta veste, nous allons faire le tour de la maison. Ce n'est pas à cause de toi, Stephanie, mais je veux m'assurer qu'il n'y a pas de flics dans les parages. Histoire de me tranquilliser.

— Je comprends. Tu n'as pas à t'excuser, dit-elle avant de se hâter vers la serre.

M'avait-elle vraiment pardonné pour ce que j'avais fait à Carter ? Pouvait-elle se montrer à ce point magnanime ? Ou s'apprêtait-elle à me jeter un sac de toile par-dessus la tête et à me livrer à la police ?

Soudain, prise de panique, je partis comme une folle en direction des bois.

A Cass, j'avais avoué que j'avais tout le temps peur. L'espace de quelques heures, pelotonnée entre les bras de Tom dans le motel de l'aéroport, j'avais oublié ma peur. Mais l'appréhension avait bien vite resurgi à l'idée que j'allais devoir reprendre ma quête, et le chagrin aussi, à l'idée que la petite chambre que j'avais gardée pour Tom, tout au fond de mon cœur, pendant toutes ces années, n'aurait servi qu'à abriter nos étreintes d'un soir.

Quoi qu'il en soit, entre le moment où je m'étais sauvée en courant de chez Stephanie pour m'élancer à travers bois en direction de Shorehaven Gardens, et celui où j'arrivai chez Madeline, ma peur s'était évaporée.

Pourquoi ? Comment ? La seule explication que je puisse donner c'est : à la guerre comme à la guerre. Il est minuit. Tapi dans la tranchée, le soldat sait que les bombardements ne vont pas cesser. Il sait qu'il doit mourir avant l'aube. Ayant accepté ce principe, et accepté que, grâce à quelque mystérieuse intervention divine, il a été jusque-là épargné, il renverse la tête en arrière et plonge le nez dans les étoiles, ivre et reconnaissant. Eh, bon Dieu ! Je suis vivant ! Au même moment il réalise qu'il n'a qu'un tout petit rôle à jouer dans sa propre destinée. Mais après tout, Dieu n'a-t-il pas veillé à ses côtés jusqu'ici ? Quoi qu'il en soit, la nuit est encore jeune. Il sait que tout peut arriver d'ici l'aube. Que doit-il faire ? Se rendre ? Se suicider ? Non, jamais ! Il n'a qu'une possibilité. L'espace d'une seconde, il adresse au ciel une prière de remerciement en forme de sourire. Puis il saisit son arme et reprend le combat. Peut-être vivra-t-il. Peut-être pas. En attendant, tant que durera la nuit, il n'aura pas peur.

Madeline et Myron Michael Berkowitz, chirurgien-dentiste, avaient construit une maison dans laquelle Anne Hathaway aurait pu vivre si elle avait divorcé de Shakespeare, obtenu une pension alimentaire et s'était installée à Long Island. La maison avait des poutres apparentes, des fenêtres serties au plomb et un toit de chaume synthétique conforme aux normes de sécurité anti-incendie du comté de Nassau. Lorsqu'il l'avait quittée, Myron lui avait laissé la maison. L'année suivante, le marché de l'immobilier connaissait une chute vertigineuse. Un ou deux acquéreurs potentiels s'étaient présentés, mais aucun ne voulait d'un cottage anglais équipé d'une baignoire creusée à même le sol à l'arrière. Madeline était coincée.

Et moi aussi : j'essayai d'imaginer une façon astucieuse de la surprendre, mais je commençais à m'enrhumer et si je ne voulais pas attirer son attention avec mes éternuements intempestifs, je n'avais d'autre choix que de me présenter à la porte et de presser la sonnette.

— Qui est-ce ? demanda Madeline dans l'interphone, comme je m'y attendais.

Il n'était pas très tard, mais sa voix était pâteuse et comme endormie. Il y avait des interphones dans toutes les pièces. A la fin de leur mariage, elle et Myron ne se parlaient plus que par interphone interposé.

— C'est Cassandra, annonçai-je. (Pas de réponse, c'est pourquoi j'ajoutai :) J'ai des nouvelles, en imitant la voix policée de Cass, concernant Rosie.

Quand Madeline ouvrit la porte, avant même de réaliser qui j'étais, voyant que j'étais blanche et non pas noire comme elle s'y attendait, elle se mit à hurler. En montant et en descendant la gamme — Aaaaaaaaaaaaa ! — tout en essayant de refermer la porte. Puis elle s'écria « Rosie » et faillit tomber dans les pommes. Ses cris cessèrent, ses jambes vacillèrent, j'en profitai pour foncer tête baissée à l'intérieur. Mais elle repartit presque aussitôt. « Aaaaaaaaaaaaa ! » Ses cheveux dressés sur sa tête formaient un casque d'épis grisonnants. Son caftan, une tente vert bouteille, vestige de ses jours de maîtresse de maison, était tout chiffonné « Aaaaa ! »

— Pour l'amour du ciel, Madeline, reprends-toi ! dis-je en claquant la porte derrière moi.

— Les flics sont en haut !

— Balivernes.

Sans doute n'était-ce pas la réponse la plus intelligente à faire. Son visage luisant de crème devint soudain flasque. Ses yeux se révulsèrent annonçant sa fin prochaine. Elle ne dit que « Je t'en prie... »

— Madeline, calme-toi. Si j'étais une psychopathe, tu serais déjà morte à l'heure qu'il est.

— Morte ? balbutia-t-elle.

Elle se recula et trébucha sur la marche qui séparait l'entrée de la salle de bains. Je la rattrapai au vol pour l'empêcher de tomber. Elle essaya de me balancer un crochet du droit, mais comme elle ne tenait pas sur ses jambes, le coup partit dans les airs. Lorsqu'elle se fut à nouveau campée solidement sur ses deux jambes, je la laissai reculer et je bloquai l'entrée.

— Il faut que je te parle, Madeline.

— J'ai acheté une bombe paralysante, marmonna-t-elle. J'ai appris ce que tu avais fait à Carter.

— Où est-elle ?

— Qui ça ?

— La bombe paralysante.

— Tu ne te figures pas que je vais te le dire ?
Elle était probablement en haut, sur sa table de nuit.
— Ni toi ni moi n'avons besoin d'une bombe paralysante.
Elle rit d'un petit rire ironique de poétesse.
— Bien sûr que non.
— Je n'ai pas tué Richie, Madeline.
— D'accord.
Elle se recula et se cogna dans le lavabo en forme de coquillage sur un piédestal.
— Réfléchis un peu, Madeline. Si j'étais coupable, je serais partie très loin, pour me cacher. Pourquoi serais-je revenue ici, pour essayer de démasquer le criminel ?
Ma remarque lui en boucha un coin. Un court instant cependant.
— Tu cherches à faire endosser le crime à quelqu'un d'autre.
— Comment pourrais-je faire une chose pareille alors que tous les indices me désignent comme coupable ?
Ou bien elle était extrêmement circonspecte, ou bien ma repartie l'avait laissée sans voix. Elle appuya la hanche contre le lavabo. Elle respirait bruyamment. Elle ne trouvait rien à répondre.
— Avant de sortir avec Jessica, Richie avait eu une liaison avec quelqu'un d'autre.
— Tiens ? fit-elle, sarcastique. Comme c'est étrange.
— Cela m'a étonnée. Pas toi ?
— Quelle naïveté. Tu ne sais donc pas qu'ils ne pensent qu'à ça ?
Le moment me semblait mal choisi pour lui dire qu'elle avait tort de mettre tous les hommes dans le même sac.
— La maîtresse qu'il a eue avant Jessica s'appelait Mandy. (Madeline posa une main sur sa figure. Sentant le gras de sa crème de nuit, elle tira quelques longueurs de papier hygiénique et s'essuya la figure.) Tu connais une Mandy ? (Madeline secoua la tête.) Elle faisait du jogging le soir, avec Stephanie.
— Je ne l'ai jamais vue.
— Tu ne sais rien d'elle ?
— Stephanie dit que c'est une bonne avocate. Et qu'elle a une taille de guêpe. Je parie que Jessica est encore plus rouée que cette Mandy. Cela dit, ce doit être le même genre de fille. (Son appréhension commençait à s'estomper. Sa vieille colère refaisait surface.) Deux opportunistes. Froides et calculatrices. Qui tirent profit au maximum du mouvement de libération de la femme, mais qui ne veulent pas payer en retour. Jeunes, blanches, protestantes et arrogantes.

Au même moment, une chose que Jo'lap avait dite à Tom me revint subitement à l'esprit. A propos de Richie. De Richie et de qui déjà ? Mandy ? Elle avait dit quelque chose au sujet de Mandy ? Non, c'était au sujet de Richie et de Jessica : il les aimait protestantes et bien éduquées...

— Oh, ajouta Madeline, autre chose. Stephanie dit que Mandy est une vraie nymphomane.

20

Je quittai la maison de Madeline avec une poignée de Kleenex et le cerveau en ébullition. Devais-je regagner la Chevrolet et filer illico à Shorehaven Acres afin de retrouver Mandy ? Ou bien retourner chez Stephanie et avoir une explication avec elle ? Elle était au courant pour Carter et Jessica, pourquoi ne me l'avait-elle jamais dit ? Etait-elle aussi au courant pour Richie et Mandy ? La course à pied dans l'obscurité pousse généralement aux confidences. Etait-il possible que sa copine Mandy ne lui ait jamais parlé de sa liaison avec le mari de sa voisine ?

J'aurais dû être au lit, en train de relire *La Maison solitaire* en sirotant un citron pressé bien chaud. J'avais les sinus complètement bouchés, la gorge en feu, les yeux larmoyants, et franchement, j'en avais soupé de jouer les héroïnes. Je me mouchai un bon coup, en m'efforçant de ne pas faire trop de bruit, ouvris toute grande la bouche deux fois de suite pour dégager les trompes d'Eustache, et regagnai à pas de loup l'abri de jardin de Madeline.

Le paillasson en caoutchouc anti-dérapant émit un son dégoûtant, comme cent tototes extirpées simultanément de la bouche de cent bébés. Comme je l'avais deviné, la clef se trouvait dessous. Une fois à l'intérieur, je me frayai un chemin à tâtons entre les toiles d'araignée, tout en m'efforçant de ne pas penser aux bestioles rampantes et autres araignées velues. Je finis par trouver les bicyclettes de la famille Berkowitz. Telle une ménagère qui choisit des aubergines, je tâtai un à un les pneus. Je choisis un tout-terrain et filai dans la nuit.

Ce n'était pas de la tarte de retourner chez Stephanie à bicyclette. Il faut dire que je n'étais pas montée sur un vélo depuis ma dernière année à Madison High School, depuis la fois où j'avais garé mon Schwinn bien-aimé pour acheter du pumpernickel et qu'un camion lui était passé dessus. Tête baissée, je pédalais comme une folle. Mais naviguer entre les nids-de-poule quand il fait nuit noire et qu'on a le nez qui coule n'est pas chose facile. Grâce au ciel, je n'allais pas en descendant, je ne risquais donc pas de me laisser emporter par la vitesse et d'effectuer un vol plané avant d'atterrir dans un jardin paysager judéo-japonais, roseaux/rochers/mousse /petit pont/ruisselet bouillonnant, et de me noyer. Mon Schwinn n'avait pas de vitesses, mais lorsque je réussis à manier convenablement le tout-terrain, je gravis la côte en moins de deux.

Les flics ! Ça grouillait de flics. Stephanie les avait sans doute appelés lorsque j'avais filé. Je m'enfonçai dans les bois et déposai la bicyclette contre un arbre, puis j'examinai un instant l'entrée de *la Pointe d'Émeraude*, une centaine de mètres plus bas. Les flics restaient discrets. C'est-à-dire qu'on n'entendait pas le hurlement des sirènes. En revanche, de chaque côté des piliers qui encadraient la porte d'entrée, il y avait suffisamment de voitures de flics et de gyrophares allumés pour tourner le dénouement de *La Poursuite infernale*. Ruse ou désinvolture, trois autres voitures de police passèrent à côté de moi à fond de train avant de se faufiler entre les grilles entrouvertes dans un crissement de pneus et de regagner le porche des Tillotson.

Un peu plus bas, des flics munis de talkies-walkies faisaient les cent pas sur la route, en se retournant de temps à autre pour scruter l'obscurité. Ceux qui n'avaient pas de talkies-walkies regardaient leurs collègues, frustrés. De l'autre côté de la route, les voisins emmitouflés comme pour une expédition au pôle nord s'étaient réunis. Sûr qu'un domestique allait leur servir du cidre chaud et des beignets.

Je regardai de l'autre côté, au pied de la colline : deux hommes arrivaient en courant. Alex et Ben ? Oui ! Ils étaient à la hauteur de la clairière où Richie avait garé sa Lamborghini pour la dernière fois. Ben, l'armoire à glace, commençait à s'essouffler. Alex, plus petit et plus rapide, ses longs cheveux flottant au vent, dépassa son frère et s'arrêta à la hauteur des gyrophares. Ils étaient si près ! En deux secondes, j'aurais pu les toucher ! Il n'en aurait pas fallu plus à tous ces flics armés jusqu'aux dents pour me transformer en passoire.

Mandy, il fallait que je me concentre sur Mandy. Qu'avais-je appris à son sujet ? Je couchai la bicyclette par terre, recouvris les enjoliveurs et le guidon avec des feuilles mortes et des branches de conifères, et pénétrai dans la forêt — tournant le dos à mes garçons et à la maison des Tillotson. Un détail au sujet de Mandy... Une chose qu'avait dite Stephanie ? Une chose qui ne collait pas. Pourquoi ? Parce qu'elle était en totale contradiction avec ce qu'avait dit Tom. Et je savais *ipso facto* que Tom disait la vérité.

Je progressais très lentement car j'étais obligée de m'enfoncer dans les bois. Il fallait que je retourne chez Cass, mais je ne pouvais pas passer par la route au risque de tomber nez à nez avec une patrouille de police. J'avais la poitrine et le dos pris dans un étau, comme si des mains malfaisantes s'étaient amusées à les comprimer pour me couper la respiration. A bout de souffle, je m'assis sur un tronc d'arbre abattu. L'écorce noire s'agrippait à l'étoffe de mon pantalon. Calme-toi, songeai-je. Ça va te revenir dès que tu auras retrouvé ton calme. Bien, reposons la question.

Qu'avait dit Tom au sujet de Mandy ?

Le cerveau est un instrument qui est loin d'être parfait. Au lieu de me remémorer deux ou trois phrases bien ficelées et révélatrices, je me revis en train de m'endormir entre les bras de Tom, sa longue jambe passée par-dessus ma hanche. Pensée réconfortante, à défaut d'être pertinente. Une fois encore, que m'avait dit Tom concernant Mandy Anderson ? Etait-ce une chose que lui avait dite Jo'lap ? Ou qu'il avait entendue au cours d'une conversation ? L'avait-il rencontrée un jour par hasard ? Bon Dieu de bon Dieu ! La cellule de mon cerveau contenant ce précieux fragment d'information avait-elle succombé au grand âge trente ans avant le reste de ma personne ? C'était bien ma veine !

Mais soudain je m'écriai : « Oh ! Ah ! Eurêka ! » après quoi, je filai chez Cass plus vite que le vent, plus vite que personne.

— Stephanie a dit à chacune de nous que Mandy était un laideron, n'est-ce pas ?

— Oui, acquiesça Cass, tandis que nous posions de concert nos pieds sur la banquette.

Lorsque leurs enfants allaient au pensionnat, il y a des années, Cass et Theodore avaient converti une partie de leur sous-sol en théâtre, avec une estrade et un rideau de douche bleu et trois rangées de banquettes pour le public.

— Bon, dis-je. Si cette fameuse Mandy avait effectivement

des pores dilatés et un groin au milieu de la figure, comment expliques-tu que lorsque Tom a appelé sa femme...

— Tom qui ?

— Tom Driscoll. Un vieux copain de lycée, tu te souviens ? Un gros client de Richie...

— Tom aux grands pieds, aux doigts immenses, aux yeux noirs et profonds comme des lacs ?

Le problème quand on raconte sa vie à sa meilleure amie, c'est qu'elle n'oublie pas ce que vous lui avez dit.

— Oh, tais-toi.

— Comment sais-tu ce que Tom Driscoll a dit à sa femme ?

— Parce que j'étais en train d'écouter sur l'autre ligne, mais je t'expliquerai plus tard, s'il y a un plus tard. Quoi qu'il en soit, c'était en février ou en mars — dans la période pré-Jessica. — la femme de Tom avait organisé un dîner au restaurant avec Richie et annoncé à Tom qu'ils seraient quatre à table. Etant donné que Tom et sa femme sortent ensemble une fois tous les trente-six du mois, Tom s'est senti obligé de l'accompagner. Et devine qui il s'attendait à voir et qui n'est pas venue.... parce qu'elle n'avait pas été invitée ? Et devine qui Richie avait invité à ma place ?

— Oh, le goujat, le mufle ! Il a emmené sa maîtresse ?

— Oui, et sais-tu qui était sa maîtresse ? La femme avec qui il était sorti avant de rencontrer Jessica. Tom m'a dit qu'elle avait l'air très mordue. Mais nous l'appellerons Mandy, car à cette même époque, tandis que Mme la Très Mordue et Richie bouffaient du caviar à la louche, le soir, en compagnie des Driscoll, une dénommée Mandy appelait Richie au bureau dans la journée — en prenant si peu de précautions qu'elle avait fini par mettre la puce à l'oreille de la secrétaire.

— Incroyable !

— Mais vrai. Tout coïncide, au demeurant. C'est à cette même époque que Richie a commencé à rentrer de bonne heure à la maison. Tu te souviens, il y a neuf mois environ, je t'avais dit que Richie et moi étions dans une période de grâce !

— Je m'en souviens. Tu avais même réussi à me convaincre.

— La raison pour laquelle Richie rentrait de bonne heure, c'est que sa maîtresse, Mandy, habitait ici, à Shorehaven. Et qu'elle ne pouvait pas s'échapper toute la nuit parce que son mari l'attendait à la maison.

— Mais ce fameux dîner *à quatre* ? demanda Cass. Est-ce que cela n'équivaut pas à une escapade nocturne ?

— Ce n'est pas une sortie entre copines, une fois de temps

en temps, qui pourrait éveiller les soupçons d'un mari, surtout quand la femme est émancipée.

Cass regardait fixement le masque tragique que ses gosses avaient peint d'un côté de la scène, sa bouche en U retourné était sans ambiguïté.

— Je ne suis pas totalement convaincue.

— Dans ce cas, laisse-moi te convaincre. La première chose que Tom m'a dite concernant ce dîner, c'est qu'il était très gêné — il était profondément choqué que Richie ait invité sa maîtresse : il a réagi comme toi. Mais il s'est souvenu d'autre chose aussi. La femme était ravissante.

Cass referma la mâchoire juste à temps pour l'empêcher de se décrocher.

— Et Mandy est un laideron !

— Exact ! De plus, avant que Tom et Jo'lap n'aient atteint leurs limites et qu'ils ne se raccrochent au nez, celle-ci a fait plusieurs remarques intéressantes. Tout d'abord, que cette liaison était une véritable histoire d'amour pour Richie et pas une simple passade. Ou que si ça n'était pas de l'amour, cela y ressemblait beaucoup. C'était une sorte de répétition générale avant le grand amour.

— C'était Jessica, le grand amour ?

— Oui, admis-je, même si cela faisait un peu mal, mais le temps aidant, je finirais peut-être par voir toutes les années que j'avais passées aux côtés de Richie comme un gigantesque malentendu.

Bah, mon mariage m'avait au moins donné deux fils que j'adorais, la possibilité de faire un boulot intéressant et une décapotable rouge. Toutes les femmes ne pouvaient pas en dire autant. Et avec un peu de chance, si j'avais encore un avenir devant moi, qui sait si je ne pourrais pas me rattraper ?

— Même si la femme du dîner n'était pas le grand amour, continuai-je, elle n'était pas qu'une simple passade non plus. Jo'lap a dit qu'elle était plus qu'acceptable. Et autre chose aussi : bien éduquée et protestante.

— Je ne me prononcerai pas sur son éducation, dit Cass. Ce qui est certain cependant, c'est que Mandy Anderson n'est pas un nom lituanien. Pourquoi Mandy ne pourrait-elle pas être la femme du dîner ?

— Parce que Mandy Anderson a la gueule de Miss Piggy. Et que la fille que Richie a emmené dîner était ravissante. *Ergo*, ou Tom n'y connaît rien en femmes, ou bien la fille du dîner n'était pas Mandy, à moins que... attends un peu.

— ... que Stephanie n'ait menti ! Mandy est belle.

— Absolument ! Tu sais comme moi que Stephanie voudrait que l'univers soit parfait. De belles maisons, des jardins exquis, des mets sublimes — et de beaux couples qui s'adorent. Ça a dû lui faire un mal de chien quand elle a su pour Carter et Jessica, pourtant elle ne m'en a jamais parlé.

— Non.

— Pourquoi ? demandai-je.

— Parce que c'était insupportable. Oui, c'est pour ça ! Sa vie tout entière consiste à esquiver les désagréments. Et son mari fonctionne sur le même modèle : sa vie professionnelle est une croisade menée contre le réel, pour imposer sa vision du beau.

— Stephanie est prête à tout pour éviter les désagréments. C'est pourquoi elle ne m'a jamais dit que mon mari me trompait avec quelqu'un d'autre que Jessica. Mais lorsqu'elle a su que je l'avais découvert, par charité, elle m'a dit que Mandy était moche. Jessica est jeune et belle, et Stephanie ne voulait pas que je me sente comme un vieille chaussette qui s'est fait balancer deux fois de suite pour une belle nana, jeune et intelligente. Elle a voulu me protéger.

Je me levai pour me délasser les jambes. C'était dur à dire avec le jogging, mais j'avais l'impression que mes cuisses avaient minci depuis la semaine dernière. J'allai jusqu'au téléphone mural et demandai le numéro de Kendrick, McDonald aux renseignements.

— Ces gros cabinets d'avocats de Wall Street sont de véritables bagnes à ce qu'il paraît, dis-je à Cass. Voyons jusqu'à quelle heure ils font travailler les forçats.

Mais le bagne ne répondait pas.

— Cassandra ! explosa soudain la voix de Theodore. (Complètement affolée, je cherchai illico une cachette. Pas de porte derrière laquelle se cacher, quant au rideau de douche, il était transparent, la scène n'avait pas de coulisses.) Ton chocolat chaud est prêt, Cassandra ! appela-t-il.

— J'arrive.

— Nom de Dieu ! s'exclama Theodore.

Nous nous retournâmes d'un bond. Il était debout au pied des escaliers, ses yeux faisaient l'aller et retour entre moi et Cass, comme s'il nous avait surprises au milieu d'une conversation licencieuse. Sans me laisser le temps de réagir, il se précipita sur moi. J'essayai de me débattre, mais il me saisit les deux bras et, au moyen d'une prise de judo rudimentaire mais efficace, les maintint fermement derrière mon dos.

— N'essaye pas de te débattre ! (Il cria à Cass :) Je la tiens. Appelle la police !

Theodore n'était pas gros, mais quelle poigne, nom d'un chien ! J'essayai de me souvenir des articles que j'avais lus sur le close-combat, mais comme il se trouvait derrière moi et qu'il y avait un banc entre nous, je ne pouvais pas lui assener un coup de pied dans les parties.

— Lâche-moi, beuglai-je à mon tour. (Il me faisait un mal de chien.) Theodore, laisse-moi t'expliquer.

— Cassandra ! rugit-il à nouveau. Ne reste pas là, les bras ballants. Appelle la police !

— Lâche-la, dit-elle calmement.

— Quoi ?

Il ne comprenait pas.

— Lâche-la. (Il enfonça les pouces dans les points sensibles, juste au-dessus des coudes.) Rosie et moi avons des choses à faire ce soir.

— Aurais-tu perdu la raison ? demanda-t-il tout en continuant d'appuyer. Réponds !

— Aaaaaïe ! fis-je.

— Absolument pas. Rosie est innocente. Et je vais l'aider à le prouver.

Theodore enjamba la banquette, sans doute avec l'intention de m'entraîner vers l'escalier. Je levai un pied, prête à écraser le sien afin de m'échapper pendant qu'il se tordrait de douleur. Mais je ratai mon coup.

— Tu ne vas pas l'aider, dit-il à Cass. Elle n'est pas innocente. Regarde ce qu'elle a fait à son mari. Et à Carter Tillotson. C'est une folle. Une criminelle. (Je ne sentais plus mes bras.) Est-elle armée ?

Je tournai la tête vers lui.

— Oui. J'ai une bombe à neutrons.

Juste au moment où Theodore commençait à réaliser que sa femme m'avait ouvert sa porte de plein gré, et non sous l'effet de la menace, Cass déclara :

— Si tu appelles la police ou si tu interviens de quelque manière que ce soit, je divorce et je renonce à la garde des enfants. Pense à Noël. Avec un sapin nu et trois adolescents qui broient du noir. Quant à moi... (elle réfléchit un instant...) je pars à Oxford.

— Oxford ! (Il ricana.) Qu'irais-tu faire à Oxford ?

Mais il ne le savait que trop bien. Il me lâcha.

Avec une infinie tendresse, je massai mes coudes meurtris.

— Asseyons-nous si vous le voulez bien, suggérai-je. S'il vous plaît. J'ai quelque chose à dire.

Cass s'exécuta.

— Tu me fais confiance, Theodore ? (Il fit un petit hochement de tête à contrecœur.) Alors écoute Rosie. Je réponds d'elle comme de moi-même.

Il lissa les plis de sa robe de chambre et s'assit à côté d'elle.

— En une semaine, j'ai appris plus concernant Richie qu'en vingt-cinq ans de mariage, commençai-je. J'ai fini par accepter la réalité : il avait voulu se sortir de la banlieue et devenir quelqu'un. Il voulait me quitter depuis longtemps. Je l'ai forcé à rester. L'été dernier, lorsqu'il m'a dit qu'il souhaitait acheter une villa en Toscane, je lui ai ri au nez : « Non mais, tu nous vois dans une villa italienne ? » J'ai ri parce que je voulais le persuader qu'il était toujours ce bon vieux Richie du Queens. Mais il avait évolué, et moi je n'avais pas suivi. Il était devenu quelqu'un qui aurait pu vivre dans une villa italienne. Et je vais vous dire une chose : il n'était pas simplement furieux d'avoir le fil à la patte. Il était enragé. Il en était venu à haïr Richie le petit prof de maths qui avait réussi à décrocher la timbale. Il voulait être Rick. Et le seul obstacle qui se dressait entre lui et la vie qu'il voulait mener, c'était une petite prof du secondaire avec son accent de Brooklyn.

« Je me suis laissé abuser par ses larmes jusqu'au dernier jour. Non pas parce qu'elles n'étaient pas sincères : ça n'a pas dû être facile pour lui de me balancer. Mais il voulait me faire payer : parce que je n'étais qu'une petite juive insignifiante des faubourgs et parce que je lui rappelais sans cesse qu'il était lui aussi un juif des faubourgs. Il voulait me blesser, m'humilier.

« Et regardez comment il a mis fin à nos vingt-cinq ans de mariage. Pas avec des regrets. Pas même avec de la froideur. Avec un grand coup dans les gencives. Il a organisé cette parodie de noces d'argent à laquelle il a convié tout le monde : les amis, les parents, les voisins, ses associés. Et quand il m'a porté un toast, vous vous souvenez ? "Rosie, cela fait vingt-cinq ans. Que puis-je dire ?" Moi je croyais qu'il s'apprêtait à en dire beaucoup plus, mais qu'il était trop ému, le pauvre chéri. Et puis douze heures plus tard : Ciao, Rosie, et bon débarras. Je dois reconnaître qu'il a fait face à ses responsabilités paternelles, ce matin-là, il a passé une heure à tout expliquer aux garçons. Après quoi, il a fait ses valises — même si, de toute évidence, il a oublié quelques bricoles. Et puis il est parti.

« Et vous savez ce qui me fout en l'air ? Sa méchanceté. Il m'a laissé le soin de dire à tous les gens qui téléphonaient pour dire : Merci pour la soirée ! C'était super ! que ce n'était pas aussi super que ça après tout. Il m'a laissé le soin de remballer et de renvoyer tous les cadeaux que lui et moi avions reçus la veille. Pourquoi ? La veille au soir, lui et moi, étions restés debout jusqu'à deux heures du matin — juste nous deux — à déchirer les papiers cadeaux, arracher des rubans, à rire, à plaisanter.

— Six presse-agrumes, dit Cass.

Elle se souvenait aussi, parce que je le lui avais dit, que Richie et moi avions fait l'amour — avec passion, comme deux jeunes mariés — jusqu'à trois heures du matin.

— Non, sept. Je n'irai pas jusqu'à dire qu'il ne songeait qu'à m'humilier. Mais il y songeait beaucoup, tout de même.

Je souris aux Higbee, ils me rendirent mon sourire.

Sans doute pensaient-ils que je jouais les bravaches. En fait, j'étais en train de repenser à ce fameux soir où Richie m'avait descendue en flammes alors que nous étions chez mon avocate et qu'il s'était brusquement calmé. Il m'avait tendu la main depuis l'autre côté de la table, et moi, me prêtant à son jeu, mais avec sincérité, je l'avais prise dans la mienne. Puis avec une tendresse comme il ne m'en avait pas manifesté depuis dix ans, il m'avait dit : « Je suis sûr que tu vas trouver quelqu'un de formidable, Rosie », tout en étant persuadé que ça n'arriverait pas.

Je repensai au pied que j'avais pris avec Danny. Et à ma nuit avec Tom, et comment, après avoir fait l'amour, il avait laissé courir son doigt sur mon visage en disant : « Rosie, ma chérie. » Il m'avait serrée dans ses bras toute la nuit. Et dire que Richie, ce fils de pute, n'avait pas été fichu de me donner en un quart de siècle ce que Tom m'avait donné en quelques heures.

— Il est temps de partir, dis-je à Cass.

— Quel est le programme ?

— Il faut que nous arrivions à savoir ce que Stephanie sait concernant Mandy et Richie.

— Et lorsqu'elle nous l'aura dit, nous devons lui demander de nous la présenter.

Le sourire de Theodore s'évanouit. Otant le bras qu'il avait passé autour de sa femme, il se mit à caresser sa moustache à la Clark Gable avec le pouce et l'index.

— Quoi que tu fasses, Rosie, Cass n'ira pas avec toi.

Cass s'approcha de moi.

— Ne l'écoute pas. Il ne faut pas le prendre au sérieux.

— Tu ferais mieux de me prendre au sérieux, dit Theodore.

— Je t'en prie ! Tu ne lis que des romans de William Buckey. Comment veux-tu que je te prenne au sérieux ?

— Tiens-toi-le pour dit, Cassandra.

Sur ces mots, Theodore Higbee tourna les talons et contourna les bancs pour traverser le sous-sol avant de gravir les escaliers. L'instant d'après, je vis le pantalon gris et le cardigan rouge de Cass s'élancer à sa poursuite.

Il est parfois nécessaire de faire appel aux clichés pour décrire la réalité : mon cœur chavira. Pas à cause de notre amitié, c'est-à-dire la chaleur et la compréhension mutuelles ; parce que j'avais compris que je pouvais survivre sans elles. Mais parce que sans Cass, il ne me serait pas possible d'atteindre Stephanie.

Avant que mon cœur ne se brise tout à fait, elle m'appela du haut des escaliers et dit :

— Theodore m'a donné sa parole qu'il n'appellerait pas la police. Je sais que je peux lui faire confiance. Bon, je vais chercher mon manteau. (Sa voix se fit soudain si ténue que je l'entendis à peine :) Et un flingue.

— Depuis que tu es partie, le département de littérature du lycée de Shorehaven connaît des moments difficiles, dit Cass. Mais si on nous arrête toutes les deux, ils vont être dans la merde jusqu'au cou.

Après quoi elle referma le coffre de la BMW sur moi.

Nous n'avions pas d'alternative. C'était clair. Je ne pouvais pas m'aplatir derrière la banquette comme je l'avais fait pour surprendre Carter, pas avec des kyrielles de flics sur le qui-vive et la torche au poing. Quant à se procurer un faux nez avec des lunettes à onze heures du soir, c'était exclu. Donc pas question d'essayer de m'introduire chez Stephanie en me faisant passer pour un commis voyageur.

Au cinéma, les protagonistes sautent à tire-larigot dans les coffres de bagnole, quand on ne les y balance pas *manu militari* pour un dernier petit voyage avant le passage à la bétonneuse. Mais ni un coffre qui se referme en gros plan, ni une bande son qui crache des décibels et des plaintes étouffées en surimpression ne peuvent rendre compte de l'horrible sensation de claustrophobie.

Je n'ai jamais connu pareille angoisse de mort : pas au point de perdre connaissance, mais réduite à l'impuissance la plus totale, obligée d'endurer la persistance de la conscience : une mort vivante. Même dans la nuit la plus noire, il y a toujours une vague lueur d'étoile, là j'étais ensevelie dans les ténèbres.

A l'intérieur du coffre, l'odeur était pestilentielle. Ça sentait le papier moisi, le vieux parapluie qui n'avait jamais séché, et les fanes de radis pourries qui étaient passées de l'état solide à l'état liquide et bientôt gazeux. Mais la puanteur qui me prenait à la gorge me prouvait qu'il restait encore de l'air à respirer.

Je m'allongeai sur le côté, les bras autour de la tête pour amortir les cahots qui me projetaient d'un côté à l'autre du coffre. Je maudissais Cass et son amour démesuré pour les croque-monsieurs ; elle avait apporté un toaster électrique au lycée et se faisait des croque-monsieurs presque tous les jours, sauf quand les profs décidaient d'aller au restau. Tout le monde prenait une pita aux légumes sauf elle, qui commandait du corned-beef. Tes artères vont se boucher, me tuais-je à lui répéter. Pense à ton cœur. Un choc un peu violent, et toc ! La vue d'une patrouille de flics armés jusqu'aux dents, par exemple, et elle regretterait de ne pas avoir écouté Theodore, de ne pas être restée à la maison. Mais trop tard pour son pauvre cœur. Si celui-ci pouvait endurer les émotions que procurait la lecture des sœurs Brontë, cette nuit, en revanche, risquait d'être trop palpitante pour une diplômée de l'université de Columbia. Elle n'y survivrait pas.

On me retrouverait une semaine plus tard, lorsque la fille aînée de Cass, Kate, ouvrirait le coffre pour y mettre un sac de Royal Canin pour Ronnie et, « *Aaaaaarrrgh !* », pousserait un cri déchirant.

Je fus brusquement projetée en avant. Une pointe métallique, sans doute le cric, me rentra dans le genou, déchirant mon jogging. A bout de nerfs, j'étais sur le point d'éclater en sanglots lorsque j'entendis le crissement familier du gravier sous les pneus et réalisai que nous étions en train de remonter l'allée privative des Tillotson ! Soudain, je roulai à l'avant du coffre. Le terrain était devenu plat. Avec un mouvement du pied d'une légèreté que je ne lui connaissais pas, Cass freina et la voiture s'arrêta tout doucement.

Nous avions préparé à l'avance tout ce qu'elle devait dire :

Monsieur l'officier, je m'appelle Cassandra Higbee. J'habite à Bridal Path Way et je suis une amie de Mrs Tillotson. Cass montrerait ensuite son permis de conduire au flic en ajoutant : Je suis aussi une amie de Mme Meyers, qui s'est présentée chez moi il y a quelques minutes. Hep, sergent ! gueulerait le flic, et une flopée de flics rappliqueraient aussitôt. Cass, directrice du département d'anglais, s'adresserait évidemment au plus gradé de ces messieurs. Comme je savais que la police était ici, dirait-elle, je me suis dit que j'avais aussi vite fait de passer que de téléphoner. Mrs Meyers a quitté ma maison il y a environ deux minutes. Elle voulait savoir si j'étais au courant d'une liaison entre feu son époux et une femme nommée Mandy. Je lui ai dit non. Une main contre sa poitrine, Cass prendrait alors une longue inspiration pour reprendre son calme. Puis elle ajouterait, Mrs Meyers était très agitée. Je lui ai demandé si je pouvais l'aider en quoi que ce soit. Mais elle a dit non, et déclaré qu'elle devait rentrer à New York. Je lui ai proposé de la reconduire à la gare mais elle m'a dit qu'elle avait loué une voiture. Une Cadillac, je crois.

A ce moment-là, Cass ferait une pause de quelques secondes avant d'enchaîner : Oh, j'allais oublier ! Mrs Meyers m'a dit qu'elle avait garé la voiture chez les Rothenberg. Un très grand ranch qui se trouve dans East Road. Ils sont en Floride.

Cass et moi avions calculé que la voiture, avec mes empreintes digitales, occuperait Gevinski et ses hommes, et surtout éloignerait un bon nombre de flics de la maison des Tillotson, pendant un moment. Je devais renoncer à mon moyen de locomotion, mais le jeu en valait la chandelle. Si elle avait simplement dit « Rosie Meyers est dans les parages », je doute que les flics se seraient précipités.

Si la révélation concernant la Cadillac produisait l'effet escompté, et que les flics démarraient au quart de tour, Cass devait descendre de voiture et demander à l'un d'eux si elle pouvait voir Mrs Tillotson. Quel choc ça a été pour tout le monde ! s'écrierait-elle. Peut-être Mrs Tillotson et moi-même pourrions-nous nous réconforter mutuellement. Avec un peu de veine le flic serait reconnaissant de la visite de Cass, ou tout au moins n'oserait-il pas dire non, de peur de passer pour un raciste aux yeux d'une femme sûre d'elle, imposante, et fortunée.

Cass descendrait de voiture. Une fois la voie libre, elle entrouvrirait le coffre d'une fraction de centimètre. Puis elle se présenterait à la porte d'entrée. Si tout allait bien, et si aucun flic ne se pointait, Cass dirait le nom de Stephanie en entier : Stephanie Tillotson !

Et moi je bondirais hors du coffre. Cass jouerait les étonnées — Quoi ? Rosie ? Dans mon coffre ? — et au même moment je les entraînerais toutes les deux à l'intérieur de la maison. En revanche, s'il y avait un flic dans la maison, Cass ne prononcerait que son prénom : Stephanie, quel cauchemar ! Auquel cas je resterais planquée dans le coffre. Et Cass tâcherait de repartir le plus vite possible.

Pourquoi était-ce si long ? Je me redressai légèrement « *Loin dans l'ombre regardant, je me tins longtemps à douter, m'étonner et craindre...* » *Le Corbeau.* A-t-on idée de choisir un poème aussi lugubre ? N'empêche, pour la première fois, je pénétrai totalement l'esprit du poème d'Edgar Poe.

Clic ! Cass ouvrit ma prison. Une bouffée d'air euphorisante me frappa en plein visage. Une fine raie de nuit bleue apparut. Je ne voyais absolument rien, mais des voix de flics me parvenaient — d'assez loin. La rumeur des voix de barytons et de basses fut bientôt suivie d'un tintement de sonnette.

Plongeant la main dans ma poche de gauche, je saisis le pistolet à bouchon léger comme une plume. Je n'avais pas besoin de tâter ma poche droite pour savoir que le vrai flingue s'y trouvait ; il pesait une tonne.

Cass l'avait chipé à son mari pour moi. « Tiens », m'avait-elle dit, en revenant me chercher au sous-sol. « Je n'en ai pas besoin, m'étais-je récriée. J'ai mon joujou. » Je tapotai ma poche. Elle secoua la tête : « Carter n'y a vu que du feu parce qu'il était collé sur sa tempe. Mais si les flics nous pincent ils verront d'emblée qu'il s'agit d'un jouet. » Il y eut un petit moment de silence. Braquer un flingue sur des flics ne me paraissait guère prudent. « Non, laissons tomber », dit Cass en suspendant le revolver à un crochet à côté du triangle de billard. Il avait l'air très vrai.

« Non, protestai-je. Prenons-le — à moins que tu ne craignes que Theodore s'en aperçoive. » « Il a probablement oublié qu'il en avait un, dit-elle. Il le garde dans un des tiroirs dans son bureau, avec ses timbres autocollants. Il l'a acheté parce que c'est de bon ton pour un réactionnaire. Il garde les balles sur l'étagère du haut d'une armoire à linge, avec son masque de plongée. Les cambrioleurs et le Ku Klux Klan téléphonent toujours avant de rappliquer, cela lui laisse amplement le temps de le charger. » Puis elle ajouta : « Je n'ai pas pris de balles, Rosie. J'imagine que tu n'as pas envie de te trimballer avec un flingue chargé. »

La lourde porte d'entrée s'entrouvrit.

— Comme je suis contente de te voir ! s'exclama Cass. (Une voix de femme lui répondit dans un murmure.) J'imagine que la police monte la garde ? s'enquit Cass. (Un long murmure suivit. Puis :) J'imagine sans mal ce que tu as enduré. Pauvre Stephanie Tillotson !

Je bondis hors du coffre.

21

— Je t'en prie, Stephanie, n'appelle pas au secours, implorai-je. Je ne te ferai aucun mal.

— Rosie est innocente, dit Cass. J'en réponds.

— Comment oses-tu ? s'indigna Stephanie, le visage couleur de cendre. (Même dans la pénombre on devinait les veines bleutées qui saillaient sur ses tempes. Un muscle se mit à tressaillir à côté de son œil droit. L'espace d'une seconde, je crus qu'elle me faisait un clin d'œil. Mais non.) Jusqu'à ce soir, j'étais convaincue qu'elle ne l'avait pas tué. Mais elle a essayé de me prendre par surprise ! Dieu que j'ai eu peur, Cass, surtout après ce qu'elle a fait à Carter.

— Je suis navrée, murmurai-je, prudente et rendue aphone par mon angine. (En un moment moins crucial, je me serais excusée puis gargarisée.) Je suis désolée d'être partie en courant. Je ne sais pas ce qui m'a pris.

— Elle est à bout de nerfs, nous dit Cass à l'une et à l'autre. Il n'y a qu'à la regarder !

Si on fait abstraction des différences congénitales en matière de beauté, je vous dirai qu'à ce moment précis, j'étais beaucoup plus attirante que Stephanie. Ça n'était pas seulement son teint blême. Ses mains étaient couvertes de terre, et elle s'était rongé les ongles. Il y avait des petites traces de terre autour de sa bouche et sur son menton.

Stephanie daigna enfin me regarder.

— J'ai appelé la police.

— Ça se voit. Ça grouille de flics ici.

— Que veux-tu ? Tu t'es enfuie comme une voleuse…

— Comment as-tu pu imaginer un seul instant que j'étais coupable, toi, une avocate ? dis-je. Réfléchis un peu. Si j'avais tué Richie, pourquoi aurais-je cherché à menacer Carter pour lui soutirer des informations ?

— Je n'en sais rien !

Sa voix résonna dans le hall d'entrée caverneux.

— Chhhhhut ! souffla Cass.

Le hall d'entrée au plafond immense était orné d'un unique lustre et d'un immense vitrail. Un endroit si imposant et solennel que Thomas Becket en personne aurait pu y célébrer la messe.

— Désolée, murmura-t-elle.

— Mrs Tillotson ?

Un flic appela d'une pièce voisine, sans doute le salon de musique.

— Dis-lui que ce sont des voisines qui sont passées prendre de tes nouvelles, dis-je. (Stephanie avala sa salive.) Je t'en prie, Stephanie, aie l'air convaincante.

Elle se tourna vers Cass pour avoir son accord. Cass le lui donna :

— Vas-y.

Stephanie répéta ce que je lui avais dit, bien que sans conviction, la voix tremblante. Elle s'essuya les mains sur sa salopette, laissant une marque brune à côté de traînées plus claires.

— Dis-lui que tu montes prendre un bain, et essaye de te calmer, dis-je. Comme cela nous pourrons parler. Dépêche.

Nous nous apprêtions à monter à l'étage lorsque je me ravisai : le salon de musique se trouvait exactement en face de l'escalier monumental. Je balayai d'un coup d'œil le hall d'entrée immense et vide.

— Mrs Tillotson ? appela le flic.

— Allons, dis-je, en les entraînant toutes les deux vers un vestiaire destiné aux invités.

A peine eus-je le temps de refermer la porte derrière nous que la voix du flic retentit à nouveau : « Mrs Tillotson ? Où êtes-vous ? » La voix, bien qu'étouffée, s'était rapprochée. « Vous êtes là ? » Plus fort. La voix ! C'était Gevinski ! Il s'éloigna, il se dirigeait vers l'escalier à présent.

J'entrebâillai la porte, juste un poil, pour donner un peu de lumière. J'imagine que Cass et Stephanie se sentaient très à l'étroit dans ce réduit. Mais pour moi qui avais voyagé dans le coffre, en comparaison, c'était le Radio City Hall. Cass se serra dans un coin. Stephanie recula vers le fond du placard, où elle buta dans un manteau de renard, incapable d'aller plus loin. Je saisis la poignée de la porte pour ne pas que celle-ci s'ouvre complètement.

— Il nous manque des informations, Stephanie.

— Je n'ai pas d'informations à vous fournir.

— Parle-nous de Mandy, dis-je.

— Encore ? (Les poils roux du renard dérangaient Stephanie ; elle ne cessait de les éloigner d'un mouvement de tête.) Je vous ai déjà tout dit, à l'une et à l'autre.

— Tu nous as dit que Mandy était moche. Ce n'est pas vrai.

— Comment peux-tu savoir à quoi elle ressemble ?

— Je le sais, dis-je, d'une façon un peu péremptoire. Je le sais et je sais qu'elle a eu une liaison avec Richie.

— Rosie, je t'ai déjà dit qu'il était impossible que Richie ait eu une liaison avec une fille comme Mandy. (Elle n'avait pas l'air fâchée, mais les mots sortaient de sa bouche comme si elle les avait crachés, et je compris qu'elle l'était vraiment.) Est-ce que tu veux bien me fiche la paix ?

— Non. Ecoute-moi, Stephanie. Peu m'importe si ce que tu as à dire fait mal ou non. Je veux savoir la vérité. Parle-moi de cette liaison.

— Je ne suis pas au courant. Même si elle...

— Ne cherche pas à épargner Rosie, intervint Cass. Elle s'en est pris plein la gueule et elle a survécu. Elle survivra une fois de plus.

Cass avait ôté son pull. Je ne l'avais pas vue faire, mais à présent il était noué autour de ses épaules, avec un nœud dont les anciens de prépa ont le secret.

— Où habite-t-elle, cette Mandy ? demandai-je.

Ça sentait l'abricot dans le placard. Les murs étaient tapissés de papier doré. Les cintres étaient recouverts de satin abricot parfumé. De minuscules coussins de pot-pourri à l'abricot en forme de cœurs et de couronnes étaient suspendus à de minuscules crochets de laiton.

— Dans les Acres. Je te l'ai déjà dit. A Crabapple.

— Tu peux nous y emmener ? demanda Cass.

— Quoi !

Stephanie était complètement abasourdie.

— Pas maintenant, ajoutai-je aussitôt. (Cass y était allée un peu fort. Ça n'allait déjà pas être facile de faire avouer à Stephanie qu'elle avait menti. Je voulais qu'elle se sente en confiance, entre amies pour que, lorsque nous irions chez Mandy, nous y allions comme les Trois Mousquetaires.) Elle travaille à New York ?

— Oui. Elle vient de s'associer avec son chef. Elle est spécialisée dans les dépôts de bilan.

— C'est exact. Je crois que tu me l'as déjà dit.

— Comment se rend-elle au boulot ? intervint Cass, juste au moment où Stephanie commençait à se détendre. (Je ne sais pas ce que je lui aurais fait.) En voiture ou en train.

— En voiture, dit Stephanie. Nous y allions ensemble, quand je travaillais là-bas.

— Penses-tu qu'elle aurait eu une raison de venir dans ce secteur, la nuit du meurtre de Richie ? demanda Cass.

Bonne question, mais j'aurais tout de même préféré garder le contrôle.

— Pas que je sache, dit Stephanie. Cela fait une éternité que je ne l'ai pas vue. Elle travaille tout le temps.

— Que fait son mari quand elle travaille ? demanda Cass.

— Il travaille aussi.

— Où ça ?

— Chez Kendrick, McDonald. Un très gros cabinet. Ils sont plus de cinq cents avocats.

— Il rentre avec elle le soir ?

— Non. (Mon cœur tressaillit soudain, sans raison. Le manque d'air, songeai-je. Le reflet du papier peint donnait à Stephanie un air de statue dorée à l'or fin.) Ils n'ont pas les mêmes horaires, et il travaille à Wall Street.

Elle se tourna vers moi en repoussant le manteau de renard à l'autre bout de la tringle, mais celui-ci buta contre un manteau de vison et une veste en agneau et revint à sa position initiale.

— Autrement dit... commença Cass.

— Minute, intervins-je. Vas-y mollo, Cass.

— J'y vais mollo, et puis ne t'en prends pas à moi.

— Est-ce qu'on ne pourrait pas sortir d'ici ? suggéra Stephanie. Ecoutez, l'inspecteur est en train de me chercher au premier. (On entendait son pas traînant à l'étage.) j'ai une idée, nous pourrions nous faufiler jusqu'à la piscine en passant par la cuisine. Et nous cacher dans le sauna.

— Attends une seconde, dis-je. Tu as dit que Mandy et toi faisiez le trajet ensemble quand tu travaillais.

— Oui, dit Stephanie avec un coup d'œil en direction de la porte. Je crois que je deviens claustrophobe.

— Tu travaillais chez ce fameux Forrest Newel, dans Park Avenue ?

— Oui.

Claustro et fumasse. Visiblement, l'odeur d'abricot commençait à lui porter sur le cœur.

— Bien, continuai-je. Mandy est donc l'associée de Forrest Newel ? (Stephanie hocha la tête, l'air exaspérée.) C'est intéressant.

— Rosie, tu perds ton temps. On ne l'entend plus marcher au premier. Il peut arriver d'une minute à...

— T'inquiète.

— Oh, mais ce n'est pas pour moi que je suis inquiète.

— Stephanie, comment se fait-il qu'elle soit l'associée de Forrest Newel alors que tu m'as dit qu'elle travaillait chez Kendrick, McDonald ?

— Je n'ai jamais dit ça.

— Si.

Stephanie regarda Cass, puis moi.

— C'est son mari, Jim, qui est chez Kendrick, dit-elle d'un ton ferme.

— Ce n'est pas vrai, Stephanie, dis-je. (Elle se raidit soudain, et je sentis que Cass se raidissait aussi.) Je veux la vérité. Arrête de me mentir.

Brusquement Stephanie donna un grand coup dans la porte du vestiaire. Elle avait de la force, mais moi j'étais l'ennemie publique numéro un, et j'étais prête à tout.

— Ne me fais pas ça, Rosie. Ne me garde pas ici contre ma volonté. Tu n'as pas le droit.

Je tenais bon. Serrant le bouton de la porte de toutes mes forces, je dis à Cass :

— Retiens-la !

— Rosie ! objecta Cass.

— Tiens-la, bon sang de bonsoir !

Cass saisit Stephanie par les bretelles de sa salopette tout en s'excusant :

— Désolée.

— Ne sois pas désolée, dis-je, tandis que Stephanie se débattait. A l'heure qu'il est, nous pourrions être en route pour Shorehaven Acres, en train de frapper à toutes les portes de Crabapple. Nous pourrions être en train d'appeler Johnston, Plumley et Whitbred et Kendrick, McDonald, et tu sais quoi ? Nous ne trouverions pas une seule Mandy Anderson.

— Elle est complètement folle ! s'écria Stephanie.

— Tais-toi ! glapit Cass.

— Il n'y a pas de Mandy, dis-je.

— Ne l'écoute pas, Cass ! implora Stephanie.

— Que veux-tu dire ? me demanda Cass.

— Tout ce que nous savons de Mandy, nous l'avons appris par la bouche de Stephanie, n'est-ce pas, Stephanie ? (Cass continuait de la retenir par ses bretelles tandis que je tenais le bouton de la porte.) Je veux la vérité, Stephanie, et tout de suite.

La jambe de Stephanie bougea soudain, je crus qu'elle s'apprêtait à me donner un coup de pied, mais elle se calma, abandonnant le combat. Elle leva la tête, et, s'adressant aux trois cartons à chapeaux abricot qui se trouvaient sur l'étagère, dit :

— Mandy n'existe pas. Il me fallait une excuse pour pouvoir sortir le soir. Lorsque nous vivions à New York, j'allais courir dans le parc le soir, mais Carter avait horreur de ça. Alors j'ai inventé Mandy.

— Mais pourquoi nous as-tu raconté la même histoire à nous ? demanda Cass. Que nous importe à Rosie et à moi si tu veux courir seule le soir ?

— J'avais honte ! Je ne voulais pas que vous sachiez que je n'étais pas capable de tenir tête à mon mari, dit-elle en repoussant à nouveau la fourrure.

— Alors il n'y a jamais eu de Mandy ? dis-je.

— Je sais que je n'aurais pas dû mentir, dit Stephanie en regardant ses chaussettes. (Elle avait probablement laissé ses sabots dans la serre.) C'était un petit mensonge qui a grossi, grossi et qui est devenu une montagne. (Elle saisit un des petits pots-pourris accrochés au mur et en respira le parfum.) Je suis vraiment désolée, Rosie.

Avec d'infinies précautions, je dis :

— Attends voir. La femme qui habite ici, à Shorehaven, avec qui Richie a eu une liaison...

— Ça n'est pas Mandy, reconnut-elle, soulagée. Il n'y a pas de Mandy.

— Mais, c'est tout de même curieux, dis-je.

— Qu'est-ce qui est curieux ? demanda Cass. Explique-toi, Rosie, je ne te suis pas.

— Comment se fait-il qu'il y ait eu une Mandy qui téléphonait au bureau de Richie, s'il n'y avait pas de Mandy ?

— Je vois, dit Cass.

— Il n'y a pas qu'une Mandy sur terre, dit Stephanie tout doucement.

— Si mes souvenirs sont exacts, dit Cass, la secrétaire de Richie — qui a été sa maîtresse pendant plusieurs années — a dit que cette Mandy n'appelait pas pour raisons professionnelles, mais pour confirmer des rendez-vous galants.

Stephanie restait coite. Je dis à Cass :

— Stephanie a une formation d'avocate d'affaires. En tant que telle, elle est habituée à la confrontation. Crois-tu qu'elle aurait eu besoin de mentir à Carter si elle avait voulu faire du jogging le soir ?

— Non, dit Cass. Elle ne lui aurait rien demandé !

— Exact. Autrement dit, « Mandy » est une invention, Cass : une histoire créée de toutes pièces par Stephanie afin d'écarter les soupçons. Le soir venu, elle chausse ses tennis, un petit salut glacial au couple de domestiques, et hop, elle est dehors. Une heure plus tard, elle revient, un sourire radieux sur la figure.

— Non ! dit Stephanie.

— Et si elle rentrait un peu après Carter, légèrement décoiffée et essoufflée ? Pas de problème. Il n'avait qu'à faire réchauffer les petits plats qu'elle lui avait confectionnés au micro-ondes. Certes, elle était un peu hors d'haleine — mais quelle mine resplendissante ! Elle lui aurait dit : « Tu sais, Carter, c'est vraiment génial ! » Alors, tu as pigé ? Mandy c'est Stephanie. Et Stephanie est l'assassin.

Le cri de Stephanie fut si perçant qu'en dépit des visons, renards et autres peaux de bêtes qui auraient dû étouffer le son, la poignée de la porte tourna violemment une demi-seconde plus tard, laissant paraître l'inspecteur Gevinski. Il me braqua son flingue en pleine figure et dit : « Dehors ! »

Sauf que je tenais le flingue de Theodore à la main et qu'il était pointé sur le cœur de Stephanie. « Après vous », dis-je.

Comme c'était moi qui menais la partie, nous nous assîmes en silence pendant cinq minutes. Après quoi, je demandai à Gevinski :

— Où est le Dr Tillotson ?

— Avec la petite.

— Chez ma mère, expliqua Stephanie, d'une voix si avenante qu'un nouveau venu aurait pu croire que nous étions en train de prendre le thé. Il est allé l'embrasser — même si elle est déjà endormie.

Elle était redevenue la bonne vieille Stephanie des grands jours : amicale, intelligente mais sans arrogance, énergique, sublime. Je songeai : Fais gaffe, il s'agit d'un brillant stratagème. Ne te laisse pas berner. Cette charmante jeune femme avec qui tu as confectionné maints strudels t'a trahie, et en plus elle a assassiné ton mari.

Un sourire bienveillant éclaira le visage de Gevinski lorsque Stephanie parla. Une seconde plus tard, il me fusillait du regard. Puis il ouvrit tout grand les yeux et son regard furibard devint brusquement attentif comme il convient lorsqu'on traite avec un psychopathe en possession d'une arme à feu.

— Mrs Meyers, dit-il, très, très calmement. (Ses yeux se posèrent sur son revolver posé sur la table, non loin de ma main gauche.) Il y a deux heures environ, je suis allé chez le procureur pour parler avec votre avocat. Je le connais. Il est très fin. Il a fait une ou deux remarques tout à fait pertinentes. Peut-être me suis-je embarqué sur la mauvaise piste. Peut-être avez-vous une explication plausible quant à toute cette affaire ?

— J'en ai une, en effet.

— Parfait. (Nous aurions pu être deux paires d'amis en train de faire tranquillement une partie de Scrabble. Oui, enfin, sauf pour les flingues. Et sauf qu'en dépit de son air sûr de soi, Stephanie suait à grosses gouttes. Une goutte de transpiration tomba de son front sur la table.) J'aimerais bien entendre votre version des faits, dit Gevinski.

— Je serais ravie de vous la raconter.

— Tout ce que je demande, dit-il, avec la même sérénité ecclésiastique, c'est que vous posiez votre arme sur la table. Vous auriez toujours les deux armes à portée de main, mais nous serions infiniment plus détendus...

— Non.

— Ecoutez, à tout moment, un de mes hommes peut entrer.

— Dites-lui que vous êtes occupé.

— Vous vous figurez qu'il va me croire ?

— Alors dites-lui que j'ai un flingue et que je vous tiens tous les trois en respect. Il faudra qu'il se calme en attendant qu'un médiateur vienne négocier la libération des otages. Pendant ce temps-là, vous et moi pouvons continuer à causer.

J'appuyai le bras qui portait le flingue sur le tapis de feutre rouge de la table de jeu. Nous étions à Shorehaven Estates, ne l'oublions pas, et la table de jeu était d'époque XVIIIe avec un tapis de feutre suffisamment usé pour en imposer. Hormis un canapé en cuir et une lampe de billard ayant probablement appartenu à un duc, le reste de la pièce était vide. La table de billard dont rêvait Stephanie devait coûter pas loin d'une bonne demi-douzaine de prothèses mammaires et un mois entier de peelings chimiques, sans compter que la table et les chaises Chippendale et le tapis du salon venaient en tête de toutes les priorités.

— Laissez-moi vous parler des brioches de Stephanie, dis-je. Elles sont merveilleuses. Nous en avons fait des dizaines et des dizaines ensemble. Moi je me débrouille bien, mais les siennes, c'est un régal ! (Gevinski ne m'écoutait pas. Il était trop absorbé par les flingues, si bien que j'ôtai le sien de la table et le posai sur mes genoux.) Un peu d'attention, s'il vous plaît. La brioche est une pâtisserie française. On les fait généralement individuelles, rondes, avec un petit chapeau sur le dessus. Idéales pour le petit dèj.

— Rosie ? intervint Cass, l'air soucieuse.

— J'ai découvert le corps de Richie à trois heures et demie du matin, environ. Toi, dis-je à Cass, tu es arrivée à sept heures moins le quart. Après que l'inspecteur Gevinski m'eut interrogée. Tu étais allée à la rencontre de Madeline et Stephanie pour la promenade, mais en apprenant ce qui s'est passé tu es venue aussitôt à la maison. Une heure après, environ, tu es partie faire tes cours au lycée, mais moi j'étais encore dans tous mes états.

— Naturellement.

— Si bien qu'un peu plus tard, aux alentours de huit heures trente ou neuf heures, je suis sortie prendre l'air. J'ai remonté la colline dans l'espoir, sans doute, de trouver quelque réconfort auprès de Stephanie. (Je me tournai vers Gevinski.) Chemin faisant, j'ai rencontré deux de vos hommes de la Chimie légale ou je ne sais comment vous les appelez.

— Des gars du labo, marmonna-t-il.

— Ils étaient en train de relever les empreintes de pneus autour de la voiture de Richie. Ils s'intéressaient surtout aux empreintes de la Lamborghini, mais il y en avait d'autres. Vous n'avez qu'à le leur demander. Il y en avait de deux sortes différentes. (Il hocha la tête, nullement surpris par mes révélations. Mais je songeai soudain qu'il avait probablement abordé la question avec le procureur et Vinnie Carosella.) La première paire d'empreintes correspondait à des Pirelli P-zéro. Les autres étaient des Michelin MXV. On les trouve sur les voitures de luxe : les Jaguar, les Mercedes, les BMW.

Stephanie s'éclaircit la gorge.

— Il n'y a que des voitures comme celles-là à Shorehaven. C'est normal. Cass et moi avons des BMW, toi tu as une...

— Stephanie, ceci n'est pas une conversation de salon. C'est un monologue. (Je regardai Gevinski.) J'ai une idée. Lorsque le Dr Tillotson rentrera, demandez à un des gars du labo de jeter un coup d'œil à sa Mercedes — et à la BMW de sa femme. Les empreintes de pneus sont pour ainsi dire uniques, comme les empreintes digitales, non ? Vous verrez : une de leurs deux voitures a des pneus identiques à ceux dont les empreintes se trouvaient à côté de la voiture de Richie. Et devinez laquelle ?

Cass me suivait, elle ne put s'empêcher de hocher la tête en même temps que moi.

— Mrs Meyers, dit Gevinski prudemment. Tout ceci est intéressant. Et alors ? Personne n'est venu chez vous en voiture, cette nuit-là, que je sache ? Votre mari a été assassiné. Pneus ou pas pneus, il n'y avait que vous et lui dans la maison au moment du crime.

— Inspecteur, vous savez comme moi que les Tillotson ont nié être au courant de la venue de Richie à Shorehaven, ce soir là. Or, si l'une de leurs voitures était garée à côté de celle de Richie, cela signifie que l'un d'eux a menti. Ceci est beaucoup plus qu'intéressant.

Gevinski ne répondit pas. Stephanie gonfla les joues et expira lentement, lèvres pincées. Je m'attendais à une réaction de défense de sa part, mais rien. Elle continuait à respirer et à transpirer.

Gevinski croisa les bras et les posa sur sa bedaine.

— Et les brioches dans tout ça ?

— J'y viens. Tout d'abord, laissez-moi vous expliquer ce qui s'est passé lorsque je me suis présentée ici, ce matin-là. Le majordome, Gunnar — un Norvégien — m'a ouvert la porte. Il parle très mal anglais, mais il m'a conduite aussitôt auprès de Stephanie. Plus tard, sa femme, Inger, est entrée avec un plateau de brioches.

— Enfin, dit Gevinski.

— Non, attendez. Qu'est-il advenu de Gunnar et Inger, Stephanie ?

— Ils ont démissionné. (Un froncement de sourcils courroucé perturba un instant son visage affable.) Je t'ai dit qu'ils avaient démissionné.

— Quand ?

— Je ne sais plus.

Gevinski regarda Stephanie, mais pas avec suffisamment de scepticisme pour me rassurer.

— Je ne saurais être catégorique, dit-elle. On leur a fait une offre ailleurs, beaucoup plus intéressante à ce qu'il paraît.

(Elle se pencha, imperceptiblement, vers Gevinski.) Je ne les ai pas renvoyés. A l'entendre, on croirait que mes deux domestiques sont impliqués dans un complot criminel, mais ce sont des choses qui arrivent fréquemment. Les domestiques n'arrêtent pas d'aller et venir, de nos jours. Gunnar m'a mise devant le *fait accompli*[1]. Ils m'ont rendu leur tablier, point.

Elle avait l'air tellement pleine de bon sens — et si courtoise — que Gevinski me regarda comme si je venais d'échafauder une théorie en vue de mêler Stephanie Tillotson à l'affaire Lee Oswald.

— Quel était leur nom de famille, déjà ? demandai-je.

— Je ne sais pas, glapit Stephanie. Olsen ? Jensen ? Quelque chose comme ça. Demande à Carter.

— C'est lui qui leur remettait leurs chèques ? demanda Gevinski.

— Nous les payions en liquide. Comme ils nous l'avaient demandé. Mais je suis sûre que Carter le sait.

— Au cas où il ne le saurait pas, dis-je, nous pourrons toujours appeler l'agence qui te les a adressés. Cloverleaf ? Cloverdale ? (Stephanie ne me montra pas les dents ; au contraire, elle hocha la tête d'un air si coopératif qu'une fois de plus, Gevinski perdit les pédales.) Je suis déjà passée par eux, moi aussi. Allez-vous les appeler pour vérifier s'ils ont bien démissionné de leur propre gré ? demandai-je à Gevinski. Pour ma part, je ne le crois pas. Je crois qu'elle les a fichus dehors. Peut-être ont-ils vu quelque chose ?

— Je vais les appeler, m'assura-t-il. Je vous le promets. (Mais allez savoir, j'avais les deux flingues et lui aucun.) Les brioches ? me souffla-t-il.

— Les brioches. Lorsque je suis arrivée chez Stephanie, elle m'a dit qu'elle avait fait des brioches spécialement pour moi. (Ma remarque ne suscita aucune réaction parmi l'assistance.) Et moi je me suis dit : Comme c'est gentil à elle. Parce que je n'avais pas encore réalisé... Il faut dire que j'avais découvert le cadavre de Richie cinq heures plus tôt et que je n'étais pas au meilleur de ma forme. Aujourd'hui, c'est différent. Ecoutez : lorsque je fais de la brioche, je ne m'éternise pas, j'y passe trois heures à tout casser. Mais Stephanie, elle, n'a pas l'habitude de bâcler ce qu'elle fait.

— Je sais que tu as un revolver, coupa sèchement Stephanie.

1. En français dans le texte. *(N.d.T.)*

Mais je m'en fiche. Ce que tu viens de dire est d'une bêtise incommensurable.

— Il faut sept heures au minimum pour faire des brioches dans les règles de l'art. Il faut faire lever la pâte trois fois de suite.

— Non, mais qu'est-ce que c'est que ce délire ? s'écria Stephanie.

Cass la foudroya du regard.

— Pour enfourner ses brioches à huit heures et demie du matin, il aurait fallu que Stephanie commence à faire la pâte à une heure et demie — voire à minuit. (Mon bras était ankylosé à force de tenir le flingue. Je m'appuyai sur la table, puis réalisai, une seconde avant Gevinski, qu'il aurait pu me désarmer d'un seul geste rapide. Je me renversai sur ma chaise et braquai à nouveau mon arme sur le cœur de Stephanie.) Comment se fait-il que tu aies passé la nuit à faire des brioches ? lui demandai-je. Tu avais une insomnie ?

Elle secoua la tête, à la fois furieuse et apitoyée.

— La pâte était congelée, expliqua-t-elle à Gevinski. Je l'ai sortie du congélateur et je l'ai mise au four directement pendant une demi-heure.

Il acquiesça d'un signe de tête.

— Elle n'était pas congelée ! ripostai-je. Vous congèleriez des bâtonnets au fromage, des *bouchées*[1], à la rigueur — c'est de la pâte feuilletée — mais des brioches ? Jamais de la vie ! La pâte ne se garde pas plus d'une semaine. De toute façon, elle est beaucoup trop perfectionniste pour faire une chose pareille.

Cass semblait convaincue. En revanche, les yeux de Gevinski décrivirent une ellipse de cent quatre-vingts degrés.

Stephanie joignit les mains, comme quelqu'un qui s'apprête à prier. Ses ongles étaient pleins de terre.

— Mais qu'essayes-tu d'insinuer, à la fin ? rugit-elle. Elle était enfin profondément, ouvertement hors d'elle. Que j'ai couché avec ton mari, que je l'ai tué et que je suis ensuite rentrée à la maison pour faire des brioches ?

— Oui.

— C'est toi, la suspecte, ne l'oublie pas. C'est toi qui as pris la fuite. C'est toi qui tiens le revolver.

— Je sais.

— Tu t'imagines que l'inspecteur — ou le procureur, ou

1. En français dans le texte. *(N.d.T.)*

quiconque — va prendre au sérieux ton histoire de brioches ? Dire que je suis obligée d'endurer une chose pareille ? (Puis, se tournant vers Gevinski.) C'est du sadisme.

— Du sadisme ? ris-je. Le sadisme, c'est de coucher avec le mari d'une copine. Le sadisme, c'est de le tuer d'un coup de couteau et de tout mettre sur le dos de ladite copine.

Elle avait cessé de s'adresser à moi.

— C'est répugnant, déclara-t-elle à Gevinski et à Cass.

— Tu n'as pas couché avec Richie, peut-être ? demandai-je.

— Bien sûr que non ! Je n'ai jamais couché avec personne.

— Mais quand tu as découvert qu'il me quittait pour épouser Jessica, tu as eu un choc.

— Bien sûr que j'ai eu un choc, dit-elle à Gevinski. Lorsqu'un ami quitte sa femme, ça fait toujours un choc.

— Tu ne t'es pas sentie légèrement flouée lorsque tu as appris que Richie était amoureux de Jessica ? demandai-je.

— Non !

Je me tournai vers Gevinski. Il avait passé un doigt dans son col de chemise et se grattait le cou.

— Et si Richie, qui avait une liaison avec Stephanie, lui avait annoncé que la chose était devenue trop dangereuse, que Carter ou moi risquions de flairer quelque chose ? S'il lui avait dit que son vingt-cinquième anniversaire de mariage approchait, qu'il tenait à le célébrer coûte que coûte, et qu'il était préférable qu'ils cessent de se voir pendant un certain temps ? Car Richie n'aurait pas dit les choses en face : qu'il était tombé amoureux de quelqu'un d'autre. A mon avis, Stephanie s'est laissé abuser. Elle s'est faite toute petite comme il le lui avait conseillé — cependant, il n'est jamais revenu. Elle l'a aperçu à notre anniversaire de mariage, mais elle ne pouvait pas lui faire une scène devant tout le monde, même quand elle l'a vu danser le slow avec l'ex-maîtresse de son propre mari, Jessica Stevenson. La croyez-vous quand elle dit qu'elle ne s'est pas sentie flouée ?

Stephanie me foudroya du regard, puis sourit à Gevinski.

— C'est absolument grotesque. Ridicule, répéta-t-elle à Cass.

— Croyez-vous qu'elle ignorait qui était Jessica Stevenson ? Posez la question au Dr Tillotson, suggérai-je. Il confirmera qu'il a été son amant. Et vous savez qu'il est resté en bons termes avec Jessica. S'il nie, interrogez Jessica. Elle n'est pas ce qu'il est convenu d'appeler franche du collier, mais elle vous dira la vérité. Trop de personnes sont au courant de sa liaison avec lui. (Gevinski desserra sa cravate, orange brûlée, et ouvrit son col de chemise.) Le lendemain de mes noces d'argent, dis-je à Stephanie, quand je t'ai appelée pour te dire : « Stephanie, viens je t'en prie. Richie est parti. Il va épouser une femme de Data qui s'appelle Jessica Stevenson », tu ne t'es pas sentie trahie ?

— Bon sang, mais faites quelque chose ! cria Stephanie à Gevinski.

— Mrs Tillotson, elle a deux armes. Gardez votre calme.

J'avais un marteau-piqueur dans la tête. Les pieds gonflés. Si seulement j'avais pu retirer mes baskets neuves. Mais si j'étais obligée de prendre la fuite à nouveau ? Et si je trouvais la force de m'échapper, où irais-je ?

Le coup sec frappé à la porte nous fit tous sursauter. Tous les yeux se posèrent sur Gevinski.

— Inspecteur ? dit une voix de basse profonde.

Je pointai mon arme sur Gevinski, prête à lui souffler son texte, mais il regardait la porte.

— Turner ? C'est toi ?

— Ouais.

Il ferma les yeux et croisa ses mains derrière sa tête.

— Je suis occupé. Tu peux revenir dans un petit moment.

— OK.

— Le mari est rentré ?

— Non.

— Fais-moi signe quand il arrive. (Il attendit que le bruit des pas se soit éloigné.) Mrs Meyers, Mrs Tillotson, ici présente, est juriste. Elle vous dira que tout ce que vous nous avez raconté n'est qu'un tas de.... détails sans intérêt pour un tribunal. (Stephanie parvint à esquisser une ombre de sourire.) Même si vous arriviez à en faire une histoire cohérente, ce dont je doute, il s'agit d'un témoignage sans consistance — je veux dire que vous n'avez que des preuves indirectes. Le procureur serait plié en deux, dit-il en imitant un procureur plié en deux, ha, ha, ha. N'est-ce pas, Mrs Tillotson ?

— Absolument.

Stephanie était trop fine pour le vamper, mais elle lui décocha tout de même un sourire de cent cinquante watts. Pas trop : juste assez pour le convaincre de sa sincérité et l'assurer de sa reconnaissance.

N'empêche qu'à cet instant précis, je sentis comme un changement imperceptible d'atmosphère. Je crois que nous l'avions tous senti. Non pas que Gevinski ait commencé à me croire — j'avais eu la main un peu lourde avec mes histoires de brioches. Et non pas qu'il ait cru que Stephanie mentait. Simplement, j'avais réussi à attiser sa curiosité. Et je crois qu'il m'aurait écoutée, même si je n'avais pas eu mon flingue braqué sur lui.

— Vous avez une histoire cohérente, dites-vous ? demanda Gevinski.

— Oui.

— Allez-y.

— J'ai mené de multiples recherches. Ce que je vais vous présenter ici n'est qu'une synthèse.

— Exercice qui consiste à réunir divers éléments en un tout, intervint soudain Cass.

— C'est la directrice du département de littérature, expliquai-je à Gevinski.

— Je sais, j'ai interrogé le professeur Higbee à plusieurs reprises. Allez-y avec votre synthèse.

— Stephanie entretenait une liaison avec mon mari. J'ignore quand elle a commencé, mais en février les choses allaient bon train. Elle sortait tous les soirs, sous prétexte d'aller courir avec une amie avocate, Mandy. Elle a reconnu devant Cass et moi-même qu'elle avait inventé cette Mandy. Richie se garait à l'endroit où vous avez retrouvé sa voiture. Peut-être passaient-ils leurs rendez-vous galants dans la voiture, ce qui, de la part de mon mari, ne m'étonnerait nullement. Cependant, compte tenu de la taille de Stephanie, il est plus probable qu'ils soient allés à l'hôtel.

— Un de ces motels de Northern Boulevard, sans doute, renifla Cass, l'air dédaigneux. Il faut être inconscient pour aller dans des endroits pareils.

— Je suis sûre qu'en cherchant bien, vous retrouverez quelqu'un là-bas qui pourra identifier Richie et son rutilant véhicule, dis-je à Gevinski. Avec un peu de chance, vous tomberez sur un curieux qui pourra identifier Stephanie au cours d'une confrontation de suspects.

— Tu regardes trop la télé, dit Stephanie.

— Trop de séries B, rectifiai-je. Toujours est-il qu'en avril dernier, la boîte de Richie a organisé un séminaire de réflexion à Santa Fé. J'avais des tonnes de copies à corriger, si bien que je n'ai pas pu y aller. C'est au cours de ce week-end qu'il est tombé amoureux de Jessica. Je veux dire, sérieusement amoureux. Tout le monde s'accorde pour dire qu'il était complètement chaviré, qu'elle était la femme de sa vie. Il faudra que vous retrouviez la date de ce séminaire, parce que vous saurez du même coup quand sa liaison avec Stephanie a pris fin.

— Qu'essayez-vous de dire ? demanda Gevinski. Que Mrs Tillotson aurait attiré votre mari chez vous pour...

— Non. Je suis sûre qu'elle ignorait qu'il se trouvait là. Je vais vous dire pourquoi il est revenu à la maison. Il avait acheté une toile de maître qui lui avait coûté une fortune — trois millions de dollars — et en avait fait cadeau à Jessica. Mais il y avait un petit problème. Voire deux.

— Faut-il absolument... ? s'écria Stephanie.

Gevinski baissa la voix, comme s'il avait voulu s'adresser exclusivement à elle.

— Si cela peut l'aider à cracher le morceau.

Puis il se tourna à nouveau vers moi.

— Jessica voulait vendre le tableau. Elle ne l'aimait plus. Elle n'aimait plus Richie, non plus, mais ça c'est une autre histoire. Le problème était qu'elle ne pouvait pas le vendre tant qu'il ne lui avait pas donné la facture prouvant qu'il lui appartenait. Il était tellement pressé de me quitter qu'il avait oublié quelques papiers importants à la maison. (Dans le hall, l'horloge se mit à sonner. Un son étouffé, mou, mais qui interrompit la conversation. Etait-il onze heures, ou minuit ? Sans raison particulière, nous regardâmes tous du côté de la porte.) Richie et moi étions en mauvais termes. Il lui eût été difficile de me passer un coup de fil et de s'inviter à la maison. En outre, il ne voulait pas que je sache, pour le tableau ; c'était trois millions de dollars à ajouter au patrimoine conjoint, sans parler du problème de la légitimité du cadeau.

— Et alors ? demanda Gevinski.

— Alors, j'ignore à quelle heure il est entré, parce que je me suis couchée vers neuf heures et demie, dix heures. Mais il devait être aux environs de vingt-deux heures trente.

— S'il voulait s'introduire chez toi par effraction, intervint Stephanie, l'air hautain, pourquoi n'a-t-il pas attendu ?

— Parce qu'il savait que je me couchais de bonne heure en semaine. Il connaissait mes horaires. Si toutes les lumières étaient éteintes, cela voulait dire que je dormais, ou que j'étais montée me coucher. Il savait aussi que notre chien était mort, qu'il n'y aurait donc pas d'aboiements. La maison est grande ; si l'alarme ne se déclenche pas, je n'ai aucun moyen de savoir si un rôdeur s'est introduit dans la cuisine. Et si, pour une raison ou une autre, j'étais descendue à la cuisine, Richie savait comment m'entortiller autour de son petit doigt — en me disant que la maison lui manquait, et j'en aurais aussitôt conclu que je lui manquais, moi aussi. Au besoin il m'aurait fait l'amour.

Cette dernière remarque avait visiblement mis Gevinski mal à l'aise.

— C'est ça votre histoire ? Pourquoi votre mari serait arrivé si tôt ? Ça n'a pas de sens.

— Si, parce qu'il avait hâte de rentrer à New York. Il savait que Jessica avait quelqu'un d'autre...

— Encore quelqu'un d'autre ? marmonna Gevinski.

— Et Richie avait peur de la laisser seule, ne serait-ce qu'une nuit. Il était comme fou, il voulait en finir au plus vite avec la procédure de divorce afin d'avoir les coudées franches. Jessica avait reçu une proposition de mariage tout à fait alléchante, et il craignait qu'elle ne lui file entre les doigts au dernier moment. Bon, admettons qu'il soit arrivé à la maison aux alentours de vingt-deux heures trente. Est-ce que cela contredit de quelque façon que ce soit le rapport d'autopsie ?

— Non, répondit-il, sans trop de mauvaise grâce.

— C'est aussi l'heure à laquelle Stephanie est rentrée.

— Qu'est-ce que tu racontes ? dit-elle. J'étais à la maison.

— Tu étais au club de jardinage, en train de donner une conférence sur les plantes d'intérieur.

Elle battit en retraite en hochant la tête en direction de Gevinski.

— C'est vrai, j'avais complètement oublié. Désolée.

— Y a pas de mal, lui dit-il avec un grand sourire.

Sans lui laisser le temps de donner une chiquenaude amicale à Stephanie, je poursuivis :

— Elle était en train de remonter la côte lorsqu'elle a aperçu le réflecteur de la voiture de Richie. Folle de joie, elle se gare aussitôt de l'autre côté de la voiture de Richie. Au fait, n'oubliez pas d'examiner ses pneus. (Je m'attendais à une réaction de la part de Stephanie, mais celle-ci demeurait impassible ; un vrai mannequin.) Elle s'attendait sans doute à le voir bondir hors de sa voiture pour la prendre dans ses bras. Mais rien. C'est alors qu'elle descend de voiture et jette un coup d'œil dans celle de Richie. Personne. Elle l'appelle : « Richie. »

Stephanie se tortilla sur sa chaise.

— Quelle histoire ! dit-elle à Gevinski, écœurée.

— Ouais, un vrai roman, acquiesça-t-il.

Cass pianota un instant sur le bord de la table. Nous nous redressâmes tous sur nos sièges.

— Qui dit roman, dit fiction, déclara-t-elle. Mais il ne s'agit pas de fiction ici.

— Il fallait que Stephanie voie Richie à tout prix, continuai-je. Mais elle était en tenue de ville. Elle rentre chez elle et se change — et annonce à Inger, qui parle anglais, que pour une fois Mandy est rentrée de bonne heure et qu'elles vont faire un jogging ensemble.

« Elle cherche Richie partout, en vain. Où peut-il bien être ? Chez lui, évidemment — chez moi. Elle hésite entre longer la route ou couper par la plage. Mais elle sait qu'elle risque de croiser Carter sur la route, ou d'être aperçue de lui s'il regarde par la fenêtre côté plage. C'est pourquoi elle décide de passer par les bois, un endroit qu'elle connaît comme sa poche. Elle y passe sa vie, pour cueillir des baies sauvages ou ramasser des pommes de pin pour ses arrangements floraux. Quoi qu'il en soit, elle se rend chez moi et aperçoit de la lumière.

— Dans la cuisine ? demanda Gevinski.

— Je ne sais pas où se trouve Richie à ce moment-là. Il n'aurait jamais laissé la facture à la cuisine. C'est mon territoire. Mais il sera certainement passé par la porte de la cuisine, car c'est la plus éloignée de ma chambre à coucher. Et puis pourquoi n'allumerait-il pas ? Ni moi ni personne ne pourrait le voir. La maison est complètement isolée.

« Peut-être a-t-elle frappé au carreau pour qu'il lui ouvre. Peut-être est-elle entrée sans frapper. Peut-être a-t-elle attendu qu'il ouvre la porte pour sortir. Toujours est-il qu'ils ont eu une explication. Peut-être même en sont-ils venus aux mains. A moins qu'il ne l'ait d'emblée remise à sa place : Moi ? Quitter Jessica ? Pour toi ?

« Lorsque Stephanie a quitté son boulot, c'était sans états d'âme. A mon avis, on lui avait fait comprendre qu'elle ne serait jamais associée. Elle avait une vie de famille très active — et très vide. Mais Richie était un homme fascinant. Et pendant quelques mois elle avait eu l'illusion de vivre. (Stephanie regarda mon flingue. Je resserrai mon étreinte.) Lorsqu'il l'a quittée, que lui restait-il ? Quelques palmiers en pots, un robot de cuisine multifonctions, un gosse qui ne l'intéressait pas particulièrement — et un mari qui en aimait une autre. En la quittant, Richie avait détruit son bonheur. Et ce soir-là, il lui avait ôté la dernière chose qui lui restait :

l'espoir. Et c'est ainsi que Stephanie a pris le couteau et qu'elle l'a poignardé à mort.

Stephanie émit une sorte de petit reniflement que j'interprétai comme une plainte, une confession silencieuse. Je regardai Gevinski. Visiblement, lui et moi n'avions pas entendu la même chose. Il avait toujours les bras croisés et attendait la suite.

— C'est tout ce que tu as à dire ? demanda Stephanie, visiblement encouragée par la réaction de Gevinski. (Je dois reconnaître qu'elle encaissait bien.) C'est ça, ton histoire ?

— Non, répondis-je. Ça, c'est le prologue.

22

— Une femme qui vient de trucider son amant avec un couteau de cuisine est dans tous ses états, non ? dis-je. Et Stephanie l'était probablement. Cependant, elle n'a pas complètement perdu les pédales. Elle a agi très vite et n'a pas eu besoin de s'y reprendre à deux fois pour s'assurer que Richie était bien mort. Contrairement à moi, un seul coup d'œil lui a suffi pour comprendre : c'était fini.

Tous les yeux se tournèrent vers le visage impassible de Stephanie. Etait-elle en train de se rappeler toute l'horreur de la scène, les yeux sombres et morts de Richie, si grands ouverts qu'on voyait la courbe du globe oculaire ? En tout cas, son visage parfait demeurait vide de toute expression. Ma parole, on aurait dit qu'elle était en train de penser à ses salades. Cass fouillait machinalement dans une des poches de la table de jeu, vraisemblablement à la recherche d'une noix de cajou oubliée. Mais Gevinski, lui, était plus que jamais sur le qui-vive.

— A moins qu'elle ne nous le dise, continuai-je, nous ne saurons jamais si Stephanie a eu l'intention de passer aux aveux. Tout ce que nous savons, c'est qu'elle s'est retrouvée dans ma cuisine, et qu'elle a subitement réalisé qu'elle avait laissé des empreintes digitales et des traces de boue. Avez-vous retrouvé beaucoup d'empreintes digitales ? demandai-je à Gevinski.

— Vous ne vous figurez tout de même pas que je vais vous le dire ?

— Vous êtes tenu de le dire à mon avocat avant le procès, si je ne m'abuse ?

— Mais je ne suis pas tenu de vous le dire à vous et ici.

— Ne croyez-vous pas qu'il serait bon de détendre un peu l'atmosphère ? dis-je.

— Non.

— Approchez un peu votre chaise, ordonnai-je. Comme ça. Pas plus.

Ensuite, je lui demandai de s'asseoir sur ses mains, afin qu'il ne puisse pas s'emparer du flingue, et de pencher la tête en avant.

— Inspecteur Gevinski, ne pourriez-vous pas m'accorder le bénéfice du doute ?

— Et pourquoi cela ?

— Parce que même si vous n'êtes pas entièrement convaincu, vous en savez à présent suffisamment pour avoir quelques doutes sérieux concernant Stephanie. Si vous me dites ce que vous savez sur les empreintes digitales, le secret de l'instruction ne sera pas violé pour autant. Pensez plutôt à vos supérieurs, à la presse — ils vont s'intéresser à la façon dont l'enquête a été menée. Si je suis coupable, vous ne perdez rien. Si je suis innocente, le fait de vous être montré magnanime pourrait jouer en votre faveur. Vous pouvez reculer votre chaise à présent.

Stephanie parla si vite qu'on aurait dit qu'elle n'avait prononcé qu'un seul mot très long.

— Tant qu'elle ne sera pas désarmée, je sais que nous sommes en danger. Mais je vous en conjure : ne vous laissez pas intimider. Plus vous céderez et plus elle va se montrer exigeante.

— Laissez-moi faire, Mrs Tillotson. (Il remua ses doigts sans doute engourdis après qu'il s'était assis dessus.) Je ne vais rien vous dire de plus que ce que votre avocat est en droit d'exiger, dit-il, pour moi, pour Stephanie, et pour la forme. Il n'y avait pas d'empreintes sur la poignée extérieure.

— Pas même celles de mon mari ?

— Non. Mais il aurait pu entrer par la porte de devant.

— Avez-vous vérifié tous les boutons du système d'alarme ?

— Il y avait une fraction d'empreinte sur l'un d'eux, marmonna-t-il, espérant peut-être que je ne l'entendrais pas.

— Laquelle ?

— Celle de l'index droit de Mr Meyers. (Les chaises étaient petites pour un homme de sa corpulence. Il se tortillait pour trouver une position confortable.) Une empreinte qui remonte peut-être à l'époque où Mr Meyers vivait encore là-bas.

— Impossible, et vous le savez, objectai-je. Il n'avait pas

remis les pieds à la maison depuis le mois de juin. Je branche le signal d'alarme tous les soirs. Et mes fils aussi, quand ils sont à la maison. Comment son empreinte aurait-elle pu rester si longtemps ?

— Continuons, si vous le voulez bien, suggéra Gevinski. Pas d'empreintes sur les plans de travail. Rien sur les autres couteaux, ni sur le porte-couteaux. Des quantités d'empreintes — les vôtres pour la plupart — sur la cuisinière, le four à micro-ondes, le frigo. C'est à peu près tout.

— Et le couteau du meurtre ?

— Il ne portait que vos empreintes à vous, dit-il.

— Je vous ai expliqué que j'avais essayé de l'ôter.

— Et que vous n'aviez pas réussi ?

— Oui. S'il n'y avait pas eu mes empreintes sur le couteau, auriez-vous songé que j'étais coupable ?

— Sans doute. Je ne dis pas que j'aurais eu suffisamment de preuves pour convaincre le procureur de vous inculper, mais j'aurais tout de même essayé.

— Voulez-vous savoir ce qui s'est réellement passé après le meurtre ?

— C'est vous qui tenez les flingues, c'est vous qui décidez.

Content de ce trait d'humour, il s'accorda un demi-sourire.

— Stephanie a essuyé toutes les surfaces qu'elle avait touchées, y compris le manche du couteau, expliquai-je. Elle a certainement utilisé une serviette ou un torchon pour maintenir la lame en place pendant qu'elle frottait. Elle était soit penchée, soit à genoux, soit accroupie à droite de Richie, et son poids a enfoncé le couteau encore plus profondément.

Je me tournai vers Stephanie. Stephanie avait défait son bracelet de montre et se frottait le poignet.

— Je ne pense pas que tu aies songé d'emblée à me faire endosser le crime, dis-je. Tu ne voulais que sauver ta peau. Ce en quoi je t'ai aidée en essayant d'extraire le couteau.

— Ce n'est pas une histoire qu'elle vient d'inventer, dit-elle à Gevinski. Elle y a passé toute la semaine, ma parole !

J'essayai de la forcer à me regarder.

— Si je n'avais pas été l'unique suspect, si la police avait pris le temps d'enquêter sur la vie de Richie, ne crois-tu pas que ton nom aurait surgi à un moment ou à un autre ?

— Mais cette histoire de « liaison amoureuse » est une pure invention ! dit-elle à Gevinski. Nous étions amis. Tous les quatre.

— Une fois débarrassée des empreintes digitales, continuai-je, elle s'apprêtait à prendre ses jambes à son cou lorsqu'elle a réalisé qu'elle avait rapporté de la boue à l'intérieur. Elle en avait plein ses tennis. Les semelles de Richie, en revanche, étaient propres. Elle a dispersé les traces de boue avec un mouchoir ou une serviette en papier. Puis elle est sortie en courant — probablement pour se rendre à l'endroit où était garée la voiture de Richie — pour ramasser de la boue. C'était risqué, mais elle n'avait pas le choix, car la police aurait deviné que l'assassin était venu de l'extérieur.

Cass se redressa de toute sa hauteur. De toute évidence, il s'agissait là d'un problème qui exigeait un doctorat d'Etat. Ma maîtrise de lettres n'y suffisait pas.

— En soi, déclara-t-elle, les traces de boue ne constituent pas une preuve accablante. Elles pouvaient très bien avoir été laissées par un cambrioleur ou un criminel qui aurait suivi Richie depuis Manhattan. Pourquoi la police aurait-elle songé immédiatement à un voisin ? Une telle présomption eût été sans fondement. Néanmoins, l'assassin était conscient d'une chose : il faudrait expliquer leur présence. S'il y avait moyen de faire croire que Richie lui-même avait rapporté la boue à l'intérieur, les autorités n'iraient pas chercher au-delà du *Havre des Mouettes*. Et c'est alors que l'assassin a fait un choix : faire endosser le crime à Rosie. S'il était démontré que le meurtre avait été commis par quelqu'un qui se trouvait dans la maison, l'assassin pouvait dormir sur ses deux oreilles.

— Tu ne crois tout de même pas que je l'ai tué, Cass ? dit Stephanie, incrédule.

— Si. Si je me suis trompée, tu auras droit à mes excuses, même si je sais pertinemment que tu ne m'inviteras plus jamais à ton réveillon du Nouvel An. (Elle se tourna vers moi.) Excuse-moi de t'avoir interrompue, Rosie. Tu parlais de boue.

— Merci. Stephanie a pris de la boue qu'elle a collée sur les semelles de Richie. Elle en a peut-être étalé un peu plus sur le sol, pour brouiller un peu plus ses traces à elle. Une chose est sûre, cependant : il n'y avait pas de traces de boue ailleurs que dans la cuisine. La traînée de boue s'arrêtait exactement aux semelles de Richie. Cela veut-il dire qu'il n'avait pas trouvé ce qu'il était venu chercher ? Que Stephanie l'avait surpris au moment même où il s'apprêtait à repartir bredouille ?

Gevinski se frotta le menton dans un mouvement descendant, caressant une barbiche imaginaire.

— Ou peut-être venait-il seulement d'arriver ? marmonna-t-il.

— Peut-être. Mais quoi qu'il en soit, Stephanie en avait fini avec les empreintes. Il ne lui restait plus qu'à rentrer se changer à toutes jambes, et attendre son mari. Carter a dit qu'il était rentré un peu avant onze heures. En admettant que Stephanie ait aperçu la voiture de Richie à dix heures trente, cela lui a laissé le temps de tuer Richie, d'ôter les empreintes et de disperser la boue — et de rentrer à temps pour préparer la vinaigrette.

La face de Gevinski était imberbe, hormis une petite auréole de poils brun-roux autour de la bouche. Je ne pouvais m'empêcher de le fixer. On aurait dit qu'il avait essayé un de ces rouges à lèvres bon marché — « Coulis de cerise » — dont raffolent les mômes de terminale et qu'il s'en était fichu partout.

Gevinski était toujours sur la défensive. Il fallait absolument que j'arrive à le convaincre. Que pouvais-je lui offrir de plus que ma théorie des brioches ? Lui parler du dîner que Stephanie, Madeline et Cass nous avaient préparé à moi, aux garçons et à Polaramine ? Alex était arrivé le dernier, comme toujours, les cheveux peignés en arrière ; Cass et Madeline avaient été frappées par sa ressemblance avec Richie. Mais Stephanie, elle, était carrément sous le choc — littéralement tétanisée.

Lui dire qu'elle m'avait recommandé Forrest Newel, l'avocat le plus bidon de toute l'Amérique, en m'assurant qu'il était le meilleur ? Ou bien qu'elle était venue me présenter ses condoléances en compagnie de Carter, et qu'elle en avait profité pour me refiler une autre liste (probablement celle des quarante-neuf autres avocats figurant au Top 50 des nullités) en me proposant d'aller les voir avec moi ? Sans attirer l'attention sur elle ni avoir l'air trop indiscrète, elle aurait pu suivre pas à pas les progrès de l'instruction — et avec la bénédiction de mon avocat, par-dessus le marché.

Ou valait-il mieux m'en tenir aux faits et offrir à Gevinski un exposé froid et mathématique ? Oui, c'est ce que j'avais intérêt à faire.

Mais je n'eus pas le temps de commencer, car Stephanie éclata en sanglots. Un torrent de larmes accompagné de petites plaintes déchirantes. Gevinski fouilla aussitôt dans sa poche et lui offrit un mouchoir grisâtre. Elle le secoua pour le déplier et se mit à pleurer dedans.

— Je ne suis pas le genre de femme à pleurer pour…

Le reste de sa phrase disparut, naturellement, dans un nouvel accès de larmes.

— Je sais, dit Gevinski.

Stephanie s'efforça de maîtriser ses sanglots avec un ultime brusque soubresaut qui fit trembler ses épaules d'athlète.

— Je voudrais me défendre, mais comment parler avec un revolver braqué sur vous ?

— Je comprends, dit Gevinski, avec la voix du Christ rédempteur. On aurait dit Max Von Sydow dans *La Plus Grande Histoire jamais contée*. Vous aurez votre chance, je vous le promets, Mrs Tillotson.

— Je n'ai jamais couché avec personne, lui dit-elle. Ni avec Richie Meyers… (A l'entendre, on aurait dit qu'il était question de sodomie avec un rat d'égout.) Je ne comprends pas pourquoi elle s'acharne sur moi. Sans doute qu'après avoir pris la fuite, elle a compris que c'était une question de jours avant qu'elle ne soit arrêtée. Il lui fallait un autre suspect. Alors elle a bâti toute une théorie sur Stephanie Tillotson. Je reconnais que certains détails sont assez persuasifs. Mais toute cette histoire est absolument délirante. Sortir chercher de la boue pour la tartiner sur les semelles de la victime ? Ce n'est pas du délire, ça, inspecteur ?

— Où sont tes tennis et le jogging que tu portais ce soir-là ? demandai-je à Stephanie.

Naturellement, elle m'ignora.

— Et cette histoire de brioche. Comme si j'avais passé la nuit à faire de la brioche. Ce sont les élucubrations d'un esprit dérangé.

— Est-ce mon esprit dérangé qui a mis les traces de pneus à côté de la voiture de Richie ? Moi je te parie tout ce que tu voudras que ce sont celles de ta voiture.

— Elle fait une fixation sur les traces de pneus, dit Stephanie à Gevinski, tout en ramenant ses bras autour d'elle comme pour se protéger de toute cette infamie. Et si c'était elle qui avait pris ma voiture et l'avait garée à cet endroit, le soir du crime. Je vous disais qu'elle a passé la semaine à échafauder sa théorie. Mais, si ça se trouve, elle préparait son meurtre depuis des années !

Ma repartie cinglante ne fut jamais entendue, car juste à ce moment-là, il y eut un grand coup frappé à la porte et une voix annonça : « Inspecteur. Le mari est là. » J'allais dire à Gevinski de faire entrer Carter, lorsque la porte s'ouvrit à la volée. Carter parut, naturellement — ainsi que son escorte, un flic en civil, qui faillit lâcher sa canette d'Orangina en m'apercevant. « Nom de Dieu ! » beugla-t-il en voyant le flingue dans ma main.

— Attends dehors, Turner, dit Gevinski.

— Inspec... ?

Gevinski lui fit signe de fermer la porte.

— Pourquoi lui avez-vous dit de sortir ? explosa Carter.

— Au nom du ciel ! s'indigna Stephanie au même moment.

Les Tillotson attendaient une explication : comment était-ce possible ? Ils étaient outrés.

Mais la partie était loin d'être gagnée. Qui sait ce qui se passait dans la cervelle de Gevinski ? Après tout, Turner était libre. On entendait le tic-tac de la pendule. J'imaginai un commando d'intervention spéciale en col roulé noir faisant irruption dans un fracas de vitres brisées. Ou plus simple : Turner ouvrant à nouveau la porte et m'abattant d'un coup de revolver entre les deux yeux.

Je demandai à Cass d'aller s'asseoir sur le canapé, et fis signe à Carter de prendre la place de Cass à la table.

— Gunnar et Inger, dis-je. Leur as-tu parlé avant leur départ ?

Il pinça les lèvres et secoua la tête :

— Non, je ne parlerai pas !

— Carter, réponds, dis-je, je suis armée.

Il desserra les lèvres, juste assez pour dire :

— Ça ne va pas recommencer. Vas-y. Tue-moi.

Je ne connais rien de plus irritant qu'une lavette qui roule des mécaniques. Si j'avais dit : Pan ! à ce moment-là, je parie qu'il aurait fait dans son froc.

Je m'apprêtais à le remettre à sa place. Je jetai un coup d'œil au flingue pour essayer de localiser le petit taquet qu'on tire avec le pouce pour charger, si toutefois il y en avait un, lorsque Gevinski intervint :

— Répondez-lui, Doc.

— Quoi ?

Carter était hors de lui.

— C'est une question à laquelle vous devrez répondre tôt ou tard, pour la forme, dit Gevinski, raisonnable. Autant répondre tout de suite. Prenez votre temps, y a pas le feu.

Carter aurait voulu gagner du temps en se passant une main dans les cheveux, mais il avait presque la boule à zéro.

— Je n'ai pas vu Gunnar et Inger avant leur départ.

— Quel était leur nom de famille ?

La question parut le surprendre.

— Ça n'est pas le genre de chose que je retiens.

Il se tourna vers Stephanie, mais celle-ci avait les yeux fixés sur Gevinski.

— Mrs Meyers, nous pourrions être débarrassés de tout ceci rapidement si vous me laissiez appeler un de mes hommes pour vérifier le nom de ces gens, suggéra Gevinski.

Nous finîmes par décider que Cass appellerait Turner sur la deuxième ligne des Tillotson pour lui demander d'appeler l'agence Cloverleaf ou Cloverdale de Manhattan afin d'obtenir le nom de famille et le numéro de téléphone de Inger et Gunnar. « Dites à Turner de se magner le cul », ordonna Gevinski. « De se "magner le cul" ? » interrogea Cass sèchement. « Laissez tomber », répondit Gevinski.

— Quand tu es rentré, le soir du crime, dis-je à Carter, as-tu vu la voiture de Richie ?

— Comment ? demanda-t-il, comme si ma question était trop compliquée. Oh, sa voiture, près du court de tennis ? Non.

Il avait hésité avant de répondre, et il mentait. Je le savais. Je le sentais. Le problème, c'est que je ne savais pas comment m'y prendre pour lui faire cracher le morceau. Que pouvais-je faire ? Le mettre en détention ? Le traiter de menteur ? Lui refaire le coup du flingue en le lui collant sur l'oreille ?

— Puis-je mettre mon grain de sel ? demanda Gevinski. (Je hochai la tête.) Je pense qu'il serait plus simple que ce soit moi qui pose les questions, Mrs Meyers. Et qu'il serait plus raisonnable d'interroger Mr et Mrs Tillotson séparément. Je vous donne ma parole que vous garderez le contrôle. Mais l'un d'eux pourrait attendre, à l'autre bout de la pièce, pendant que j'interroge l'autre...

J'étais trop fatiguée pour essayer de comprendre ce qu'il avait derrière la tête, mais je savais qu'il mijotait quelque chose.

— Personne ne bouge d'ici, dis-je. Mais vous pouvez poser des questions si vous voulez.

Gevinski haussa les épaules, sous-entendant ainsi que j'étais en train de commettre une bourde monumentale, puis il tourna sa face de pleine lune vers Carter.

— Prêt, Doc ?

— Je dois être à l'hôpital à huit heures demain matin.

— Je vais tenter d'être bref. Bien, il s'est dit déjà pas mal de choses autour de cette table, mais il faudra essayer de me répondre, même si vous avez l'impression de ne pas toujours me suivre.

— D'accord, dit Carter.

— C'est vous qui avez présenté Jessica Stevenson à Richard Meyers ?

— Oui.

— Etiez-vous très ami avec Mrs Stevenson ?

— Non. Nous nous sommes rencontrés à un cocktail chez un de mes patients. Elle m'a parlé de son travail. Je lui ai proposé de lui présenter Richie pour parler affaires.

— Et c'est tout ? demanda Gevinski.

— En gros, oui.

— Vous n'avez jamais eu de liaison amoureuse avec Jessica Stevenson ?

Je réalisai soudain pourquoi il voulait interroger les Tillotson séparément.

— Vous n'êtes pas sérieux ? dit Carter.

— Mais si, je suis sérieux.

— Non, je n'ai jamais eu de liaison amoureuse avec elle.

— Pourquoi n'appelez-vous pas Jessica Stevenson pour le lui demander ? intervins-je.

— Il est tard, et vous tenez un revolver à la main, Mrs Meyers, dit Gevinski. Je crois que vous feriez mieux de vous détendre un peu et de vous taire. J'ai encore des questions à poser, si vous n'y voyez pas d'inconvénient. (Il croisa les mains sur la table et se pencha en avant. L'attitude d'un homme sincère, songeai-je.) Je suis désolé de devoir en passer par là, Doc, Mrs Tillotson. C'est moche, c'est la profession qui veut ça : voir pas mal d'horreurs et poser des questions embarrassantes. Bon... Doc, à votre connaissance, votre femme a-t-elle jamais eu une liaison avec Richard Meyers ?

Carter ouvrit la bouche, mais ce fut Stephanie qui parla.

— Carter, tu n'es pas obligé de répondre à ses questions. Tu le sais, nom d'un chien.

Ce n'était pas exactement une baffe en pleine gueule, mais ça y ressemblait.

— Je reconnais que c'est une question déplaisante, dit Gevinski à Carter. Je comprends votre embarras. Mais vous et votre femme n'êtes pas les seuls concernés ici. Nous sommes en train d'enquêter sur un assassinat, et si vous n'avez rien à vous reprocher, je vous conseille vivement de répondre.

Carter répondit d'un air coincé.

— Je suis sûr que Stephanie ne m'a jamais trompé.

— Bon ! dit Gevinski, apparemment ravi. Parfait !

Mais au lieu de poser une autre question, il se mit à tirer sur ses poignets de chemise afin de les faire dépasser d'un centimètre de ses manches de veston. Il n'eut pas l'air de remarquer que les regards de Carter et de Stephanie se croisaient et se décroisaient sans cesse.

Juste au même moment, j'aperçus quelque chose du coin de l'œil. Un éclair du côté de la fenêtre. Qu'était-ce ? Rien, me rassurai-je, comme quelqu'un qui préfère ne pas voir les choses en face : comme lorsqu'une souris traverse la cuisine en courant pour aller se réfugier sous le lave-vaisselle. Une ombre, pensai-je. Mais l'éclair revint à nouveau. Non, pas une ombre. Un faisceau lumineux.

Les flics étaient en train de se masser à l'extérieur. Pour un repérage des lieux ? Prêts à donner l'assaut final ? Gevinski aperçut la lumière, lui aussi, et tomba soudain dans une rêverie tactique : allait-il essayer de me désarmer ? se jeter sur Stephanie, et s'allonger sur elle pour une manœuvre de protection corps à corps ?

Un disque de lumière — une torche électrique tenue tête en bas — apparut sur le gazon. Puis disparut. Gevinski dit « Bon », une fois de plus, sans raison particulière si ce n'est pour briser le silence et nous empêcher de nous interroger sur ce qui se passait à l'extérieur.

— Où en étions-nous, déjà ? marmonna-t-il.

— Stephanie, s'interposa Cass depuis le canapé. (Un instant, le son venu d'une direction inattendue désorienta Gevinski.) Pourquoi ne pas dire la vérité ? Que tu aies eu une liaison avec Richie ne signifie pas nécessairement que tu l'as assassiné. L'adultère se termine beaucoup plus souvent en scène de ménage qu'en assassinat.

— Je n'ai jamais eu de liaison avec personne, aboya Stephanie en direction de Cass. Et puis ça ne te regarde pas.

— Tu n'es jamais allée à l'hôtel avec lui ? insista Cass.

J'aurais voulu lui dire de laisser tomber, mais chaque particule d'énergie qui me restait était aspirée par le trou noir où quelques secondes plus tôt j'avais aperçu de la lumière.

— Non.

— Vous n'êtes jamais allés dîner ensemble ?

— Non. Et maintenant arrête, Cass, ça suffit !

— Pas de dîner ? rumina Cass tout haut. (Mais je connaissais Cass, elle n'était pas le genre à ruminer tout haut.) Pas de...

Le dîner ! Bon Dieu, mais bien sûr !

— Et le soir où tu as dîné avec Richie en compagnie des Driscoll ? demandai-je.

J'aurais pensé qu'elle était trop fine pour jouer les idiotes, mais elle dit :

— De quoi veux-tu parler ?

Je songeai : Et si c'était quelqu'un d'autre ? Tout ce que Tom avait dit, c'était « jolie ». Et Jo'lap avait dit « protestante » et « de bonne famille ». Ce qui pouvait s'appliquer à un demi-million d'individus dans New York et sa banlieue.

— De quoi s'agit-il ? marmonna Gevinski.

— Encore une de ses élucubrations, cracha Stephanie.

A ce même instant, les flics étaient peut-être en train de poser leurs lampes de poche et de saisir leurs fusils, et moi j'étais en train de me demander si Miss Belle-Gueule et Protestante était une amazone de Lloyd's Neck, une congrégationaliste de Park Avenue, ou une pharmacienne de Rye — ou Stephanie Tillotson. Bon, c'était quitte ou double.

— En février, dis-je, Stephanie est allée dîner avec Richie et un de ses plus gros clients, Tom Driscoll. La femme de Driscoll était très amie avec Richie. (Je me tournai vers Carter.) Joan Driscoll. C'est une de tes patientes, n'est-ce pas ? (Carter avala sa salive, ce qui lui prit un long, long moment. Je m'adressai à nouveau à Stephanie.) Il n'est pas impossible que Joan t'aie rencontrée avant cela, à un cocktail. Mais Richie lui faisait toutes ses confidences, et elle était déjà bien renseignée à ton sujet, même avant de dîner avec toi, Stephanie. Et lorsque tu es arrivée, elle a aussitôt compris qui tu étais. La femme de Carter. La maîtresse de Richie.

— Calomnie, dit-elle tout bas.

— Tu entretenais des liens avec elle. (En feuilletant l'agenda de Jo'lap, j'avais trouvé le numéro personnel des Tillotson. J'aurais dû me poser des questions. Les rapports de Jo'lap et de Carter étaient d'ordre professionnel. Si elle avait eu besoin de lui parler, elle l'aurait appelé au cabinet. Mais non, elle avait le numéro de Long Island pour pouvoir parler avec la chère amie de son cher ami — cette chère Stephanie.) Tu lui as donné un de tes arrangements floraux. Avec un petit tube en verre pour mettre une fleur à l'intérieur. T'a-t-elle dit qu'elle mettait des orchidées dans les siens ?

Gevinski avait les yeux à demi fermés et la bouche flasque, l'expression détachée, léthargique que les gros balourds affectent pour avoir l'air indifférent alors qu'ils sont fascinés.

— Vous avez quelque chose à répondre à cela, Mrs Tillotson ? demanda-t-il.
— Rien, si ce n'est que je le récuse entièrement.
— Vous récusez quoi ? Le dîner ? Le pot de fleurs ?
— Tout. Rose Meyers a tué son mari. Je ne vous dirai rien de plus.
Gevinski changea de position, prenant soudain ses aises. Il repoussa sa chaise et étira les jambes ; s'il avait eu une bière à la main, on l'aurait confondu avec un de ces braves bougres qui servent de toile de fond à la pub pour les camionnettes.
— Je sais que vous êtes avocate, Mrs Tillotson. Et il ne me viendrait pas à l'idée de vous jouer un sale tour. Mais mieux vaudrait vous débarrasser de ce genre de détails maintenant, si vous ne voulez pas qu'ils reviennent sur le tapis pendant le procès. Croyez-moi, mieux vaut laver son linge sale en famille.
Je regardai en direction de Cass pour voir si elle pensait la même chose que moi : Gevinski était dans notre camp.
— Steph ! s'écria soudain Carter d'une voix étranglée, lorsque Stephanie renversa la table de jeu sur mes genoux et se précipita vers la fenêtre.
Le flingue de Gevinski tomba à terre. Juste au moment où je me penchais pour le ramasser en repoussant la table, Gevinski m'assena un coup de karaté au niveau de la clavicule.
— Qu'est-ce que vous faites ? criai-je. Rattrapez-la !
Il me répondit par un méchant coup de poing dans le plexus solaire. Je m'effondrai à terre, le souffle coupé, pliée en deux par la douleur.
— Steph ! ne cessait de geindre Carter. Steph, non !
Je ne sais plus très bien ce qui s'est passé ensuite, mais Stephanie était à la fenêtre, en train de balancer des coups de pied dans les carreaux. Mais les croisillons résistaient. Elle n'était pas encore dehors.
Je n'arrivais toujours pas à reprendre mon souffle. Soudain saisie de sueurs froides, je voulus appeler à l'aide, mais j'étais incapable de proférer un seul son. Cass s'agenouilla à mes côtés. Gevinski hurlait :
— Revenez ! Revenez ici, bordel de merde !
Le temps que je reprenne ma première respiration, quatre flics en uniforme avaient intercepté Stephanie. Une seconde plus tard, ma vue était bouchée par une douzaine de jambes vêtues de bleu et six flingues pointés sur moi. L'un des flics m'aida à me relever et à m'asseoir. Gevinski redressa la table et s'assit à côté de moi. Comme il avait donné son mouchoir à

Stephanie pour qu'elle puisse épancher ses larmes, il dut emprunter celui de Turner pour ne pas effacer les empreintes que j'aurais pu laisser sur le flingue. Il l'ouvrit et s'écria :

— Merde ! il n'était même pas chargé, et le tendit à Turner.

— Vous m'avez frappée ! parvins-je enfin à articuler.

— Dites-moi plutôt merci de ne pas vous avoir fendu le crâne en deux.

Mais Gevinski fit signe à quelques flics de se reculer, si bien que je n'avais plus que deux flingues braqués sur moi.

Ceux qui immobilisaient Stephanie avaient l'air contrariés d'avoir à rudoyer une aussi jolie personne. Ils ne voulaient pas qu'elle croie qu'il la retenaient de gaieté de cœur et marmonnaient des « pardon » et « désolé », chaque fois qu'elle cherchait à se débattre.

— Voulez-vous vous asseoir et parler, Mrs Tillotson ? demanda Gevinski.

Il se laissa ignorer un petit moment, puis se tourna vers Carter.

— Doc, dit-il, avec gravité. Tout ceci est très sérieux. Asseyez-vous. (Carter se tenait à deux mètres à peine de Stephanie et de ses gardes, il les regardait comme s'il s'était agi de statues de cire dans un musée.) Asseyez-vous ! beugla Gevinski. (Carter s'assit à côté de moi, face à Gevinski — pour ne pas avoir à me regarder en face. La cravate parfaitement nouée, le cheveu impeccable, et pas une goutte de sueur : pourtant, au fond de ses yeux gris inexpressifs, on devinait le choc, comme s'il venait d'entrevoir quelque chose de plus horrible que tout ce qu'il avait jamais vu en salle d'opération.) Doc, avez-vous vu la voiture de Richard Meyers, le soir du crime ?

— Oui.

— Boucle-la, Carter ! s'écria Stephanie. Ne lui dis rien. Dis que tu veux parler à ton avocat.

Je parie que cette fois elle ne l'aurait pas adressé à Forrest Newel.

— J'ai vu le réflecteur sur le côté de son véhicule en rentrant à la maison.

— Ferme-la, nom de Dieu ! hurla Stephanie.

— S'il vous plaît, dit Gevinski en s'adressant aux flics qui la retenaient, Mrs Tillotson est énervée, emmenez-la dans une autre pièce. Occupez-vous d'elle. (Il avait l'air enjoué, presque guilleret jusqu'à ce qu'il ajoute :) Et faites venir deux officiers de police femmes, au cas où elle voudrait aller aux toilettes. S'il y a un problème, avertissez-moi.

Tandis qu'ils entraînaient Stephanie à l'extérieur, Carter se couvrit le visage avec les mains. Il ne pleurait pas ; simplement ce qui était en train de se passer était trop pénible à voir. Stephanie lui jeta un regard plein de mépris en passant à côté de lui. Une fois à la porte, elle se retourna et lança à Gevinski :

— Il n'a rien à vous dire.

— On ne sait jamais, répondit Gevinski.

— Mais moi je sais. Un mari ne peut pas témoigner contre sa femme.

Puis elle franchit la porte, telle une reine et sa suite.

— Elle aurait pu te faire des excuses, Rosie, dit Cass. Sinon par repentir, tout au moins par correction.

— Vous voulez rester, Mrs Higbee ? demanda Gevinski.

— J'aimerais bien.

— Dans ce cas, et bien que j'apprécie votre façon de parler, je vous demanderai de vous taire. Ça baigne ?

— C'est entendu.

— Bon. (Il sortit un calepin à spirale de sa poche intérieure et s'adressa à nouveau à Carter.) Doc, je vais prendre des notes, mais deux précautions valent mieux qu'une. (D'un geste nonchalant il fit signe à un flic en casquette de base-ball et en blouson. Le flic sortit au pas de course de la pièce, puis reparut avec un magnéto de la taille d'un jeu de cartes.) Ne vous laissez pas impressionner, Doc. Pure formalité. On s'en sert tout le temps. (Il brancha le magnéto.) Vous disiez que vous aviez aperçu la voiture de Richard Meyers en rentrant à la maison, Dr Tillotson. Le soir du meurtre. Reprenons là, voulez-vous.

— J'étais contrarié, parce que j'ai cru que ça avait recommencé.

— La liaison entre votre femme et Meyers ?

— Oui.

— Depuis combien de temps étiez-vous au courant ?

— Je l'ai su après qu'ils eurent rompu. Mais ça m'a tout de même retourné.

— Comment l'avez-vous su ?

— Par Jessica.

— Jessica Stevenson ?

— Oui.

— Vous en avez parlé avec Mrs Tillotson, vous avez eu une discussion à ce sujet ?

Carter secoua la tête.

— Non, mais je savais qu'elle avait cherché à me rendre la monnaie de ma pièce lorsqu'elle avait appris ce qui s'était passé entre moi et Jessica. (Gevinski n'eut même pas besoin de lui demander comment, Carter se porta volontaire.) Des détectives privés, dit-il. Je finis toujours tard le soir, mais les femmes ont du flair pour ce genre de chose. Elle a engagé des détectives. Mais la liaison de Stephanie et de Richard a cessé lorsqu'il est tombé amoureux de Jessica.

— Savez-vous si Mrs Tillotson en a souffert ?

— Je pense que oui. Elle est... comment dire ? rentrée dans sa coquille. Et puis du jour au lendemain, c'était tout le contraire. Elle n'arrêtait pas une seconde. Elle ne dormait plus. Elle était anormalement euphorique.

— Que s'est-il passé lorsque vous êtes rentré, ce soir-là ? demanda Gevinski. Votre femme était à la maison ?

— Oui, mais elle l'était presque toujours, même à l'époque où elle le voyait. Elle était en train d'ouvrir une bouteille de vin. Très contente de me voir. Trop même. Je suis monté me doucher et me mettre en pyjama et en robe de chambre — c'est la première chose que je fais en rentrant à la maison — et en chemin j'ai croisé Inger Jensen.

Gevinski fit signe à l'un des flics qui me gardaient.

— Dites à Turner que le nom des domestiques est Jensen, et dites-lui d'appeler l'agence. (Il posa les deux mains sur la table et se pencha vers Carter.) Ils ont laissé une adresse où les joindre, Doc ?

— Inger m'a appelé au cabinet pour que je lui règle ses gages. Je lui ai dit que je lui enverrais un chèque. Vous pouvez demander l'adresse à mon infirmière.

Carter prit un petit calepin en cuir dans sa poche intérieure et donna le numéro personnel de l'infirmière à Gevinski. Gevinski le donna à un autre flic et l'envoya rejoindre son collègue.

— Et que s'est-il passé quand vous avez croisé cette Inger ? ajouta Gevinski.

— Elle a marmonné quelque chose au sujet de Madame qui était allée courir. Elle savait sans doute ce que courir signifiait. C'était une façon de me faire comprendre que Stephanie avait recommencé à le voir.

— Et les domestiques ont démissionné le lendemain ?

— Non. Steph les a virés. Elle passe sa vie à virer les domestiques, si bien que je ne me suis pas formalisé. C'est une perfectionniste. Lorsqu'elle était avocate, elle travaillait jour et nuit. Lorsqu'elle a décidé de rester à la maison et d'être femme au foyer, elle a fait la même chose.

J'éprouvais une vive douleur au niveau de la clavicule et une douleur plus diffuse au niveau des côtes. Tout au moins avais-je retrouvé mon souffle et respirais-je à nouveau à peu près normalement. J'essayai de reprendre la parole.

— Quand as-tu su qu'il y avait eu un meurtre ? demandai-je.

— Taisez-vous ! grommela Gevinski. Quand avez-vous su qu'il y avait eu un meurtre, Doc ?

— J'étais en train de regarder *Today*, quand ils l'ont annoncé aux infos. Je suis aussitôt descendu. Mais Stephanie était sortie rejoindre ses amies pour la marche. (Il examina un instant ses ongles de chirurgien coupés ras.) Et c'est à ce moment-là que j'ai compris.

— Qu'elle l'avait tué ?

— Oui. Elle est rentrée peu après, et elle ne parlait que de ça. Un vrai moulin à paroles. Et il y avait des flics partout, et que pouvait-elle faire pour Rosie. (Il avait prononcé mon nom comme si j'avais été une parfaite étrangère. Il ne me regarda même pas.) J'ai attendu. Après le petit déjeuner, elle est montée se changer. J'ai commencé à fouiller partout pour essayer de retrouver le couteau. Aux infos, ils avaient dit qu'il avait été poignardé. J'ignorais qu'il avait encore le couteau dans la poitrine. Je pensais qu'elle l'avait rapporté à la maison. C'est si grand ici. Sans doute a-t-elle cru que j'étais retourné au cabinet, car je l'ai entendue aller dans la serre. Mais je suis resté et j'ai continué à fouiller la maison.

— Qu'avez-vous trouvé ?

— Un pantalon et un haut de jogging. Dans la buanderie. Dans une pile de linge plié. Mais j'ignore lesquels elle portait.

— Savez-vous où ils sont maintenant ?

— Elle a dû les ranger. Nous n'avons pas encore réengagé de domestiques, alors elle fait tout elle-même.

— Avez-vous trouvé ses tennis ?

— Steph est une sportive. Elle en possède cinq ou six paires. J'ignore lesquelles elle utilise pour courir.

— Vous m'avez demandé de me taire, intervint Cass, mais je serai brève. Elle court avec des Saucony.

Gevinski lança un petit « merci » tendu à Cass tout en se précipitant vers la porte.

— Turner ! explosa-t-il.

Turner, une large tache de café sur sa manche droite, reparut, harassé.

— La directrice de l'agence est retournée au bureau, inspecteur. L'infirmière du Dr Tillotson va chercher l'adresse des Jensen, elle est en route pour le cabinet, mais elle habite dans le Bronx. Je vous préviens dès que l'une ou l'autre aura appelé...

— Tu avais deviné dès le premier jour, dis-je à Carter, mais il regardait un coin du plafond, là les murs se rejoignent. Et ce n'est même pas par amour que tu as cherché à la protéger. C'est Jessica que tu aimes. Et tu m'aurais laissée passer le restant de mes jours derrière des barreaux.

— La ferme, dit Gevinski.

— Parce que tu avais peur que le scandale ne fasse du tort à ton cabinet, continuai-je. (Carter continuait d'étudier le plafond, comme s'il avait été tout seul, et qu'il attendait que quelque chose d'intéressant se produise.) Et tu devais avoir une frousse bleue de Stephanie. C'est pour cela que tu as envoyé Astor chez ta mère. Et que tu dormais au cabinet. Mais lorsqu'ils m'ont arrêtée, tu as pensé qu'elle allait se calmer. C'est cela, hein, Carter ? Et vous avez repris vos bonnes vieilles habitudes.

— La ferme ! (Gevinski s'adressa ensuite à Turner.) Il me faut un mandat de perquisition. Appelle le procureur. (Turner se servit du téléphone qui se trouvait dans la salle de jeu. Il tendit l'appareil à Gevinski. Celui-ci coupa net une harangue du substitut du procureur en déclarant :) Je veux le papier signé dans une demi-heure, puis il raccrocha violemment le téléphone et s'approcha de moi. Que diriez-vous d'une petite balade, Mrs Meyers ?

Nous descendîmes l'escalier de pierre sous l'œil intrigué d'une nuée de flics, jusqu'à la plage.

— Vous avez mal ? demanda Gevinski.

— Je vous le ferai savoir quand j'aurai parlé à mon avocat, répondis-je. (Le vent, comme une longue rafale continue, soufflait par le nord en faisant mousser la crête des vagues.) Est-ce que je peux aller voir mes gosses, maintenant ?

— Non. Quand nous rentrerons vous pourrez leur passer un coup de fil pour leur dire que tout va bien. Mais j'ai besoin de votre témoignage. Et n'allez pas vous réjouir trop vite. Vous n'êtes pas encore tirée d'affaire. Vous vous êtes enfuie.

— Vous étiez sur le point de faire coffrer une innocente et

vous me dites que je ne suis pas tirée d'affaire ? Je viens de vous repêcher *in extremis*.

— Vous m'avez retenu contre mon gré, ainsi que les autres. Cela s'appelle une prise d'otages.

Nous marchions sur les coquillages, chaque pas rendait un son craquant.

— Que diriez-vous, vous et vos supérieurs, si j'allais raconter mon histoire à une de ces émissions de télé à sensation ? Vous pourrez me regarder. Bien coiffée, bien maquillée. Je reniflerai dans un mouchoir et je resterai digne lorsqu'ils passeront des interviews de l'inspecteur de police et du procureur en train de crier haro sur Rosie Meyers, l'ennemie publique, qui serait bientôt sous les verrous, car les preuves contre elle sont accablantes. Hein ?

D'un coup de pied, Gevinski envoya une coquille de crabe à la mer.

— Ces shows télévisés sont indignes de vous.

— Non.

— Si. Et si vous me promettez de ne pas le faire, je glisserai un mot au procureur pour qu'aucune charge ne soit retenue contre vous.

— Si mon avocat est d'accord, je suis d'accord.

Depuis la mer, *la Pointe d'Émeraude* ressemblait à un château illuminé pour un bal. Toutes les lumières de la serre étaient encore allumées.

— Tout ce fric... marmonna Gevinski.

Il s'attendait à ce que je dise que ça ne faisait pas le bonheur. Mais au lieu de ça, je lui décochai de toutes mes forces un coup de poing dans le bras. Quel pied !

— Qu'est-ce qui vous prend ? aboya-t-il.

— Revenons à nos moutons. Dites-moi : que font les assassins avec l'arme du crime et les vêtements pleins de sang ?

— Vous m'avez fait mal !

— Tant mieux. Maintenant, répondez à ma question.

— Je n'en sais rien. Si l'assassin est idiot il s'empresse d'aller balancer le tout du haut d'un de ces grands ponts qui mènent en ville. S'il est intelligent il trouve une bonne cachette en attendant que l'enquête soit bouclée, parce qu'il est obsédé par l'idée de se faire pincer. Il se souvient de *Quincy*[1]. Il ne néglige aucun détail. Mais vous savez quoi ? Au bout du compte, c'est le con qui est le moins le con des deux, parce

1. Équivalent des *Cinq Dernières Minutes*. *(N.d.T.)*

que même si on l'a vu balancer un paquet du haut de Brooklyn Bridge, quelles sont les chances de le retrouver ? En revanche, l'assassin intelligent... — et pour ne rien vous cacher, j'aimerais bien que ce fût le cas de Mrs Tillotson — est si intelligent qu'il en devient stupide. (Il leva les yeux en direction de l'imposante demeure de trois étages qui brillait de tous ses feux, éclipsant les étoiles.) A moins d'un miracle, je ne risque pas de retrouver grand-chose. Passez-moi l'expression, mais c'est un vrai labyrinthe cette putain de baraque.

— Tu l'as dit, bouffi, acquiesçai-je. Mais je vous parie dix dollars que je la retrouve, moi, la paire de baskets.

Ils avaient rassemblé les huit sweatshirts de Stephanie, trois blousons, et une pile de caleçons pour les envoyer au labo, mais, à l'œil nu, Gevinski n'avait pas trouvé une seule trace de sang.

Lorsque le mandat de perquisition arriva, il leur fallut presque une heure, mais ils finirent par trouver les baskets de Stephanie, enterrées au pied d'une énorme fougère de Nouvelle-Zélande — dans la serre, où je leur avais conseillé d'aller voir. Un jeune flic arriva en courant au moment où Gevinski était en train de prendre ma déposition. Vinnie Carosella était à mes côtés. Gevinski sortit de la pièce en catastrophe, et bien qu'il ne nous y ait pas invités, Vinnie et moi décidâmes de le suivre jusqu'à la serre.

— Je ne sais pas si nous allons pouvoir mettre la main sur quelque chose, dit la fille du labo. (Elle tenait les Saucony par les lacets dans la lumière et les secouait pour faire tomber le terreau qui y était collé. Elle n'avait pas l'air optimiste.) Vous avez vu toute la terre qui est collée dessus ? Vous savez pourquoi ? Elles sont humides. Elles ont peut-être été arrosées avec l'arbre, inspecteur, mais à mon avis...

— Elle les a lavées avant de les enterrer, dit Gevinski, en secouant la tête. Merde de merde de bordel à cul !

Je compatis en silence.

— J'ai comme l'impression que vous êtes mal barré, dit Vinnie sans vraiment prendre de gants. Un bon avocat pourrait obtenir un non-lieu. (Vinnie tournait le dos à la fougère géante. Il inspectait les bégonias de Stephanie et semblait impressionné.) Pas d'empreintes digitales, rien. (Gevinski faisait semblant de ne pas entendre.) Bon, c'est vrai qu'elle a eu une liaison avec la victime et qu'elle a menti à la police.

C'est vrai que les Norvégiens ont dit qu'elle était allée courir ce soir-là. Et elle a peut-être garé sa voiture à côté de celle de la victime. Je crois que j'aurais aimé plaider une affaire comme celle-là. (Il me tapota la main.) Mais tout est bien qui finit bien, Rosie. Vous êtes libre ! Et c'est le principal.

— Nom de Dieu de nom de Dieu ! rugit Gevinski. Faites-moi voir ces machins-là.

La fille du labo lui tendit les tennis par les lacets. Gevinski les inspecta en les tenant juste au-dessus de sa figure, mais un instant plus tard sa bouche se tordit en une moue écœurée.

— Pas de veine, dit Vinnie.

— Ouais.

— Vous voulez regarder ses vêtements de sport ? demanda la fille.

— Plus tard.

— Pourquoi pas maintenant ? dis-je. Jusqu'ici on ne peut pas dire que vous crouliez sous les éléments matériels déterminants.

Vinnie me souffla, la bouche en coin :

— Ne le poussez pas trop.

Gevinski me décocha un regard dégoûté, mais il prit tout de même la pile de vêtements des mains de la fille. Puis il attendit qu'un autre flic soit allé chercher une feuille de plastique pour couvrir le sol maculé, et, comme pour un pique-nique, Gevinski ordonna au flic de l'étaler à terre. Après quoi il déposa les sweatshirts de Stephanie, ses caleçons, ses blousons. Il fit un pas en arrière pour contempler le tout.

— Vous pouvez rentrer à l'intérieur, si vous le voulez, marmonna-t-il à notre intention.

— Non, ça ira, dis-je.

— Nous allons rester un peu, acquiesça Vinnie.

Nous regardâmes Gevinski qui regardait les fringues.

— Pour courir la nuit, dis-je, elle aurait certainement mis un de ces blousons. Pas celui avec les bandes fluo. Elle ne voulait pas être vue.

Je pointai le doigt en direction des blousons. Gevinski prit la loupe des mains de la fille du labo et les examina recto verso.

— Que dalle. Jamais elle ne renversait son café sur elle ? (Il ouvrit les poches.) Re-que dalle.

— Bah, vous avez au moins trouvé qui était l'assassin et moi je suis libre, dis-je pour essayer de le remonter.

— Ouais, marmonna Gevinski, d'un ton qui ne débordait pas d'enthousiasme. (Mais une seconde plus tard, il redressa la tête. Il sortit un stylo de sa poche et, avec une patience et un soin infinis, sortit un morceau de papier de la poche.) Un mouchoir en papier, bougonna-t-il.

— Il est propre au moins, dit la fille du labo.

— On ne peut pas faire mouche à tous les coups, dit Vinnie.

Gevinski examina le deuxième blouson, d'un vert si sombre qu'on l'aurait dit noir.

— Les pinces ! aboya-t-il soudain.

La fille lui en tendit immédiatement une paire. De la poche droite il extirpa un papier plié.

— Qu'est-ce t'as trouvé ? demanda la fille.

— La ferme ! Fous-moi la paix ! Va voir ailleurs. (La fille ne bougea pas d'un pouce. Lentement, Gevinski déplia le papier à l'aide des pinces et de la pointe de son stylo.) Regardez, Rosie, exulta-t-il. Non, mais, regardez !

Le papier ordinaire résiste mal à la lessive. La feuille était en sept morceaux, délavés par le lavage et déchiquetés par le séchage. En haut de la feuille, tout délavé, figurait un logo : Knightsbridge Gallery. Un reçu sorti d'une imprimante laser. La date d'achat était effacée, et ce qui ressemblait à un numéro de série était presque aussi blanc que la feuille elle-même et illisible.

— Regardez ceci ! dit Gevinski.

La description d'une œuvre exécutée à l'huile, au crayon de couleur et au crayon noir, par un artiste dont le nom avait disparu dans le cycle du rinçage.

— Elle a dû le prendre des mains de Richie ! m'exclamai-je.

— Et le fourrer dans sa poche !

Rejetant la tête en arrière, Gevinski émit un rugissement de lion qui tient sa proie.

Vinnie, qui se tenait derrière moi, se mit à pousser des cris de chouette. Le nom de l'acheteur était parfaitement lisible. Richie Meyers, *le Havre des Mouettes*, Shorehaven, New York. Le prix était clair lui aussi. Deux millions huit cent mille dollars. Hors taxes.

Vinnie m'escorta jusqu'à la maison.

— Vous avez une belle maison, dit-il lorsque nous eûmes atteint le bout de l'allée. Dans la lumière du petit jour, les briques avaient la couleur du vin. L'air salé était délicieux. Les mouettes braillaient en rasant le toit.

— Si vous voulez rester ici et ne faire qu'un avec la nature, libre à vous, dis-je, mais gare à la tête. Elles visent bien, le matin. (Sans réfléchir, je plongeai ma main dans ma poche, à la recherche de ma clé.) Oh ! Il va falloir que je sonne. Et moi qui ai dit aux garçons de dormir. Ça a été très dur pour eux. Perdre leur père — et le monde entier qui disait que c'était de ma faute. Ça m'ennuie de les réveiller.

— Rosie, je suis sûr qu'ils n'y verront aucune objection.

Ils ne dormaient pas. La sonnette n'avait pas fini de tinter qu'ils avaient déjà ouvert la porte. Ben me prit dans ses bras le premier. Il me souleva de terre et me serra tout contre lui. Lorsqu'il me reposa, il avait les larmes aux yeux.

— Mon chéri, dis-je, en tendant le bras pour lui caresser la tête.

— M'man.

— Tu ne devrais pas rester pieds nus. C'est glacé par terre.

Alex vint s'immiscer entre nous, mais Ben me tenait toujours par la main. Alex m'embrassa sur la joue.

— Salut, p'tite mère, dit-il. (Il venait juste de se laver les cheveux. Il sentait le shampooing de luxe et ses boucles noires mouillées retombaient sur ses épaules. Il m'adressa un petit sourire timide comme je ne lui en avais pas vu depuis l'époque des scouts.) Ça baigne, p'tite mère ?

— Fais-moi un gros câlin et ça ira mieux.

Il s'exécuta, et je me sentis mieux. Enfin, presque.

Vinnie me dit qu'il m'appellerait plus tard. Et nous refermâmes la porte derrière nous.

— J'ai pensé que tu aurais faim, alors je t'ai préparé quelque chose de bien costaud, dit Ben.

— Tu te souviens quand elle nous appelait pour le dîner, dit Alex à son frère, en disant, « Je vous ai préparé quelque chose de bien costaud » ? (Il se mit un doigt dans la gorge.) Du haricot de mouton !

— Du cassoulet ! renchérit Ben. Avec des fayots bien gluants.

— Vous ne savez pas ce qui est bon, les gars, dis-je.

— Je t'ai fait des aubergines farcies, dit Ben.

— Et moi j'ai râpé le parmesan, riposta Alex. Mais si tu veux, on peut te faire autre chose. Oh, p'tite mère. Ça ne t'ennuie pas de venir à... (Sa voix s'évanouit.)

— A la cuisine, m'man ? demanda Ben.

Je leur pris la main à tous les deux.

— Allons-y.

Et j'ai bien fait de dire oui, parce que, quand nous sommes arrivés, Tom Driscoll était là qui m'attendait.

23

L'huile de bain au gardénia formait une nappe rose et jaune qui scintillait dans la lumière du matin. Je me renversai avec volupté dans l'eau chaude et parfumée et contemplai les mouettes qui plongeaient dans Long Island Sound.

Etait-il possible qu'aucun d'entre nous n'ait jamais soupçonné ce qu'il y avait en elle, pas même vaguement ? Nous nous disions : Ouah, si l'extérieur est aussi beau, comment ça doit être à l'intérieur ? Malgré dix ans d'hypocrisie mondaine, d'avidité et de mesquinerie, étions-nous encore assez bêtes pour croire que la bonne naissance allait forcément de pair avec la vertu ? Etions-nous encore suffisamment intoxiqués par les beaux discours de la droite pour nous dire qu'une femme qui plante du basilic et qui garde les gosses de ses voisines est plus pure et plus méritante que le tout-venant ?

Les notes sonores d'une guitare électrique montèrent jusqu'à moi à travers l'eau du bain. Je dressai l'oreille pour écouter Alex chanter, sa belle voix descendait avant de remonter, éclatante. Il était en train de répéter pour un vidéo-clip de démonstration. Tom avait un ami au conseil d'administration de Columbia.

Sans parler du meurtre, comment pouvait-elle marcher avec moi cinq fois par semaine, faire de la pâtisserie avec moi tous les vendredis, et sauter mon mari tous les soirs ? Si notre amitié ne comptait pas plus que ça, alors qu'est-ce qui comptait pour elle ?

Je songeai à l'homme marié qui attendait en bas. Quand je les avais laissés sous la véranda, Tom était en train de consulter Ben au sujet de son genou, et après l'avoir examiné et interrogé, Ben en était arrivé à la même conclusion que le médecin de Tom : arthrose.

Une légère dégénérescence, et après ? L'homme me plaisait. Pourquoi ne serait-il pas à moi ? Une chose était sûre, Jo'lap n'était pas mon amie. N'empêche, lui devais-je quelque chose ? Rien.

Mais Dieu était-il moins sérieux lorsqu'il avait déclaré « Tu ne commettras point l'adultère » que lorsqu'il avait condamné le meurtre ?

J'enroulai une serviette autour de ma tête et sortis du bain. Il y avait trop de miroirs. Je préférais ne pas voir mon abominable coupe de cheveux avant de me mettre au lit.

Etait-elle malade ? L'un de nous avait-il jamais songé, ne serait-ce qu'un instant : « Eh, il y a quelque chose qui ne tourne pas rond chez cette dame » ? Au contraire, tout le monde pensait, c'est l'équilibre personnifié, cette nana. Peut-être était-elle malade. Mais alors qu'en était-il de la responsabilité ? Ou bien la responsabilité n'avait-elle rien à voir dans tout cela ? Hitler avait-il un père qui le battait ? La mère de Pol Pot était-elle égocentrique ? Peut-être que cela suffisait à tout expliquer. Personne ne pouvait porter la faute de rien.

Mais moi je n'y croyais pas.

— Rosie la rose, s'écria Danny Reese, te revoilà une fois de plus à la une des journaux !

En dépit de son ton enjoué, sa voix était encore pâteuse de sommeil. Mais bon, il n'était que neuf heures du mat.

— Je voulais te remercier.

— On s'est bien marré, non ?

Je songeai : Marré ?

J'étais en train de me masser les pieds avec une émulsion pour le corps, mais après une semaine de privations, ça n'était pas facile de retourner au luxe et de s'endormir entre des draps de percale.

— Réfléchis un peu, dit-il, sûr de lui. Et pendant que tu y es, pense aussi à nous deux.

— Oui, on s'est bien marré, acquiesçai-je. Mais en dehors de cela tu as été formidable et loyal. Je ne l'oublierai jamais, Danny.

— C'était pas grand-chose.

— Je voudrais te payer le permis de conduire et la carte de crédit.

— Tu rigoles ?

— Ils m'ont bien servi.

— Tu déconnes ! Tu les as utilisés ? (Mon silence était éloquent.) Tu as eu beaucoup de veine, Rosie.

— Mais, tu m'avais dit que c'était sans risque.
— Tout dépend de ce que tu appelles « sans risque ». Disons que ça n'était pas trop risqué.
— Oh, Danny !
— Enfin, pas trop, trop.
Maintenant que tout était terminé, je repensai à son appartement avec un sourire, à sa salle de bains répugnante. Mon sourire s'élargit encore à la pensée de Danny : ses beaux yeux verts et son cul extraordinaire.
— J'ai une proposition à te faire.
Sa voix se fit de velours.
— Je t'écoute.
— Non, c'est beaucoup mieux que ce que tu crois. C'est une offre sous conditions.
— J'aime pas les conditions.
— Si tu retournes à la fac et que tu obtiens ton diplôme...
— Lâche-moi les baskets, Rosie, tu veux ?
— Je te paye ce que tu veux pour te récompenser.
— Tout ce que je veux ? Une nouvelle chaîne ?
— Sans problème. Ou la voiture de tes rêves. Ou un voyage. Ou même un appartement.
Danny resta sans voix, mais pas plus d'une seconde.
— Mais à condition que je décroche le diplôme ?
— La licence — et seulement quand tu m'auras montré le papier, et que je serai allée vérifier moi-même auprès du service des diplômes que ce n'est pas un faux.
— Toi, t'es pas prof pour rien ! s'écria Danny.
— Je sais, dis-je, folle de joie.

Heureusement pour mes pauvres nerfs, personne ne s'écria « Surprise ! » Heureusement, aussi, j'avais dormi dix heures et passé un ensemble de soie bleue et je m'étais mis suffisamment de maquillage pour avoir l'air de ne pas en avoir besoin — parce que mes fils avaient préparé une petite fête de bienvenue pour moi.
Cass portait un ensemble pantalon aubergine des plus seyant et des boucles d'oreilles en diamant. Elle me dit qu'elle m'aimait — et qu'elle m'accordait une semaine de congé. Theodore me serra dans ses bras et me dit qu'il consacrerait son prochain article « Droiture », à Rose Meyers la libertaire. Je lui rappelai que je n'étais pas libertaire, ce qu'il savait parfaitement du reste, mais libérale démocrate. Il rit.
Polaramine était venue passer la soirée avec nous. Tout

au moins s'abstint-elle de m'embrasser, ce qui était plutôt encourageant. Madeline, vêtue de ce qui ressemblait à un déguisement de Lord Byron, ne m'embrassa pas, ce qui ne me dérangea nullement, d'autant qu'elle avait apporté une boîte de chocolats amers et pas de poèmes.

Vinnie Carosella arborait un blazer bleu et un nœud papillon à pois. Il me dit, avec un coup d'œil aux chocolats de Madeline, qu'une de mes voisines s'était vu refuser la liberté sous caution. Puis il me tendit une bouteille de champagne en me disant qu'il ne la mettrait pas sur sa note d'honoraires. Je le pris un instant à part, pour lui dire que j'avais volé le pistolet de Theodore, et lui demander s'il n'était pas possible de le récupérer dans le cadre de mon traité de paix avec les flics. Et pendant qu'il y était, est-ce qu'il ne pouvait pas aussi récupérer mon sac à main — et mon saphir qui se trouvait à l'intérieur — chez Jane Berger. Fastoche, répondit-il.

Tom Driscoll avait passé la plus grande partie de la journée à passer des coups de fil professionnels. Il était aussi allé chez le procureur pour faire sa déposition concernant le fameux dîner en compagnie de Richie et de Stephanie. Après quoi il s'était endormi sur le divan de la bibliothèque. Je le présentai comme un ami d'enfance de Brooklyn et un client de Data Associates. Même Polaramine parut sceptique, comme la plupart des autres invités, elle regarda sa main gauche et parut ennuyée et gênée d'y voir une alliance.

Alex et Ben complétèrent les aubergines farcies avec quelques bricoles achetées chez le traiteur local, une ménagère dont les petits plats étaient devenus célèbres. Ils lui avaient donné carte blanche. Je me sentis verdir à la vue de l'épaisse couche de truffes qui recouvrait le filet de bœuf. Alex dit : « Relaxe, Max. C'est ta fête. » Ben ajouta : « On fera des sandwiches avec les restes. »

Ce n'est qu'après le dessert — de la mousse de potiron, Halloween [1] n'étant qu'à une semaine — que je me décidai à raconter mon histoire en ayant soin d'en expurger le sexe, les échanges grinçants entre Tom et Jo'lap. Je ne mentionnai pas non plus le flingue de Theodore ni le trafic illicite de Danny Reese. Puis, comme le maître d'hôtel du traiteur voulait débarrasser et s'en aller, je proposai à mes amis de passer à la bibliothèque.

1. Fête de la veille de la Toussaint où il est de tradition de manger de la tarte au potiron. *(N.d.T.)*

Vinnie Carosella était la vedette. Il servait les pousse-café, buvait son café et répondait aux questions avec un tel aplomb qu'on aurait dit que l'équipe de *60 minutes* était en train de le filmer.

— Elle avait certainement oublié que le reçu était dans sa poche, expliqua-t-il. Sinon je ne vois pas pourquoi elle l'aurait lavé et séché.

— Mais pourquoi l'a-t-elle pris ? demanda Ben.

— Elle est avocate, répondit Vinnie. Elle a senti d'instinct que c'était un papier important. A moins que votre père ne lui ait dit ce qu'il était venu chercher. Ou qu'elle se soit dit : s'il est entré dans la maison par effraction, ça n'est certainement pas pour dérober un vulgaire bout de papier. Ce truc vaut de l'or.

— La toile aussi, fit remarquer Tom. Elle a sans doute compris qu'il s'agissait d'un objet dont il voulait cacher l'existence. Si elle est aussi intelligente qu'on le prétend, elle a pigé d'emblée que Rick voulait le revendre. Et elle s'est peut-être dit que si la toile était chez Jessica, elle pourrait faire un marché avec elle.

— Stephanie était toujours en train de pleurer misère, dit Madeline.

— Bien vu ! dit Vinnie en lui souriant. Et elle savait que la moitié de trois millions de dollars est une coquette somme. Mais à mon avis, elle a tout de suite compris que c'était trop risqué.

Tom acquiesça d'un hochement de tête.

— Comment a-t-elle pu l'oublier dans sa poche ? demanda Theodore.

— Parce qu'elle avait la tête en ébullition, dit Cass, et qu'une fois abandonnée l'idée de monnayer la chose, elle n'en voyait plus l'utilité.

— Elle s'en serait souvenu, à la longue, dis-je. Lorsque les choses se seraient calmées.

— Une fois qu'on t'aurait mise en prison ! s'esclaffa Madeline. Avec cette affaire, le Mouvement de libération de la femme va faire un bond en arrière de cent ans !

Sa remarque était tellement idiote que ni moi ni Cass ne daignâmes relever. Je tendis la main pour prendre un de ses chocolats, et me sentis instantanément mieux disposée à son égard.

— Le juge avait suffisamment d'éléments pour la faire inculper, même si on ne l'avait pas retrouvé, nous dit Vinnie, impatient que je lui tende la boîte de chocolats. Excellent, ce chocolat ! dit-il à Madeline. Où l'avez-vous trouvé ?

Avec un sourire de Mona Lisa, elle dit :

— Je vous en enverrai une boîte.

Vinnie exultait littéralement.

— Vous avez parlé au juge, aujourd'hui ? demanda Alex.

— Comment ? demanda Vinnie, toujours souriant. Ah, oui, le juge. A peu près toutes les heures. Il est en train d'instruire le dossier. Les Jensen — le couple qui travaillait pour les Tillotson — ont tous deux déclaré que Stephanie était rentrée à dix heures et demie, et que quelques instants plus tard elle était ressortie pour faire un jogging. Mrs Jensen a pu décrire le blouson que portait Stephanie, c'était le même que celui dans lequel on a retrouvé le reçu du tableau. Tom, ici présent, a reconnu Stephanie au cours d'une confrontation. Et il a déclaré que lui et sa femme avaient dîné avec elle et Richie.

— Et les marques de pneus, soufflai-je.

— Ah, c'est vrai, dit Vinnie. Il faut attendre les résultats définitifs du labo avant qu'elles ne soient retenues comme élément matériel déterminant, mais il est clair que ce sont celles de sa BMW.

— Parfait, dit Alex qui était assis sur un pouf et qui nous observait Tom et moi.

Les autres avaient des doutes. Mais Alex, lui, savait.

— Et nous avons même un bonus, continua Vinnie. La Lamborghini était fermée à clé. La poignée et la portière avaient été essuyées. Mais on a retrouvé les empreintes digitales de Stephanie sur le pare-brise, ce qui semble confirmer qu'elle se serait effectivement penchée pour regarder à l'intérieur.

— Cela ne prouve pas qu'elle l'a tué, observa Madeline.

— En effet, acquiesça Vinnie, visiblement impressionné par son sens de la déduction. Cela prouve qu'elle se trouvait là. Il s'agit là d'un indice de taille. (Vinnie se resservit un cognac qu'il fit tourner dans son verre. Puis il se renversa dans son fauteuil et but. Tous les yeux étaient posés sur lui. On attendait. C'était lui la vedette de la soirée.) Et puis il y a eu les coups de fil.

— Quels coups de fil ? demandai-je. (J'aurais pu bondir hors de mon fauteuil, mais j'étais assise à côté de Tom.) Les coups de fil de menace adressés à Jessica ?

— Non. Gevinski va enquêter à ce sujet, mais elle est trop maligne pour avoir appelé de chez elle. Je veux parler des coups de fil au bureau de Richie Meyers.

— Oh, mon Dieu ! s'exclama Theodore, qui se régalait.

— Ils n'ont pas encore la liste exhaustive de tous les coups de fil, mais, d'après la compagnie du téléphone, certains auraient duré près d'une heure. Et les flics sont en train de vérifier si Richie ne l'aurait pas appelée, lui aussi, depuis le bureau.

Vinnie croisa mon regard, puis jeta un coup d'œil rapide aux garçons.

— Alex, Ben, dis-je, vous voudrez bien vous assurer que le maître d'hôtel a mis les ordures dehors et qu'il a bien fermé le couvercle. Avec les ratons laveurs, c'est plus sûr.

Lorsqu'ils eurent quitté la pièce, Vinnie dit :

— Il s'agit de leur père. Il ne faut pas les blesser. Le témoignage de Mrs Driscoll nous sera très précieux. Elle n'était pas à New York, mais elle est revenue exprès. Elle a fait sa déposition aujourd'hui même. Elle et Richie étaient de bons amis. Elle connaissait tous les détails de la liaison de Richie avec Stephanie — même si certaines de ces confidences ne pourront pas être retenues par l'instruction. Quoi qu'il en soit, Mrs Driscoll a déclaré qu'au cours de ce dîner, Richie s'est montré particulièrement affectueux avec Stephanie, il lui a même fait un baiser dans le cou. La défense aura du mal a faire passer cela pour un baiser amical.

« De plus, Richie lui avait offert un bracelet en diamants. Comme ni l'un ni l'autre ne pouvaient prendre le risque de le garder à la maison, il le gardait dans son bureau et le lui amenait chaque fois qu'ils se voyaient.

— Comment l'avez-vous su ? demanda Cass.

— Parce qu'ils n'arrêtaient pas d'en parler et qu'ils riaient de leur petit jeu au cours du dîner. Mrs Driscoll s'en souvient parfaitement.

Tous les regards convergèrent vers Tom.

— Je me souviens de les avoir entendus parler du bracelet qu'elle portait, dit-il, mais c'est tout. J'ai décroché sitôt que je suis entré dans le restaurant et que je l'ai vu en compagnie de cette femme.

Lorsque les garçons revinrent, Vinnie leur dit qu'il ne savait pas encore si les avocats de Stephanie avaient décidé d'aller en jugement ou s'ils préféraient négocier un arrangement.

— S'il y a un arrangement, elle fera tout de même de la prison ? demanda Ben.

— Bien évidemment, dit Vinnie.

Theodore me regarda et secoua la tête.

— Ah, ces démocrates ! Imagine comme tu serais soulagée, Rosie, si la peine capitale existait encore dans l'Etat de New York.

Cass lui tapota la joue et me dit :

— Tu ne me crois jamais quand je te dis que c'est un crétin. Maintenant, au moins, tu en as la preuve — et encore, il ne t'a pas fait son imitation du condamné sur la chaise électrique.

Theodore lui saisit la main et lui adressa un sourire plein de tendresse.

— Rentrons à la maison, Cassandra.

Lorsque tous les invités furent partis et que les garçons furent montés se coucher, je dis à Tom qu'il devait partir lui aussi.

— Qu'est-ce que tu racontes ?

— Tu te souviens, dans le bon vieux temps ?

— Lequel ?

— L'année du bac. Nous nous bouffions le nez de temps en temps, mais il suffisait que tu me prennes dans tes bras et tout était oublié.

— Et ça te déplaisait peut-être ? demanda-t-il en déboutonnant ma chemise.

— Je ne suis plus la fillette que j'étais, dis-je, en refermant mes boutons. Je ne suis plus aussi facile à convaincre.

— Tu es devenue une dure à cuire, c'est ça ? dit-il en riant.

— Non. Simplement je sais ce que je veux.

— Tu m'as dit que tu m'aimais, Rosie, dit-il contrarié. Ecoute, si tu ne veux pas que nous couchions ensemble ce soir, je ne vais pas en faire une maladie. Mais pourquoi me renvoyer chez moi ?

— Tu es un homme marié, Tom. Je ne veux pas d'un homme marié.

— Tu sais bien que je n'ai plus de sentiments pour elle. Et vice versa. Si nous sommes restés ensemble, c'est parce que nous n'avions rien de mieux à faire. Mais maintenant... Ne comprends-tu pas que j'ai l'intention de rompre ?

— J'espère que tu vas le faire. Mais je voudrais que tu saches une chose. Tu as passé à peu près autant de temps avec ta femme que moi avec Richie. Ça ne sera peut-être pas une vraie surprise pour elle, mais ce sera douloureux tout de même. Douloureux pour tous les deux.

— Nous passons environ deux semaines par an ensemble, et encore, c'est généralement en compagnie d'autres gens. Il arrive que nous soyons tous les deux à New York et que nous ne nous voyons pas pendant des semaines.

— Elle a des sentiments.

— Sans doute, mais l'amour n'en fait pas partie, en tout cas pas pour moi. Elle considère qu'il est de bon ton d'avoir un mari, et je pense qu'elle a raison. Je suis présentable et je sais me tenir. Ça lui suffit. Bien sûr, si j'étais milliardaire, je pourrais cracher par terre et me gratter les couilles en public, elle s'en ficherait comme de l'an quarante. Mais je ne suis pas milliardaire, même si je paye toutes les factures. Et pour Joan, c'est important. Elle n'est pas idiote, elle sait très bien que je continuerai de payer ses factures jusqu'à la fin de ses jours, quoi qu'il arrive.

Tom ôta sa veste. Il s'apprêtait à rester. J'allai au téléphone. Il me regarda avec dureté, tandis que j'appelais la borne la plus proche pour commander un taxi.

— Je t'aime, lui dis-je.

— Je t'aime, moi aussi.

Il me prit dans ses bras. Nos corps étaient ainsi faits qu'ils s'emboîtaient parfaitement. Tom me prit par le menton et déposa un baiser sur mon abominable frange.

— Je suis désolée de te renvoyer chez toi, dis-je. Mais je te veux libre de toute contrainte.

— Je reviendrai demain après-midi ou demain soir. Libre de toute contrainte. Enfin, il restera tout de même la paperasse.

Puis il m'embrassa jusqu'à ce que le taxi arrive. J'avais oublié comme c'était agréable et enivrant de se tenir sur la pointe des pieds, la tête complètement rejetée en arrière pour que nos lèvres puissent se toucher.

— Mon amour, dit-il tout bas. (Le chauffeur du taxi fit un appel de phares — Vous vous décidez, oui ou merde ? — mais nous restâmes sous le porche, enlacés dans les bras l'un de l'autre.) Ça va être formidable, tu verras, me dit-il.

— On va essayer, en tout cas, dis-je.

— N'est-ce pas merveilleux, Rosie ? C'est notre deuxième chance.

— Après toutes ces années.

— Oui, dit Tom. Mais cette fois, c'est différent.

— Pourquoi cela ? Parce qu'avec l'âge tu es devenu plus raisonnable ?

— Non. Simplement, cette fois nous savons que nous n'aurons jamais rien de mieux que ce nous avons déjà.

Nous allâmes jusqu'au taxi, main dans la main. Je détournai

les yeux dès qu'il fut dans la voiture, car je ne supportais pas de le voir partir.

— Rosie !

Je tournai la tête. Il avait baissé la vitre.

Avait-il changé d'avis ? Bah, je survivrais.

— Oui ?

— Désolé pour le bal de fin d'année.

— Tu t'es comporté en rat.

— Je sais. Suis-je pardonné ?

Je ne pus réprimer un sourire.

— Bien sûr que tu es pardonné.

Le taxi démarra, et Tom me cria :

— A demain !

Il a tenu parole.

Achevé d'imprimer en septembre 1994
sur presse CAMERON
dans les ateliers de la S.E.P.C.
à Saint-Amand-Montrond (Cher)

N° d'Édition : 6265. N° d'Impression : 2168.
Dépôt légal : septembre 1994.

Imprimé en France